ハヤカワ文庫 FT
〈FT609〉

ホイール・オブ・タイム　竜王伝説

〔上〕

ロバート・ジョーダン
斉藤伯好訳

早川書房

8723

THE EYE OF THE WORLD

by

Robert Jordan

Translated by
Hakukou Saito
Published 2021 in Japan by
HAYAKAWA PUBLISHING, INC.
This book is published in Japan by
arrangement with
SOBEL WEBER ASSOCIATES, INC., NEW YORK
through TUTTLE-MORI AGENCY, INC., TOKYO.

永遠に
私の心の中心であり
私の人生の光である
ハリエットに。

目次

序章　〈竜王の敗翔《はいしょう》〉　13
1　誰もいない道　27
2　よそ者　61
3　旅商人　86
4　吟遊詩人　114
5　〈冬夜日《とうやび》〉　144
6　〈西の森〉　176
7　森を出て　192
8　安全な場所　220
9　〈時の車輪《ホイール・オブ・タイム》〉の話　253

10 旅立ち 285
11 タレン・フェリーへの道 306
12 タレン川を越えて 323
13 選択の余地 350
14 宿屋〈雄鹿と獅子〉 387
15 よそ者と友人 416
16 賢 女 462
17 見張る者、追ってくる者 485

解 説／堺 三保 520

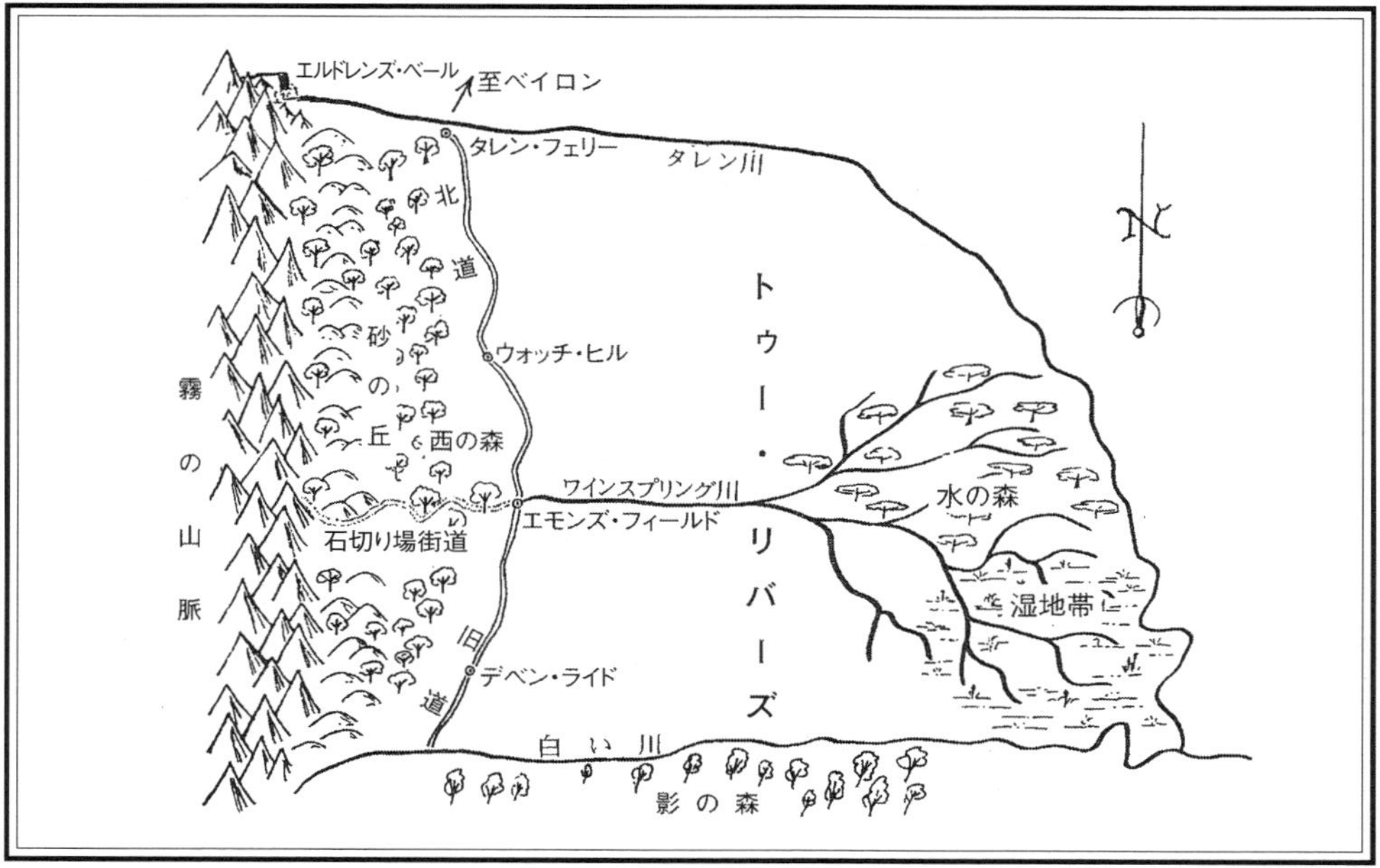
エルドレンズ・ベール
至ベイロン
タレン・フェリー
タレン川
北道
ウォッチ・ヒル
砂の丘
西の森
霧の山脈
トゥー・リバーズ
ワインスプリング川
エモンズ・フィールド
石切り場街道
水の森
湿地帯
旧道
デベン・ライド
白い川
影の森
N

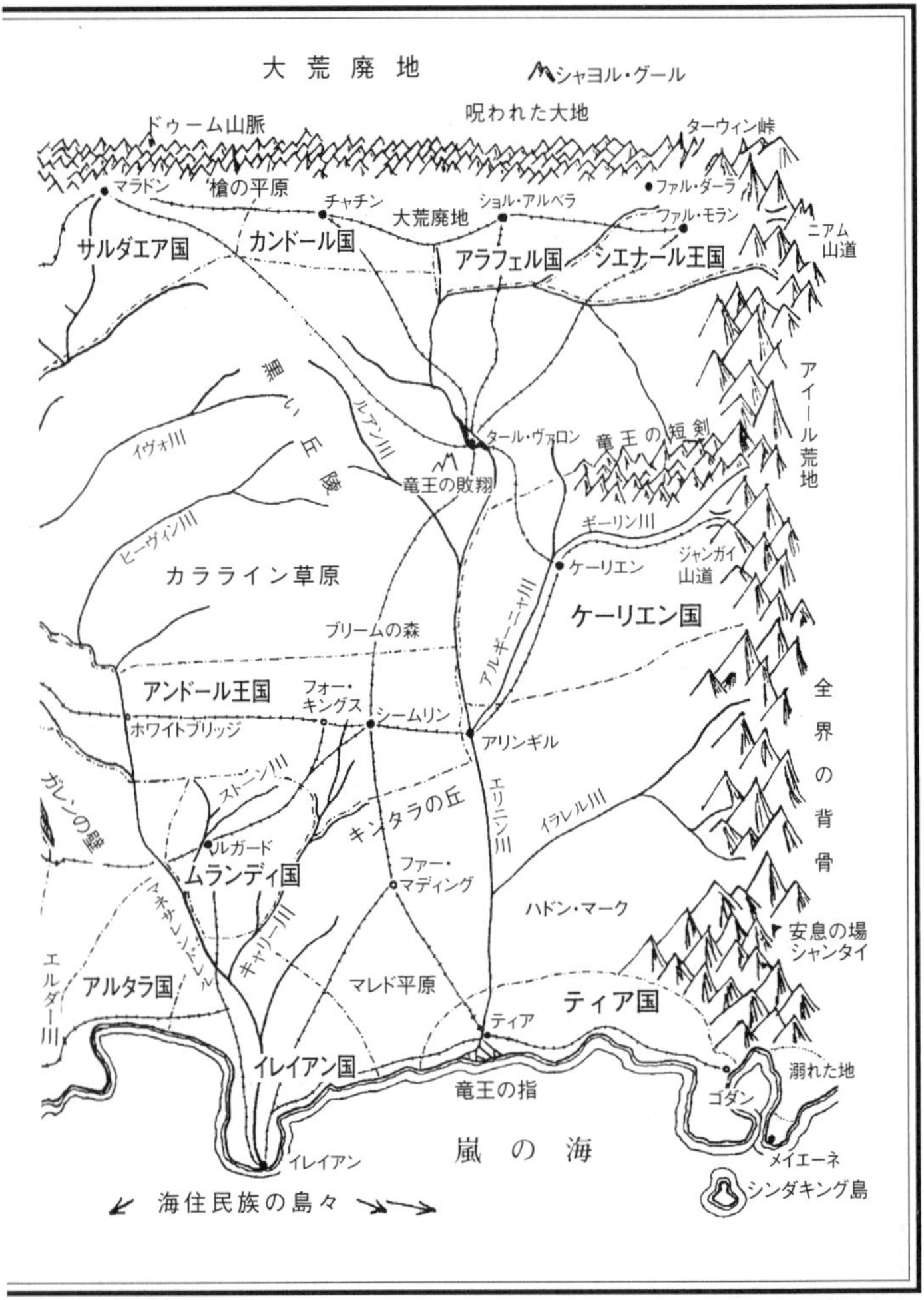

大荒廃地
シャヨル・グール
呪われた大地
ドゥーム山脈
ターウィン峠
マラドン
槍の平原
ファル・ダーラ
チャチン
ショル・アルベラ
大荒廃地
ファル・モラン
ニアム
山道
サルダエア国
カンドール国
アラフェル国
シエナール王国
黒い丘陵
ルアン川
イヴォ川
タール・ヴァロン
竜王の短剣
アイール荒地
竜王の敗翔
ヒーヴィン川
ギーリン川
ケーリエン
ジャンガイ
山道
カラライン草原
アルギーニャ川
ケーリエン国
ブリームの森
アンドール王国
フォー・
キングス
シームリン
ホワイトブリッジ
アリンギル
全界の背骨
ストーン川
ガレンの壁
キンタラの丘
エリニン川
イラレル川
ルガード
ムランディ国
ファー・
マディング
マネサレンドレル
キャリー川
ハドン・マーク
安息の場
シャンタイ
エルダー川
アルタラ国
マレド平原
ティア国
ティア
イレイアン国
溺れた地
竜王の指
ゴダン
嵐の海
イレイアン
メイエーネ
シンダキング島
海住民族の島々

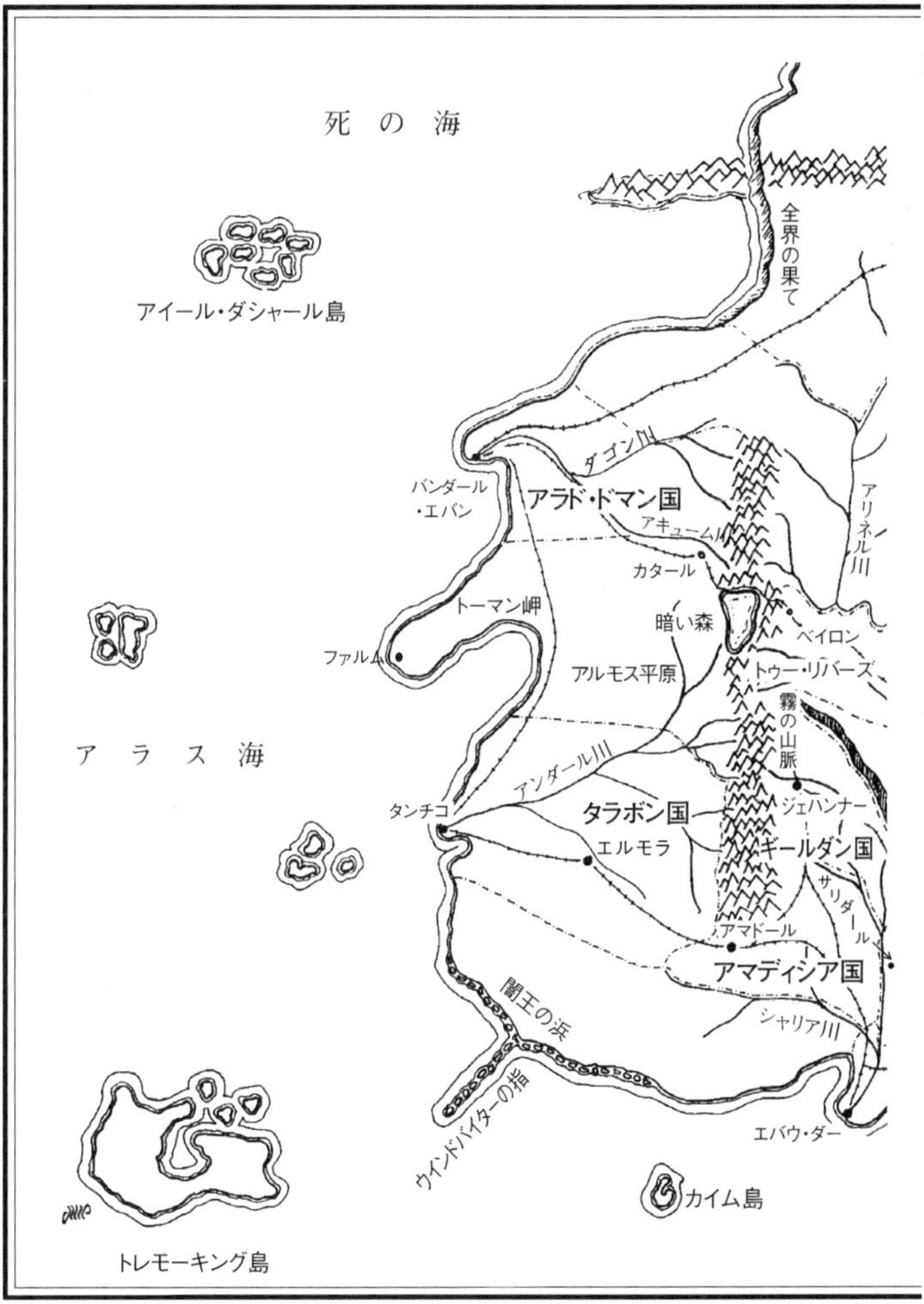
死の海
アイール・ダシャール島
全界の果て
ダゴン川
バンダール・エバン
アラド・ドマン国
アキューム川
カタール
アリネル川
トーマン岬
暗い森
ベイロン
ファルム
アルモス平原
トゥー・リバーズ
霧の山脈
アラス海
アンダール川
ジェハンナー
タンチコ
タラボン国
エルモラ
ギールダン国
サリダール
アマドール
アマディシア国
闇王の浜
シャリア川
ウインドバイターの指
エバウ・ダー
カイム島
トレモーキング島

ホイール・オブ・タイム　竜王伝説〔上〕

登場人物

●エモンズ・フィールドの住民

ランド・アル＝ソア……………………農夫で羊飼いの若者

マット・コーソン………………………農場主の息子

ペリン・エイバラ………………………鍛冶屋見習いの若者

エグウェーン・アル＝ヴィア………宿屋〈酒の泉〉の末娘

ナイニーヴ・アル＝メアラ…………村の賢女

タム・アル＝ソア………………………ランドの父。農夫・羊飼い

ブラン・アル＝ヴィア…………………村長。宿屋〈酒の泉〉の主人

ハラル・ルーアン………………………鍛冶屋

アベル・コーソン………………………マットの父。農場主

セン・ブイ…………………………………屋根葺《ふ》き職人

トム・メリリン…………………………吟遊詩人

パダン・フェイン………………………旅商人

モイレイン…………………………………異能者《アエズ・セダーイ》

ラン…………………………………………モイレインの護衛士

ハイタワー…………………………………タレン川の渡し守

フィッチ……………………………………宿屋〈雄鹿と獅子〉の主人

ミン…………………………………………〈雄鹿と獅子〉で出会った少女

エイダン……………………………………ベイロンの太守

ロゲイン……………………………………偽の竜王

ミルドラル
トロローク
ドラフカー
……………………………闇王の配下

闇王…………………………………………シャヨル・グールに幽閉されている諸悪の根源

序章　〈竜王の敗翔《はいしょう》〉

　ときおり思い出したように地鳴りが轟《とどろ》くと、宮殿は、すでに起こったことを否定するかのように低いきしみを発した。壁に走る無数の割れ目から細い光線が差しこみ、宙を舞う塵《ちり》をきらきらと浮きあがらせている。壁や床や天井は一面に黒い焦げ跡だらけだ。かつてはまばゆかった壁画の絵具や金箔が熱で火ぶくれして浮きあがり、広範囲にわたって黒い汚れがついている。外壁上部の彫刻が崩れ落ちて煤《すす》におおわれ、人物や動物の像は狂気の余波を受けて動きだそうとしているかのように見えた。

　いたるところに、男や女や子供の死体が転がっている。宮殿から逃げる途中で、通廊を駆け抜けた稲妻に打ち倒された者。這《は》い寄る炎に捕らえられた者。なだれ落ちる石材に押し流され、下敷きになった者。妙なことに、壁にかけられた色とりどりの見事なタペストリーや絵画は、なんの損傷も受けていない。出っ張った壁に押されて、曲がっているだけだ。精緻《せいち》な彫刻がほどこされ、象牙や金をはめこまれた家具も、床が盛りあがって倒れたもの以外は、変わらない姿で立っていた。攻撃は核心部——人間——だけを狙ったらしい。

竜王ルーズ・セリン・テラモンは、宮殿内の揺れる床の上をよろよろと進みながら、妻の名を呼んだ。

「イリェーナ！　どこだ？」

竜王テラモンが女の死体をまたいで進むと、薄い灰色の長いマントの端が床の上に血の跡を残した。金髪の美しい女性の死体は顔に断末魔の恐怖をとどめ、見開いた目で呆然《ぼうぜん》と宙を見据《みす》えていた。

「どこにいる、イリェーナ？　みな、どこに隠れているのだ？」

竜王テラモンの目が火ぶくれのできた大理石の壁にかかる傾いた鏡をとらえ、鏡に映る自分の姿を見つめた。灰色と真紅と金色の堂々とした王者らしい服装——かつては〈全界の海〉の向こうから商人たちによって持ちこまれた優美な織物だった。だが、今は破れて、竜王テラモンの髪や肌と同じように埃《ほこり》まみれになっている。つかのま、竜王テラモンはマントの模様に指を這わせた。円が曲がりくねった線で二分され、片側が白く、片側が黒く彩《いろど》られている。何かのシンボルらしい。

　だが、竜王テラモンの目はすぐに縫《ぬ》い取りの模様からそれて、鏡に映る自分の姿を不思議そうに見つめた。中年にさしかかった長身の男だ。端麗だった名残《なごり》をとどめているが、茶色の髪には白いものが増え、顔には緊張と心痛による皺《しわ》が刻まれている。あまりにも多くのものを見すぎた黒い目が、自分を見返した。竜王テラモンは小さな笑い声を漏《も》らし、やがて頭をのけぞらせて笑いはじめた。静まり返った広間に笑い声が反響した。

「イリェーナ！　出てきてくれ。こいつを見てくれ」

　竜王テラモンの背後で空気が細《こま》かく波打ち、ちらちらまたたいたかと思うと、かたまって一人の男の姿になった。男は嫌悪感に口をゆがめて、あたりを見まわした。竜王テラモンほど長身ではない。服装は、白いレースの襟《えり》もとと、太腿《ふともも》まで達するブーツの折り返しにつけた銀細工のほかは、黒一色だ。男は、転がっている死体に長いマントの裾《すそ》がふれないよう細心の注意を払ってマントをさばきながら、そろそろと足を進めた。余震で床が揺れたが、もはや、鏡を見つめて笑う竜王テラモンのことしか眼中にないようだ。

「〈朝の王〉よ」男は呼びかけた。「おまえを迎えにきた」

　突然、笑い声が嘘のようにやみ、竜王テラモンが振り向いた。驚いた様子はない。

「ああ、ご来客か。ようこそ。お客人、あなたは歌に託す思いをお持ちかな？　そろそろ吟唱の時間だ。われわれは飛び入りも歓迎する。イリェーナ……妻よ、お客だぞ。どこにいるのだ、イリェーナ？」

黒衣の男は目を剝《む》き、金髪の女性の死体をちらっと見ると、竜王テラモンに視線を戻した。

「シェイ＝タンに襲われたな。闇の力に捕らえられて、そこまで狂ってしまったのか？」

「その名を……シェイ――」言いかけて、竜王テラモンは身震いし、何かを追い払うように片手を上げた。「その名を口にしてはならない。危険だ」

「それぐらいは覚えているようだな。おれにとっては危険でもなんでもない。おまえにとって危険なのだ、愚か者。ほかには何を覚えている？　思い出せ、この、光で目がくらんだ愚か者め！　何もわからないではすまさんぞ！　そら、思い出すんだ！」

竜王テラモンは自分の上げた手を見つめた。手についた煤を興味深げにながめてから、汚れほうだいの上着で手をぬぐい、客人に視線を戻した。

「おまえは何者だ？　なんの用だ？」

黒衣の男は傲然《ごうぜん》と身をそらした。

「以前はイーラン・モリン・テドロネイと呼ばれていた。だが、今は――」

「〈希望を裏切りし者〉」竜王テラモンの口から、かすれた声が漏れた。記憶がよみがえりかけたが、頭を振って遠ざけた。

「なるほど、すっかり忘れたわけではないのだな。そうとも、裏切り者テドロネイだ。おまえは竜王と呼ばれ、おれは裏切り者と呼ばれる。だが、おまえと違って、おれはこの名が気に入っている。おれに対する悪口のつもりだろうが、いずれ、この名を呼ぶ者たちをひざまずかせ、この名を崇《あが》めさせてやる。おまえはなんと呼ばれたい？　今後は〝親族殺し〟と呼ばれるぞ。永遠にそう呼ばれたいのか？」

竜王テラモンは眉をひそめ、崩壊した広間を見まわした。

「イリェーナは客人に挨拶《あいさつ》しないつもりかな？」ぼんやりつぶやくと、声を張りあげた。

「イリェーナ！　どこにいる？」

床が震動し、金髪の女性の死体が、呼び声に応《こた》えるかのように揺れた。竜王テラモンがその女性に目をとめることはなかった。

テドロネイは顔をゆがめ、軽蔑をこめた口調で言った。

「そのざまはなんだ？　絶対力を使うしもべたちのなかでも、最高の地位にあったおまえが……〈タマリンの指輪〉をはめて指導者の座につき、〈王者の九笏《きゅうしゃく》〉を求めたおまえが、なんというざまだ！　だが、これで終わりではないぞ。おまえは〈しもべの殿堂〉でおれをさげすみ、〈パーラン・ディーゼンの門〉でおれを打ち負かした。だが今では、おれのほうが強い。おまえが死ぬ前に、そのことを思い知らせてやる。どうせ死なせるなら、おまえの最後の記憶を、これでもかというほどの敗北感で塗りつぶしてやる」

竜王テラモンは言った。「イリェーナは何をぐずぐずしているんだろう？　わたしが来客を紹介しないと、手きびしい小言を言うのに。お客人、雑談はお嫌いではないでしょうな？　妻がいろいろと、お話を聞きたがるはずです。ご用心ください。イリェーナはあなたを質問攻めにして、聞きたいことをすべて聞くまで解放しないでしょう」

テドロネイは黒いマントを背後へ払うと、今にもつかみかかりそうに両手の指を屈伸させた。

「哀れなやつめ」そう言う声には、ひとつの感慨がこもっていた。「女性のしもべが一人でもここにいれば、もう少しましな姿になれたかもしれないのに。おれは〈治療の技《わざ》〉が得意ではない。今では別の力を授かっている。〈治療の技〉に長《た》けた女性のしもべも、おまえの意識をはっきりさせられるのは、ほんの数分間だけだろう——技をほどこす前に、おまえに殺されなければの話だがな。だが、おれの目的を果たすには、おれの技で充分だ」テドロネイは急に冷酷な笑みを浮かべた。「シェイ＝タンによる治療は、おまえにはなじみの薄い荒療治だ。回復せよ、竜王テラモン！」

テドロネイが両手を伸ばすと、太陽が影でおおわれたかのように、あたりが薄暗くなった。

激痛が全身を駆け抜け、竜王テラモンは悲鳴を上げた。かんだかい叫びが、身体の奥底から抑えようもなく湧きあがった。炎が骨髄を焼き、酸が血管を駆けめぐる。仰向けに大理石の床に倒れた竜王テラモンの頭が、床にあたって激しくはずんだ。心臓が激しく鼓動し、脈の一拍ごとに新たな苦痛が全身を襲った。竜王テラモンはなすすべもなく身もだえし、のたうちまわった。頭が苦痛のかたまりと化し、今にも破裂しそうだ。かすれたわめき声が宮殿内に響きわたった。

　やがて、気づかないほど少しずつ痛みがやわらぎ、鎮まった。激痛に襲われてから千年もたったかのように思われる。竜王テラモンは横たわったまま弱々しく身をよじり、ひりひり痛む喉を通して必死に息を吸いこんだ。身体を起こせるようになるまで、さらに千年が過ぎた気がした。竜王テラモンは萎《な》えた筋肉に力をこめ、ふらつく四肢を床に突っ張って四つんばいになった。

　そのとき、金髪の女の死体が目に入った。竜王テラモンの口から、これまでいちども出たことがないほど大きな叫び声が漏れた。よろめき、倒れかけながら、竜王テラモンはもがくように床の上を進み、そばへたどりつくと全力を振りしぼって死体を抱きあげた。目を見開いた死体の顔から、震える手で髪をかきのけ、なでつけた。

「イリェーナ！　なんということだ、イリェーナ！」

竜王テラモンの上体が、妻を守るように遺体におおいかぶさった。生きる支えを失った男の叫びが、泣き声となって喉からほとばしりでた。

「イリェーナ、こんなことが！　嘘だ！」

「奥方を取り戻すこともできるんだぞ、親族殺しの竜王テラモン。〈偉大なる闇王〉なら、生き返らせることができる。おまえが、闇王に仕える気があればな。おれの命令を聞く気があればだ」

竜王テラモンは顔を上げた。黒衣のテドロネイが思わずあとずさりするほど鋭い視線だ。

「十年たったな、裏切り者テドロネイ」と、竜王テラモン。静かな口調だが、剝き出しの鋼《はがね》のような危険な色がある。「十年のあいだに、おまえの穢《けが》らわしい主人は全界を破滅させた。そして、こんどはこれだ。わたしは……」

「十年だと！　哀れな愚か者め！　この戦いは十年どころか、時がめぐりはじめたときから延々とつづいている。〈時の車輪《ホイール・オブ・タイム》〉がまわるたびに、おまえとおれは何千回と戦ってきた。この先も、時が果てて闇が勝利者となるまで、戦いつづける！」

テドロネイは片方の拳《こぶし》を振りあげ、声を荒らげた。こんどは竜王テラモンのほうがあとずさり、テドロネイのぎらぎらした目に息をのんだ。

竜王テラモンはそっと妻の遺体をおろし、優しく髪をなでた。やがて立ちあがったとき、目は涙で濡れていたが、声は氷におおわれた鉄のように冷たかった。

「裏切り者テドロネイ、おまえがほかに何をしようと、どうでもいい。だが、イリェーナを殺したことだけは許せない。おまえの主人が何かする前に、おまえを殺してやる。覚悟するがいい――」

「忘れたのか、愚か者！　〈偉大なる闇王〉に戦いを挑んでも無駄だ！　あの反撃を覚えていないのか？　思い出せ！　今でも、強力な百人部隊が全界を引き裂いている。そのうえ、毎日のように新たな百人の男たちが仲間に加わる。陽光の髪のイリェーナを殺したのは誰の手だ、親族殺しの竜王テラモン？　おれの手じゃない。おれじゃないぞ。おまえの血を引く命を根絶やしにしたのは……おまえを愛し、おまえに愛された者たちを、ことごとく殺したのは誰の手だ？　おれの手じゃないぞ、親族殺しの竜王テラモン。おれじゃない。覚えておけ。闇王シェイ＝タンに逆らった報いだと知るがいい！」

不意に、埃と煤で汚れた竜王テラモンの顔に汗が噴き出た。記憶が戻ってきた。夢のなかの出来事のようにかすんではいるが、テドロネイの言葉どおりの事実が脳裏によみがえった。

自分の手で自分の魂を破滅に追いやった男の咆哮《ほうこう》が、周囲の壁を打った。自分の犯した罪の光景をまぶたから引きはがそうとするかのように、竜王テラモンは顔をかきむしった。

どこを見ても、死体が目に入った。引き裂かれた死体。打ち砕かれ、あるいは焼け焦げた死体。石材になかば埋《う》まった死体。いたるところに、竜王テラモンの知っている者が……竜王テラモンが愛した者が、生気の失《う》せた顔をさらしていた。子供のころから親しんできた召使や友人。長い戦闘のあいだも忠実だった仲間たち。竜王テラモン自身の息子たちや娘たちも、寝かしつけられたままの壊れた人形のように、手足を広げて横たわっている。みな、竜王テラモン自身が殺した者たちだ。子供たちの顔は父親を責め、うつろな目で〝なぜ？〟と問いかけていた。今となっては、どんなに嘆いても取り返しがつかない。

テドロネイの笑い声が竜王テラモンを打ちのめし、嘆きの咆哮をかき消した。死体の顔に残る苦痛の色は、竜王テラモンには耐えがたいものだった。とても見ていられない。

竜王テラモンは必死で万物源に手を伸ばして、穢れた男性源《サイディン》を引き出し、〈飛躍の技〉でかなたへ飛んだ。

竜王テラモンのまわりに、何もない平坦な土地が広がった。近くを、まっすぐで幅の広い川が流れている。周囲数百キロ以内に人の気配は感知できない。この世界にいる人間は竜王テラモンだけだ。だが、記憶から逃《のが》れることはできない。心の奥の底知れない暗がりから、死者たちのうつろな目が竜王テラモンを追ってくる。逃げるすべはない。子供たちの目……妻イリェーナの目。

空を仰いだ竜王テラモンの頬に涙が光った。

「光よ、お許しください！」

自分のしたことを考えると、許されるとはとても思えない。だが今は、空に向かって叫び、許しを請《こ》うしかない。

「光よ、わたしをお許しください！」

竜王テラモンはまだ万物源との接触を保っていた。宇宙を動かし、〈時の車輪〉を回転させるこの力は、男性源《サイディン》と女性源《サイダール》から成り立っており、男性である竜王テラモンが利用できるのは半分の男性源《サイディン》だけだ。万物源の表面を穢すねばねばした害毒も感じられた。闇の反撃で受けた穢れだ。万物源が穢されたせいで、全界は悲惨な運命をたどりはじめた。自分のせいだと、竜王テラモンは思った。人間は創世主に匹敵する力を持ち、創世主がつくりだしたものを壊しても人間の力で修復できる、と傲慢な考えを抱きつづけていたからだ。ずっとそう信じていた。

竜王テラモンは万物源の奥へと手を伸ばした。もっと奥へ。喉の渇きをうるおす水を求めるかのように、貪欲にすがりついた。たちまち、竜王テラモンが独力であやつれる以上の絶対力が引き出された。皮膚が燃えるような気がした。全身を緊張させ、もっと引き出そう……全部を引き出そうと、くいさがった。

「光よ、お許しください！　イリェーナ！」

　空気が火に変わり、さらに、液状の光に変わった。ひとめ見ただけでも網膜が焼け焦げそうな、強烈な稲妻が天から降った。稲妻は竜王テラモンの全身を貫《つらぬ》き、大地の奥深くへくいこんだ。地中の岩が蒸気となって霧散する。大地はのたうち、苦悶する生き物のように震えた。光の柱が大地と空を結びつけたのは一瞬だけだったが、稲妻が消えたあとも、地面は嵐の海のように大きくうねりつづけた。地響きとともに地面が隆起し、溶けた岩を百五十メートルも空中へ噴きあげ、燃える飛沫をさらに上空へ撒《ま》き散らした。四方八方から風が唸《うな》りを上げて吹きこみ、木々を小枝のようにへし折り、絶えず上空へ向かって隆起しつづける大地を助けるかのように、かんだかい音を立てて吹き荒れた。

　ようやく風が静まり、大地の激動もおさまりはじめた。竜王テラモンの姿は跡形もなかった。竜王テラモンが立っていた場所には数千メートルの高山がそびえ、まだ頂上から溶岩を噴きあげている。幅の広いまっすぐな川は山に押されて曲がり、ふたつに分かれて、中央に長い島ができた。高山の影が島に届くほど伸び、平野を横切る不気味な手のように見える。しばらくのあいだ、おさまりきらない鈍い地響きのほかにはなんの物音もしなかった。

　やがて、島の上の大気がちらちらと光を発してかたまり、黒衣の男が姿を現わした。その男――テドロネイは平野に出現した火山をにらみつけ、激しい怒りと軽蔑に顔をゆがめた。

「そう簡単に逃げられはしないぞ、竜王テラモン。おれたちの戦いはまだ終わっていない。時が果てるまで終わらない」

テドロネイの姿が消え、火山と島が残った。そのまま長い年月が流れた。

やがて、その地に闇が影を落とし、全界の大地はまっぷたつに引き裂かれた。大洋は消え失せ、山脈はのみこまれ、人々は全界の隅々《すみずみ》へ離散した。月は血のように赤く染まり、太陽は灰のように輝きを失った。海は沸き返り、生者は死者を羨《うらや》んだ。すべてが瓦解し、記憶だけが残った。なかでも、闇と全界の崩壊をもたらした男は、人々の記憶にとどまった。この男は竜王と呼ばれた。

――著者不明、第四時代の〈全界崩壊《アレス・ニン・テイリン・アルタ・カモーラ》〉より

その時代にも、それ以前や以後と同じように闇が地に濃い影を落とした時期があった。人々の心は圧迫され、緑の植物は姿を消し、希望は失われた。人々は創世主に向かって叫んだ――おお、天の光よ、全界の光よ、山から生まれた約束の王をこの地へお送りください。過去の長いあいだ存在した王が未来でも長いあいだ姿を見せるという予言を、成就してください。〈朝の王子〉が、「この地が緑にあふれ、谷間に子羊が満ちるように」と歌ってくださいますように。〈暁《あかつき》の王〉の腕《かいな》がわれらを闇から守り、正義の剣《つるぎ》がわれらのために戦ってくださいますように。ふたたび竜王が時の風に乗って飛来しますように。

――著者不明、第四時代の〈竜王伝説《チャラル・ドリアナーン・テ・カラモン》〉より

1　誰もいない道

〈時の車輪《ホイール・オブ・タイム》〉がまわり、さまざまな時代が訪れた。時代が過ぎ去るにつれて、残った記憶は伝説になり、やがて神話になった。神話も忘れられたころに、ふたたびおぼろげな記憶のよみがえる時代がめぐってきた。ある時代には――第三時代だという者もいるが、まだ来ていない時代かもしれず、また過ぎ去った時代かもしれない――〈霧の山脈〉から風が立ちのぼった。この風がすべての始まりだったわけではない。〈時の車輪〉の回転には、始まりも終わりもないのだから。だが、何かの始まりには違いなかった。

風は、その名のとおりつねに頂上が雲に隠れている山脈のふもとから生まれて、東へ向かい、全界崩壊の前には大海の岸だった〈砂の丘〉を越えた。そのまま、ふもとのトゥー・リバーズ地方へ吹きこみ、深く茂った〈西の森〉を抜けて、〈石切り場街道〉と呼ばれる石ころだらけの小道へ吹きつけた。

二人の男が荷馬車を引いて、この小道をたどっていた。もう一カ月も前に春がきていいはずだったが、風は雪がまざっているのではないかと思うほど冷たい。突風を受けて、ランド・アル＝ソアの褐色の羊毛のマントは背中と脚にぴたりと張りつき、やがて背後へなびいた。もっと厚い上着を着るか、下着を一枚余分に着てくればよかったと、アル＝ソアは後悔した。身体に巻きついたマントをようやく引きはがしたかと思うと、こんどは腰のあたりではためいてバタバタと尻を叩かれる。片手でマントを押さえようとしたが、うまくいかない。もう一方の手が、矢をつがえていつでも引き絞れるようにした弓でふさがっているせいだ。

ひときわ強い風が吹きつけて、押さえていたマントが手からもぎ取られた。アル＝ソアは、毛深い茶色の雌馬ベラの背中ごしにちらりと父親のほうへ目を走らせ、父親タムがそこにいるのを見てほっとした。愚かなことだとは思うが、なんとなく今日はいやな予感がする。風の唸《うな》りこそ激しいものの、あたりは人影ひとつなく静まり返っていた。荷馬車の車軸のきしむ音がやけに耳につく。森には小鳥のさえずりも聞こえず、枝で騒ぐリスの声も聞こえない。この寒空《さむぞら》では当然だ。

目につく緑は、冬も葉を落とさない常緑樹だけだ。雪の下に残る茨《いばら》のやぶが、木々の根もとに顔を出した岩の上に広がっている。まだ雑草も、わずかしか芽をふいていない。その大半がイラクサで、あとは鋭い棘《とげ》やぎざぎざのある草や、うっかり踏みつけるとブーツにいやなにおいがつく草ばかりだ。茂った木立の下では、まだ大半の雪が溶けずに、まばらに残っている。日なたでも、あまり暖かくない。梢《こずえ》の上の東の空に色褪《いろあ》せた太陽がかかり、薄暗い弱々しい光を投げかけていた。陰気なことばかりが心に浮かぶ。気持ちのよくない朝だ。

　アル＝ソアはなにげなく、弓の弦《つる》につがえた矢に手をふれた。父親に言われているとおり、何かがあれば、すぐ矢を射られる状態にしてある。農場でも、今年の冬はひどかった。年寄りたちにも覚えがないくらいきびしい冬だ。平地へおりてくる狼が増えたところを見ると、山はもっときびしいらしい。狼は羊小屋に侵入し、手あたりしだいに羊を嚙《か》み殺し、さらに牛や馬のいる納屋へ向かう。熊も羊を襲うが、ここ数年は姿を現わしていない。狼が人間を襲うこともあるので、暗くなってから外を歩くのは危険だ。日が沈まないうちから襲われることもある。

　馬のベラの向こう側を歩く父親タムは、槍を杖のように突いて進んでいた。茶色のマントがバタバタはためくのも、気にならないようだ。ときおり馬の横腹に軽く手をふれて、先を促《うなが》す。タムの厚い胸とがっしりした顔立ちを見ると、アル＝ソアの奇妙な不安は薄れた。海を漂流する夢のなかで、揺るぎない岩が見えたような気分だ。タムの日焼けした頬には深い皺《しわ》が刻まれ、髪はぱらぱらと黒いものが残る程度で大半が灰色に変わっている。だが、洪水に襲われても、びくともせずに立っていられそうな力強さがあった。今も落ち着いた足取りで道を進んでいる。狼や熊が羊飼いにとって恐ろしいのは言うまでもないが、このタムがエモンズ・フィールドへ向かうのをじゃまさせはしないぞ――いかにも、そう言いたげな落ち着きはらった様子だ。

　タムの落ち着いた態度に、アル＝ソアはちょっと恥ずかしくなり、自分の役目を思い出して道端に視線を戻した。アル＝ソアは、タムより頭ひとつ分だけ背が高い。このあたりではいちばん背が高く、父親と似ているのは広い肩幅くらいだ。灰色の目と赤みがかった髪は母親似だと、タムは言った。アル＝ソアの母親はトゥー・リバーズの住人ではなく、アル＝ソアが幼いころに死んだ。母親のことは笑顔しか覚えていないが、毎年、〈春祭《ベル・タ》り《イン》〉のときと、夏の〈太陽祭〉には母親の墓に花を供《そな》えた。

　ガタガタ揺れる荷馬車には、タムがつくったアップル・ブランデーの小さな樽《たる》がふたつと、リンゴ酒の大きな樽が八つのっていた。ひと冬しか寝かせていないので、アルコール度は高くない。タムは毎年、エモンズ・フィールドの宿屋〈酒の泉〉に、〈春祭り〉用のアップル・ブランデーとリンゴ酒をおさめている。今年も「狼が出ようが、春が遅れようが、おさめるものはおさめる」と言った。ここ何週間も村へ姿を見せず、近ごろはあまり遠出もしないが、配達がぎりぎりになっても酒はおさめてきた。タムは必ず約束を守る男だ。アル＝ソア自身は、農場を離れて遠出できるのも、〈春祭り〉がくるのもうれしかった。

　道端に目を配っているうちにアル＝ソアは、誰かに見られているような妙な感じを覚えた。はじめは気のせいだと思った。木立のあいだに動くものの気配はなく、風の音しかしないが、見られているという感じは消えず、しだいに強くなった。腕に鳥肌が立ち、皮膚がちくちくした。

　アル＝ソアはいらいらして、持っていた弓で腕をこすり、もう妙なことを考えるのはやめようと自分に言い聞かせた。こちら側の森には何もいないようだし、道の反対側に何かがいれば、父が教えてくれるはずだ。アル＝ソアは肩ごしにちらりと振り返り……驚いて目をしばたたいた。三十メートルほど後ろから、馬に乗った人影がついてくる。つやのない黒い馬で、乗り手の服装も同じ黒色だ。

　日ごろから背後を警戒する習慣があるため、アル＝ソアは人影に目を向けたまま、荷馬車の横を後ろ向きに歩きつづけた。

　馬上の人影はブーツの上まで垂れる長いマントをはおり、フードを目深《まぶか》にかぶっているので、顔は見えないが、どこか妙な感じがした。フードの下からわずかにのぞく顔も影になって、だいたいの輪郭しか見えないのに、なぜか、その顔から目をそらすことができなかった。胃がむかついた。フードの下には影しか見えないのに、歯を剝《む》き出して唸っているような強烈な憎悪が感じられる。生あるものすべてに対する憎悪——とりわけ、アル＝ソアに対する憎悪だ。

不意に石ころに足を取られてアル＝ソアはよろめき、黒衣の男から目を離した。弓矢を道に落とし、とっさに伸ばした片手で馬の引き具につかまったので、なんとかアル＝ソアは仰向けに倒れずにすんだ。馬が驚いて鼻を鳴らし、なにごとかと首をまわしてアル＝ソアを見た。

馬の背中ごしに、タムが眉をひそめてアル＝ソアを見おろした。

「どうした？　大丈夫か？」

「馬に乗った人がいる」アル＝ソアは立ちあがり、息を切らして言った。「見たこともない人だ。後ろからついてくる」

「どこだ？」タムは幅の広い穂先のついた槍をかまえ、用心深く振り返った。

「ほら、あそこの……」指をさしかけたとき、アル＝ソアの言葉はとぎれた。

道には誰もいなかった。信じられない思いで、アル＝ソアは道の両側の森に目を走らせた。葉を落とした木々はまばらで、身を隠しようもないはずだが、馬の姿も人の姿も見えなかった。

タムの問いかけるようなまなざしに、アル＝ソアはむきになって言った。

「本当にいたんだ。黒いマントを着て、黒い馬に乗ってた」

「疑うわけではないが、いたとしたら、そいつはどこへ行ったんだ？」

「知らないよ。でも、いたんだ」アル＝ソアは落とした弓矢をつかむと、急いで矢羽を確かめて、もとどおりにつがえ、半分ほど弦を引いてから、またゆるめた。狙うものは何もない。「ちゃんと見たんだ」

タムは白髪《しらが》まじりの頭を振り、「おまえがそう言うのなら、いたんだろう。まあ、そうむきになるな。馬なら足跡が残る。こんな石ころだらけの道でもな」と言いながら、マントを風になびかせて荷馬車の後ろへまわろうとした。「足跡が見つかれば、いたことがわかる。見つからなければ……まあ、気のせいってことだな」

アル＝ソアは突然――実際にいたかどうかは別として――騎乗の男のどこが妙な感じだったのかに気づいた。父親タムやアル＝ソア自身のマントは風に激しく煽《あお》られているのに、あの黒いマントは少しも動いていなかった。急に口のなかが、からからになった。きっと気のせいだったんだ。父の言うとおりだ。いまさら、「消えた人影は、風が吹いても動かないマントを着てた」なんて言えやしない。

　アル＝ソアは不安げに顔をしかめ、周囲の森に目を凝《こ》らした。森の様子も今年は違って見える。アル＝ソアは、よちよち歩きのころから自由に森を駆けまわった。エモンズ・フィールドの東はずれの農場の、さらに東にある〈水の森〉の池や川で泳ぎを覚えた。トゥー・リバーズの人たちが縁起の悪い場所だという〈砂の丘〉を探険したこともある。いちどは、親友のマット・コーソンとペリン・エイバラと三人で、〈霧の山脈〉のふもとまで行ってみた。エモンズ・フィールドの住人が行ったこともないほど遠くだ。村人たちは、せいぜい隣村——北隣のウォッチ・ヒルか南隣のデベン・ライド——までしか遠出しない。このあたり一帯に、アル＝ソアが恐れるような場所はなかった。ところが、今日の〈西の森〉はどこか不気味に見えた。あんなにすばやく姿を消せる人間なら、また急に——すぐそばに——姿を現わすかもしれない。

「いいよ、父さん、見にいかなくても」

　アル＝ソアが言うと、タムはびっくりして立ちどまった。赤くなった顔を隠そうと、アル＝ソアはフードをかぶった。

「きっと気のせいだ。足跡なんか探してもしょうがない。こんな風のあたる場所は早く離れて、村へ行ったほうがいい」

「暖かい場所で早くタバコを吸いたいものだ」タムはゆっくりとした口調で「ビールも飲みたい」と言い、急ににやっと笑った。「おまえも早くエグウェーンに会いたいだろう」アル＝ソアは、やっとの思いで弱々しい笑みを浮かべた。エモンズ・フィールドの村長《むらおさ》の娘のことなど、今は考えたくない。これ以上は頭を混乱させたくない。去年は、エグウェーンと顔をあわせるたびに気まずい思いをした。しかも、エグウェーンのほうはそのことに少しも気づいていない。アル＝ソアはエグウェーンの記憶を押しのけた。

　不安を父に気づかれたくないと思っているアル＝ソアに、タムが言った。

「いいか、炎と無心を忘れてはいかんぞ」

　いつもタムはアル＝ソアに、そう教えた。ある一点につねに燃えるような情熱をこめて、恐怖や憎悪や怒りなどを注ぎこみ、心を空《から》にしろ。無心になれば、なんでもできる——そう言った。そんなことを言う人間はエモンズ・フィールドにはいない。だがタムは、この〝炎と無心〟のおかげで毎年、〈春祭り〉の弓術試合で優勝した。アル＝ソアは、うまく無心になれれば、今年は自分が優勝できるかもしれないと思った。タムがこの言葉を口にしたところを見ると、やはり不安な気持ちを気づかれたのかもしれない。

　タムが舌を鳴らして馬に進むよう合図し、二人はまた道を歩きはじめた。タムはあいかわらず平然と足を進めた。奇妙なことなど何も起こらなかったし、これからも起こるはずがないというように。自分もあんなふうに落ち着いていたいと、アル＝ソアは思った。無心になろうとしたが、黒衣の男の姿が絶えず目の前にちらついた。

　タムの言うとおり、気のせいだと思いたかった。だが、あのとき感じた相手の激しい憎悪が忘れられない。たしかに誰かがいた。おれに対して悪意を持っていた……。アル＝ソアは、エモンズ・フィールドに着いて、両側に高い藁葺《わらぶ》き屋根の家並みが見えるようになるまで、二度と振り返らなかった。

　エモンズ・フィールドは〈西の森〉の東はずれと接している。木々がまばらになるあたりから、骨組みのがっしりした家々が目立ちはじめ、地面は東へ向かってなだらかな下り坂になる。進むにつれて、ところどころにかたまった木立をまじえて、農場や、生垣《いけがき》で囲まれた畑や牧草地が、入れかわり立ちかわりパッチワークのように広がり、曲がりくねった川と池がある東側の〈水の森〉までつづく。西側のほうが土地は肥沃で、牧草地も青々としている。だが〈西の森〉には、農場はほんの数えるほどしかない。それも、〈砂の丘〉まで行かないうちに姿を消してしまう。ましてや、エモンズ・フィールドから遠く離れた〈霧の山脈〉――姿だけは〈西の森〉の木々の上に見える――には、人家の気配もない。トゥー・リバーズのほかの場所には石ころなどひとつもないかのように、「〈西の森〉は石ころだらけだ」と言う者もいれば、「縁起の悪い土地だ」と言う者もいる。「必要以上に〈霧の山脈〉に近い場所には住みたくない」と言う者も何人かいた。理由はなんであれ、アル＝ソア親子のように〈西の森〉で農場をいとなむのは、よほど意志の強い者だけだ。

村の家並みに差しかかると、小さな子供たちや犬の群れが、にぎやかな声を上げて荷馬車から身をかわした。馬は、目の前で転んだり、鬼ごっこや輪まわしをしたりする腕白《わんぱく》どもを気にする様子もなく、辛抱強く歩を進めた。子供たちは、ここ何カ月か笑い声を上げることも、遊ぶこともできなかったのだろう。外で遊べるほど暖かくなっても、狼が出る恐れがある。〈春祭り〉が近づいて、ようやく子供たちも遊びを取り戻したようだ。

祭りの気配は大人たちの様子にも現われていた。どこの家でも幅の広いよろい戸を開《あ》け、長い三つ編みを結いあげてスカーフで包んだエプロン姿の主婦が窓ぎわでシーツを振ったり、窓台に敷布団を干したりしている。木々が葉をつけようがつけまいが、春の大掃除をせずに〈春祭り〉を迎える主婦はいない。どこの家の庭でも、ぴんと張った紐《ひも》に絨緞《じゅうたん》がかけられ、遊びにいこうとして用事を言いつけられた子供たちが、籐《とう》の棒で悔しまぎれに絨緞を叩いていた。家の主人が屋根にのぼって、冬のあいだに藁葺き屋根がどれほど傷《いた》んだか……屋根葺《ふ》き職人のセン・ブイを呼ぶほどの傷みかどうかを調べていた。

タムはなんどか足を止めて、村の男たちと短い会話をかわした。タムもアル＝ソアも、何週間も〈西の森〉の農場にこもりきりだったので、様子はどうだとたずねられた。〈西の森〉の住人たちは、まだここに姿を見せていなかった。タムは、吹雪になるたびに被害が大きくなった……子羊が死産だった……畑も牧草地もまだ芽吹かない……去年は小鳥がさえずっていた場所に、今年はカラスが群がっている……などと語った。どこでも同じ状態だった。

　男たちは肩をすぼめ、「まあ、光のおぼしめしで、わしらも生きてゆけるだろう」と言った。なかには、にやりと笑って、「光のおぼしめしがなくとも、死ぬことはあるまい」と付け加える者もいた。

　トゥー・リバーズの人々は、いつもこうだ。目の前で作物が雹《ひょう》に打たれたり、子羊を狼にとられたりして、どうしようもなかったときでも、簡単にあきらめはしない。なんど同じ目にあっても、またはじめからやりなおした。昔から、そうやって生活を立てなおしてきた。

　タムがウィット・コンガーの家の前を急いで通り過ぎようとしたとき、主人のウィットが道に飛び出してきた。タムはあわてて荷馬車を止めた。もう少しでウィットを轢《ひ》くところだった。コンガー一族はいつも不平ばかり言っており、もめごとを起こす天才として有名だ。南隣のデベン・ライドから北隣のウォッチ・ヒルまで……ひょっとしたら、もっと北のタレン・フェリーまで知れわたっているかもしれない。この一族はコプリン一族とのあいだだけで結婚を繰り返してきたので、今では、どこまでがコンガーで、どこからがコプリンか、誰にも正確にわからなくなっている。

「こいつをブラン・アル＝ヴィアの宿屋へ運んでいくところなんだ、ウィット」

タムは、荷馬車に積んだ樽を顎《あご》で示したが、がりがりに痩《や》せたウィットはしぶい顔をしたまま、梃子《てこ》でも動かない。ほかの屋根葺き職人たちと同じように屋根にのぼっていなければならないのに、ことさらセン・ブイ親方の注意を引くかのように、玄関の階段の前の道でひっくり返っていた。ウィットには、やりなおそうという覚悟もなければ、自分が始めたことをやりとげようという気さえない。コプリン一族もコンガー一族も似たり寄ったりだ。

「ナイニーヴをどうしたもんかな、タム？」と、ウィット。「エモンズ・フィールドには、あんな賢女はいらん」

タムは重いため息をついた。「それは、わしらが決めることじゃないよ、ウィット。賢女を決めるのは女たちの仕事だ」

「だが、わしらも何か言ってやったほうがいい。あの娘は〝穏やかな冬で、豊作になる〟と言いおった。これが〝穏やかな冬〟か！　このあいだ、本当に風の声を聞いたのかとナイニーヴにたずねたら、いやな顔をして足を踏み鳴らしおった」

「あんたがいつもの調子でたずねたのなら」と、タム。慎重な口調だ。「あの娘の杖で叩きのめされなかっただけでも、運がよかったというもんだろう。さて、そろそろ、この荷物を――」

「ナイニーヴ・アル＝メアラは、賢女になるには若すぎるんじゃないかね？　女会が何もしないんなら、男議会でなんとかしなきゃなるまい」

「賢女のことなんか、あんたに関係ないでしょ、ウィット・コンガー？」

女のどなり声が響いた。妻のデイズがつかつかと家から出てくるのを見て、ウィットはひるんだ。デイズは身体の幅が夫の倍もあるものの、余分な脂肪はついておらず、いかつい顔をしている。デイズは腰に手をあてて居丈高《いたけだか》に夫をにらみつけた。

「女会のことに首をつっこむ暇があったら、自分の食べるものぐらい自分で作りなさいよ。わたしの仕事なんか手伝ってくれたこともないくせに。洗濯するとか、寝台を整えるとか、してくれたっていいじゃないの」

「でもな、デイズ」ウィットは哀れっぽい鼻声で言いかけた。「わしはただ……」

タムはこの機会を逃《のが》さなかった。

「おじゃましましたな、デイズ、ウィット。お二人の上に光が輝きますように」そう言うと、馬を促してウィットから離れ、道を進みだした。デイズはまだウィットをにらみつけている。夫の話していた相手がタムだったことに気づいたら、タムを引き止めるだろう。そんなことになったら、やっかいだと、タムは思った。

アル＝ソアと父親のタムは、途中で村人に温かい飲みものや食べものをすすめられても、いつも辞退した。タムの姿を見ると、エモンズ・フィールドの主婦たちは、ウサギを見つけた猟犬のように目を光らせて身がまえる。どの主婦も例外なく、立派な農場をいとなむ男——たとえ〈西の森〉に住む男であっても——のいい後添《のちぞ》えになりそうな女を知っていた。

アル＝ソアも、村の道を歩くときはタムと同じくらい足早になった。タムより急ぐことさえあった。タムがいっしょにいないときに村人につかまると、話が返事のしようもなく不愉快な方向へ流れるからだ。誘われて台所の火のそばにすわらされ、ペストリーやハニーケーキやミートパイなどをすすめられる。

主婦は、秤《はかり》や巻き尺を使う商人のようにきびしい目でアル＝ソアの品定めをしながら、「そのお菓子は、夫に死に別れたあたしの妹のほうが上手に作るのよ」などと言う。妹だったり、二番目に年上の従姉《いとこ》だったり、とにかく自分の一族の未亡人をアル＝ソアの二度目の母として推薦する。

「お宅のお父さんだって、もう、そう若いわけでもないしね。亡くなった奥さんを愛していらしたのは、けっこうなことよ。愛情の深い人なら、二度目の奥さんだって愛してくれるはずだし。でも、もう充分に喪《も》に服されたわ。お父さんには、お似合いの奥さんが必要よ。男ってものは、世話をして、面倒に巻きこまれないようにしてくれる女がいなきゃ、やっていけないものなの」

　このあたりで意味ありげな間《ま》を置いてから、いかにもさりげなく巧みな質問を向けてくる。

「ところで、あんたはいくつになったの？」

　トゥー・リバーズの住人はたいていそうだが、アル＝ソアもかなり頑固な性格だ。ほかの地方の人々は、「トゥー・リバーズ人の頑固なことと言ったら、ラバや石にものを教えることだってできるくらいだ」と言う。

　村の主婦たちは悪気がなく、立派な人たちだ。でも、アル＝ソアは人からものごとを押しつけられるのが嫌いだ。こんな話を聞くと、棒で突かれて追い立てられる家畜になったような気がする。だから、村に入ると、つい足取りが速くなり、タムが馬を急がせてくれればいいのにと思った。

　まもなく、荷馬車は村の中央の広い〈草広場〉へ出た。いつもなら、いまごろは一面に草でおおわれているはずだが、今年は枯れ草と黒い剝き出しの土のあいだにちらほらと新しい草が伸びているだけだ。二十羽ほどの鵞鳥《がちょう》が放され、小さな目をきらきらさせて餌を探している。だが、ついばむものが何もないようだ。雌牛が一頭つながれて、細々とした草を食《は》んでいる。

〈草広場〉の西側で、岩の露頭の上に水が湧き出し、川になっている。〝酒の泉《ワインスプリング》〟と呼ばれる泉で、人の足をすくうほど大きな流れになり、いつも名前に恥じない芳《かぐわ》しい水をたたえていた。途中で急に川幅を増してワインスプリング川となり、土手をまばらに縁《ふち》どる柳のあいだを勢いよく東へ流れくだって、セイン親方の水車をまわし、その先で十本以上の支流に分かれて、〈水の森〉と呼ばれるじめじめした深い沼地へ流れこむ。

〈草広場〉を流れる川には欄干《らんかん》のついた低い歩道橋がふたつと、荷馬車も通れる幅の広い頑丈な橋がひとつかかっていた。〈荷馬車橋〉のところで、ウォッチ・ヒルやタレン・フェリーへ通じる〈北道〉と、南のデベン・ライドへ通じる〈旧道〉とがぶつかる。ほかの地方の人々は「同じ一本の道なのに、途中から名前が変わるのはおかしい」と言うが、エモンズ・フィールドの住人が知るかぎり、昔からそう呼ばれていたし、変える必要もなかった。

橋を越えると、〈春祭り〉のかがり火に使う薪《たきぎ》の山が三つ見えた。丸太を家ほどの高さに積みあげてある。もちろん、ゴミはきれいにかたづけられていた。いくら草がまばらとはいえ、〈草広場〉では燃やさない。〈草広場〉ではまた別の催《もよお》しがある。

ワインスプリングの近くで、年配の女性が二十人ほど静かに歌を歌いながら〈春の柱〉を立てていた。枝を払ったまっすぐな細い樅《もみ》の木で、下端を穴に押しこんで立てても三メートルほどの高さがある。

髪がまだ三つ編みにできるほど伸びていない少女たちが、脚を組んですわり、羨《うらや》ましそうにその作業を見つめて、ときおり年配女性の歌声に合わせて歌っていた。

タムは舌を鳴らして馬を急がせようとしたが、馬は歩調を変えず、アル＝ソアは女たちの作業を食い入るように見つめた。朝になれば、男たちが柱を見つけて、びっくりしたふりをする。昼には未婚の女たちが柱のまわりで踊りながら、色のついた長いテープを柱に巻きつけ、独身の男たちが歌う。この習慣が、いつ、どんな理由で始まったのかは誰も知らない――もとはもっと違った形だったのだろう――が、歌ったり、踊ったりする口実としては、それで充分だった。

〈春祭り〉の当日は、歌と踊りと宴会で始まり、競走やさまざまな試合が行なわれる。弓術ばかりでなく、投石器や棒術の競技でも賞が与えられた。なぞなぞやクイズを解く試合もある。綱引き、重量上げや砲丸投げ、歌や踊り、演奏の試合もあり、羊の毛刈り競争、球なげ、矢とばしの優勝者にも賞が出た。

〈春祭り〉は本来、まぎれもなく春がきて、最初の子羊が生まれ、最初の作物が芽を出したときに行なうものだ。だが、寒さが残っていても、祭りを延期しようなどと考える者はいない。歌や踊りなら、誰でも楽しめる。それに噂では、〈草広場〉で花火大会もあるという。もちろん、今年最初の旅商人が予定どおりに花火を運んでくればの話だ。そんな派手な催しはもう十年もなかったので、みな、口々に花火の話をした。

〈荷馬車橋〉のすぐ隣に〈草広場〉があり、その東はずれに宿屋〈酒の泉〉が立っている。宿屋の一階は川底と同じ岩盤でできており、礎《いしずえ》はもっと古い石で、山脈から掘り出したという噂だ。宿屋の主人であり、過去二十年間エモンズ・フィールドの村長《むらおさ》をつとめてきたブラン・アル＝ヴィアは、妻と娘たちといっしょにこの建物の奥に住んでいた。どの方向から見ても、白く塗られた二階が一階より前へ突き出ている。村でひとつしかない赤い瓦《かわら》屋根が弱々しい日差しのなかで輝き、十二本ある高い煙突のうちの三本から煙が立ちのぼっていた。

川から離れた南側にも、礎《いしずえ》が伸びていた。昔は、この部分にも建物が立っていたらしい。今は、中央に巨大な樫《かし》の木がそびえている。幹のまわりが二十メートルはあり、枝も人間の胴体と同じぐらい太い。夏になると、この木の下に食卓や椅子が並べられる。木陰でそよ風に吹かれながら、お茶を飲み、歓談できた。石並べ遊びがしたければ、盤を用意してもらえる。

「さあ、着いたぞ」タムが言い、馬の引き具をつかもうと手を伸ばしたが、馬はタムの手が引き具にふれないうちに宿屋の前で止まった。

「こいつ、わしより覚えがいい」タムは小さな笑い声を漏《も》らした。

車軸のきしる音が止まると、主人が宿屋から出てきた。胴まわりが村の誰と比べても二倍近くあるのに、いつも軽々と歩く。灰色の髪が頭の両脇を細々と取り巻き、丸い顔いっぱいに笑みを浮かべている。この寒さのなかでも上着も着ずにシャツ一枚で、しみひとつない真っ白な前かけをつけ、天秤《てんびん》の形をした銀のメダルを胸にかけていた。

このメダルは、羊毛やタバコを求めてはるか北のベイロンからやってくる商人たちとの取引で使う実物の天秤とともに、エモンズ・フィールド村長職の象徴になっていた。村長がメダルをつけるのは、取引のとき以外では祭りや祝日、結婚式のときだけだ。今日は早々と胸にかけているが、今夜はまだ〈春祭り〉の前夜だ。〈冬夜日《とうやび》〉と呼ばれ、村人たちはひと晩じゅうあちこちの家を訪問しあって、ちょっとした贈りものをかわし、どこの家でもちょっとごちそうになる。冬が長かったから、村長は、〈冬夜日〉でも充分にめでたいと考えてメダルをつけたのだろうと、アル＝ソアは思った。

「タム」村長が二人のほうへ駆け寄ってきて叫んだ。「よかった、よかった、やっと会えた。ランド、おまえさんともしばらく会わなかったな。元気だったかね？」

「おかげさまで、アル＝ヴィア村長。村長もお変わりありませんか？」と、ランド・アル＝ソア。

だが、村長の注意は父親のタムに戻っていた。

「今年はブランデーを持ってきてくれないんじゃないかと思ってたところだ。こんなに遅れたことはなかったぞ」

「このところ農場を離れる気になれなかったんだよ、ブラン」タムは答えた。「狼がうろついていたんでな。天気も悪かったし」

村長はわざとらしく咳払いし、「天気以外の話を聞きたいもんだな。みんな、天気のことばかりこぼしている。正しい知識を持つ者がたしなめてくれるといいのだが。今も、アル＝ドネルの奥さんに、コウノトリのことなんかわしにはどうしようもないと、二十分かけて言い聞かせた。わしに言われてもなあ……」と言って、あきらめたように頭を振った。

「不吉な前兆じゃ」耳ざわりな声が割りこんできた。「〈春祭り〉を迎えるというのに、どこの屋根にもコウノトリが巣を作っとらん」

屋根葺き職人のセン・ブイだ。古い木の根のようにごつごつと曲がった色の黒い姿が、杖にすがって精いっぱい身体を伸ばしながら――それでもやはり曲がっていたが――近づいてくると、丸い小さな目でタムと村長を同時に見据《みす》えて言った。「もっと悪いことが起こる。わしの言葉を覚えておくがいい」

「占い師にでもなったのかね？」と、タム。皮肉たっぷりに言った。「それとも、賢女みたいに風の声が聞こえるのか？　もうたくさんだ。まもなく何かが起こるのは、あたり前じゃないか」

「バカにするがいいさ」ブィは不満そうに答えた。「じゃが、寒くて作物の芽も出んほどじゃったら、収穫の季節になる前に、貯蔵室が空《から》になる家がぞくぞくと出る。次の冬までには、トゥー・リバーズで生きとるものは狼とカラスだけになるじゃろう。次の冬なんてものがくればの話じゃがな。このままずっと冬かもしれん」

「そりゃ、どういう意味かね？」村長が鋭い口調で問い詰めた。

　ブィは不機嫌な目つきで村長を見返した。「ナイニーヴ・アル＝メアラには感心できんな。あんただってわかっとるじゃろう。第一、あの娘は若すぎる――何をするにもな。女会は、この件は自分たちの仕事だとか言って、男議会に逆らうつもりらしい。それでいて、男議会の仕事には好きほうだいに口をはさむ。いつもそうじゃ。そう言って悪けりゃ――」

「ブイ」タムが口をはさんだ。「要点を言ってくれ」

「要点はこうだ、タム。ナイニーヴは、冬がいつ終わるかとたずねられても、返事もせずにそっぽを向く。風の声をわしらに伝えたくないんじゃろう。風の声によれば、冬は終わらんのかもしれん。冬のまま〈時の車輪〉がまわって、時代がひとつ終わるのかもしれん。要点は以上だ」

「羊が空を飛ぶようになるかもな」タムがまぜ返した。

村長はうんざりしたように両手を上げた。

「光よ、この愚か者どもから、わしをお守りください。ブイ、おまえさんも男議会の一員じゃないか。それなのに、まるでコプリン一族みたいな言いぐさだ。まあ、聞いてくれ。それでなくても問題を山ほど抱えているのに……」

アル＝ソアがそのつづきを聞こうとしたとき、誰かが急にアル＝ソアの袖を引っ張り、アル＝ソアにしか聞こえないほどの低い声でささやいた。

「こいよ、アル＝ソア。じいさんたちが議論しているあいだに行こう。仕事を言いつけられないうちに」

声のしたほうを見おろして、アル＝ソアはにやっと笑った。親友のマット・コーソンが細い筋肉質の身体を折り曲げ、村長たちから見えないように荷馬車の陰にかがんでいる。

小さくなってうずくまるコウノトリのような姿だ。

いつものように茶色い目をいたずらっぽく輝かせて、マットは言った。

「ダブと二人で、でかい穴熊をつかまえたんだ。穴から引きずり出されて、すねてる年寄り熊さ。そいつを、これから〈草広場〉に放す。女の子たちが逃げまわるぜ」

アル＝ソアは満面の笑みを浮かべた。そんないたずらは、一、二年前ならともかく、今のアル＝ソアにはおもしろそうだとは思えないが、マットは子供のころと少しも変わっていないようだ。アル＝ソアは父親をちらっと見て、まだ三人がああだこうだと言い合っているのを確かめると、小声でマットに言った。

「リンゴ酒の樽をおろすのを手伝わなきゃならないんだ。あとで行くよ」

マットはあきれたように、ぐるりと目をまわした。

「樽を運ぶだと！　やれやれ、妹の子守のほうがまだましだな。なあ、穴熊より、もっといい話があるんだ。トゥー・リバーズによそ者がきたんだよ。ゆうべ——」

一瞬、アル＝ソアの息が止まった。

「馬に乗った男かい？」すかさずアル＝ソアはたずねた。「黒いマントを着て、黒い馬に乗った男か？　風が吹いてもマントが揺れない男か？」

たちまちマットは真顔になり、低いしゃがれ声で問い返してきた。

「おまえも見たのか？　おれだけだと思ってた。笑うなよ。あいつは……怖かった」

「笑わないよ。おれだって怖かった。あいつは間違いなく、おれを憎んでた。殺したいと思ってた」

アル＝ソアは身震いした。今日まで、殺したいほど——本気で命を奪いたいほど——誰かに憎まれるなんて思ったこともない。トゥー・リバーズでは、そんなことは起こらない。なぐりあいや格闘くらいはあるが、殺人は起こらないところだ。

「憎んでたかどうかは知らないけど、とにかく、おっかないやつだった。村はずれで、ただ、馬上からおれを見てただけだ。でも、あんなに怖かったのは、はじめてだよ。ちょっと目をそらしてから——なかなか目が離せなかったけどな——また見たら、いなくなってた。ちくしょう！　もう三日もたつのに、まだ忘れられない。つい後ろを振り向きたくなるんだ」マットは言い、笑い声を上げようとしたが、空咳《からせき》のような音が出ただけだ。「こんなに怖がるなんて、おかしいよな。でも、変なことばかり考えるんだ。ほんの一瞬だけど、あいつは闇王だったのかもしれないと思った」

アル＝ソアは深呼吸し、マットにというより自分に言い聞かせるように、機械的な口調で言った。

「闇王や闇セダーイたちは、大荒廃地の向こうのシャヨル・グールにつながれている。全界の創世主の手でつながれて、永遠に、時が果てるまであそこにいるんだ。創世主の手が全界を守り、光がわれらの上に輝く」もういちど息を吸って、先をつづけた。「それに、たとえ逃げ出したとしても、〈夜の羊飼い〉が……闇王が、トゥー・リバーズの農民なんかになんの用がある？」

「知らないよ。だけど、あの馬に乗ったやつは……邪悪だった。笑うなよ。これははっきり言える。ひょっとしたら、〝竜王〟だったのかもしれない」

「おまえ、突拍子もないことばかり考えるんだな」アル＝ソアはつぶやいた。「セン・ブイ親方より始末が悪いや」

「〝もっとお利口さんにしてないと、闇セダーイに連れていかれるよ〟って、いつも母さんに言われてた。イシャミールやアギノールみたいな姿が見えると、〝ほら、闇セダーイが迎えにきたよ〟って言うんだ」

「どこの母親だって、闇セダーイを持ち出して子供を脅《おど》かすもんだ」と、アル＝ソア。「たいていの子供は成長とともに、そんなことは信じなくなるけどな。おまえがそんなに怖がってるなら、あれは影男ミルドラルだってことにすればいい」

マットはアル＝ソアをにらみつけた。

「おれは別に怖がっちゃ……いや、子供みたいに怖がってるわけじゃないけど、怖いのはたしかだ」

「おれもだよ。父さんは、おれが木の影か何かを見て驚いたと思ってる」と、アル＝ソア。

マットは不機嫌な顔でうなずくと、荷馬車の車輪にもたれかかった。

「おれの父さんも同じだ。ダブとイーラム・ダウトリーにも話した。二人とも、鵜《う》の目鷹の目で見張ってたけど、そんなものは見なかったってさ。今じゃ、イーラムはおれがかついだと思ってる。ダブは、タレン・フェリーからきた羊泥棒か鶏《にわとり》泥棒だろうって言ってる。鶏泥棒だってさ！」マットは吐き捨てるように言った。

「もしかしたら、そう心配するほどのものじゃないのかもしれない」と、アル＝ソア。

「本当に羊泥棒だったのかもな」

だが、羊泥棒にしては不気味だった。まるで鼠穴の前で、猫の代わりに待ちかまえる狼のような雰囲気をただよわせていた。

「けど、あの得体の知れないやつが、おれを見てた様子が気にくわない。おまえだってそうだろ？　ほかの連中にも話したほうがいいよ」と、マット。

「もう話したんだろう？　おれだって、父さんに話した。でも、誰にも信じてもらえなかったじゃないか。アル＝ヴィア村長が、自分の目で見もしないで、こんな話を信じてくれると思うかい？　〝賢女ナイニーヴにどこが悪いか診《み》てもらえ〟と言われるに決まってる」と、アル＝ソア。

「だけど、おれもおまえも同じ男を見たんだぞ。二人が同じことを言ってるんだから、みんな信じてくれるさ」と、マット。

アル＝ソアは言葉に困って、頭のてっぺんをがりがりと掻《か》いた。マットはもともといたずら者で、村じゅうの人たちがマットの悪ふざけに手を焼いている。物干しの紐が落ちて洗濯ものが泥まみれになっても、馬の鞍《くら》の腹帯がゆるんで乗り手が道に落ちても、マットのせいだと言われるほどだ。自分の言葉を証明してくれるのがマット一人では、誰もいないより、かえってまずい。

やがてアル＝ソアが、「おまえの父さんは、おまえがおれに入れ知恵したと思うだろうし、うちの父さんは……」と言って、荷馬車ごしに、まだ議論している三人へ視線を向けると、ちょうど父親タムと目があった。村長はまだブイに説教をしており、ブイは不機嫌に黙りこくっている。

「おはよう、マット」タムが明るく声をかけて、ブランデーの樽をひとつ、荷馬車の脇へおろした。「息子がリンゴ酒の樽をおろすのを手伝いにきてくれたのか。ありがとう」

荷馬車の陰にかがんでいたマットは、跳びあがってあとずさりしはじめた。

「おはようございます、タム・アル＝ソア親方。おはようございます、アル＝ヴィア村長、セン・ブイ親方。あなたがたの上に光が輝きますように。おれは父の言いつけで――」

「そうだろうとも」と、タム。「おまえさんは言いつけられた雑用をいつもてきぱきかたづけるから、今日の用事もかたづいたんだろう。二人で、樽を宿屋の地下室まで運んでくれ。早く運びおえたら、吟遊詩人にも早く会える」

「吟遊詩人！」マットはぴたりと足を止めた。「吟遊詩人がくるのか？」

同時にアル＝ソアがたずねた。

トゥー・リバーズに吟遊詩人がきたことは、アル＝ソアが覚えているかぎりでは二度しかない。一度目は、アル＝ソアは幼すぎてよくわからず、父親に肩車されてながめただけだ。今年の〈春祭り〉には吟遊詩人がくる……竪琴《たてごと》と笛を持ち、話をたくさん知っていて、曲芸もできる芸人が……。今年の〈春祭り〉は、十年後までエモンズ・フィールドの語りぐさになるだろう。たとえ花火大会がなかったとしても。

「バカげたことじゃ」ブイがぶつくさ言ったが、村長の威厳をただよわせたアル＝ヴィアの無言の視線に出合って、口を閉じた。

タムは荷馬車の脇にもたれ、ブランデーの樽に肘をついた。「そうとも、吟遊詩人だ。もうきている。アル＝ヴィア村長の話では、今は宿屋にいるそうだ」

「よりによって、真夜中に到着したんだ」村長は非難がましく頭を振った。「玄関をやたらとドンドン叩いて、家じゅうの人間を起こしちまった。祭りがなけりゃ、相手が吟遊詩人だろうと誰だろうと、〝自分で馬を馬小屋につないで、同じ馬房で寝ろ〟と言ってやったところだがね。あんな夜中にくるなんて非常識だ」

　アル＝ソアは考えこんだ。今どき、夜に一人で遠出する者は、この村にはいない。ブイがまた何やらぶつぶつ言ったが、声が小さすぎてアル＝ソアには聞こえなかった。「狂っとる」とか「普通じゃない」という言葉だけがちらりと聞き取れた。

「吟遊詩人は黒いマントを着てますか？」いきなりマットがたずねた。

　村長は腹を揺らして含み笑いした。

「黒だと!?　いや、普通の吟遊詩人のマントと同じだったね。マントというよりつぎはぎ細工で、ありとあらゆる色がそろっとったよ」

　アル＝ソアはほっとして大声で笑いだし、その声に自分でも驚いた。あの不気味な黒衣の男が吟遊詩人かもしれないなどと、バカなことを考えたものだ。しかし、違うとすると……。アル＝ソアはハッと口を押さえた。

「なあ、タム」と、村長。「冬がきてからというもの、この村では笑い声ひとつ聞こえなかった。吟遊詩人のマントひとつで笑えるなら、それだけでも、はるばるベイロンから呼んだ価値はあったよな」

「あんたらがなんと言おうと、わしゃカネの無駄遣いじゃと思うね」ブイが不意に大きな声で言った。「花火の注文だって、そうだ」

「じゃ、花火もあるんですね」マットが口をはさんだが、ブイは言葉をつづけた。

「一カ月も前に、今年最初の旅商人が持ってくるはずじゃった。ところが、今年は旅商人も現われん。明日までに届かんかったら、どうするんじゃ？　花火のためだけに、もう一回祭りをするのかね？　遅れてでも、旅商人がきたらの話じゃが」

「ブイ」タムはため息をついた。「あんたはまるで、タレン・フェリーの連中みたいに疑い深いんだな」

「それじゃ訊《き》くが、旅商人はきたかね？　どこにいる？　教えてほしいもんじゃな、タム」

「吟遊詩人がくるってことを、どうして教えてくれなかったんですか？」マットがすねたような口調で言った。「知ってたら、みんな楽しみに待っていられたのに。吟遊詩人はこないって思ってたから、もっぱら花火の噂で持ちきりだったんですよ」

「それはわかるがね」村長は言って、横目でじろりとブイを見た。「噂がどうやって広まるものか、わしも、もっと心得ておくべきだったよ。たとえば、秘密にしておかなきゃならないのに、〝カネの無駄遣いだ〟などと聞こえよがしにこぼしてまわる人間がいるとわかっていれば、それなりの……」

ブイが咳払いをした。「老骨には、この風はこたえるよ。アル＝ヴィア夫人に、温ワインを作ってもらえるかどうか頼んでみよう。失礼するよ、村長、タム」そう言いおわらないうちに、ブイは宿屋へ向かいはじめた。

ブイの姿が扉の向こうへ消えると、村長はため息をついた。「ときどき、ナイニーヴの言うとおりじゃないかと思うよ……まあ、それはどうでもいい。おまえさんたち若い者は、どうも考えが浅いな。村じゅうが花火の噂で興奮しとる。これだけ期待させて、旅商人がまにあわなかったらどうなるか考えてみたかね？　この天気じゃ、くるかどうかもわからん。吟遊詩人を呼んだなんて噂が流れたら、この五十倍も興奮するだろうな」

「こなかったら、五十倍も失望するわけですね」と、アル＝ソア。慎重な口調だ。「そうなれば、みんな、いつもの〈春祭り〉だけじゃ元気を取り戻せないかもしれない」

「ほう、たまにはその頭を働かせることもあるのだな」と、村長。「タム、この子はそのうち、あんたのあとを継いで男議会に入るだろう。わしの言葉を覚えておけよ。いましがた姿を消した誰かさんよりも思慮深い」

「さあさあ、しゃべっていても、荷馬車は空《から》にはならん」タムがきびきびと言って、最初の樽を村長に渡した。「早く火のそばにすわって、パイプを吸って、あんたのところのうまいビールを一杯やりたい」自分でも樽をひとつ持ちあげると、マットに向かって言った。「おまえが手伝ってくれると、ランドも喜ぶぞ、マット。それに忘れるな。早く運びおえたら……」

村長とタムの姿が宿屋のなかへ消えると、アル＝ソアはマットを見て言った。「手伝わなくていいよ。ダブが穴熊を放すのを待ってるだろうし――」

「いや、かまわないさ」マットはあきらめの口調で言うと、「おまえの父さんが言ったように、早く運びおえたら……」と言いながら両手でリンゴ酒の樽を持ちあげ、なかば駆け足で宿屋へ向かった。「そのへんにエグウェーンがいるかもしれない。死んだ雄牛みたいな目でボーッとあの娘《こ》に見とれるおまえの顔が見たいよ。穴熊と同じくらい、おもしろそうだ」

荷馬車の後ろに弓と矢筒を置こうとしたアル＝ソアは、ふと手を止めた。村長の娘のことを考えないようにしていたのに。それ自体がめずらしいことだった。だが、宿屋に入れば、どこかでエグウェーンと顔をあわせるだろう。会わずにすむ可能性は低い。最後に会ったのは何週間も前のことだ。

「おい」宿屋の玄関口でマットが呼んだ。「おれは一人で運ぶとは言ってないぜ。おまえはまだ男議会に入ったわけじゃないんだぞ」

アル＝ソアは急いで樽を持ちあげ、宿屋へ向かった。

もしかしたら、エグウェーンは留守かもしれない――妙なことに、そう考えても気分がめいった。

2 よそ者

ランド・アル＝ソアとマットが樽《たる》を運んで宿屋の酒場を通り抜けたとき、ブラン・アル＝ヴィア村長は壁の棚に並べた樽のそばに立って、ふたつのジョッキに自家製の黒ビールをついでいた。樽の上に宿屋の薄汚れた猫がすわり、足に尾を巻きつけて目を閉じている。アル＝ソアの父親タムは川床の岩でできた大きな暖炉の前に立ち、平らな石の炉棚の上にいつも置かれているぴかぴかの缶からタバコを出して、自分の長いパイプに詰めた。暖炉は大きな四角い部屋の壁の幅の半分を占めるほど大きく、人の肩ほどの位置にまぐさ石が渡してある。パチパチと音を立てて燃えさかる火が、戸外の寒さを忘れさせてくれた。

祭りの前の忙しい時間なので、部屋にいるのは村長とタムと猫くらいだろうと、アル＝ソアは思ったが、ほかにも男議会の議員がブイを含めて四人いた。みな、ジョッキを手に、暖炉の前で高い背もたれのついた椅子にすわり、頭のあたりに薄青いパイプ・タバコの煙をただよわせている。石並べ遊びの盤はひとつも出ておらず、暖炉の向かいの棚に並べてある本を手にする者もいない。男たちは無言でジョッキに目を落としたり、パイプの軸でいらいらと歯を叩いたりして、村長とタムを待っている。

エモンズ・フィールドの男議会は、このところ心配ごとだらけだった。ウォッチ・ヒルやデベン・ライド、タレン・フェリーでも似たようなものだ。そもそも、タレン・フェリーの人間が何かを真剣に考えることなどないのだが。

アル＝ソアたちが入ってゆくと、鍛冶屋のハラル・ルーハンと粉屋のジョン・セインがちらりと目を上げた。ルーハンの目が時間をかけてアル＝ソアとマットを追った。ルーハンの腕は普通の人間の脚ぐらい太く、筋肉が盛りあがっている。急に鍛冶屋の仕事場から呼び出されて会議に駆けつけたらしく、革の前かけをつけたままだ。ルーハンは二人にしぶい顔を向けてから、椅子にすわったまま、きちんと姿勢を正し、やけに熱心にパイプにタバコを詰めはじめた。

ルーハンの態度を不思議に思ったアル＝ソアが歩調をゆるめかけた瞬間、マットに足首を蹴《け》られて、叫び声を上げそうになった。マットは酒場の奥の扉をしつこく顎《あご》で指し示し、急いでその扉へ向かった。アル＝ソアも脚を少しひきずりながら、のろのろとあとを追った。

厨房《ちゅうぼう》へつながる廊下へ出ると、アル＝ソアはマットに言った。

「なんだよ、あれは？　足の骨が折れるかと――」

「ルーハンじいさんだよ」マットはアル＝ソアの肩ごしに酒場を振り返った。「見つかるとちょっとやばいんだ――」

　不意にマットの言葉がとぎれた。焼きたてのパンのいい香りをただよわせて、厨房からアル＝ヴィア夫人が急ぎ足で出てきた。両手に持った盆には、村じゅうで有名な手製の堅焼きパンと、ピクルスとチーズの皿がのっている。食べもののにおいを嗅ぐと、アル＝ソアは急に、朝、家を出る前にパンの切れ端を食べただけだったことを思い出した。腹がきまり悪いほどグウグウ鳴った。

　アル＝ヴィア夫人は二人を包みこむような母親らしい笑みを浮かべた。ほっそりした女性で、灰色になりかけた髪を太い三つ編みにして、一方の肩に垂らしている。「厨房にたくさんあるわよ。おなかがすいているんでしょ。あなたがたの年ごろで、おなかがすいてないはずないわよね。男は、いくつになっても同じよ。ケーキのほうがよければ、今日はハニーケーキも焼くわ」

　アル＝ヴィア夫人は、このあたりでただ一人、タムに再婚をすすめない主婦だ。アル＝ソアに対しても、いつも温かく迎えて軽食をすすめる程度で、村のほかの若者たちに対する扱いと同じだ。ときおり、ほかにも何かしてやりたいような様子を見せることはあったが、実際に特別扱いされたことはなく、アル＝ソアは内心で大いに感謝していた。

　アル＝ヴィア夫人は、二人の返事を待たずに酒場へ入っていった。酒場で椅子が次々に床をこする音が響き、パンの香りに歓声が上がった。アル＝ヴィア夫人はエモンズ・フィールドでいちばんの料理人と認められており、このあたりで彼女の手料理に飛びつかない男は一人もいない。

「ハニーケーキだってさ」マットが舌なめずりした。

「あとでだ」アル＝ソアはきっぱりと言った。「そうしないと、いつまでたっても終わらない」

　厨房の入口のすぐ脇の地下室へおりる階段の上に、ランプがひとつかかっていた。地下室にもひとつあり、光が薄闇を遠い隅《すみ》へ後退させている。地下室に縦横に置かれた木の棚に、ブランデーやリンゴ酒の樽が並んでいた。大きなワインやビールの樽のなかには、すでに注ぎ口が取りつけられている。ワインの樽には村長の筆跡で、受け取った年やおさめた旅商人の名や産地名などがチョークで書いてあった。ビールとブランデーはすべてトゥー・リバーズ産で、村長の手製の酒もある。旅商人や他村の商人たちがブランデーやビールを持ちこむこともあったが、品質が悪いうえにとほうもなく高価だったので、いちどだけ味見したあとは誰も注文しなくなった。

樽を棚に置くと、アル＝ソアは言った。「さあ、どうしてルーハン親方をさけるのか教えてくれ」

　マットは肩をすくめた。「たいしたことじゃないんだ、本当に。アダン・アル＝カーや小生意気なガキども――エウィン・フィンガーとダグ・コプリンだけど――に〝幽霊犬を見た人がいるらしい〟って言ってやったんだよ。〝口と鼻から火を噴いて、森を走りまわってたそうだ〟ってな。連中は、それを真《ま》に受けた」

「だから、ルーハン親方が怒ってるのか？」アル＝ソアは疑わしげにたずねた。

「ちょっと違う」マットは首を振って、一瞬、間《ま》を置いた。「そのあとで、おれはルーハン親方の犬二匹に小麦粉を塗りたくって、全身真っ白になった犬たちをダグの家の近くで放した。まさか、犬がまっすぐ自分の家に駆けこむなんて思わなかったんだよ。悪いのはおれじゃない。扉を開《あ》けっぱなしにしてたルーハン親方の奥さんだ。おれは親方の家を粉だらけにするつもりなんかなかった」マットは不意に大声で笑いだした。「親方と二匹の犬は、ほうきを持った奥さんに追いかけまわされて、家から追い出されたんだって」

　アル＝ソアは一瞬たじろぎ、すぐに笑いだした。「おれなら、ルーハン親方より奥さんに怒られるんじゃないかって、そっちのほうを心配すると思うよ。親方と同じくらい力持ちだし、親方よりずっと気が短いんだから。まあ、いいさ。ルーハン親方に気づかれないように、早足で通り過ぎるしかないよ」

表情を見るかぎり、マットもアル＝ソアと同意見のようだ。

次に酒場を通ったときは、マットは足を速める必要がなかった。六人の男たちが暖炉の前に椅子を集めてかたまっていた。暖炉に背を向けたタムが低い声で話し、あとの五人は身を乗り出して、羊の群れが駆け抜けていっても気づかないのではないかと思われるほど、熱心に聞き入っている。アル＝ソアは、もっと近づいてなんの話か聞きたいと思ったが、マットが袖を引っ張って必死に目くばせしてきた。アル＝ソアはため息を漏《も》らし、マットとともに荷馬車へ戻った。

また樽をかついで廊下までくると、地下室へおりる階段の前に盆がひとつ置いてあり、焼きたてのハニーケーキの香りが廊下一帯にただよっていた。ジョッキがふたつと、熱いリンゴ酒のカクテルを入れた水差しものっている。「あとで」と自分で言ったにもかかわらず、アル＝ソアは待ちきれなくなり、マットと二人でさらに二回、樽を地下室まで運びながら、熱いハニーケーキを片手で食べた。

最後の樽を棚におさめながら口もとの食べかすを払うと、マットも樽をおろした。「さあ、いよいよ吟遊――」

そのとき、階段をあわただしく駆けおりてくる足音がして、エウィン・フィンガーが転がるように地下室へ入ってきた。まるまるとした顔を輝かせている。何かいい知らせがあるのだろう。

「村へよそ者がきた」エウィンはそう言ったとたんにマットの姿を見て、ハッと息をのみ、顔をしかめた。「幽霊犬なんか見なかったぞ。でも、誰かさんがルーハン親方の犬を粉だらけにしたことは聞いたよ。ルーハン親方の奥さんは、もう犯人の見当をつけてるらしいけど」

まだ十四歳のエウィンは、何を言っても、アル＝ソアやマットには軽くあしらわれる。だが、こんどばかりはアル＝ソアもマットも驚いて目を見かわし、同時に口を開いた。

「よそ者が村へ？」と、アル＝ソア。「森でなく？」

アル＝ソアの言葉に押しかぶせるように、マットが言った。「黒いマントを着てたのか？　そいつの顔を見たか？」

エウィンは不安そうに二人の顔を見比べたが、マットが脅《おど》すように一歩踏み出すと、急いでしゃべりはじめた。

「もちろん、顔は見たよ。マントは緑だ。いいや、灰色だったかもしれない。色が変わるんだ。まわりの景色に溶けこむんだよ。しっかり見てないと、どこにいるのかわからなくなっちまう。動けば、わかるけどね。女の人のマントは空みたいに青くて、お祝いの日の晴れ着よりきれいだ。見たこともないくらい、きれいな人だよ。きっと貴婦人なんだ――物語に出てくるみたいな」

「女の人だって？」と、アル＝ソア。「誰のことだ？」

アル＝ソアはマットを見つめた。マットは両手を頭の上に置き、ぎゅっと目を閉じている。

「その話をしようと思ってたのに、おまえが黒マントのことを言いだすから――」ぼそぼそと言いかけてマットは言葉を切り、エウィンをにらみつけてから、アル＝ソアに説明しはじめた。「ゆうべ着いた二人組だよ。この宿に部屋を取ったんだ。二頭の馬に乗ってきた。二頭ともたいした馬だぜ、アル＝ソア。あんなに背が高くて、毛色のつややかな馬ははじめて見た。いつまででも走れそうな馬だ。男のほうが女性に使われてるんだと思う」

「仕えてるんだよ」と、エウィン。「〝仕える〟って言うんだよ。物語では」

マットはエウィンを無視して、言葉をつづけた。「とにかく、女性につきしたがって、言われたとおりのことをするんだ。雇い人みたいには見えないけど。兵士かもしれないな。剣をさげてるけど、自分の手足みたいに身体の一部になってる感じだ。あの男に比べたら、商人が連れてる用心棒なんて、のら犬みたいなもんさ。それに、あの女性がすごいんだ。あんな人がいるなんて、夢にも思わなかった。吟遊詩人が聞かせてくれる物語に出てくるようなんだよ。まるで……まるで……」マットはしぶい顔でエウィンをじろりとにらみ、「……貴婦人みたいだ」と言って、ため息をついた。

「でも、誰なんだ、その人たちは？」と、アル＝ソア。

トゥー・リバーズへくるよそ者といえば、年にいちどタバコや羊毛を買いにくる他村の商人や旅商人くらいで、それ以外の者が訪れることはまずない。北の川岸のタレン・フェリーあたりにはくるかもしれないが、エモンズ・フィールドまではこない。何年も前からトゥー・リバーズに出入りする商人たちは顔見知りなので、よそ者とはいえなかった。エモンズ・フィールドに本当のよそ者が現われたのは、五年ほど前のことだ。はるか北のベイロンから逃《のが》れてきて、身を隠そうとしている男だった。ベイロンで何があったのかは誰にもわからなかった。その男はまもなくエモンズ・フィールドから姿を消した。

「なんの用できたんだろう？」アル＝ソアは言った。

「〝なんの用〟だって？」マットが叫んだ。「用なんか知ったことかい。よそ者なんだぜ、アル＝ソア。それも、目を見張るような。それだけで充分さ！」

アル＝ソアは口を開きかけたが、結局、何も言わなかった。馬に乗った黒衣の男を見て、おれは犬の運動場に放された猫みたいにびくびくしてる。でも、よそ者が同時に三人も村に現われるとは、偶然にしてはできすぎだ。三人——貴婦人に仕えているという男が黒衣の男と同一人物なら、話は違ってくるが。

「女の人の名前はモイレインだよ」エウィンは少し間《ま》を置いてから言葉をつづけた。「男の人がそう呼んでた。モイレイン様って。レディー・モイレインだ。男の人の名前はランだよ。賢女ナイニーヴはレディー・モイレインのことを嫌いかもしれないけど、おいらは好きだ」

「どうして、ナイニーヴがその人を嫌いだと思うんだ？」と、アル＝ソア。

「今朝、レディー・モイレインがナイニーヴに道を訊《き》いたとき、〝お嬢さん〟て呼んだからだよ」と、エウィン。

　これを聞いたアル＝ソアとマットは、ヒューッと小さく口笛を吹いた。

　エウィンは、舌がもつれそうなほど勢いこんで説明をつづけた。

「レディー・モイレインは、ナイニーヴが賢女だってことを知らなかったんだ。わかってから、ちゃんと謝って、この村の人たちみたいに丁寧《ていねい》に――丁寧じゃない人もいるけど――薬草のことや、このあたりの有力者のことなんか質問してた。あの人、質問ばかりしてる。誰が何歳かとか、誰がいつから今の土地に住んでるかとか……まあ、いろいろさ。とにかく、ナイニーヴは返事をしたけど、まだ熟してないイチゴを食べたみたいないやな顔をしてたよ。レディー・モイレインの後ろ姿を見る目つきは、なんていうか……優しくなかった。うまく言えないけど」

「ナイニーヴはその程度のことで怒ったのか？」と、アル＝ソア。「癇癪《かんしゃく》持ちだからな。セン・ブイ親方が去年〝お嬢ちゃん〟と呼んだときは、杖で頭をひっぱたかれたもんな。ブイ親方は男議会の議員だし、ナイニーヴのおじいちゃんと言っていいくらいの年寄りなのに。ナイニーヴはすぐかっとなるけど、すぐ冷める。振り向いたら、もう怒ってたことなんか忘れてる」

「おいら怖いよ」エウィンは不安そうに言った。

「ナイニーヴが誰をひっぱたこうと、おれは気にしないね」マットが声を立てて笑った。「おれがひっぱたかれないかぎりはな。今年は最高の〈春祭り《ベル・タイン》〉になるぞ。吟遊詩人に、貴婦人――これ以上、何が必要だ？　花火なんか、なくてもいいさ」

「吟遊詩人？」エウィンが声をうわずらせた。

「こいよ、アル＝ソア」マットはエウィンを無視して言った。「仕事はかたづいた。吟遊詩人に会わなきゃ」マットは階段を飛ぶように駆けあがった。

エウィンも急いで階段をのぼりながら、大声で叫んだ。「本当に吟遊詩人がきてるの、マット？　幽霊犬やカエルみたいに嘘じゃないんだよね？」

アル＝ソアは地下室のランプを消してから、急いで二人のあとを追った。

酒場ではローワン・ハーンとサメル・クローが暖炉の前の仲間に加わり、男議会の議員全員が顔をそろえていた。村長が、いつものようにぶっきらぼうな口調で話している。だが、声が低く、椅子を寄せ合って口々につぶやく男たちの声にまぎれて、何を言っているか聞こえなかった。村長は太い人差し指で手のひらを叩きながら、なにごとかを強調し、まわりの男たちの顔を順に見つめた。男たちはうなずき返したが、ブイだけはしぶしぶという感じだった。

　男たちが身を寄せている様子から、何を話しているにせよ、この話題が——少なくとも今のところは——男議会内部だけのものだという意思表示が、はっきりと感じられた。聞き耳を立てたら、いやがられるだろう。アル＝ソアはしかたなくその場を離れた。まあ、男議会の討論は聞けなくても、吟遊詩人がいる。それに、よそ者たちも。

　外へ出ると、荷馬車も雌馬のベラも姿を消していた。宿屋の馬丁《ばてい》のヒューとタッドが、馬小屋へ連れていったのだろう。マットとエウィンは玄関先で、マントを風にはためかせたままにらみ合っていた。

「嘘でも冗談でもないぞ」マットがわめいた。「こんどばかりは、いたずらじゃない。吟遊詩人は本当にきてる。さあ、わかったら、もう行け。アル＝ソア、この石頭に、おれの話は嘘じゃないと言ってやってくれ。そうすりゃ、これ以上つきまとってこないだろう」

アル＝ソアはマントを身体に引き寄せ、マットの言葉を裏づけようと前へ進み出たが、不意に首筋の毛が逆立ち、何も言えなくなった。また何者かの視線を感じる。黒衣の男から受けた感じとは違うが、あの男に出会ったすぐあとだけに不快だった。

すばやく〈草広場〉を見まわしたが、あいかわらず、遊びまわる子供たちや祭りの準備をする村人たちの姿しかなく、誰もアル＝ソアのほうを振り向きもしない。〈春の柱〉を立てる作業は終わり、周囲に人影はない。道には、ざわめきと子供たちの叫び声があふれている。あたり前の光景だ。だが、見つめられているという感じは消えない。

何かの気配を感じて振り返り、視線を上へ向けた。宿屋の瓦《かわら》屋根の端に大きなカラスがとまって、山から吹きつける風に身体をかすかに揺らしている。頭を少しかしげ、黒い片目でアル＝ソアを見据《みす》えた。アル＝ソアはごくりと唾《つば》を飲んだ。突然、熱く激しい怒りがこみあげてきた。

「穢《けが》らわしい死肉食いめ」アル＝ソアは思わず、つぶやいた。

「こっそり見つめられるのは、もう、うんざりだ」唸《うな》るようなマットの声が聞こえた。いつのまにかアル＝ソアのそばへきて、同じように屋根のカラスをにらんでいる。

二人はちらりと視線を交わし、同時に地面の石を拾いあげると、カラスめがけて投げつけた。次の瞬間……カラスが脇へよけ、二個の石は唸りを上げて、さっきまでカラスがいた場所を通り過ぎていった。カラスは翼を一瞬ばたつかせただけで、ふたたび頭をかしげ、なにごともなかったかのように、真っ黒な目で平然と二人を見つめた。

アル＝ソアはカラスをにらみつけ、声をひそめてマットにたずねた。「あんな変なカラス、見たことあるか？」

マットはカラスを見つめたまま、首を横に振った。「ないよ、いちども。ほかの鳥だって、あんなのはいない」

「卑《いや》しい鳥」背後で女の声がした。歌うような、しかし嫌悪感をこめた声だ。「どんな時代でも、信用できない鳥です」

かんだかい叫びを上げて、カラスは荒々しく空中へ舞いあがった。屋根の端から、二枚の黒い羽が落ちてきた。

アル＝ソアとマットは目を見張り、身体をひねって、カラスのすばやい動きを目で追った。カラスは〈草広場〉を飛び越え、〈西の森〉の上方にそびえる〈霧の山脈〉の雲におおわれた山頂へと遠ざかり、みるみる小さくなって姿を消した。

アル＝ソアの視線が、声を発した女性にとまった。カラスを目で追っていた女性は、視線を戻してアル＝ソアを見返した。アル＝ソアは声もなく女性を見つめた。この女性が、マットとエウィンがあれこれ言っていたレディー・モイレインにちがいない。

　レディー・モイレインがナイニーヴを〝お嬢さん〟と呼んだと聞いて、年配の女性を想像していたが、実物は違った。少なくとも、アル＝ソアには年齢の見当がつかない。最初はナイニーヴと同じくらい若く見えたが、しばらくすると、ナイニーヴよりは年上だと思えてきた。大きな黒い目に成熟した表情があり、若いうちには得られない特質を備えている。底の知れない深淵のような目だ。アル＝ソアは一瞬、その目にのみこまれそうな気がした。マットとエウィンが、吟遊詩人の語る物語の貴婦人になぞらえたのも無理はない。物腰が優雅で、人の上に立つ人間の雰囲気があり、アル＝ソアは足がもつれそうな気おくれをおぼえた。やっとアル＝ソアの胸に届く程度の背丈しかないが、アル＝ソアは逆に自分のほうが高すぎてぶざまなのだと思った。

　どこをとっても、これまで見たこともない女性だ。大きなフードの下からのぞく黒い髪は、柔らかな巻き毛になって垂れている。アル＝ソアは、髪を三つ編みにしていない大人の女性をはじめて見た。トゥー・リバーズの少女たちはみな、村の女会から「髪を編む年齢になった」と言われる日がくるのを待ちこがれている。モイレインの服装も見慣れないものだった。マントは空色のビロードで、縁には銀の糸でびっしりと木の葉や蔓草《つるくさ》や花の刺繍《ししゅう》がほどこされている。マントより色の濃い青のドレスは身動きするたびにちらちらと輝き、クリーム色の切りこみが見えた。首に重そうな金鎖のネックレスをかけ、それより細い金鎖で髪をとめて、額《ひたい》の中央に輝く小さな青い宝石を垂らしている。腰には金糸で編んだ幅広の帯を締め、左手の中指に、ヘビが自分の尾をくわえた形の金の指輪をはめていた。永遠のシンボルとして、〈時の車輪《ホイール・オブ・タイム》〉よりも古くから伝わる〈大いなるヘビ〉だとわかったが、こんな指輪は今までいちども見たことがない。

お祝いの日の晴れ着よりきれいだ、とエウィンは言ったが、たしかにそのとおりだ。トゥー・リバーズには、こんな服装をする者はいなかった。一人も。

「おはようございます、ええと……レディー・モイレイン」アル＝ソアは口ごもりながら言った。顔が火照《ほて》った。

「おはようございます。レディー・モイレイン」マットの口調は、アル＝ソアよりもほんの少しだけ、なめらかだった。

モイレインは微笑した。この人のために何かしてさしあげたい……近くにいる口実がほしい――そうアル＝ソアは思った。モイレインは今、三人全員にほほえみかけているが、本当は自分だけに目をとめてくれている――そんな気がした。物語の世界へ入りこんだような気分だ。マットはバカみたいに、にやにやしている。

「わたくしの名前をご存じなのですね」モイレインはうれしそうに言った。

エモンズ・フィールドにごく短期間しか滞在しなくても、村では向こう一年間はこの女性のことが語りぐさになるだろう！

「でも、レディーじゃなくて、ただ、モイレインと呼んでください。それから、あなたのお名前も聞かせてください」

アル＝ソアやマットが口もきけないでいると、エウィンがぴょんと前へ出た。

「おいらの名前はエウィン・フィンガーです、レディー・モイレイン。おいらが、この二人にあなたのお名前を教えました。ラン様があなたをそう呼んでたから。でも、立ち聞きしてたわけじゃありません。あなたみたいな人がエモンズ・フィールドにきたのは、はじめてです。〈春祭り〉で演じる吟遊詩人もきてます。それに、今夜は〈冬夜日《とうやび》〉です。あとで、おいらの家へきてください。母さんがアップルケーキを作ったんです」

「ぜひ、のちほど」モイレインは答えて、エウィンの肩に片手を置いた。おもしろそうに目をきらめかせたが、楽しげな色を浮かべているのは目だけだ。「でも、きっと、わたくしより吟遊詩人のほうがおもしろいと思いますよ、エウィン。それから、レディーはなしで、モイレインと呼んでくださいね」

そう言いながら、モイレインはアル＝ソアとマットのほうへ視線を向けた。

「おれはマット・コーソンです、レディ……えー……モイレイン」

マットは自己紹介をすませると、こわばった身体をびくりと引きつらせて一礼し、真っ赤になった顔を上げた。

アル＝ソアは、物語にあるように一礼するべきかどうかと考えたが、マットのありさまを見て、名乗るだけにとどめた。こんどは口ごもらなかった。

モイレインは視線をマットへ移してから、あらためてアル＝ソアを見た。モイレインの口もとに浮かぶ笑みが、秘密を持っているときのエグウェーン・アル＝ヴィアの表情によく似ていた。

「エモンズ・フィールドにいるあいだに、ちょっとした仕事をかたづけたいと思っております」モイレインは言った。「協力していただけませんか？」

三人がわれさきにと勢いよくうなずくのを見て、モイレインは笑い声を漏らした。

「では」と言って、驚いたことにモイレインはアル＝ソアの手に一枚の硬貨を押しつけ、両手でアル＝ソアの手を包むようにして握らせた。

「これは受け取れません」アル＝ソアは硬貨を返そうとしたが、モイレインは手を振って退《しりぞ》け、エウィンにも硬貨を渡してから、マットの手にも硬貨を押しつけて握らせた。

「取っておいてください。ただでご協力していただくつもりはありません。この硬貨は記念品のようなものと考えてください。そうすれば、わたくしがご協力をお願いしたとき、そういう約束があったなと思い出せるでしょう？　お願いします。これで、わたくしとあなたがたのあいだに絆が生まれました」

「おいら、絶対に忘れません」エウィンがかんだかい声で言った。

「またあとで詳しい話をしましょう」と、モイレイン。「あなたがたご自身のことも聞かせてください」

「レディー……いえ、その、モイレイン」

背を向けかけたモイレインに、アル＝ソアは遠慮がちに呼びかけた。モイレインが足を止めて肩ごしに振り向くと、アル＝ソアはごくりと唾を飲み、言葉をつづけた。

「なぜエモンズ・フィールドへいらしたんですか？」

モイレインの表情は変わらなかったが、アル＝ソアは急に、こんなことをたずねなければよかったと思った。なぜそう思うのかは自分でもわからなかった。アル＝ソアはあわてて言いわけを始めた。

「すみません。詮索《せんさく》するつもりはないんですが、エモンズ・フィールドにくるのは、ほかの村の商人か、雪があまり深くないときにベイロンから南下してくる旅商人くらいなんです。あなたのようなかたが見えることは、まずありません。商人の用心棒たちはよく〝ここは最果ての行きどまりだ〟と言います。外からくる人たちには、そう思えるはずです。それなのに、こんな遠くまで、なぜいらしたのかな――と思ったんです」

アル＝ソアが話すうちにモイレインの笑みは消え、何かを思い出したような表情になった。しばらく無言でアル＝ソアを見ていたモイレインが、ようやく口を開いた。

「わたくしは歴史の研究者で、古い物語を収集しています。あなたがたがトゥー・リバーズと呼ぶこの地方に、ずっと興味を持っていました。ときどき、遠い昔にここで起こったことを……ほかの場所で起こったことも、調べてまわっています」

「古い物語をですか」と、アル＝ソア。「トゥー・リバーズで起こったことに、あなたのようなかたが興味を持たれるなんて――いや、つまり、ここではたいしたことは起こらなかったと思うんです」

「〝トゥー・リバーズ〟と呼ぶ以外に、なんと呼ぶんですか？」と、マット。「昔から〝トゥー・リバーズ〟でしたよ、ここは」

「〈時の車輪〉が回転するにつれて、場所はさまざまに名を変えます」モイレインは遠い目をして、ひとりごとのように言った。「人間もさまざまに名を変え、さまざまな顔を持ちます。違った顔をしていても、同じ人間です。しかし、〈時の車輪〉が織りなす〈歴史の大模様〉や、それぞれの時代の歴史模様を知ることは、誰にもできません。わたくしたちは、ただ見守り、研究し、希望を抱《いだ》くことしかできません」

アル＝ソアは言葉もなくモイレインを見つめた。どういう意味かとたずねることさえできなかった。自分たちに聞かせるつもりで言ったのかどうかもわからない。ほかの二人も口がきけないようだ。エウィンはぽかんと口を開けていた。

モイレインが三人に視線を戻すと、三人は急に目が覚めたように身震いした。

「あとでまたお話ししましょう」モイレインは言った。三人はひとことも答えなかった。

「それではまた、あとで」

そう言い残すと、モイレインは川にかかる〈荷馬車橋〉へ向かった。歩くというより、マントを翼のように両脇に広げて地面の上をすべってゆくように見える。

モイレインが立ち去ると、アル＝ソアがそれまで気づかなかった長身の男が宿屋の前を離れ、剣の長い柄《つか》に手をかけて、モイレインのあとを追いはじめた。上着は灰色がかった緑で、木の葉や影にまぎれそうだった。風に煽《あお》られるマントは灰色……緑……茶色と、さまざまな色合いにめまぐるしく変化し、ときには背景に溶けこんで、ほとんど見えなくなった。男は、こめかみのあたりが灰色になった長い髪を後ろへなでつけ、細い革紐《かわひも》で押さえていた。顔は岩を荒く刻んだかのように、平らな面と鋭い角《かど》ばかりが目につき、風雨にさらされた色をとどめていたが、皺《しわ》はない。男の動きは、何よりも狼を連想させた。

三人のそばを通り過ぎるとき、男は真冬の夜明けのように冷えびえとした青い目で若者たちを見つめた。品定めをするような目つきだ。アル＝ソアたちのことをどう判断したのか、顔色からはわからない。男は足取りを速めてモイレインに追いつくと、ゆっくりと近づいて肩を並べ、身をかがめて何やら耳打ちした。アル＝ソアは息を吐き出し、はじめて自分が息を止めていたことに気づいた。

「あれがラン様だよ」エウィンがしゃがれ声で言った。アル＝ソアと同じように息を止めていたのかもしれない。あれがランだということは、あの目つきが物語っていた。「絶対、護衛士だと思う」

「バカなことを言うなよ」マットが笑ったが、その声は震えていた。「護衛士なんて、物語のなかにしか出てこないさ。それに、護衛士は剣をいくつも持ち、金や宝石で飾り立てた鎧《よろい》を着て、ずっと北の大荒廃地で、邪悪なやつらや妖獣トロロークなんかと戦ってるんだぞ」

「でも、本当に護衛士かもしれないよ」エウィンは言い張った。

「あの男が金や宝石で飾り立ててたか？」マットは鼻で笑った。「トゥー・リバーズにトロロークがきたか？　羊ならいるけどな。ここで、モイレイン様みたいな人が興味を持つ事件なんか起こったか？」

「何かあったのかもしれない」アル＝ソアは、ゆっくりと答えた。「この宿屋は、千年以上も前からここに立ってる」

「羊だって、千年も前からいたぜ」と、マット。

「銀貨だ！」エウィンが叫んだ。「銀貨をくれたんだ！　これなら、旅商人がきたとき、すごいものを買えるぞ！」

　アル＝ソアは手を開いてモイレインがくれた硬貨を見たとたん、びっくりして硬貨を落としそうになった。見たこともない分厚い銀貨で、表面に、手を上に向けて一本の炎を支える女の姿が浮き出ている。いろいろな土地の商人が持ちこむ硬貨を、村長が天秤《てんびん》で量《はか》る様子を見てきたので、この銀貨の価値はほぼ見当がついた。これほどの銀なら、トゥー・リバーズのどこの村でも、いい馬が一頭買えて、おつりがくる。

　マットの呆然《ぼうぜん》とした表情を見て、自分も同じような顔をしているだろうと、アル＝ソアは思った。手を傾けてマットだけに銀貨を見せながら、アル＝ソアは問いかけるように片眉を上げた。マットはうなずいた。二人は当惑して、しばらく無言で顔を見合わせた。

　やがて、アル＝ソアが言った。

「ちょっとした仕事って何かな？」

「わからない」マットはきっぱり言った。「なんでもいいさ。おれは、このカネを使う気もない。旅商人がきても」そう言うと、銀貨をマントのポケットに押しこんだ。

　アル＝ソアもうなずき、のろのろと銀貨をしまった。なぜかわからないが、マットの言うとおりだという気がする。この銀貨は使ってはならない——モイレインからもらった以上は。ものを買う以外にどんな使い道があるのかはわからないが……。

「おいらも使わないほうがいいかな？」と、エウィン。どうしていいかわからないという表情だ。

「使いたくなったら、使えばいいさ」と、マット。

「使うためにくれたんだと思うよ」と、アル＝ソア。

エウィンは銀貨に目を落としてから首を振り、銀貨をポケットに突っこんで言った。

「取っておくよ」いかにも残念そうな口調だ。

「まだ吟遊詩人に会ってないな」アル＝ソアが言うと、エウィンはパッと顔を輝かせた。

「もう起きたかな」と、マット。

エウィンがたずねた。

「ねえアル＝ソア、本当に吟遊詩人がきてるの？」

「今にわかるよ」アル＝ソアは笑った。エウィンは、自分の目で吟遊詩人を見ないうちは信じないだろう。「そのうち必ず姿を現わす」

〈荷馬車橋〉の向こうから、歓喜の叫びが聞こえてきた。アル＝ソアは声のするほうを見ると、いかにも楽しげな笑い声を上げた。白髪《しらが》まじりの老人からよちよち歩きの幼児まで、村人たちが入り乱れて駆けまわり、八頭の馬に引かれた大きな幌《ほろ》馬車とともに橋へ向かってくる。巨大な馬車をおおう丸い幌《はろ》の外側には、いたるところにブドウの房のように包みがぶらさがっていた。とうとう旅商人がきた。よそ者に吟遊詩人、花火に旅商人。最高の〈春祭り〉になるだろう。

3　旅商人

旅商人の幌《ほろ》馬車は、脇に吊《つ》るした鍋の束をガチャガチャ鳴らして頑丈な木製の〈荷馬車橋〉を通り、重い音を響かせて進んだ。村人たちや、祭りのために近郊から集まった農夫たちに囲まれたまま、旅商人は宿屋の前で幌馬車を止めた。あちこちから人が集まってきて、大きな幌馬車を囲む人だかりはますますふくれあがった。幌馬車の車輪は人の背よりも大きく、人々の目は、はるか上の御者《ぎょしゃ》席にすわる旅商人に釘《くぎ》づけになった。

幌馬車に乗っている男はパダン・フェイン。肌が青白くて痩《や》せ、腕がひょろ長く、鼻が鳥のくちばしのように大きく突き出ている。新しい冗談でも思いついたかのように、いつも楽しげに笑っていた。ランド・アル＝ソアが物心ついてからずっと、毎年、春になると、待ちかねた村人たちに囲まれながら、エモンズ・フィールドへやってくる。

幌馬車と馬具にまといついた群衆が止まると、宿屋の玄関がパッと開いて、アル＝ヴィア村長とアル＝ソアの父親タムに率いられた男議会の面々が現われた。全員——セン・ブイまでが——慎重な足取りで、留め針や、レースの布や本などの商品を求めて群がる人ごみのまっただなかへ歩みを進めた。人ごみはしぶしぶ二手に分かれて議員たちを通したが、その隙間はすぐにもとどおり埋《う》まった。男議会の議員たちが通るあいだも、旅商人に向かって叫ぶ群衆の声はとぎれなかった。みな、情報を求めて叫んでいる。

　村人たちにとって、幌馬車に積まれた針や茶葉などの商品よりも大きな魅力を持つのは、外の世界を語る言葉……トゥー・リバーズの外の情報だ。旅商人のなかには、自分の知っていることをありのままに語るだけの者もいた。わざわざ語るほどのことでもない、くだらない情報ばかりだが。また、しぶしぶ言葉を絞り出すように、時間をかけて話す者もいる。フェインはといえば、気ままにしゃべり、じらすような口調をまじえて、吟遊詩人にも劣らぬ見せものを繰り広げた。興味の中心になるのが好きで、注目を浴びると、チャボのように気取って歩きまわる。エモンズ・フィールドに本物の吟遊詩人がきていると知ったら、フェインは気を悪くするかもしれないと、アル＝ソアは思った。

　フェインは手綱《たづな》を慎重に結わえながら、男議会の議員たちにも村人たちにも、ほとんど注意を向けなかった。誰にというわけでもなく、さりげなく会釈《えしやく》し、無言でほほえみかけ、特に親しい者にもうわの空で手を振った。もっとも、普段から、あまりなれなれしいほうではなく、どんなに親しい相手でも、後ろからポンと背中を叩く程度だ。

話をしてくれという叫び声が大きくなったが、フェインは御者席で雑用をかたづけながら、人々をじらし、周囲の人数と期待が自分の望みどおりにふくれあがるまで待った。男議会の議員たちだけは声を上げず、地位にふさわしい威厳を保って待ったが、頭の上にただよう濃いパイプの煙を見れば、いらだっているのは明らかだった。

アル＝ソアとマットは少しずつ群衆のなかへ入りこみ、できるだけフェインの近くへ寄った。アル＝ソア一人なら途中であきらめただろうが、マットに引っ張られて人ごみのなかを進み、男議会の議員たちのすぐ後ろまで近づいた。

喧騒《けんそう》のなかで、アル＝ソアに向かって叫ぶ親友の声が聞こえた。

「祭りのあいだも、おまえは農場から出てこないのかと思ったぞ」

鍛冶屋の見習いをしている縮れ毛のペリン・エイバラだ。アル＝ソアより頭半分ほど背が低く、横幅が人の一・五倍あるがっしりした体格で、腕や肩の筋肉が鍛冶屋のルーハン親方と同じくらい盛りあがっている。群衆を押し分けて進むのは容易なはずだが、ペリンはそんなことはしない。旅商人のほかは目に入らない人々に「失礼」と声をかけながら、人ごみを縫《ぬ》ってアル＝ソアとマットに近づいてくる。

「すごいよな、〈春祭り《ベル・タイン》〉と旅商人が同時にくるなんて。きっと花火も上がるよ」

「そんなもんじゃないぞ。もっとすごいことがある」マットが笑った。

ペリンは疑わしげにマットを見つめ、アル＝ソアに問いかけるような視線を向けた。

「そのとおりだ」アル＝ソアは大声で叫び返して、周囲で大声を上げる群衆を指し示した。「あとでな。あとで説明するよ。聞こえたか？　あとで！」

その瞬間、フェインが御者席で立ちあがった。急に騒ぎが静まり、アル＝ソアの最後の言葉が爆発音のように大きく響いた。ちょうどフェインが仰々しく片手を上げ、口を開きかけたところだ。群衆がみな振り返ってアル＝ソアをじっと見た。フェインも、幌馬車の上から探るような鋭い視線を向けた。群衆はフェインの第一声を今か今かと待っている。

アル＝ソアは真っ赤になった。できることなら、十四歳のエウィンくらい小さくなって、人ごみにまぎれたい。マットとペリンも、そわそわと身じろぎした。三人は一年前に、ようやく大人としてフェインに目をとめてもらえたばかりだ。フェインは購買力のない年齢の人間を相手にしない。もう子供扱いはされたくないと、アル＝ソアは思った。

フェインは咳払いして、分厚いマントをぐいと身体に引き寄せ、「あとで？　いやいや、もうお待たせはしませんぞ」と言うと、群衆に向かって高々と片手を上げ、派手な手ぶりをまじえて滔々《とうとう》とまくしたてはじめた。

「さあ、お話ししましょう。トゥー・リバーズは災難つづきだ——みなさんは、そう思っていらっしゃる。ところが、全界じゅうどこでも災難つづきなのです。北の大荒廃地から南の〈嵐の海〉まで、西のアラス海から東のアイール荒地まで、例外なく。ここでも冬は、かつてなかったほどきびしく、血も凍り、骨も砕けるほどの寒さじゃありませんか？　ああ！　冬は全界じゅういたるところで牙を剝《む》いています。大荒廃地の境界地域に比べれば、トゥー・リバーズの冬は春も同然！　春がこないとおっしゃる？　狼が羊を襲うと？　人も襲われると？　だから、災難ばかりだと？　さてさて、春が遅れているのはいずこも同じ。いずれの地方も、羊であれ牛であれ人間であれ、生肉ならなんにでも牙を突き立てる飢えた狼に悩まされています。小さな災難なら、ありがたいと思わなければなりませんぞ」フェインは群衆の反応をうかがうように言葉を切った。

「狼が羊や人間を殺す以上に悪いことをすると言うなら、教えてほしいもんじゃ」ブイが口をはさみ、その言葉に賛成する声が上がった。

「それは人間が人間を殺すことです」フェインはもったいぶった口調で答え、先をつづけた。聴衆のあいだに愕然《がくぜん》としたつぶやきが広がった。「つまり、戦闘です。ギールダンでは内戦が起こり、国じゅうが狂気に支配されている。〈ダリンの森〉の雪は人間の血で染まり、死肉をあさるカラスが群がり飛び、カラスのわめき声のほかには何も聞こえません。軍勢がギールダンへ向かっています。数々の国が……有力な一族や支配者たちが兵を送りこんでいます」

「戦闘だと？」アル＝ヴィア村長が言い慣れない言葉をぎこちなく口にした。トゥー・リバーズの住人は誰も戦闘を経験していないのだから、無理もない。「なぜ戦ってるんだ？」

フェインはにやりと笑った。辺境の村人たちが全界の出来事にうといのをバカにしているのだろうと、アル＝ソアは思った。

フェインは内緒話でもするように村長に身を寄せ、聞こえよがしにささやいた。「竜王の旗がひるがえり、それに対抗する兵士や支援する兵士が集結したのです」

いっせいに息をのむ音がして、アル＝ソアは思わず身震いした。

「竜王だと！」誰かがうめいた。「闇王がギールダンに入りこんだのか！」

「闇王じゃないぞ」鍛冶屋のルーハンがどなった。「竜王は闇王とは違う。そいつはきっと偽の竜王だ」

「フェイン親方の話を聞こうじゃないか」村長が言ったが、聴衆は鎮まらなかった。あちこちで叫び声が上がり、男も女もどなり合った。

「始末に負えないのは竜王も闇王も同じだ！」

「竜王は全界を崩壊させたんでしょう？」

「また破壊を始めたんだ！〈狂気の季節〉をもたらす気だ！」

「予言を知らないの!? また竜王が現われたら、どんな悪夢よりも恐ろしい世のなかになるわ!」

「どうせ、また偽の竜王だ。そうに決まってる!」

「偽の竜王だって、恐ろしい世のなかになることに変わりはない。この前だって、そうだったじゃないか。戦闘も起こったし、何千人も死んだ。そうだろ、フェイン? 前の偽の竜王はイレイアンを包囲したぞ」

「なんて恐ろしい時代だ! ここ二十年間、〈竜王の再来〉を名乗る者は現われていなかったのに、こんどは五年間に三人も現われた! 恐ろしい時代だ! 気候もおかしい!」

アル=ソアは友人たちと目を見交わした。マットは興奮に目を輝かせ、ペリンは不安げに眉をひそめている。アル=ソアは〈竜王の再来〉を自称する男たちの物語を全部、覚えていた。命を落としたり、予言を実現できなかったりして、偽の竜王だとわかった場合、この男たちの行ないは罪になる。戦闘で人々が引き裂かれ、村や町が焼かれる。人の死体が落ち葉のように地面をおおい、難民が囲いのなかの羊のように道いっぱいにあふれる——旅商人もほかの村からくる商人たちも、そう言った。トゥー・リバーズの人々はその言葉を信じた。本物の竜王がふたたび現われれば、全界は滅びると言う者もいる。

「静かに!」村長がどなった。「静かにしろ! 勝手な思いこみでいらだつのはやめよう。

フェイン親方に、偽の竜王の話をしてもらおうじゃないか」

村人たちは静まりはじめたが、屋根葺《ふ》き職人のブイは黙らず、「そいつは本当に偽の竜王なのかね？」と苦々《にがにが》しげに問いかけた。

アル＝ヴィア村長は不意をつかれたように目をぱちぱちさせてから、ぴしゃりと言った。

「ブイ、バカなことを訊《き》くな」

だが、ブイの言葉が村人たちの不安を煽《あお》り立てた。

〈竜王の再来〉なんかであるはずがない。光よ、お助けください。竜王が再来してたまるか！」

「ブイ！　この、老いぼれの能なし！　あんたは災《わざわ》いをおもしろがってるんでしょう！　わざわざ災難を招きたいの？」

「次は闇王の名を口にするつもりだろう！　おまえは竜王に取りつかれたんだ、セン・ブイ！　おれたちみんなに災いをもたらす気なんだ！」

ブイはひるまずにあたりを見まわし、自分を責めたてる人々をにらみつけて黙らせると、声を張りあげた。「偽の竜王のせいだなどとは、フェインはひとことも言わなかったぞ。誰か聞いたか？　自分の頭で考えてみろ！　作物がいつものように膝以上の高さに育った畑は、どこにある？　一カ月も前に春になっていいはずなのに、まだ冬なのは、どういうわけじゃ？」

ブイに向かって、「黙れ！」……「口を慎め！」と怒りの声が飛んだが、ブイは言葉をつづけた。

「わしは黙らんぞ！　わしだってこんな話はしたくないが、災難が降りかかるとわかっていて怯《おび》えながら待っとるなんて、まっぴらごめんだ。フェインの話だけで気をもんどるのではない。フェイン、はっきり言ってくれ。何を聞いたのじゃ？　その男は本当に偽の竜王なのかね？」

フェインは自分のもたらした情報が思いがけず混乱を招いたことに、内心は動揺しているかもしれないが、そんなそぶりは少しも見せなかった。ただ肩をすくめ、骨張った指を鼻の脇にあてて答えた。

「その点については、ことが終わるまで、誰にもわからないんじゃありませんか？」いつもの謎めいた薄笑いを浮かべ、人々の反応を楽しむかのように群衆を見わたした。「わたしにわかるのは、ひとつだけ」平然とした口調だ。「その男が絶対力を使えるということです。偽の竜王たちは絶対力を使えませんが、その男は使えます。その男が叫べば、敵の足もとで地面が割れ、頑丈な壁もぼろぼろと崩れ落ちる。稲妻を呼び出し、指さした場所へ導くことができる。信頼できる筋から、そう聞きました」

水を打ったように静まり返った。アル＝ソアは友人たちの顔を見た。ペリンは不愉快そうな顔をしていたが、マットはあいかわらず興奮している。

アル＝ソアの父親タムが、いつもより少しだけ動揺した表情で村長を引き寄せ、何か言おうとした。

だが、それより早くエウィンが声を張りあげた。「その人は気が狂って死ぬんだ！　物語では、絶対力をあやつる男は必ず狂って衰弱して死ぬ。絶対力には、女しかさわれないんだよ。その人、そのことを知らないの？」

そこまで言うと、エウィンはひょいと首をすくめた。もう少しでブイになぐられるところだった。

「おまえなんかの出る幕じゃない」ブイは節《ふし》くれだった拳《こぶし》をエウィンに突きつけた。「黙れ。こういうことは大人にまかせておくもんじゃ。失《う》せろ！」

「落ち着け、ブイ」タム・アル＝ソアがうなるように言った。「その子は好奇心が旺盛なだけだ。あんたこそ大人げないぞ」

「まったく年がいもない」と、村長。「あんたは男議会の議員だろうが」

タムと村長の言葉を聞いているうちに、ブイの皺《しわ》だらけの顔が真っ赤になり、しまいには紫色になった。

「この子がどんな女たちの話をしとるのか、あんたらも知らんはずはあるまいに。そんな目でにらむな、ルーハン。おまえさんもだ、クロー。ここは、まともな人間の住む、まともな村じゃ。フェインの口から、絶対力を使うという偽の竜王の噂を聞いただけで恐ろしいのに、竜王にのぼせたこんな子の話まで聞いてられるか。この世には、口にしてはならんこともあるんじゃぞ。それでもこのろくでなしの旅商人の話を聞きたいというのなら、勝手にしろ。正しくもなければ、まともでもないことじゃがな」

「口にしてはいけないことなど、わしは何ひとつ耳にしなかったぞ」と、タム。だが、フェインの話はまだ終わっていなかった。

「この事件には当然、異能者《アエズ・セダーイ》もかかわっていますぞ」フェインははっきり言った。「絶対力をあやつる女たちの一団が馬に乗って本拠地のタール・ヴァロンを出て、南へ向かいました。竜王を名乗る男も絶対力を使うのですから、対抗できるのは異能者《アエズ・セダーイ》だけです。この男と戦い、負かして、処罰するわけです。まあ、男が負ければの話ですがね」

群衆のなかで誰かが大きなうめき声を上げ、タムと村長は不安そうに眉をひそめて目を合わせた。村人たちのあいだに動揺が広がり、風が弱まってきたにもかかわらず、マントをきつく身体に巻きつける姿が目についた。

「負けるに決まってる」誰かが叫んだ。

「いつも最後には負けるんだ、偽の竜王は」

「負けるんだろう、そいつは？」

「負けなかったら、どうする？」

タムは村長の耳もとで話をはじめた。村長は周囲の騒ぎにはかまわず、うなずきながら聞いていたが、内緒話が終わると声を張りあげた。「みんな聞いてくれ。静かにして、聞いてくれ！」叫び声は静まって、つぶやき程度になった。「この話は、単なる外の世界の情報の域を超えている。男議会で討論しなければならない。フェイン親方、宿屋でわれわれの討議に同席していただきたい。いろいろ質問したいことがある」

「温かいワインを飲みながらというのも悪くありませんな」フェインは含み笑いを漏《も》らして答え、幌馬車から飛び降りた。両手を上着にこすりつけて土埃《つちぼこり》を落とすと、陽気にマントを整えて言った。「わたしの馬の世話をお願いできますかな？」

「おれだって、フェインの話を聞きたいぞ！」群衆のなかから口々に抗議の声が上がった。

「フェインを連れていかないでくれ！　女房から、留め針を買ってこいと言われたんだ！」

ウィット・コンガーの声だ。周囲の視線を浴びて肩をすぼめたが、撤回する様子はない。

「おれたちにだって、質問する権利はあるぞ」後ろのほうで誰かが叫んだ。「おれは――

―」

「静かに！」村長の雷が落ちると、群衆は驚いて静まり返った。「男議会の質問が終わったら、フェイン親方はここへ戻ってきて、また情報を聞かせてくれる。鍋や留め針も売ってくれるだろう。ヒュー！　タッド！　フェイン親方の馬を馬小屋へ連れていけ」

　タムと村長がフェインの両脇に立ち、ほかの男議会の議員たちが背後をかためる形で、男議会の議員は宿屋〈酒の泉〉のなかへ姿を消した。

　つづいて入ろうとする人々の前で、ぴしゃりと扉が閉まった。激しく扉を叩くと、なかから村長がひとこと言った。

「帰れ！」

　宿屋の玄関に群がった人々は、ぶつぶつこぼし合った――フェインの話は、どういう意味だったのだろう？　男議会はどんな質問をしているのだろう？　なぜ男議会だけが、質問したり話を聞いたりできるのだ？　玄関の窓からなかをのぞこうとする者もいた。馬丁《ばてい》のヒューやタッドにたずねる者もいたが、二人が知るはずはない。ものおじしない二人は、返事の代わりに唸《うな》るような声を出しただけで、八頭の馬から馬具をはずす手を休めなかった。二人はフェインの馬を一頭ずつ順に馬小屋へ連れていき、最後の馬を引いてゆくと、それきり姿を消した。

アル＝ソアは群衆から離れて、古い礎《いしずえ》の端に腰をおろし、マントを身体に引き寄せて宿屋の玄関を見つめた。ギールダンやタール・ヴァロンといった聞き慣れない地名には、興奮をかきたてられる。旅商人の持ってくる情報や、商人の用心棒の話でしか聞いたことのない場所だ。異能者《アエズ・セダーイ》、戦闘、偽の竜王――こんな言葉は、夜遅くに炉辺《ろばた》で聞く物語に出てくるものだ。一本しか灯《とも》っていないろうそくが壁に妙な形の影を落とし、風がよろい戸を揺さぶる夜の暇つぶしでしかない。異能者《アエズ・セダーイ》や偽の竜王に出会うくらいなら、むしろ吹雪や狼に出くわすほうがましだ。だが外の世界は、こことは違って、吟遊詩人の物語のなかで息づいているらしい。冒険……それも、一生かかるような長い冒険の世界のようだ。

村人たちはぶつぶつ言ったり、頭を振ったりしながらも、少しずつ散っていった。ウィット・コンガーは放置された幌馬車のそばで足を止め、旅商人がもう一人隠れていないか確かめるかのように、じろじろとなかを見た。やがて人ごみは解散し、数人の若者だけが残った。マットとペリンがアル＝ソアに近づいてきた。

「吟遊詩人が、今の話よりおもしろいことを聞かせてくれるとは思えないよ」と、マット。興奮した口調だ。「偽の竜王を、ひとめでもいいから見たいなあ」

ペリンは縮れ毛の頭を振った。

「おれは見たくない。どこかほかの場所でならともかく、トゥー・リバーズでは見たくない。戦闘が起こるのはいやだ」

「異能者《アエズ・セダーイ》が現われるのもいやだな」と、アル＝ソア。「全界崩壊をもたらしたのは誰か、忘れたわけじゃないだろう？　崩壊の兆《きざ》しをもたらしたのは竜王かもしれないけど、実際に全界を崩壊させたのは異能者《アエズ・セダーイ》だ」

「前に、羊毛商人の用心棒から物語を聞いた」マットがおもむろに話しはじめた。「竜王は人々にいちばん必要とされる瞬間によみがえって、人々を救うんだってさ」

「そんな話を信じてるんなら、その用心棒はバカだよ」ペリンは断言した。「おまえだって同じだ。そんな話を真《ま》に受けるなんてバカだ」

怒った口調ではなかった。ペリンはめったに腹を立てないが、マットの気まぐれな空想話にいらいらさせられることも多い。今も、いくぶん、いらだちの色が現われている。

「その用心棒は〝いずれ新たな〈伝説の時代〉がくる〟とかなんとか言ったんだろ？」と、ペリン。

「おれは別に、信じるとは言ってないよ」と、マット。「そう聞いただけだ。ナイニーヴもいっしょに聞いてた。おれと用心棒の生皮《なまかわ》を剝《は》ぎかねないほど、すごい顔をしてたよ。あいつは――用心棒のことだけど――その話を信じてる人は大勢いるけど、怖くて口にできないだけだと言ってた。異能者《アエズ・セダーイ》や〈光の子〉が怖いんだってさ。ナイニーヴに叱りつけられて、それ以上は言わなかったけどね。ナイニーヴは商人に用心棒のことを言いつけたんだ。商人は、帰ったら用心棒をクビにすると言ってた」

「けっこうなことだ」と、ペリン。「竜王が人類を救うだと？　まるで、コプリンの連中みたいな言いぐさだな」

「竜王に救ってほしい事態って、どんなことだろう？」と、アル＝ソア。考えこむ表情だ。

「闇王に助けを求めるのと同じじゃないか」

「そこは話してくれなかった」マットは不安げな口調で言った。「新たな〈伝説の時代〉なんてことも、言わなかったよ。竜王の出現で全界が引き裂かれると言ってた」

「そりゃ、さぞかし救われるだろうよ」ペリンは皮肉をこめて言った。「またしても全界崩壊が起こるんだから」

「なんだよ！　おれは用心棒の話を、そのまま伝えてるだけだぞ」と、マット。

　ペリンはうんざりしたように頭を振った。「異能者《アエズ・セダーイ》も竜王も――偽物だろうと本物だろうと――もともと自分のいたところから動かないでほしいな。そうすりゃ、トゥー・リバーズは助かる」

「連中は本当に闇の信徒だと思うかい？」と、マット。顔をしかめて考えこんでいる。

「連中って？」と、アル＝ソア。

「異能者《アエズ・セダーイ》さ」

アル＝ソアがちらりとペリンを見ると、ペリンは肩をすくめた。

「物語では――」と、言いはじめたアル＝ソアを、マットがさえぎった。

「異能者《アエズ・セダーイ》が闇王に仕えてない物語だってあるぜ、アル＝ソア」

「いいか、マット、連中が全界崩壊を引き起こしたんだぞ。それだけで充分じゃないか」

マットはため息をついたが、すぐににやりと笑った。「あのビリ・コンガーじいさんは、異能者《アエズ・セダーイ》とか闇の信徒なんていないと言ってるぞ。ただの作り話だとさ。あのじいさんは、闇王がいるってことだって信じてない」

ペリンが鼻で笑った。「コプリンもコンガーも、ろくなことを言わない。あんな連中に何がわかるって言うんだ？」

「ビリじいさんは闇王の名を口にしたぜ。知らなかったのか？」と、マット。

「おい！」アル＝ソアは声をひそめて制した。

マットは満面の笑みを浮かべた。「去年の春のことだ。まだネキリムシがビリじいさんの畑を荒らす前のころだった。じいさんが闇王の名を口にしたら、そのあと一家そろって黄眼熱《おうがんねつ》にかかった。じいさんは偶然だと言うけど、闇王の名を言ってみてって、おれが頼むたびに、ものを投げつけてくるんだ」

「そんな話をするなんて、あなたはとんでもないバカだわ、マット」

　新たな声とともに、村の賢女ナイニーヴ・アル＝メアラが三人のあいだへ割りこんできた。肩に垂れる黒い三つ編みの髪が逆立つほど、腹を立てている。アル＝ソアはあわてて立ちあがった。

　ナイニーヴは、三人のなかでもいちばん小柄なマットの肩ほどの背丈しかない、ほっそりした娘だが、このときばかりは誰よりも背が高く見えた。ナイニーヴが若くてかわいい娘だろうと、関係ない。

「あのとき、ビリ・コンガーがろくでもないことをしたとは思ったけど、あなたがけしかけていたとはね。ねえマット、もう結婚できる歳になったのに、まだお母さんにくっつきまわっている子供と同じなの？　この次は、あなたが自分で闇王の名を口にするんでしょうね」

「そんなことはありません、賢女ナイニーヴ」マットは穴があったら入りたいような顔で抗議した。「ビリじいさんが——いえ、その、ビリ・コンガー親方が——勝手に口にしたんです。おれじゃありません！　ちくしょう、おれはそんな——」

「言葉に気をつけなさい、マット！」

　自分がナイニーヴににらみつけられているわけでもないのに、アル＝ソアは思わず背筋を伸ばした。ペリンも、ばつが悪そうだ。ナイニーヴはちょっと年上だからといって、頭ごなしに叱りつけてくる。アル＝ソアもマットもペリンも内心むっとしていても、面と向かっては何も言えない。怒っているときのナイニーヴはずっと年上に見えるからだ。ナイニーヴに叱られると必ず誰かがぶつくさ言うが、それもナイニーヴがいないところでのことだ。ナイニーヴは一方の端が太く、もう一方が鞭《むち》のように細い杖を持っていた。愚かなふるまいを見つけると、相手の年齢や地位などおかまいなしに、頭だろうが手脚だろうが、この杖で叩く。

最初のうちアル＝ソアはナイニーヴに気を取られていて、この賢女が一人ではないことに気づかなかった。連れがいるとわかったとき、この場から逃げ出したいと思った。あとでナイニーヴに何を言われようとかまわない。

ナイニーヴのすぐ後ろにエグウェーン・アル＝ヴィアが立って、この光景を見つめていた。背丈もナイニーヴと同じくらいで、同じように黒い髪をしている。ナイニーヴの気分を反映した影のように、腕組みをし、口をかたく結んで、反感をあらわにしている。薄い灰色のフードが顔に影を落とし、大きな茶色の目には笑いの色ひとつない。

多少とも有利なのは、アル＝ソアがエグウェーンより二歳年上だという事実だが、実際にはなんの役にも立たなかった。落ち着いてものを言うペリンと違って、アル＝ソアは村の娘たちを相手にすると舌がうまくまわらなくなる。話しやすい話題のときもそうだから、エグウェーンの大きく見開いた目で、どんな小さなミスも見逃すまいという勢いで見つめられては、言葉が出なくなる。ナイニーヴが話しおえた時点で、立ち去ったほうがよかったのかもしれないが、なぜか立ち去る気にはなれなかった。

「ランド・アル＝ソア」ナイニーヴが言った。「いつまでも、ぼけた子羊みたいにぽかんと見つめてないで、そろそろ教えてちょうだい。あなたがたみたいなウドの大木でも、口にすべきでないことくらいはわきまえてるでしょう？　それなのに、なぜ三人でそんなことを話し合ってたの？」

　アル＝ソアはハッとしてエグウェーンから目をそらし、ナイニーヴが口を開くと同時にエグウェーンが漏らした笑みにどぎまぎした。ナイニーヴの声はきびしいが、すべてお見通しだと言わんばかりの笑みを浮かべている。ところがそのとき、マットが大きな笑い声を上げ、ナイニーヴの笑みを消した。ナイニーヴのひとにらみで、マットの笑い声は息の詰まったような咳払いに変わった。

「さあ、アル＝ソア、どうなの？」と、ナイニーヴ。

　アル＝ソアの視野の隅《すみ》に、まだ微笑しているエグウェーンの姿が映った。何がそんなにおかしいんだ？

「その話をするのは当然です、賢女ナイニーヴ」アル＝ソアはあわてて言った。「旅商人――つまり、パダン・フェイン……いやその……フェイン親方から――ギールダンの偽の竜王や、戦闘や、異能者《アエズ・セダーイ》の情報を聞かされたんですから。男議会も、じかにフェイン親方と話し合うほど重要な情報だと判断しました。ほかに、おれたちが話題にするようなことがありますか？」

ナイニーヴはあきれたように頭を振った。

「それで、旅商人の幌馬車がほったらかしにされてるのね。みんな幌馬車に殺到したと聞いたけど、あたくしは、アイリンの奥さんの熱が下がるまで離れられなかったのよ。すると、男議会は、ギールダンで何が起こっているかを旅商人から聞き出したというわけね。でも、男の人たちじゃ、きっと的《まと》はずれな質問ばかりするんでしょうね。役に立つ情報を引き出すには、女会でなくちゃ」

ナイニーヴはマントの前を開き、マントを両肩にかけて背後へ流すと、宿屋へ入っていった。

エグウェーンはその場に残った。宿屋の玄関が閉まると、エグウェーンはアル＝ソアの前へやってきた。表情はやわらいでいるが、まじまじと見つめられたアル＝ソアは落ち着かない気分になった。応援を求めて友人たちを振り返ったものの、二人ともあからさまににやにや笑いながら立ち去った。

「マットのバカ話なんかに巻きこまれないほうがいいわよ、アル＝ソア」エグウェーンは、まるで賢女のような重々しい口調で言い、不意にくすくす笑いだした。「あなたのあんな顔を見たのは久しぶりだわ。あなたが十歳のころに、マットと二人でセン・ブイのリンゴの木に登ってるところを見つかったとき以来じゃないかしら」

アル＝ソアはそわそわと足を踏み替え、マットとペリンをちらっと見た。二人はそう遠くない場所に立ち、マットが興奮した様子で、身ぶり手ぶりをまじえて何やら話している。

「明日、おれと踊ってくれないか？」思ってもみなかった言葉が、アル＝ソアの口から出た。エグウェーンと踊りたいのはたしかだが、いっしょにいると気まずい。なぜ、そんな機会を自分から作ろうとしてるんだろう？　今でも気まずいのに……。

エグウェーンの口もとにかすかな笑みが浮かんだ。

「午後にね。午前中は忙しいの」

ペリンの叫び声が聞こえてきた。「吟遊詩人が!?」

エグウェーンがマットとペリンのほうへ行こうとしたが、アル＝ソアはエグウェーンの腕に手をかけて引き止めた。

「忙しいって？　どうして？」

空気は冷たいのに、エグウェーンはマントのフードを上げ、さりげなく髪を肩の前へと引っ張った。この前に会ったとき、エグウェーンの髪は黒く波打って肩の下まで垂れ、赤いリボンでまとめてあった。今は長い三つ編みだ。

アル＝ソアは毒ヘビでも見るような目でエグウェーンの三つ編みを見つめてから、〈草広場〉に立つ〈春の柱〉をちらっと見た。明日の朝、結婚できる年齢に達した未婚の娘たちが、この柱のまわりで踊る。アル＝ソアはごくりと唾《つば》を飲んだ。アル＝ソア自身が結婚年齢に達すると同時に、エグウェーンもその年齢に達した――その事実に、なぜか、今の今まで気づかなかった。

「結婚できる歳になったからって、今すぐ結婚しなきゃならないってものじゃない」アル＝ソアはつぶやいた。

「もちろん、そうよ。それを言うなら、永久に結婚しなくたっていいわけよ」

アル＝ソアは目をぱちくりさせた。「永久に？」

「賢女は、たいてい結婚しないわ。あたし、今、ナイニーヴの指導を受けてるの。風の声を聞く才能があるって言われたから。ナイニーヴの話だと、賢女は風の声を聞けるって言われてるけど、みんながみんな聞けるとはかぎらないんですって」

「賢女だって!?」アル＝ソアがバカにした口調で言うと、エグウェーンの目が怒りに燃えた。「ナイニーヴはこの村で、まだあと五十年は賢女をつとめるぜ。もっと長くやるかもしれない。一生、ナイニーヴの見習いをするつもりか？」

「ほかにも村はあるわ」エグウェーンは怒りをこめて答えた。「タレン川の北の村では、いつもよそから賢女を迎えるって、ナイニーヴが言ってたわ。そのほうが、村人に対する賢女のえこひいきがなくなるから」

　アル＝ソアはもうからから気分にはなれなかった。

「トゥー・リバーズを離れるのかい？　二度と会えなくなるじゃないか」

「あら、気に入らない？　近ごろのあなたは、そんなことどうでもいいのかと思ってたわ」

「トゥー・リバーズから出てゆく人間なんかいないよ。タレン・フェリーなら、いるかもしれない。おかしな連中ばかりだからな。

　エグウェーンは、いらだたしげにため息をついた。「きっと、あたしもおかしな人間なのよ。物語に出てくるような土地を見たいの。あなたは、そんなことを考えたことない？」

「そりゃ、あるさ。空想だってする。でも、空想と現実の違いはわかってるよ」

「そう。あたしにはわかってないって言うのね」エグウェーンは憤然として言うと、くるりと背を向けた。

「そういうつもりで言ったんじゃないよ。あくまで、おれの場合はってことだ。なあ、エグウェーン？」

エグウェーンはアル＝ソアとのあいだに壁を造るかのように、マントを掻《か》き合わせると、こわばった足取りで数メートル先へ遠ざかった。

アル＝ソアはいらいらして頭を掻いた。どう説明すればいいんだ？　こっちはそんなつもりはないのに、エグウェーンはいつも一方的におれの言葉を誤解する。あんなに怒ってるんだから、今はおれが何を言おうと焼石に水だろう。それに、おれはどうせ裏目に出るようなことしか言えない。

マットとペリンが戻ってきたが、エグウェーンは目もくれなかった。二人は遠慮がちにエグウェーンを見てから、アル＝ソアに近づいてきた。

「ペリンもモイレイン様から銀貨をもらったんだってさ」マットが言った。「おれたちと同じ銀貨だよ」一瞬ためらってから、付け加えた。「それにペリンも、馬に乗った黒マントの男を見たんだって」

「どこで見た？」と、アル＝ソア。「いつ？　ほかに誰か見たやつはいたかい？　そのことを誰かに話したか？」

ペリンは大きな両手をゆっくりと上げた。「まあ、待て。質問はひとつずつしてくれ。黒マントの男を見たのは、村はずれだ。昨日の夕方、あいつは鍛冶屋の仕事場をじっと見てた。ぞっとしたよ。ルーハン親方に話したが、親方が見たときにはもういなかった。影に怯えたんだろうと、親方に言われた。そのくせ親方は、炉の火に灰をかぶせて道具をしまうあいだ、いちばんでかい金槌《かなづち》をずっとそばに置いてたよ。親方があんなことをしたのは、はじめてだ」

「それじゃ、おまえの言うことを信じてくれたんだ」アル＝ソアは言った。

ペリンは肩をすくめた。「さあ、どうだかな。〝おれの見たのが影なら、どうして金槌を持ち歩くんですか？〟って訊いたら、〝ずうずうしい狼どもが村のなかにまで侵入してきそうだから〟とかなんとか言ってた。きっと、おれが見たのは狼だと思ったんだろうな。暗くたって、おれには馬に乗った人間と狼の区別はつく。おれは絶対に見まちがいじゃないと思ってる。誰がなんと言おうとな」

「おれは信じるよ。おれもその男を見たんだから」と、アル＝ソア。

ペリンは満足げに低く唸った。アル＝ソアもその男を見たと知って、ほっとしたのだろう。

「あなたがた、いったい、なんの話をしているの？」いきなりエグウェーンの声が割りこんできた。

もっと小さい声で話せばよかったと、アル＝ソアは後悔した。エグウェーンが聞き耳を立てているとは知らなかった。マットとペリンはバカみたいににやにやしながら、夢中になって、黒衣の男を見た話をエグウェーンに聞かせている。アル＝ソアは黙っていた。聞きおわったエグウェーンがなんと言うか、見当がつく。

二人の話が終わると、エグウェーンは天を見あげた。

「ナイニーヴの言ったとおりだわ。あなたがたはまだ子供なのね。馬に乗っている男がいたからって、それが吟遊詩人の物語に出てくる怪物だとはかぎらないわ。誰だって馬くらい乗るわよ」

アル＝ソアはひとり、うなずいた。思ったとおりの返事だ。

エグウェーンはアル＝ソアに食ってかかった。

「あなた、こんな作り話を言いふらしてるのね。ランド・アル＝ソア、あなたって、ときどき常識をなくすわ。子供を脅《おど》してまわらなくたって、冬は充分に恐ろしいのに」

アル＝ソアは顔をしかめた。「おれは何も言いふらしたりしてないよ、エグウェーン。でも、たしかに見たんだ。どう見ても、逃げた牛を捜してる農夫じゃなかった」

エグウェーンは深々と息を吸いこんだ。ところが口を開きかけた瞬間、宿屋の扉が開いて一人の男が飛び出してきた。もじゃもじゃの白髪《しらが》頭の男で、何かに追われているかのようにあわてふためいている。

4　吟遊詩人

白髪《しらが》頭の男の後ろで宿屋の扉がバタンと閉まり、男は振り向いて扉をにらみつけた。痩《や》せた男で、肩を丸めているが、かなりの長身だ。年配者らしい外見のわりには活発に動く。つぎはぎ細工のようなマントは大きさも形も身体に合わず、風が吹くたびにはためいて、ありとあらゆる色をのぞかせた。とても分厚いマントで、アル＝ヴィア村長はつぎはぎ細工だと言ったが、継ぎあてに見えるものは繕《つくろ》いの跡ではなく、わざわざ飾りとして縫《ぬ》いつけられたものだ。

「吟遊詩人よ！」エグウェーンが小声で言った。興奮した口調だ。

白髪頭の男はマントをなびかせて、勢いよく振り返った。マントの下の長い上着には、妙なだぶだぶの袖と大きなポケットがついている。髪と同じように真っ白な濃い口ひげが震え、顔はなんどもきびしい季節を乗り越えた樹木のようにごつごつしていた。男は、凝《こ》った彫刻のある柄《え》の長いパイプ――薄い煙がひとすじ立ちのぼっている――を、ランド・

アル＝ソアたちのほうへ振った。横柄《おうへい》なしぐさだ。もじゃもじゃの白い眉毛の下から、射抜くような青い目を向けてきた。

　アル＝ソアたちは男の目を見つめ返した。トゥー・リバーズの人間はみな、黒か茶色の目をしている。ほかの村からやってくる商人や用心棒たちも同じだ。アル＝ソアはこれまで黒か茶色以外の色の目を見たことがない。アル＝ソア自身は灰色の目をしていたので、コンガー一族やコプリン一族の者にからかわれた。我慢しきれなくなって、エワル・コプリンの鼻をなぐりつけてからは、からかわれなくなった。エワルは賢女にこっぴどく叱られたにちがいない。黒や茶色以外の色の目を持つ人々がいる地方もあるのだろうか――アル＝ソアは考えた。青い目のランも、そういう地方の出身かもしれない。

「まったく、なんという失敬な村だ」吟遊詩人はよく響く低い声で言った。戸外なのに、広間でしゃべっているような……壁に反響して、隅々《すみずみ》まで届くような錯覚を起こさせる声だ。「北の、丘の上の村の連中は、暗くなる前にここに着けると言いおった。〝昼よりかなり前に出発すれば〟と言い忘れたらしい。やっとたどりついたときは、骨の髄《ずい》まで冷えきって、すぐにも暖かい寝台にもぐりこみたかったのに、この宿屋の主人は時間がどうのこうのと、ぶつくさ言いおった。まるでわしが、そこらをぶらつく豚飼いか何かみたいにな。わしは、この村の男議会から、〈春祭り《ベル・タイン》〉に出演してほしいと要請されたのだぞ。おまけに、宿屋の主人は自分が村長《むらおさ》だとも言わなかった」

吟遊詩人は語調をゆるめ、アル＝ソアたちをにらみまわしながら大きく息をつくと、誰にも返事をするまを与えず、ふたたびまくしたてた。

「暖炉の前で一服しようとおりてきたら、酒場にいた連中全員が、まるで一族に持てあまされた借金の常習犯でも見るような目で、わしをじろじろ見おった。じいさんが一人、〝あの物語は語ってよろしい〟だの、〝この物語は語るな〟だのとわめき立てたと思ったら、若い娘が〝外へ出なさい〟と叫んだ。わしがすぐには動かなかったもんだから、持っていた太い棍棒《こんぼう》を振りあげて脅《おど》しつけてきた。吟遊詩人がこんなひどいしうちを受けるなんて聞いたことがあるかね？」

エグウェーンの顔は見ものだった。本物の吟遊詩人を目《ま》のあたりにした興奮と、ナイニーヴを弁護したいという気持ちが入りまじって、目をきょろきょろさせている。

「失礼しました、吟遊詩人の先生」アル＝ソアが言った。自分でも、バカみたいににやにやしているのがわかった。「その若い娘はこの村の賢女です。それに――」

「あんな、小さくて、ひょろっとしたかわいい娘が、村の賢女だと？」吟遊詩人は叫んだ。「天気を予言したり、病人を治したりするより、まだ若い男といちゃつきたい年ごろじゃないのかね？」

アル＝ソアはそわそわと身じろぎした。今の言葉がナイニーヴの耳に入らないといいが……。とにかく、吟遊詩人の芸が終わるまではことを荒だてたくない。吟遊詩人の言葉にペリンはたじろぎ、マットは口笛を吹くように口をすぼめた。二人とも、アル＝ソアと同じことを考えているのだろう。

「酒場にいた人たちは男議会の議員たちです」アル＝ソアは言葉をつづけた。「男議会は失礼をするつもりではなかったと思います。ギールダンで戦闘が行なわれていて、〈竜王の再来〉を名乗る男が現われたということを、さっき聞いたばかりなんです。偽の竜王とか、異能者《アエズ・セダーイ》たちがタール・ヴァロンを出発したとかいう話です。男議会は、この村を守るにはどうすればいいかを話し合っていたんです」

「古い情報だ」吟遊詩人はそっけなく言った。「ベイロンでも、古い情報として扱われていた。全界でいちばん情報が届くのが遅い街なのにな」ひと息つくと、村を見まわし、皮肉な口調で付け加えた。「まあ、もっと遅い場所もあるが」

吟遊詩人の目が旅商人の幌《ほろ》馬車にとまった。幌馬車は梶棒《かじぼう》を地面におろしたまま、宿屋の前に放置されている。

「なるほど。どうりでパダン・フェインを見たような気がしたわけだ」あいかわらず低い声だが、朗々《ろうろう》たる響きは消え、嘲笑の色を帯びた。「フェインはいつも悪い知らせばかり真っ先に運んでくる。早ければ早いほど、悪い知らせだ。人間というより、ワタリガラス（不吉の前兆）みたいなやつだな」

「フェイン親方はエモンズ・フィールドへよく見えますわ、吟遊詩人の先生」と、エグウェーン。少し不満そうな口調だ。吟遊詩人を目の前で見た喜びも、少々薄れてきたのだろう。「いつも笑いながらやってきて、悪い知らせよりはいい知らせをたくさん聞かせてくださいます」

　吟遊詩人はエグウェーンに目をとめ、次の瞬間、満面の笑みを浮かべた。

「なんとかわいらしい娘さんだ。髪にバラのつぼみを差すといいでしょう。残念ながら、わしは空中からバラを取り出すことはできない。今の季節ではね。どうです？　明日、わしの出番のときに、そばに立っていてくださいませんかな？　笛やほかの道具を、必要なときに手渡してくださると助かります。わしは毎回、いちばんきれいな娘さんを助手に選ぶことにしておりますのでな」

　ペリンがくすりと笑い、忍び笑いをこらえていたマットは大笑いした。アル＝ソアは驚いて目をぱちくりさせた。エグウェーンににらみつけられて、笑うどころではない。エグウェーンは三人をにらみまわして黙らせ、怖いほど冷静な声で答えた。

「ありがとうございます、先生。喜んでお手伝いさせていただきますわ」

「トム・メリリンですよ」と、吟遊詩人。四人は目を見張った。「わしの名はトム・メリリンです。先生ではなく」そう言って、色とりどりのマントを両肩に跳《は》ねあげ、突然、さっきと同じように声を響かせて言った。「かつては宮廷詩人、今ではたしかに吟遊詩人の師範の地位にのぼりましたが、わしの名はただのトム・メリリンであり、誇りとする称号はただの〝吟遊詩人〟です」

　メリリンはマントをひらりとひるがえし、優雅に一礼した。マットが拍手し、エグウェーンは賞賛のつぶやきを漏《も》らした。

「先生……あの……メリリン先生」マットは、どう呼びかけたものかと迷いながら言った。「ギールダンでは今、何が起こってるんですか？　偽の竜王のことを何かご存じですか？　異能《アエズ・セダーイ》者のことでもけっこうですが」

「このわしが旅商人に見えるかね、若いの？」

　メリリンは不満そうな声を上げた。パイプを手のひらの根もとにコツコツと叩きつけたかと思うと、パイプが急に消えうせた。マントか上着の内ポケットへしまったらしいが、どこへどうやって消したのか、アル＝ソアには見当もつかなかった。

「わしは吟遊詩人であって、単なるおしゃべり屋ではない。それに、異能《アエズ・セダーイ》者のことなど、いっさい知りたいとは思わん。そのほうが安全だ」

「だけど、戦闘は――」マットは言いかけたが、メリリンにきっぱりとさえぎられた。

「戦闘とはな、若いの、愚かな連中が愚かな人間を愚かな理由で殺すものだ。それだけ心得ておれば充分だ。わしはここへ、芸を披露しにきた」だしぬけにメリリンはアル＝ソアに向かって指を突きつけた。「そこの、背の高い若いの。おまえさんの背はまだ伸びる。この地方に、おまえさんほどの背丈の者がほかにいるとは思えんな。おまえさんのような色の目をした者も、まずおらんだろう。肩幅が広く、アイール荒地人のように背が高い。名前はなんというのかね、若いの？」

からかわれているのかもしれないと思いつつも、アル＝ソアはしぶしぶ名乗ったが、メリリンの注意はすでにペリンに移っていた。

「それから、おまえさんの体形は半獣人オジールに近いな。よく似ておる。名前はなんというのかね？」

「肩幅に自信がなかったら、教えないところですがね」ペリンは笑って答えた。「アル＝ソアもおれも、ありふれた人間ですよ、メリリン先生。あんたの物語に出てくる想像上の生き物とは違います。おれはペリン・エイバラです」

メリリンは口ひげの端を引っ張った。

「さてさて、想像上の生き物――今、そう言ったね？　そう言うところを見ると、おまえさんたちはさぞかしいろいろな地方を見てまわったのだろうな」

　からかわれていると悟ったアル＝ソアは黙っていたが、ペリンは答えた。

「おれたちは三人とも、北はウォッチ・ヒルまで、南はデベン・ライドまで行ったことがあります。このあたりでは、そこまで行った者はそうたくさんはいません」

　自慢ではなく、ただ事実を伝える口調だ。ペリンは自慢には縁のない人間だった。

「東は〈湿地帯〉まで行きましたよ」と、マット。こちらは、明らかに自慢の色がある。

「〈水の森〉のずっと先の沼地です。そこまで行った者は一人もいません……おれたちだけです。流砂と沼ばかりでした。それに、西側の〈霧の山脈〉だって誰も行きませんが、おれたちは行きました。いちどだけ。とにかく、ふもとまでは行きました」

「そこで終わりかね？」

　メリリンはつぶやいて、しきりに口ひげをなでた。笑いを浮かべた口もとを隠しているのだろう。ペリンが顔をしかめている。

「あの山に入るのは縁起が悪いんです」マットは弁解した。「そんなこと誰でも知ってることです」

「バカなこと言わないで、マット」エグウェーンが怒って口をはさんだ。「ナイニーヴが言うとおり、あなたって人は……」言いかけて口をつぐみ、頬を赤くした。メリリンを見る視線は、前ほど賞賛の色に満ちてはいなかった。「こんなこと……よくないことですわ、こんな……」

　エグウェーンは言葉を失い、真っ赤になって黙りこんだ。マットはようやく、からかわれていることに思いあたったらしく、目をしばたたいた。

「あんたの言うとおりじゃ、お嬢さん」メリリンは見るからにすまなそうに言った。「心からお詫びするよ。わしは、みなさんに楽しんでいただくためにきたのだ。ああ、それなのに、わしの舌はいつも災《わざわ》いのもとだ」

　ペリンがきっぱりと言った。「おれたちは、あんたほどいろいろな土地は知りません。でも、アル＝ソアの背丈が、それとなんの関係があるんです？」

「それはだな、若いの。あとで、おまえさんたちに、わしの身体を持ちあげさせようと考えとるからだ。きっと、わしの足を地面から離すこともできんだろう。おまえさんも、背の高い友達も——アル＝ソアといったかな？——ほかのどんな男でもな。どうだ、やってみるか？」

　ペリンは鼻で笑い、「今すぐでも持ちあげられると思いますよ」と答えた。ペリンが近づいてゆくと、メリリンは手ぶりでペリンを押しとどめた。

「あとでと言っただろう、若いの。見物人がたくさん集まってからだ。芸を披露するには、観衆が必要だからな」

　メリリンが宿屋から姿を現わしたときには、二十人ほどの村人たちが〈草広場〉に集まっていた。年配の見物人たちの後ろから、若い男女から子供たちまでが、目を皿のようにして声もなく見つめている。みな、吟遊詩人の奇術や曲芸を期待している様子だ。白髪頭の吟遊詩人は見物人を見わたして——人数を数えているのだろう——かすかに頭を振り、ため息をついた。

「ちょっとした模範演技を披露したほうがよさそうだな。評判を呼ぶように。まあ、明日の祭りでどんな芸が見られるか——その予告だな」

　メリリンは一歩さがったかと思うと突然、宙へ飛びあがり、身体をひねって回転させながら、見物人たちの真正面にある礎《いしずえ》の上に着地した。

見物人のあいだから、驚嘆と満足を表わす静かな声が上がった。アル＝ソアも不快感を忘れた。ちらりとエグウェーンに笑いかけると、エグウェーンもうれしそうに微笑し、二人とも心も軽く吟遊詩人の芸を見つめた。

「物語がよろしいかな？」メリリンは大きな声で言った。「わしはいろいろな物語を知っている。お伝えしよう。ありありと目に浮かぶように、語ってお聞かせしよう」

　どこからともなく青い玉を取り出したかと思うと、つづいて緑の玉が、それから黄色の玉が現われた。

「男性向けには大きな戦闘の物語、女性向けには〈アプタリジン伝説集〉の物語。鷹羽王あるいは高潔王と呼ばれアイール荒地からアラス海までの全土を統治し、さらにその向こうの地にまで支配の手を伸ばしたアートゥル・ペインドラッグ・タンリアルの物語。また、〈緑の男〉や護衛士たち、妖獣トロローク、半獣人オジールやアイール荒地人など、不思議な土地に住む不思議な人々の驚くべき物語。〈賢い顧問官アンラの千の物語〉、〈ジームの巨人退治〉、〈俊足の騎手ジェインを手なずけたスーサの物語〉、〈マーラと愚かな三人の王様〉などなど」

「レンの話を聞かせて」エグウェーンが叫んだ。「レンが火の鷲《わし》にのみこまれて月まで飛んだ話。レンの娘のサリアが星々をめぐった話」

アル＝ソアは横目でエグウェーンを見た。エグウェーンはメリリンの話に熱中している。冒険や長旅の話は好きではなかったはずだ。エグウェーンが好きなのは、滑稽《こっけい》な話か、誰よりも賢いとされた人たちを出し抜く女の話だった。レンとサリアの話を頼んだのは、アル＝ソアへのいやがらせにちがいない。エグウェーンもすぐに、トゥー・リバーズの人間には外の世界は向いていないと悟るはずだ。冒険の物語を聞いて空想するのと、実際に身のまわりに変わったことが起こるのとは、まったく別物だ。

「古い物語ばかりです」メリリンはそう言うと、三個の玉で曲芸を始めた。「〈伝説の時代〉の、さらに前の時代から伝わったという人もいます。もっと古いかもしれません。だが、いいですかな、わしは過去の物語も未来の物語も、すべて知っています。人間が天空と星々を征服した時代、人間が獣とともにさまよい歩いていた時代。驚異の時代、恐怖の時代。空から降りそそぐ炎とともに終わった時代、陸地も海も雪と氷に閉ざされて終わった時代。あらゆる物語を知っている。お聞かせしましょう。巨人モスクの物語――全界じゅうどこにでも届く〈炎の槍〉を持ち、万物の女王アルスベットと戦ったモスク。〈驚異の土地〉の生みの母、治療師マトリーズの物語を」

メリリンの手にあやつられて飛びまわる玉が、ふたつの絡《から》みあった輪のように見えた。歌うように話しながら、メリリンは効果を確かめるように、ゆっくりと見物人のほうへ向きを変えた。

「〈伝説の時代〉の終わり……竜王の時代の終わりを、闇王を人間界へ放ってしまった竜王の敗北を、お話ししましょう。異能者《アエズ・セダーイ》たちが全界を打ち砕いた〈狂気の季節〉の物語を、人間が大地の支配権を求めてトロロークと戦ったトロローク戦争の物語を、人間が人間を相手に戦って今日《こんにち》の人々をつくりだした百年戦争の物語を。男たちや女たちの冒険……富める者や貧しい者、偉大な人間やちっぽけな人間、誇り高い人物や卑《いや》しいやからの物語を。〈包囲された天空の柱〉、〈夫のいびきを治した妻カリル〉、〈ダリス王と没落する一族〉……」

急に、歌うような言葉となめらかな曲芸がとぎれ、メリリンは激しい勢いで空中の玉をつかんだ。アル＝ソアははじめて、見物人のなかにモイレインが加わっていることに気づいた。よく見ると、そばにランも立っている。

メリリンは、上着のだぶだぶの袖のなかへ静かに玉をしまいながら、横目でモイレインを見た。それから、マントを広げてモイレインに向かって一礼した。

「失礼。あなたはこの地方のかたではありませんな？」

「貴婦人だよ！」見物人のなかからエウィン・フィンガーが大きな声で叫んだ。「レディー・モイレインだよ」

メリリンは目をぱちくりさせ、あらためて深々と頭を下げた。

「これはまた、失礼をいたしました……ええと、レディー。非礼をはたらくつもりはございませんでした」

モイレインは小さく手を振って、それにこたえた。

「何も失礼なことはありませんわ、吟遊詩人の先生。わたくしの名は、ただのモイレインです。ここの住人ではなく、あなたと同じ旅人で、故郷を遠く離れております。知らない土地をさすらう者にとっては、全界は大変に危険な場所ですね」

「レディー・モイレインは物語を集めてるんだよ」エウィンが口をはさんだ。「トゥー・リバーズで起こった出来事の物語をね。物語になるようなことがここで起こったかどうかは知らないけど」

「わしの物語もお楽しみいただけると思いますが……モイレイン」

メリリンは警戒の色を浮かべて、モイレインを見つめた。モイレインがここにいることを、心から喜んでいるわけではないようだ。不意にアル＝ソアは不思議に思った。ベイロンやシームリンのような街では、モイレインのような貴婦人はどんなことをして楽しむのだろう？　吟遊詩人の物語よりおもしろいことがあるとは、とても思えない。

「それは好みの問題ですわ、先生。好きな物語もありますし、そうでないものもあります」

メリリンはもういちど上体が地面と平行になるほど身体をかがめて、一礼した。

「わしの物語なら、どれもご満足いただけるはずです。どれも楽しくお聞きいただけます。それから、わしは〝先生〟とお呼びいただく身分ではありません。ただの吟遊詩人です」

メリリンの一礼に、モイレインは優雅な会釈《えしゃく》で応じた。一瞬、単なる貴婦人以上の――家臣の申し出を受け入れる女王のような――存在に見えた。モイレインは向きを変えてすべるようにその場を立ち去り、ランが白鳥を追う狼のようにあとにしたがった。メリリンはもじゃもじゃの眉をひそめ、長い口ひげを指の関節でなでながら、二人の後ろ姿を見送った。二人が〈草広場〉のはずれ近くへ遠ざかるまで、目を離さなかった。吟遊詩人ご本人は、とても〝ご満足〟とはいかないようだと、アル＝ソアは思った。

「もういちど曲芸を見せてよ」エウィンが言った。

「こんどは、火を食べる芸だ」と、マット。「火を食べる芸が見たい」

「竪琴《たてごと》よ！」別の声が叫んだ。「竪琴を弾いて！」

「笛がいい」という声も上がった。

そのとき、宿屋の玄関が開いて、男議会の面々がどやどやと出てきた。群れの中心にナイニーヴがいる。旅商人フェインの姿はなかった。まだしばらく温ワインを手に、暖炉のそばにすわっているつもりだろう。

メリリンは急に、強いブランデーがどうのとつぶやき、礎《いしずえ》から飛びおりた。見物人の叫び声にはかまわず、まだ戸口にかたまっている男議会のメンバーたちのそばをすり抜けて、そのまま宿屋のなかへ姿を消した。

「あいつは吟遊詩人かね？　それとも、王様のつもりかな？」ブイがいらいらした声で言った。「わしに言わせりゃ、カネの無駄遣いじゃ」

アル＝ヴィア村長はメリリンを振り返りかけて、頭を振った。

「あの男はこの村にとってありがた迷惑な存在かもしれんな」

せかせかとマントを身体に巻きつけていたナイニーヴが、聞こえよがしにフンと鼻を鳴らした。

「そんなに吟遊詩人のことが気になりますか、ブラン・アル＝ヴィア村長？　少なくとも、エモンズ・フィールドにきている人のことだから、偽の竜王より気になって当然です。でも、もっと気にするべき相手がいるのではありませんか？」

「賢女ナイニーヴ」村長は硬い口調で言った。「わしが誰を気にしようと、ほうっておいてはくれないか。モイレイン様とラン様はわしの宿のお客で、礼儀正しい尊敬すべき人たちだ。お二人とも、わしを男議会の面前で愚か者呼ばわりしたり、男議会を面と向かって無能扱いしたりはなさらない」

「あたくしが買いかぶりすぎていたようね」ナイニーヴはやり返し、言葉を探してもたつく村長を振り返りもせずに、大股で遠ざかっていった。

エグウェーンが何か言いたそうにアル＝ソアを見たが、すぐに駆けだしてナイニーヴのあとを追った。エグウェーンをトゥー・リバーズにとどまらせる方法が必ずあるはずだと、アル＝ソアは思った。だが、考えついた方法はただひとつ。エグウェーンが受け入れるとしても、アル＝ソア自身はまだ覚悟ができていない方法だった。しかもエグウェーンが進んで結婚する気はなさそうなので、アル＝ソアはますます気がめいった。

「あの娘は夫をほしがっとるんじゃ」ブイが今にも駆けだしそうな姿勢で、がなり立てた。怒りで紫色になっている顔が、ますますどす黒くなった。「あの娘は、当然持つべき尊敬の念を持っておらん。わしらは男議会じゃ。あの娘の畑を耕す若造じゃあるまいし――」

　村長は鼻から重々しい息を吐くと、いきなりブイに向きなおって食ってかかった。

「黙れ、ブイ！　喧嘩《けんか》好きなアイール荒地人みたいな真似はやめろ！」

痩せた屋根葺《ふ》き職人は驚いて、その場に凍りついた。村長が癇癪玉《かんしゃくだま》を破裂させるなど、まずないことだ。村長はブイをにらみつけて、言葉をつづけた。

「ちくしょう、こんなくだらんことをやっている場合じゃない。ナイニーヴにそれ見たことかと言われたいのか？」

　そう言い捨てて、村長は足音も荒く宿屋のなかへ戻り、乱暴に扉を閉めた。

　男議会のメンバーたちはブイをちらっと見て、それぞれに立ち去りはじめた。鍛冶屋のルーハンだけは、顔をこわばらせたブイのそばへ寄って、静かに話しかけた。ブイに道理を説いて聞かせられるのは、ルーハンだけだ。

　アル＝ソアが父親のタムに近づいてゆくと、マットとペリンもついてきた。

「アル＝ヴィア村長があんなに怒ったのははじめて見たよ」

アル＝ソアがタムに言うと、マットがうんざりした顔をした。

「村長と賢女は相性が悪い」というのが、タムの返事だった。「今日は特にひどかった。それだけだ。どこの村でも同じだよ」

「偽の竜王のことは何かわかりましたか？」マットがたずね、ペリンも急《せ》きこんで、「異能者《アエズ・セダーイ》のことは？」と、言葉を添《そ》えた。

タムはゆっくりと首を振った。

「フェイン親方からは、あれ以上のことは聞き出せなかった。ともかく、わしらが知りたい話は聞けなかった。戦闘に勝つにせよ、負けるにせよ、町が奪われるにせよ、奪い返されるにせよ、ありがたいことに、ギールダンでの話だ。戦闘は広がってはいない。まあ、フェイン親方が聞いた時点では、そういうことだった」

「戦闘って、おもしろそうだな」と、マット。ペリンもうなずいた。「戦闘のこと、フェイン親方は何か言ってましたか？」

「戦闘のことなど今はどうでもいい、マット」と、タム。「フェイン親方は、あとでいくらでも話してくれるだろうよ。男議会の知るかぎり、ここで戦闘のことを心配してもしかたがない。肝心なのはそこだ。タール・ヴァロンから南下した異能者《アエズ・セダーイ》たちが、この村へくる理由もないしな。タール・ヴァロンへ帰るときだって、わざわざ〈影の森〉を横切ったり、〈白い川〉を泳いで渡ったりは、したくないだろう」

この言葉に、アル＝ソアたち三人はくすくす笑った。外からトゥー・リバーズへくる者たちは必ず、タレン・フェリーを通る北の道から入ってくる。その理由は三つあった。その一、トゥー・リバーズの西側には〈霧の山脈〉がそびえている。その二、東側は〈湿地帯〉にふさがれている。その三、南側には〈白い川〉が流れており、この名は、岩やなめらかな石がごろごろする急流で水が泡立つ様子に由来している。〈白い川〉の対岸に〈影の森〉がある。トゥー・リバーズでは、〈白い川〉を渡った人間はごくわずかで、渡って帰ってきた者はさらに少ない。〈影の森〉は川の南側へ何百キロにもわたって広がっており、道も村もなく、狼や熊がうようよしている。

「それじゃ、この件はもう終わりなんですね」そう言ったマットの声には、少し落胆の色があった。

「そうとはかぎらん」タムは答えた。「明後日、デベン・ライドとウォッチ・ヒルへ人を派遣して、見張りを置く相談をすることになった。タレン・フェリーへも送る。〈白い川〉やタレン川沿いの道も馬で巡視する予定だ。わしは今日から始めてもいいと思ったが、賛成してくれたのは村長だけだった。村の人たちに、〈春祭り〉に参加しないで馬で巡視に出てくれとは言えない――という話だ」

「でも、気にしないことになったんでしょう？」

ペリンが言うと、タムは首を振った。

「この村にいて気にしてもしょうがない――と言っただけだ。起こるはずのなかったことが起こって人が死ぬのを、わしは見た。それに、戦いが起こると、どんな者でも動揺する。たいていは安全な避難場所を探そうとあわてるのだが、なかには混乱に乗じて利益を得ようとする者もいる。避難してくる人々には援助を惜しまないが、うまい汁を吸おうとする者は追い返さなくてはならない」

不意にマットが大きな声で言った。「巡視には、おれたちも参加させてもらえますか？　おれはしたいな。馬だって、村じゅうの誰にも負けないくらいうまく乗れるし」

「何週間も、寒さと退屈と硬い寝床を味わうことになってもいいのかね？」タムは含み笑いをした。「巡視なんて、そんなものだぞ。もっともっと苦しいこともある。難民より、少しましな程度だ。しかし決心がついているのなら、アル＝ヴィア村長に申し出るといい。ランド、そろそろ農場へ帰る時間だぞ」

アル＝ソアは驚いて言った。「〈冬夜日《とうやび》〉のあいだ、ここにいると思ってた」

「家畜の世話もしてやらなきゃならんし、おまえの手が必要だ」

「でも、まだあと何時間かは大丈夫だよ。それに、おれも巡視隊に志願したい」

「今すぐ帰るんだ」タムはうむを言わさぬ口調で言い、声をやわらげて付け加えた。「明日またここへくるし、村長に話す時間はたっぷりある。祭りに参加する時間もな。五分後に出発するから、馬小屋へこい」

タムがその場を離れると、マットがペリンに向かって言った。

「おまえも巡視隊に志願しないか？　トゥー・リバーズじゃ、こんなことははじめてだよ。タレン川まで行ったら、これまで会ったこともない人たちに会えるかもしれないぞ。兵隊とか、放浪民の〈鋳《い》かけ屋〉たちとかさ」

「志願できるようなら、するよ」と、ペリン。「ルーハン親方の仕事場におれがいなくても、大丈夫なら」

「戦闘はこの近辺で起こってるわけじゃないぞ」アル＝ソアの口調は、ついきつくなった。懸命に調子をやわらげて先をつづけた。「ギールダンで起こってるんだ。異能者《アエズ・セダーイ》たちがどこにいるかは誰にもわからないが、とにかく、ここへはきていない。馬に乗った黒マントの男ならいるけどな。忘れたわけじゃないだろう？」

マットとペリンは当惑して目を見交わした。

「悪かったよ、アル＝ソア」マットが小声で言った。「だけど、おれにとっちゃ、牛の乳しぼり以外の仕事ができる機会なんて、そうはないもんな」二人の驚いた視線を浴びて、マットは姿勢を正した。「おれだって乳しぼりぐらいしてるよ。それも、毎日」

「あの黒マントの男が誰かに害を加えたら、どうしよう？」アル＝ソアが話をもとに戻した。

「戦闘から逃げて避難してきた人かもしれないぜ」と、ペリン。そうは言ったものの、確信はなさそうだ。

「何者だろうと、巡視隊が見つけるさ」と、マット。

「見つけるかもしれない」アル＝ソアは言った。「でも、あいつは好きなときに姿を消せるみたいだからな。巡視隊は、探す相手をあらかじめ知っておいたほうがいいんじゃないだろうか？」

「巡視隊に志願するときに、村長に話そう」と、マット。「村長が男議会に伝えてくれれば、見張りにも伝わる」

「男議会だって！」ペリンがあきれ返った。「村長に大笑いされるに決まってる。ルーハン親方とアル＝ソアの父さんだって、おれたちが影に怯《おび》えたと思いこんでるんだぜ」

アル＝ソアはため息をついた。

「村長に話すなら、今すぐのほうがいい。明日になってから話したら、もっとうさんくさく聞こえる」

「そうかもしれないが」ペリンは横目でマットを見た。「目撃者をもっと探したほうがいい。今夜、村じゅうの人たちに確認しよう」

マットはいやな顔をしたが、反対はしなかった。三人とも、マットよりも信用のある目撃者を見つけるべきだということはわかっていた。

「明日になってから話したって、村長の態度は変わらないさ」ペリンは言って、迷っているアル＝ソアを見ると、さらに付け加えた。「村長と話しにいくときは、三人だけでなく、ほかの人もいっしょのほうがいい。候補者はいくらでもいる」

アル＝ソアはしぶしぶ、うなずいた。村長の笑い声が聞こえるような気がした。ほかにも、もっと目撃者がいればいいのだが。三人も見たのだから、もっといるはずだ。きっといる。

「じゃ、また明日。今夜、ほかの目撃者を見つけておいてくれ。明日、村長のところへ行こう。そのあとで……」

二人は無言でアル＝ソアを見つめた。ほかに一人も目撃者が見つからなかったらどうする？　あえて口にはしなかったが、その疑問がありありと顔に出ていた。アル＝ソアにも答えようがない。アル＝ソアは重いため息を漏らした。

「もう行くよ。おれが穴に落っこちたんじゃないかって、父さんが心配してるといけない」

さよならの声に送られて、アル＝ソアは小走りに馬小屋へ向かった。馬小屋の外に、樽《たる》を積んできた荷馬車が梶棒をおろして止めてあった。

馬小屋は細長い建物で、藁葺《わらぶ》きの高い屋根がついている。内部は、両端の両開きの扉から差しこむ光しかなく、薄暗い。両側にずらりと馬房が並び、馬房の床は藁でおおわれていた。旅商人の八頭の馬は、それぞれの馬房でむしゃむしゃとカラスムギを食べており、さらに六つの馬房を村長の巨大なダーラン種の輓馬《ばんば》がふさいでいる。農夫たちが自分の馬だけでは引けない荷物を運ぶときに、賃貸しする馬だ。ほかには三頭しか入っていない。

馬を見ると、すぐ誰の馬かわかる。猛烈に頭を振り立てている分厚い胸をした丈の高い黒の雄馬は、ランの馬にちがいない。すらりとした身体つきの弓なりの首をした白い雌馬は、モイレインの馬としか思えない。馬房内でも、踊る少女のように優雅に足踏みしている。見慣れないくすんだ茶色のひょろりとした去勢馬は、間違いなくトム・メリリンの馬だ。

タムは馬小屋の奥に立って、自分の雌馬ベラの引き綱を持ち、二人の馬丁《ばてい》と小声で話をしていた。アル＝ソアが馬小屋に足を踏み入れると、タムは馬丁たちに会釈し、無言でアル＝ソアをしたがえてベラを外へ連れ出した。

アル＝ソアとタムは無言のまま、毛足の長いベラに馬具をつけた。父親が物思いにふけっているので、アル＝ソアも話しかけなかった。父親にさえ、黒衣の男のことを信じてもらえないのだから、村長を説得できるとは思えない。マットとペリンがほかの目撃者を見つけても、明日はまだ言わないほうがいいかもしれない。それも、もし見つかればの話だ。

荷馬車がゆらりと動きだすと、アル＝ソアは荷馬車の後ろから自分の弓と矢筒を取り、急ぎ足で進みながら、苦労して矢筒を腰のベルトに取りつけた。村はずれの家並みが見えてくると、アル＝ソアは弓に矢をつがえ、なかば引いてかまえた。裸の木々以外は何も見えなかったが、アル＝ソアは肩をこわばらせた。自分も父も気づかないうちに、馬に乗った黒衣の人物がすぐそばに現われるかもしれない。あらためて弓を引く余裕があるとはかぎらない。

弓の弦《つる》を、長いあいだ引いたままにしておくことはできない——自分で作った弓なので、わかっていた。タムなら、ずっと引き絞ったままかまえていられるだろうが。アル＝ソアは何か黒衣の人物以外のものが見えないかと、あたりを見まわした。森のなかで、マントを風にはためかせながら周囲に目を配るのは、楽ではない。

「父さん、なぜ男議会はフェインに質問したのさ？」とうとうランド・アル＝ソアは問いかけて、無理やり周囲の森から視線を引き離し、雌馬の向こう側を歩くタムを見た。「結局ああいう結論になるなら、質問するまでもなかったような気がするけど。異能《アエズ・セダーイ》者や偽の竜王のことを相談したり、わざわざ村長が宣言したりするなんて、かえって村じゅうの人を怖がらせたんじゃないかな」

「なあランド、人間というのは妙なものなんだ。どんな立派な人間でも同じだ。ルーハン親方を見ろ。力も強くて勇敢な男だが、家畜を殺す光景には耐えられない。シーツみたいに真っ青になる」

「それがなんの関係があるんだよ？　ルーハン親方が血を見るのが苦手だってことは、誰でも知ってる。コプリンやコンガーの連中以外は誰もなんとも思ってない」

「そこだ、ランド。人間の考えや行動は、いつも外見に似つかわしいとはかぎらない。エモンズ・フィールドの人たちは……作物が雹《ひょう》に打たれて泥まみれになっても、風にこのあたりの屋根が全部吹き飛ばされても、狼に家畜の半数を殺されても、腕まくりして、もういちど最初からやりなおす。ぶつぶつ言ったりもするが、ぼやいて時間を無駄にしたりはしない。だが、ギールダンの異能《アエズ・セダーイ》者や偽の竜王の話なんかを聞かせたら、いずれ、ギールダンは〈影の森〉の向こう側からあまり離れていないことや、タール・ヴァロンからギールダンにまっすぐに進むと、トゥー・リバーズの東側のあまり遠くないところを通ることなんかに思いあたるだろう。シームリンやルガード経由の立派な道があるのに、まるで異能者《アエズ・セダーイ》が道なき道をたどって、一直線にギールダンへ南下するような気がしてしまう。明日の朝には村人の半数が、戦闘が今にもこのあたりまで近づいてきそうだと誤解してしまう。もとの精神状態に戻るには、何週間もかかる。それでは〈春祭り〉が台なしだ。

　村長はそこを考えて、村の人たちがどこかよそからこの話を聞かされないうちに、自分の口から知らせたわけだ。村の人たちの前で、男議会が正式にこの問題を取りあげた。今では、議会の結論も村に広まっているだろう。男議会のメンバーは、村全体にとって最善の方法を理性的に考え出すことができると信頼されて、選ばれた。わしらの意見は信頼されている。セン・ブイの意見も、あまり賛成するメンバーはいないが、やはり信頼されている。いずれにせよ、男議会が〝何も心配することはない〟と言えば、村の人たちは信じてくれる。ほうっておいても、いずれはみな、わしらと同じ結論に達するだろう。だが、男議会が率先して見解を示してしまえば、祭りが台なしにならずにすむ。それに、起こるはずもないことを何週間も気に病む必要もない。だとすれば、多少の危険はあっても……まあ、必要な情報は巡視で手に入るだろうし、正直なところ、たいして警戒するような事態にはなるまいと、わしは思う」

　アル＝ソアは頬をふくらませた。どうやら男議会の仕事というのは、考えていたよりも複雑らしい。荷馬車は低い音をとどろかせながら、〈石切り場街道〉に差しかかった。

「ほかに、あの変な馬上の男を見た者はいたか？　ペリンは見たそうだが」と、タム。

「マットが見た。でも――」アル＝ソアは目を見張り、ベラの背中ごしに父親を見つめた。

「信じてくれるの？　それじゃ、村へ戻らなきゃ。二人に知らせなきゃならない」

今にも村へ駆け戻ろうとしたとき、タムの叫び声がアル＝ソアを引き止めた。

「おい、待て、ランド！　わしが今まで、理由もなく黙っていたと思うか？　いまごろこの話を出したのには、それなりのわけがある」

アル＝ソアは、しぶしぶ、ベラの背後でキーキー音を立てる荷馬車の脇へ戻った。「どうして気が変わったの？　なぜ二人に知らせちゃいけないんだよ？」

「おまえが知らせなくても、あの二人にはすぐ伝わる。少なくともペリンには伝わる。マットに伝わるかどうかは確信がないがね。できるだけ無難に村じゅうに伝わるように配慮した。あと一時間もたてば、エモンズ・フィールドで十六歳以上の信頼できる人間は、一人残らず、祭りに招きたくない種類のよそ者が近くに潜んでいることを耳にするだろう。子供たちには知らせないことにした。つらい冬だったし、このうえ、さらに怯えさせる必要はないからな」

「祭りに招くどころか、あいつを実際に見たら、十五キロメートル以内には近づけたくないと思うよ。百五十キロ以内にかもしれない」

「おそらく、そうだろう」タムは静かに答えた。「ギールダンから避難してきた人かもしれないし、ベイロンやタレン・フェリーで盗みをはたらくより、エモンズ・フィールドのほうが楽にやれそうだと踏んだ泥棒かもしれない。泥棒のほうが可能性は高いな。そうだとしても、このあたりには盗むほどのものはあまりない。その人物が戦闘から逃《のが》れようとしているのであっても……まあ、人を怯えさせていいということにはならない。見張りが置かれたら、その人物を見つけ出すか、脅して追い払うかする」

「脅して追い払ってくれるといいな。でも、朝は信じてくれなかったのに、どうして今は信じてくれるのさ？」

「朝は、自分の目を信じるしかなかったんだ。わしには何も見えなかった」タムは半白の頭を振った。「そいつは若者だけに見えるらしいな。ペリンが影に怯えたという話をルーハンから聞いたとき、わかった。ジョン・セインのいちばん上の息子も見たそうだし、サメル・クローの息子バンドリーも見たらしい。まあ、目撃者がおまえのほかに四人もいるとなると……それも、まじめな若者ばかりだとなると、わしらに見えようが見えまいが、実際にいたと考えたほうがいい。ブイはそうは言わなかったがね。ともかく、わしらが家へ帰るのは、そいつに備えるためでもあるんだ。二人とも農場を離れていては、そのよそ者に荒らされるかもしれないからな。明日が祭りでなければ、わしは村へ行かなくてもいいんだが……。しかし、まあ、よそ者が潜んでいるからといって、ずっと家に閉じこもっているわけにもいくまい」

「バンドリーやレム・セインも見たとは知らなかった」と、アル＝ソア。「マットとペリンと三人で明日、村長に話そうということにしたけど、信じてもらえないんじゃないかと思ってた」

「頭の毛が白くなったからと言って、頭の中身も硬くなったとはかぎらんぞ」タムが皮肉っぽく言った。「目を開いて、よく見張っていろ。またそいつが現われたら、こんどは、わしにも見えるかもしれん」

　アル＝ソアは言われたとおりにしようと心に決めた。足取りが軽くなったのに驚いた。肩のこわばりも消えた。恐ろしいとは思うが、それも前ほどではない。朝と同じように、父親と二人きりで〈石切り場街道〉をたどっているが、まるで村じゅうの人々が付き添ってくれているように心強かった。ほかの人たちが事実を知って、信じてくれたことで、すっかり心持ちが変わってしまった。あの黒衣の男が何をしようが、エモンズ・フィールドの住人が力を合わせれば、絶対に立ち向かえるはずだ——そんな気がした。

5

〈冬夜日《とうやび》〉

太陽が西に傾いたころ、ランド・アル＝ソアとタムは家に着いた。大きな家ではない。ここより東側に点在する農家のいくつかは、大家族が住むために何年にもわたって建て増しされてきたので、もっと大きい。トゥー・リバーズでは、おじ、おば、いとこ、甥《おい》など、一族の数世代がひとつ屋根の下に住むのが普通で、アル＝ソア親子のように男二人だけで〈西の森〉に農場をいとなむのは、例外だ。

母屋は、張り出した棟や突起などのないきっちりした長方形で、ほとんどの部屋が一階にある。とがった藁葺《わらぶ》き屋根のすぐ下の二階には、ふたつの寝室と屋根裏の貯蔵室だけだ。頑丈な木の壁は吹雪のせいで白い塗料がほとんど剝《は》がれたが、家はきちんと修理され、屋根も補修され、扉やよろい戸もゆがんだり壊れたりしていない。

農場全体は三角形で、その三角形の各頂点に母屋と納屋と石造りの羊小屋が位置している。鶏《にわとり》が数羽、外へ出て冷たい地面で餌を探していた。羊小屋の隣に、広々とした毛刈り用の小屋と、石造りの水飲み場がある。農場と木立のあいだの野原のすぐそばに、円錐形の高い建物があり、トゥー・リバーズの特産品であるタバコや羊毛が乾燥して保存されていた。

アル＝ソアが石造りの羊小屋をのぞくと、太い角《つの》のあるリーダー格の雄羊が視線を向けてきただけで、顔の黒い羊たちの大半はその場にのんびりと寝そべったり、飼葉《かいば》桶《おけ》に頭を突っこんだりしている。全身が分厚い縮れ毛でおおわれているが、毛刈りをするにはまだ寒すぎる。

「黒マントの男は、ここへはこなかったみたいだ」アル＝ソアはタムに呼びかけた。「あんなやつがうろついてたら、羊がこんなにおとなしくしてるわけがない」

タムは槍をかまえて母屋の周囲をゆっくりと歩きながら、地面を子細に調べている。アル＝ソアの言葉にうなずいたものの、足は止めなかった。それが終わると、こんどは納屋と羊小屋のまわりを点検し、燻製室《くんせいしつ》と保存小屋も見てまわった。さらには、井戸から桶《おけ》を引きあげて、丸めた手のひらで水を受け、においを嗅ぐと、用心深く舌先で味わった。不意にタムは笑い声を上げ、手のなかの水をひと息に飲みほした。

「大丈夫。ここにきた形跡はない」タムは答えて、上着の前で手をぬぐった。「怪しい黒衣の男と馬のせいで、どうも、わしは疑心暗鬼になっているようだ」

　タムは桶の水を別の桶に移し、片手にその桶を持ち、もう片方の手に槍を持って母屋へ向かった。

「わしは夕食のシチューを作る。家にいるかぎり、雑用に追われつづける」

　アル＝ソアは顔をしかめた。エモンズ・フィールドの〈冬夜日《とうやび》〉に参加できないのは残念だが、タムの言うとおりだ。農場の仕事は、完全にかたづくということがない。ひとつ終われば、さらにふたつ仕事が増える。アル＝ソアは何から手をつけようかと迷った。すぐ手の届くところに弓と矢筒を置いてある。黒衣の男が現われたときに、手もとに鍬《くわ》しかないのは心もとないからだ。

　まず雌馬ベラを納屋へ連れてゆき、馬具をはずして、雌牛の隣の仕切りへ入れた。アル＝ソアはマントを脱ぐと、乾いた藁でベラの身体をこすり、二本のブラシで毛をすいた。幅の狭い梯子《はしご》をのぼって屋根裏へ上がり、干し草を取って飼葉桶に入れた。柄杓《ひしゃく》に一杯のカラスムギを加えたが、もう残りが少なかった。早く暖かくなってくれないと、底をつくかもしれない。雌牛のほうは、今日の夜明け前に乳を搾《しぼ》ったとき、いつもの四分の一の量しか取れなかった。このまま冬がつづくと、乳が出なくなるだろう。

　羊たちが牧草地で草を食べているはずの季節だが、今年は牧草地と呼べるほどには草が育っていないため、飼葉桶に二日分の餌を入れてある。アル＝ソアは水桶《みずおけ》もいっぱいにしてやった。鶏の卵を集めようとしたが、三個しかなかった。鶏も卵を隠すのがうまくなったようだ。

鍬を持って家の裏の菜園へ向かったとき、タムが家から出てきて納屋の前の長椅子にすわり、槍をそばに立てかけて馬具を修理しはじめた。それを見て、アル＝ソアは、脱いだマントの上に置いた弓を思い出した。あれを手もとに置いておいたほうがいい。

地面には雑草もあまり生えていないが、ほかの作物よりは雑草のほうが多かった。キャベツは伸びが悪く、豆類の芽は少なく、ビートはまったく顔を出していない。もちろん、全部を植えたわけではなく、食品貯蔵室が空《から》になる前に寒さが薄れることを期待して、まだ一部しか植えていない。鍬で土を掘り返すのにたいして時間はかからなかった。いつもの年なら、いかにもこの時期にふさわしい作業だが、アル＝ソアは作物がひとつも育たなかったらどうなるか不安だった。気分が重い。このあと、薪《たきぎ》用の木を割らなければならない。

薪用の木だけは、毎年いやになるほどあるが、愚痴をこぼしても家は暖まらない。アル＝ソアは斧《おの》を取ってくると、弓と矢筒を薪割り台にもたせかけて、木を割りはじめた。火がつきやすく、威勢よく燃えあがる松。ゆっくり燃えて火の絶えない樫《かし》。まもなくアル＝ソアは暑くなって上着を脱いだ。割った薪がたまると、家の外壁に積みあげた薪の山に加えた。すでに、軒に届きそうなほど積まれている。いつもの年なら、この季節には薪の山は小さくなって残り少ないのに、今年は違う。割っては積む、割っては積む、ということを繰り返しておかないと、いつまでつづくかもしれぬ寒さをしのげないのだ。

一心不乱にテンポよく薪を割っているアル＝ソアの肩に、タムの手がふれた。アル＝ソアはハッとわれに返った。薪を割っているあいだに日が落ちて、暗くなっている。梢《こずえ》の上に青白く輝く満月が、落ちかかってきそうに大きく見えた。知らないうちに風も冷たくなり、暗い空をちぎれ雲が流れてゆく。

「ランド、顔と手を洗ってこい。そろそろ夕食にしよう。寝る前に熱い風呂に入ろうと思って水をくんでおいた」

「熱いものなら、なんでも歓迎だな」アル＝ソアはさっとマントを拾いあげ、肩にかけた。手を止めると、作業中は忘れていた風が、シャツにしみこんだ汗を凍らせるほど冷たく感じられる。アル＝ソアはあくびを噛《か》み殺し、震えながら自分の持ちものを寄せ集めた。

「あとは、ぐっすり寝たい。祭りのあいだじゅう寝てもいいくらいだ」

「まさか。心にもないことを」タムは微笑した。

アル＝ソアも笑い返した。たとえ一週間眠れなくても、〈春祭り《ベル・タイン》〉を逃《のが》すつもりはない。誰だってそうだ。

タムはろうそくをたくさん灯《とも》していた。大きな石の暖炉では景気よく火が燃えており、居間が心地よく暖まっている。この部屋では、暖炉より、大きな樫製のテーブルのほうが目立つ。十二人以上の席がとれそうだが、アル＝ソアの母親が死んでから、人が集まることはめったにない。器用なタムが自分で造った戸棚や収納箱が壁ぎわに置かれ、高い背もたれのついた椅子がテーブルのまわりを囲み、タムが〝読書用〟と呼ぶクッションつきの椅子がひとつ、暖炉の前に決まった角度で置かれている。アル＝ソア自身は、本を読むときは暖炉の前の敷物の上に寝そべるのが好きだ。入口のそばの本をのせた棚は、アル＝ヴィア村長の経営する宿屋〈酒の泉〉の棚ほど大きくはない。本は手に入りにくかった。旅商人がたまに五、六冊持ってくる程度で、買い手が殺到する。

　部屋は、主婦のいるたいていの農場と違って、ぴかぴかに磨き立てられてはいない。テーブルの上にタムのパイプ立てと『俊足の騎手ジェインの旅』の本が置かれ、〝読書用〟椅子のクッションの上にも、もう一冊、板で装幀《そうてい》された本がのっている。修理の必要な馬具が暖炉のそばの長椅子に置いてあり、椅子のひとつに、繕《つくろ》いの必要なシャツが何枚か積んであった。しみひとつない部屋とは言えないが、清潔できちんと整頓されており、見るからに住み慣らされた感じで、暖炉の火と同じように暖かくて居心地のよい雰囲気がある。この部屋に入ると、戸外の寒さを忘れた。偽の竜王や異能者《アエズ・セダーイ》の戦闘などとは縁のない世界だ。黒マントの男のことも忘れられそうだ。火にかけられたシチュー鍋からただようにおいが、部屋じゅうに広がり、アル＝ソアの食欲をそそった。

タムは長い柄《え》のついた木製の杓子《しゃくし》でシチューをかき混ぜ、味見した。

「もうちょっとだな」

アル＝ソアは急いで顔と手を洗いにいった。扉のそばの洗面所に、水差しと洗面器がある。熱い風呂に入って汗を流し、身体を温めたかったが、奥の部屋にある大きな湯沸かしで湯を沸かさなければならない。

タムは戸棚をかきまわして自分の手と同じ長さの鍵を取り出し、扉の鉄の鍵穴に差しこんでまわした。問いかけるようなアル＝ソアの視線に、タムは答えた。

「用心にこしたことはない。取りこし苦労かもしれないし、天候のせいで気分が暗くなったのかもしれないが……」タムはため息を漏《も》らし、手のひらの上で鍵をはずませると、「裏口を見てくる」と言って、家の奥へ姿を消した。

アル＝ソアの記憶では、家の扉に鍵がかけられたのは、これがはじめてだ。トゥー・リバーズでは、どこの家も鍵をかけない。その必要がなかった——少なくとも、今までは。

二階のタムの寝室で何かを引きずる音がした。アル＝ソアは眉をひそめた。いまごろ急に家具の位置を変えるはずもないから、寝台の下の古い収納箱を引っ張り出しているのだろう。これも、アル＝ソアの記憶にはないことだった。

茶を入れる湯を沸かさなければならない。アル＝ソアは小さなやかんに水を入れて暖炉の吊《つ》るし鉤《かぎ》にかけてから、テーブルについた。木製の椀と杓子はアル＝ソアの手製だ。玄関のよろい戸はまだ閉めていない。アル＝ソアはときおり外をのぞいたが、すっかり日が暮れて、ほのかな月光と闇しか見えなかった。これでは、あの黒マントの男が近づいてきても、気づけない――アル＝ソアはあわててその思いを振り払った。

タムが戻ってくると、アル＝ソアは驚いて目を見張った。分厚いベルトを斜めに胴に巻き、ベルトに剣を吊るしている。黒い鞘《さや》と長い柄《つか》に青銅のアオサギの紋章がついていた。アル＝ソアはこれまで剣を吊るした人間というと、商人の用心棒とランしか見たことがない。自分の父親が剣を持っているとは考えたこともなかった。タムの剣は、アオサギの紋章のほかはランの剣にとてもよく似ていた。

「それ、どこで手に入れたの？」と、アル＝ソア。「旅商人から買ったの？　いくらした？」

タムはおもむろに剣を抜いた。刃が暖炉の火を映して、ぎらりと光った。商人の用心棒が持っているような単純で粗雑な作りの剣ではない。金や宝石こそついていないが、すばらしい剣だ。片刃で、かすかに湾曲しており、刃にもアオサギの紋章が刻まれている。柄の側面に、三つ編み模様を描いた短い十字形の鍔《つば》がついている。商人の用心棒の剣と比べると、華奢《きゃしゃ》に見えた。用心棒の剣は、たいてい両刃で、木を切り倒せそうなほど分厚い。

「ずっと昔に手に入れたものだ」と、タム。「ここから遠く離れたところでな。大枚をはたいたよ。ふつう、剣は銅貨二枚で買えるのに。おまえの母さんは、これを買うのに反対した。母さんはいつも、わしより賢かった。そのころのわしは若くて、それだけのカネを払ってでも買う値打ちはあると思った。母さんはいつも、こいつを手放してほしいと言っていた。わしも、いちどならず、その気になったがね」

暖炉の火を映した刃が、燃えているように見えた。アル＝ソアは魅入られたように剣を見つめた。剣を手に入れる空想をしたことは、なんどもあった。

「手放すって？　そんな立派な剣を、どうしてさ？」

タムはフンと鼻を鳴らした。

「羊飼いにはたいして役に立たんからな。こいつで畑を耕せるわけでも、作物を刈り取れるわけでもない」

タムは、こんなものをどうするつもりだったんだろうと言いたげに長いあいだ剣を見つめ、重いため息を漏らして言った。

「だが、わしの気のせいだけでなく、これから何かとんでもないことが起こるとしても、こんなものを引っ張り出すのは、せめて祭りが終わってからにしたかった」タムは剣をするりと鞘に戻し、顔をしかめてシャツで手をぬぐった。「シチューも、もうできただろう。わしが盛りつけるから、おまえは茶を入れてくれ」

アル＝ソアはうなずいて茶の缶を取ったが、内心は剣のことを知りたくてたまらなかった。なぜ剣なんか買う気になったんだろう？ 見当もつかない。どこで買ったんだろう？ どのくらい遠くで？ トゥー・リバーズを離れる人間は、あまりいない。ともかく、ごく少数だ。前からなんとなく、父はトゥー・リバーズの外へ出たことがあるのではないかと思っていた。母がよそ者だったから。でも、剣を持っていたとは……。食卓についたら、たずねてみたいことがたくさんあった。

やかんの湯が煮《に》立《た》っている。取っ手が熱くなり、布を巻かなければ、さわれないほどだ。布の上からつかんでも、すぐに熱が手に伝わってきた。アル＝ソアが上体を起こしたとき、扉にドスンと重いものがぶつかる音がして、鉄の錠がガタガタ鳴った。たちまち、剣のこともやかんのことも、アル＝ソアの頭から吹っ飛んだ。

「近所の人かな」と、アル＝ソア。確信はなかった。「ドートリーさんがまた何か借りに……」

だが、いちばん近いドートリーの農場は、昼間でも一時間かかる場所にあり、遠慮もなくあれこれ借りにくるオレン・ドートリーにしても、こんなに暗くなってから訪ねてくるはずがない。

　タムはシチューの入ったふたつの椀をそっとテーブルに置いた。ゆっくりとテーブルから離れ、剣の柄に両手をかけた。

「わしは、そうは――」そう言いかけたとき、扉が勢いよく開き、跳《は》ね飛んだ鉄の錠が床に落ちて、くるくるまわった。

　開いた戸口いっぱいに、見たこともない大きな姿が立ちはだかっていた。膝まである黒い鎧《よろい》で身体をおおい、手首と肘と肩の部分を鋭い棘《とげ》が取り巻いている。片手に重そうな鎌形の剣を持ち、空《あ》いているほうの手を、光をさえぎるように、ぱっとかざした。

　妙なことに、アル＝ソアは一種の安堵《あんど》を覚えた。こいつが何者だろうと、馬に乗った黒マントの男でないのはたしかだ。戸口の上辺にふれそうな頭部から、曲がった羊の角が突き出ており、鼻と口があるはずのところに、毛むくじゃらの獣の鼻づらがのぞいている。一瞬のあいだにそれだけのことを見てとると、アル＝ソアは恐怖の叫びを上げ、何を考えるまもなく、手にしたやかんを獣じみた人影めがけて投げつけた。

　熱湯が顔面にかかると、怪物は大きなわめき声を上げた。苦痛の悲鳴のようでもあり、獣の唸《うな》り声のようでもあった。やかんがぶつかると同時に、タムの剣がひらめいた。わめき声が急にごぼごぼと咳きこむ音に変わり、巨大な人影は仰向けに倒れはじめた。だが、そいつが床に倒れきらないうちに、後ろからもうひとつの人影が巨体を押しのけて扉から入ってきた。新たな人影にも棘のような角が生えているのが見えたとたん、タムがもういちど切りかかっていった。ふたつの巨体が折り重なって戸口をふさいだ。タムが叫んだ。

「逃げろ、ランド！　森へ隠れろ！」

怪物の仲間たちが、扉の向こう側から二体の死体を引きずり出そうとしている。タムは大きなテーブルの下に肩を差し入れ、唸り声を上げてテーブルをひっくり返し、もつれ合う怪物どもの上にほおり投げた。

「相手が多すぎて防ぎきれない！　裏から出ろ！　早く行け！　わしもあとから行く！」

すぐさま背を向けたアル＝ソアは、恥ずかしくなった。自分だけ逃げようとするなんて……。部屋にとどまって父親の援護をしたいのはやまやまだが、どうすれば役に立てるのか見当がつかない。恐怖で喉が詰まり、足が勝手に動いて、部屋を飛び出し、裏口へ向かった。こんなに速く走ったのは、生まれてはじめてだ。玄関のほうで、何かが砕ける音やわめき声が聞こえた。

裏口の扉の取っ手に手をかけたとき、鍵がかかっていることを思い出した。アル＝ソアは窓へ突進し、板戸とよろい戸を押し開《あ》けた。外はすでに真っ暗だった。満月の表面を横切るちぎれ雲が、地面にまだらの影を落としている。

影だ。アル＝ソアは自分に言い聞かせた。ただの影だ。裏口の扉がきしんだ。向こうから何者かが押し開けようとしている。アル＝ソアは口のなかがからからになるのを感じた。何かがぶちあたって扉が震えた。アル＝ソアはウサギのように窓をすり抜け、地面へ飛び降りて壁ぎわにうずくまった。家のなかで、木材がバリバリと雷鳴のような音を立てて引き裂かれた。

アル＝ソアは萎《な》える足に力をこめて、そろそろと首を伸ばし、窓の隅《すみ》からなかをうかがった。暗かったが、意外にいろいろなものが見えた。裏口の扉は傾いてぶらさがり、黒い怪物の影がいくつも、用心深く室内に入り、低いしゃがれ声で話している。言葉はまったくわからない。人間の言葉とは思えない耳ざわりな声だ。斧や槍、棘のついた武器などが、ときおり月光に鈍く光った。床をこするブーツの音と同時に、カツカツという蹄《ひづめ》の音も聞こえた。

唇をなめようとしたが、唾《つば》が出ない。アル＝ソアは荒々しく深呼吸すると、大声でどなった。

「やつらは裏口へまわった！」しゃがれ声だったが、ありがたいことに、ともかく声が出た。「おれは外へ出た。逃げろ、父さん！」

叫びおわると同時に、アル＝ソアは駆けだして家を離れた。

裏口のあたりから、聞き慣れない言葉でわめく荒々しい声が聞こえた。大きなかんだかい音を立ててガラスが割れ、アル＝ソアの背後で何かがドサッと地面に落ちる音がした。怪物の一体が、窓をぶち破って外へ飛び出したのだろう。だが、アル＝ソアは振り返って確かめることはせず、森へ逃げこむと見せかけて、猟犬に追われた狐のように手近な暗がりへ駆けこみ、腹ばいになって納屋のより広くて奥行きのある陰へ後退した。そのとき、何かがアル＝ソアの両肩に落ちかかった。戦うつもりか、逃げるつもりか、自分でもはっきりしないまま、アル＝ソアは手足をばたつかせた。気がつくと、タムが作った新しい鍬の柄《え》と格闘していた。

間抜けめ！　コプリンみたいな大間抜けだ！――アル＝ソアはしばらくその場に横たわったまま荒い息を静め、ようやく、鍬の柄を引きずって腹ばいのまま納屋の裏へまわった。鍬の柄でも、何もないよりはましだ。アル＝ソアは納屋の陰から、注意深く農場と母屋をのぞいた。

アル＝ソアを追って窓から飛び出したはずの怪物は、影も形もなかった。どこかにいるはずだ。今この瞬間にも、忍びよろうとしているかもしれない。

左手の羊小屋から羊の怯《おび》えた鳴き声が上がり、羊の群れが逃げまどう音がした。家の正面の明るい窓に影がいくつかちらつき、鋼《はがね》と鋼がぶつかるガチャン……ガチャンという音が暗闇のなかを伝わってきた。突然、家の窓のひとつをぶち破り、剣を手にしたタムが飛び出てきた。両足で着地したタムは、壊れた窓や扉から外へ出ようとあわてふためく怪物たちには見向きもせずに、家の裏へ突進した。

　アル＝ソアは信じられない思いで、父親の姿を見つめた。どうして逃げようとしないんだろう？　一瞬、遅れて、理解した。おれが裏口にいると思っているからだ。

「父さん！」アル＝ソアは叫んだ。「こっちだ！」

　タムはくるりと向きを変えたが、アル＝ソアのほうへは向かわず、少しそれた方向へ走りだした。誰かに切りかかるように剣で前を指して、どなった。

「ランド、逃げろ！　隠れろ！」

　十体あまりの巨大な怪物の影がぞろぞろとタムを追い、しゃがれた叫び声やかんだかい吠え声が夜気を震わせた。

　アル＝ソアは納屋の陰へ引っこんだ。あの怪物どもがまだ家のなかにも残っているとしても、ここなら家からは見えない。ともかく、しばらくは安全だ。だが、タムの身が危ない。タムは怪物どもの注意を自分に引きつけて、アル＝ソアから引き離そうとしている。

　アル＝ソアは鍬の柄を両手で握りしめ、歯をくいしばり、笑いそうになるのを我慢した。

あんな怪物どもに鍬の柄で太刀打ちできるはずがない。ペリンと棒術の練習をするのとはわけが違う。だが、父親を一人で怪物に立ち向かわせる気にはなれなかった。

「ウサギにこっそり近づくときみたいに、気配を殺して進めば、連中はおれに気づかないだろう」アル＝ソアはひとりごとを言った。闇のなかで不気味な叫び声が響きわたり、アル＝ソアはごくりと唾を飲んだ。「それより、飢えた狼の群れみたいに――かな」

手が痛くなるほど鍬の柄を握りしめ、音を立てずに納屋の陰から出て森へ向かった。

木々のあいだへ入りこんだ瞬間はほっとした。怪物どもから身を隠す陰ができたのが、ありがたい。だが、木々のあいだを進むにつれて、まだらに漏れる月光が微妙に変化し、それとともに森のなかの闇も変化しながら動いているように見えた。木が悪意を持って立ちふさがり、枝をくねくねとアル＝ソアのほうへ伸ばすように感じる。本当に、ただの木や枝なのだろうか？　待ちかまえている怪物たちの喉から漏れる、押し殺した低い笑い声が聞こえるような気がした。タムを追う吠え声はやんで、あたりはしんと静まり返り、アル＝ソアは風で枝がこすれるたびにひやりとした。できるだけ低くかがんで、あせらずに、ゆっくりと進みつづけた。怪物どもがかすかな呼吸の音さえも聞きつけるのではないかと、息の音まで殺した。

突然、背後から手が伸びてきてアル＝ソアの口をふさぎ、もう片方の力強い手がアル＝

ソアの手首をつかんだ。アル＝ソアは空いている手で狂ったように肩の後ろを探り、襲撃者を掻《か》きむしった。

「わしの首を折らんでくれよ、ランド」タムのかすれたささやき声が聞こえた。

アル＝ソアの全身に安堵《あんど》感《かん》があふれた。アル＝ソアは、へなへなとその場にすわりこみかけた。タムが手を放すと、アル＝ソアは地面に四つんばいになって、長い距離を走ったあとのようにあえいだ。タムもそばに身を横たえ、片手の肘を地面について身体を支えた。

「こんな真似をするんじゃなかった。この二、三年で、おまえが大きくなったことを忘れとった」タムが鋭い目で絶えずあちこちを見まわしながら、小声で言った。「だが、絶対に大きな声を出させるわけにはいかなかった。トロロークのなかには、犬のように聴覚の鋭いやつがいる。犬よりも耳がいいかもしれない」

「でも、トロロークなんて、物語の……」アル＝ソアは口ごもった。

今夜の体験だけで、充分に実在の生き物だとわかった。あの怪物は妖獣トロロークか、闇王自身としか思えない。

「間違いないの？」アル＝ソアは声をひそめてたずねた。「本当に……トロローク？」

「たしかだ。それにしても、なぜやつらがトゥー・リバーズへきたのか？　ここでは、今まで一体も見かけなかったのに。見たことのある者たちから話を聞いて、トロロークのことを少しは知っている。身を守れるくらいにはな。よく聞けよ。トロロークは、暗闇では人間よりよく目が見えるが、光があると目がくらむ。ともかく、しばらくはな。だからこそ、あんなにたくさんいたのに、二人とも逃げられたのだ。臭跡や音を頼りに追ってくるが、あまり根気がない。すぐにつかまえられないとあきらめる」

それを聞いて、アル＝ソアは少し安心した。

「物語では、トロロークは人間を憎んでいて、闇王に仕えてることになってるけど」

「ランド、〈夜の羊飼い〉の配下として間違いないものをあげるとしたら、まずトロロークだ。やつらは、なぐさみに人間や生き物を殺す。わしが知っているのは、そこまでだ。あとは、やつらを甘く見るなとしか言えない。連中にとって恐ろしい相手でないかぎりは、襲われると思って間違いない」

アル＝ソアは身震いした。トロロークが恐れるような相手には出くわしたくない。

「まだ、おれたちを追っているんだろうか？」

「追っているかもしれないし、あきらめたかもしれない。あまり利口そうじゃないからな。わしは森のなかへ逃げこんで、あとを追ってきた連中をまいて、難なく山のほうへ追っ払ってやった」

タムは右の脇腹を手探りしてから、その手を顔に近づけた。

「だが、安心するのはまだ早いぞ」

「父さん、怪我《けが》してるじゃないか！」

「大声を出すな。かすり傷だし、今はどうしようもない」タムは大きな吐息《といき》とともに仰向けになった。「気候も暖かくなってきたようだし、外で夜を明かすのも悪くはないだろう」

アル＝ソアは内心、上着とマントを取ってこようかなどと、のんきなことを考えていた。風は樹木にさえぎられて弱まっているが、木々のあいだを激しく吹き抜けてくると、凍った刃物のように身にしみた。アル＝ソアはこわごわタムの額《ひたい》に手をあて、驚いて言った。

「すごい熱だ。ナイニーヴに治療してもらわなきゃ」

「たいしたことはない」と、タム。

「ぐずぐずしてられないよ。夜道は時間がかかるから」アル＝ソアはすばやく立ちあがり、タムを引っ張り起こそうとした。

タムのくいしばった口から、かすかなうめき声が漏れ、アル＝ソアはあわててタムをもとどおりに寝かせた。

「しばらく休ませてくれ、ランド。わしは疲れた」

アル＝ソアは自分の太腿《ふともも》に拳《こぶし》を叩きつけた。家のなかなら、暖炉も毛布もある。水だって、薬用の柳の樹皮だって、たっぷりある。夜明けを待って、ベラの引く荷馬車で父親を村へ運んでもいいだろう。だが、ここには暖炉も毛布もない。荷馬車もないし、馬のベラもいない。家へ帰れば、全部ある。父親を連れて帰るのは無理だとしても、家から必要なものを取ってくることはできるかもしれない。トロロークがいなくなっていればの話だが……。そのうち、いなくなるはずだ。

アル＝ソアは手にした鍬の柄を見ると、それを地面に落とし、タムの剣を取った。青白い月光のもとで刃が鈍く光っている。長い柄《つか》の感触も全体の重さも、なじみのない不思議な感じだった。アル＝ソアは二、三度、剣で空《くう》を切ってから、ため息をついて剣をおろした。空《くう》を切るのはたやすいが、この剣でトロロークに立ち向かえるとは思えない。トロロークと戦う前に、あとも見ずに逃げ出してしまいそうだ。あるいは、その場に凍りついて動けなくなったところを、トロロークのあの奇妙な剣で……。やめろ！　ろくでもないことを考えるんじゃない！

立ちあがろうとしたとき、タムに腕をつかまれた。「どこへ行く？」

「荷馬車を取ってくる」アル＝ソアは優しく言った。「毛布も」アル＝ソアが振りほどくまでもなく、アル＝ソアの袖をつかむ父親の手から力が抜け、アル＝ソアは愕然《がくぜん》とした。

「休んでいて。すぐ戻るよ」

「気をつけろ」タムがささやいた。

月明かりでは父親の顔は見えなかったが、視線は感じられた。

「もちろんだよ」と、アル＝ソア。鷹の巣を探険するネズミみたいに、用心に用心を重ねるよ。

影のように音もなく、アル＝ソアは木陰へ移動した。子供のころ、森のなかで友達と〝隠れ鬼〟をしたときのことを思い出した。隠れながら追いかけ合い、誰かの肩に手を触れるまでは、誰にも見つからないように……音を立てないように……と、緊張したものだ。だが、今は遊びではない。

木陰から木陰へと忍び歩きながら、どうやって家に入るか、計画を立てようとしたが、森のはずれまできたときには、つぎつぎと頭に浮かんだ計画がすべて実行不可能であることに気づいた。どれも、トロロークがもう家にいないことを前提としているからだ。いなくなっていれば、家に入り、必要なものを取ってくるだけでいいが、まだいたら……手ぶらでタムのもとへ戻るしかない。それだけはさけたかった。でも、自分が殺されては元も子もない。

アル＝ソアは家のほうをうかがった。納屋と羊小屋は月光のなかで黒い輪郭しか見えない。だが、家の正面の窓から漏れる明かりで、開けっぱなしになった玄関扉のなかが見えた。父さんが灯したろうそくしかない。それとも、トロロークが待ちかまえているんだろうか？

夜鷹《よたか》がかんだかい叫びを上げた。アル＝ソアは跳びあがり、震えながら、ぐったりと木に寄りかかった。このままでは、どうしようもない。腹ばいになり、剣をぎごちなく前へ突き出して前進しはじめた。顎《あご》を地面につけないようにして、羊小屋の裏手までたどりついた。

羊小屋の石壁にぴたりと張りついて身をかがめ、耳をすました。物音は聞こえない。注意深く伸びあがり、壁の向こうを見た。動くものは何もなかった。家の明るい窓や戸口をよぎる影もない。馬のベラと荷馬車を取りに先に納屋へ行こうか？　いや、毛布やらなんやらが先だ。そう決めた理由は明かりだった。納屋は暗いので、何が潜んでいるかわからない。気づいたときには、手遅れになっているだろう。少なくとも、家のなかなら、そういう事態はさけることができる。

ふたたび身をかがめようとして、不意に動きを止めた。まったくなんの音もしないのは不自然だ。羊の大半が落ち着きを取り戻して、ふたたび寝入ったとしても——その可能性は低いが——たいてい何頭かは真夜中でも起きていて、がさごそ動いたり、ときおり鳴き声を上げたりするものだ。地面の上に、ぼんやりと羊らしい影が見えた。石壁の真下にも、ひとつ見える。
音を立てないよう注意して、石壁の上から半身を乗り出し、ぼんやりした影に手を伸ばした。縮れた毛がふれ、次に湿ったものがふれた。羊は動かなかった。アル＝ソアは大きく息を吐き出し、身を引いた。羊小屋の外の地面に勢いよく両足をついた拍子に、剣を落としそうになった。やつらは、なぐさみに人間や生き物を殺す——父親の言葉を思い出し、血で濡れた手を地面にこすりつけた。

必死に、大丈夫だと自分に言い聞かせた。トロロークは羊たちを殺して、姿を消したのだ——心のなかでそう繰り返し、できるだけ姿勢を低くして農場を横切りはじめた。四方に気を配りながら、家へと這《は》い進んだ。今だけでいいからミミズになりたいと思った。

玄関にたどりつくと、壊れた窓の下の壁にぴたりと身を寄せて、耳をすました。耳のなかで自分の血が脈動する音が、やけに大きく聞こえた。ゆっくりと身体を起こし、窓のなかをのぞいた。

暖炉の灰の上で、シチュー鍋がひっくり返っていた。部屋じゅうに、砕けた木片が散らばっている。無傷の家具はひとつもなかった。大きな食卓までが脚を二本叩き切られて傾いていた。抽斗《ひきだし》はすべて引き出されてぶちまけられ、食器棚や戸棚の扉も開いて、蝶番《ちょうつがい》ひとつでぶらさがっている。戸棚の中身が家具の残骸の上に散乱し、一面、真っ白に粉をかぶっていた。切り裂かれて暖炉のそばにほうりだされた袋から判断するに、どうやら小麦粉か塩らしい。

家具の残骸のなかに、四体のトロロークがもつれ合って積み重なっていた。最初に見た羊の角を生やしたやつがいる。あとの三体も、多少の違いはあっても似たり寄ったりで、人間の顔に獣の鼻づらを持ち、角があったり、羽毛や毛でおおわれていたりと、むかつくような姿だ。手も、形は人間の手に似ており、そのせいでよけいに不気味に見えた。二体はブーツをはいていたが、ほかの二体には蹄があった。アル＝ソアはまばたきもせずに目を凝《こ》らした。目が痛くなるほど見つめたが、四体とも動く気配はなかった。間違いなく死んでいる。ぐずぐずしてはいられない。父親が待っている。

玄関からなかへ駆けこみ、猛烈な悪臭に息をのんで足を止めた。何カ月も掃除をしていない馬小屋のようなにおいだ。四方の壁に汚いしみがついている。においを嗅がないように口で息をしながら、足場を選んで、雑然とした床の上を急いで進みはじめた。食器棚に革の水袋があったはずだ。

背後で何かがきしり、アル＝ソアは跳びあがった。勢いよく振り返った拍子に、食卓の残骸の上に倒れそうになった。なんとか踏みとどまって、うめき声を押し殺し、顎が痛くなるほど奥歯を噛《か》みしめた。歯がガチガチと鳴りだしそうだ。

トロロークが一体、立ちあがろうとしていた。くぼんだ目の下に、狼の鼻づらが突き出ている。鈍い無表情な目だが、人間の目にそっくりだ。毛むくじゃらのとがった耳を絶えまなくぴくぴくさせている。仲間の死体をまたいで踏み出した足には、山羊のような鋭い蹄がついていた。仲間と同じ黒い鎧をつけており、この鎧が革のズボンにこすれてかんだかい音を立てたのだろう。鎌形に曲がった巨大な剣を脇に下げている。

　立ちあがったトロロークは荒々しいしゃがれ声で何やらつぶやいてから、アル＝ソアに向かって言った。

「ほか、みんな行っちまった。ナーグ、残った。ナーグ、利口だ」

　聞き取りにくく、よくわからない言葉だ。口が人間の言葉をしゃべるようにはできていないのだろう。口調は穏やかだったが、アル＝ソアはその汚い歯から目を離すことができなかった。鋭くて長く、怪物が口を開くたびに、きらりと光った。

「ナーグ、知ってた。いつか、誰か戻ってくる。ナーグ、待った。剣、いらない。剣、しまえ」

　トロロークに言われて、アル＝ソアははじめて気づいた――震える両手でタムの剣をかまえ、切っ先を巨大な怪物に向けている。ナーグと名乗るトロロークは見あげるほど背が高く、ルーハン親方が小人に思えるくらい分厚い胸板と太い腕を持っていた。

「ナーグ、怪我させない」トロロークは一歩近づいてくると、剣をおろすよう身ぶりで示した。「剣、しまえ」

トロロークの手の甲は黒い毛でびっしりとおおわれ、まるで毛皮のようだった。

「くるな！」と、アル＝ソア。思わず声がうわずった。「なぜ、こんなことをした？　なぜだ？」

「ヴリャ・デイグ・ロホダ！」トロロークは歯を剝《む》き出し、唸り声を上げた。「剣、しまえ。ナーグ、怪我させない。ミルドラル、おまえに話ある」一瞬、獣じみた顔をひとつの感情がよぎった。恐怖だ。「ほか、みんな戻ってくる。そしたら、おまえ、ミルドラルと話す」トロロークはさらに一歩アル＝ソアに近づき、大きな手をそろそろと鎌形の剣の柄へ伸ばした。「剣、しまえ」

アル＝ソアは唇をなめた。ミルドラルだと！　なんという晩だろう。物語のなかでも最悪の生き物ばかり出てくる。闇に溶けるミルドラルがここへくるのか……トロロークの上に立つミルドラルが！　トロロークなど問題ではない。なんとしてでも逃げなければ。こいつがバカでかい剣を抜いたら、もう終わりだ。

アル＝ソアは引きつった笑みを浮かべ、「わかった」と答えると、片手で剣を握りしめたまま、両手を脇へおろした。「話そう」

トロロークの狼の笑みが唸り声に変わり、襲いかかってきた。こんな巨体がこれほど敏捷に動けるとは意外だった。アル＝ソアは死に物狂いで剣を突きあげた。巨体がぶつかってきて、壁に叩きつけられた。肺から一気に息が漏れた。トロロークに押しつぶされて床に倒れながら、狂ったように息を吸おうとあえいだ。巨体の下で激しくもがき、喉に伸びてくる手や、嚙みついてこようとする顎を必死でかわした。

アル＝ソアは痛めつけられて傷を負い、巨体にのしかかられて窒息しそうだった。万事休すと思ったとき、トロロークの身体が痙攣《けいれん》し、そのまま動かなくなった。アル＝ソアは信じられない思いで、つかのま、その場に横たわっていたが、ハッとわれに返り、身もだえしながら巨体の下から這い出た。トロロークは死んでいた。その背中から、血に染まったタムの剣の切っ先が突き出ている。もう少しでアル＝ソアがやられるところだった。アル＝ソアの両手も血まみれで、シャツの前にどす黒いしみが広がっている。胃がむかつき、戻しそうになるのを懸命にこらえた。命拾いして、ほっとしたとたんに、震えが止まらなくなった。トロロークと戦っていたときよりも、激しく震えている。

〝ほか、みんな戻ってくる〟と、このトロロークは言った。ほかのトロロークがこの家へ戻ってくる。それから、トロロークを率いる存在……闇に溶けるミルドラルも。物語では、ミルドラルは身の丈《たけ》五メートル、炎のような目を持ち、馬に乗るように影を乗りこなすとされている。横を向いただけで姿を消すことができ、どんな壁でも通り抜けるという。早く用をすませて、ここを離れたほうがよさそうだ。

アル＝ソアは、唸りとともに力をこめてトロロークの死体をひっくり返し、剣を抜き取ろうとした。見開いた目とまともに視線が合うと、思わず逃げ出しそうになった。相手は死体で、目は見えていないと納得するまで、時間がかかった。

　ぼろ布で両手をぬぐい――今朝はタムのシャツだったのに、今では引き裂かれたぼろ布だ――死体に刺さった剣を抜き取った。刃の汚れをぬぐってから、ためらいながらも、ぼろ布を床に投げ捨てた。家をきれいにしている暇はないのだと思うと、笑いがこみあげてきて、あわてて歯をくいしばった。掃除をしても、ここにまた住めるようになるかどうか、わからない。このひどい悪臭が木材にしみこんでしまったかもしれない。だが、あれこれ考えている時間はなかった。掃除なんかしている場合じゃない。何をする暇もない。たぶん。

　必要なものはほかにもいろいろあると思うが、父親が待っているし、いつトロロークが戻ってくるともわからない。アル＝ソアは、いま必要と思われるものだけをかき集めた。二階の寝室の毛布と、父親の傷を縛る清潔な布。二人分のマントと上着。羊を牧草地へ連れてゆくときに持ち歩く革の水袋。きれいなシャツ。着替える時間があるかどうかわからなかったが、一刻も早く、血で汚れたシャツを脱ぎたかった。柳の樹皮などの薬を入れた小袋は泥をかぶったように黒く汚れて、家具の残骸のなかに埋《う》もれている。とても手をふれる気になれなかった。

　タムがくんできた水の入った桶が、暖炉のそばに置かれたままになっていた。奇跡的に壊れもせず、ひっくり返りもしなかったようだ。アル＝ソアは桶の水を水袋に詰め、残りの水で急いで手を洗って、忘れものはないかとあたりを見まわした。残骸のなかに自分の弓を見つけた。いちばん太い部分でまっぷたつに折れている。アル＝ソアは身震いし、折れた弓をぽとりと落とした。今まで集めたものだけで充分だろうと判断して、荷物を扉の外に積みあげた。

　最後に、床の上の残骸のなかから、覆いをしたままのカンテラを探りあてた。油はまだ残っていた。ろうそくから火を移してカンテラをつけると、覆いを下げた。風があたらないようにするのと同時に、目立たないように光を隠すためだ。片手にカンテラを、もう片方の手に剣を持ち、急いで外へ出た。納屋のなかは、どうなっているだろう？　羊小屋のありさまから考えると、あまり期待はできなかった。だが、父親をエモンズ・フィールドへ連れてゆくには、荷馬車と馬が必要だ。必要なものを取りにいくという意識が、多少の希望を持たせた。

納屋の扉は両方とも開いており、ひとつは蝶番をきしらせて風に揺れていた。なかは一見変わりがないように見えたが、よく見ると仕切りの小さな扉がもぎ取られ、雌馬のベラも雌牛も姿を消していた。アル＝ソアは急いで納屋の奥へ進んだ。荷馬車は横倒しになり、車輪のスポークの半数は壊れている。梶棒《かじぼう》の一本が、根もとの三十センチ程度を残して叩き切られていた。

つとめて意識しないようにしていた絶望が襲いかかってきた。タムをかついで、村までの長い道のりを進まなければならないのかと思うと、不安になった。そんな運びかたをしたら、父の容態が悪化する。熱よりも、痛みで命を縮めるかもしれない。だが、ほかに方法はない。ここでできることは、もう何もない――あきらめてその場を離れようとしたとき、藁の散らばった床の上に目がとまった。切り落とされた梶棒が横たわっている。不意にアル＝ソアの顔に笑みが浮かんだ。

急いでカンテラと剣を床に置くと、横倒しになった荷馬車に組みついて、もとどおりに立てなおした。バキッと音を立てて、車輪のスポークがさらに数本折れた。次に荷馬車の内側に肩を差し入れ、反対側へ押し倒すと、壊れていない梶棒が現われた。アル＝ソアは剣をつかみ、乾燥したトネリコ製の梶棒を叩き切りはじめた。うれしいことに、ひと振りごとに木くずが飛び散り、よく切れる斧と同じくらい見事に切れた。

梶棒が荷馬車から離れて落ちたとき、剣の刃を見てびっくりした。よく研《と》いだ斧の刃でも、これほど乾燥した硬い木材を切ると鈍《なま》るのに、この剣はあいかわらず、ぎらぎらと輝いている。親指で刃にさわってみたが、あわててその指を口につっこんだ。剃刀《かみそり》をあてたかのように、すぱっと切れていた。

だが、訝《いぶか》っている暇はなかった。カンテラの火を吹き消し——このうえ火事まで出したのではたまったものではない——はずれた二本の梶棒を拾って、家の外に置いた荷物のそばへ駆け戻った。

全部を集めると、運びにくい荷物になった。重くはないが、バランスが悪く、扱いにくい。耕した畑で足を取られるたびに、両腕で抱えた二本の梶棒が揺れたり、よじれたりした。森へ入ると、いっそう運びにくくなった。なんども梶棒が木にひっかかり、アル＝ソアは転びかけた。引きずったほうが楽なのはわかっていたが、跡がはっきり残る。どうにもならなくなるまでは、できるだけ、このまま抱えていきたかった。

タムは前と同じところに横たわっていた。眠っているようだ。そうであってほしいと、アル＝ソアは思った。急に不安になって、荷物をおろし、父親の顔に手をあてた。呼吸はしているが、熱が高い。

タムが目を覚ました。熱でぼんやりした様子だ。

「ランド、おまえか？」そう言って、息をついた。「心配したぞ。これは昼間に見る夢じゃない。悪夢だ」小声でぶつぶつ言いながら、タムはまた眠りこんだ。

「大丈夫だよ、心配ない」アル＝ソアは答えて、父親に風があたらないよう上着とマントをかけた。「できるだけ早く、ナイニーヴのところへ連れていってあげるよ」父親にというより、自分に言い聞かせるような口調だ。アル＝ソアは血のついたシャツを脱ぎ捨て、きれいなシャツに着替えた。入浴したあとのように、すっきりした。「すぐ村に着くよ。村に着けばもう大丈夫だ。賢女ナイニーヴが手あてしてくれる。わかるね？　何も心配ない」

村へ行けば、ナイニーヴがなんとかしてくれると思うと、希望が湧いてきた。アル＝ソアは上着を着てから、かがみこんでタムの傷口を見た。村へ着けば、もう恐ろしいことはないし、ナイニーヴが父の手あてをしてくれる。アル＝ソアの仕事はタムを村まで連れていくことだけだ。

6 〈西の森〉

月明かりでは手もとがよく見えなかったが、ランド・アル＝ソアの見るかぎり、タムの傷はあばら骨に沿った浅い切り傷だけのようだ。それも手のひらほどの長さしかない。アル＝ソアは信じられず、頭を振った。タムがもっとひどい傷を受けても、傷口を洗っただけで仕事をつづけるのを見てきた。急いでタムの全身をくまなく調べたが、高熱の原因となるようなものは、この傷のほかには何ひとつ見つからなかった。

傷は小さいが、それでも重態であることに変わりない。傷の周囲が焼けるように熱い。タムの身体のどの部分よりも明らかに熱い。傷以外の部分も、アル＝ソアの顔をこわばらせるほど熱かった。これほどの高熱だと死ぬこともあるし、たとえ死ななくても抜け殻のような廃人になってしまうかもしれない。アル＝ソアは布を革袋の水に浸《ひた》し、タムの額《ひたい》にあてた。

胸の傷をそっと洗って包帯を巻こうとすると、低い声で譫言《うわごと》を言っていたタムが、かすかなうめき声を上げた。葉を落とした木々の枝がぼんやりと見え、枝が風に揺れるたびにアル＝ソアはびくついた。きっとトロロークはおれたちを見つけられないまま進みつづけるだろう。農場の母屋に舞い戻ってきたところで、そこはもぬけの殻だ。アル＝ソアはそう信じようとしたが、無残なまでに破壊しつくされた母屋を思うと、とても信じる気になれなかった。トロロークが、ひとたび狙いを定めた獲物をあきらめるはずがない。万にひとつだって、ありえないことだ。

トロローク。なんということだ、おお、天なる光よ！　吟遊詩人の物語のなかの怪物が、まさか夜の闇から現われて訪ねてくるとは——おまけに闇に溶けるミルドラルまで。光よ、おれを照らしてください！　まさか、あのミルドラルが！

　ふと包帯の端を持ったまま手を止めていたことに気づいた。身動きもできないなんて、まるで鷹の影におびえるウサギじゃないか。自分の臆病さが情けない。アル＝ソアは腹立たしげに頭を振り、包帯を巻きおえた。

　自分がやるべきことはわかっていたし、やるべきことをやってもいたが、それでも恐怖は消えなかった。トロロークが引き返してきたら、きっと農場周辺の森へ入り、取り逃がした獲物の痕跡を捜しまわるにちがいない。仲間の死体を見れば、おれたちがそう遠くへ行っていないとわかるだろう。ミルドラルが何をしようとしているのか、何ができるのかは、誰にもわからない。トロロークは音を頼りに追ってくるというタムの言葉が、頭のなかで反響した。うめき声や譫言を黙らせようと、タムの口を手でふさぎそうになるのを必死にこらえた。臭跡をたどってくるトロロークもいるだろう。どうしたらいいんだろう？　しかし今は、どうにもならないことをくよくよ考えている場合じゃない。

「しゃべらないで」アル＝ソアはタムの耳もとでささやいた。「トロロークが戻ってきちゃうよ」

タムはしゃがれた小さな声で譫言を言った。「おまえはあいかわらず、きれいだ、カリ。まるで少女のようにきれいだよ」

アル＝ソアは眉をひそめた。母のカリが死んで、もう十五年になる。まだ生きているとタムが錯覚しているのだとしたら、アル＝ソアが思っている以上に熱が高いということだ。どうすればタムを黙らせておけるだろう？　しゃべったら、トロロークに気づかれて命を縮めるだけなのに。

「母さんがしゃべらないでって言ってるよ」アル＝ソアはささやいた。急に喉もとをぐっと締めつけられた気がして、咳払いした。母の手が優しかったことだけは覚えている。「しゃべらないでって、母さんが。さあ、飲んで」

タムは革袋の水を飲んだ。しかし二口か三口飲みこむと、顔をそむけて、また小声で譫言を言いはじめた。声が小さすぎて何を言っているのかわからない。この小声なら、二人を捜しているトロロークたちにも聞こえないだろう。

アル＝ソアは、やるべき仕事に大急ぎでとりかかった。荷馬車からはずした二本の梶棒《かじぼう》のあいだに三枚の毛布を渡して巻きつけ、即席の担架を作った。二人なら担架を地面に平行にしたまま進めるが、アル＝ソア一人で運ぶには担架の前を持ち、後ろを引きずってゆくしかない。ベルトに差したナイフを使って、残る一枚の毛布から細長い一片を切り取り、紐《ひも》のようにして両端をそれぞれ棒の端にくくりつけた。

タムをそっと担架にのせた。タムがうめき声を上げるたびにアル＝ソアは縮みあがった。父のタムはいつも不死身に見えた。何者もタムに危害を加えることはできず、タムを止めることも、その勢いをそぐこともできないはずだった。その父親がこんな状態になっているのを見ると、やっとの思いで振り絞った勇気が消えてなくなりそうだ。それでも、歩きつづけなければならない。タムを助けたいという思いだけが、アル＝ソアを突き動かしている。今は進みつづけるしかない。

ようやくタムを担架にのせおわると、アル＝ソアは迷いながらも、父親の腰から剣帯をはずした。それを自分の腰に巻くと、違和感を覚えた。何か変な気分だ。ベルトと鞘《さや》と剣は合わせても一、二キロの重さしかないのに、剣を鞘におさめると、ずしりと重く感じた。

アル＝ソアは自分を責めた。今はバカげた空想をしている場合じゃないぞ。これはただの大きなナイフじゃないか。剣を帯びて冒険に出かける夢をなんど思い描いたことか。この剣で一体のトロロークを殺せたのなら、残りのやつらも撃退できるはずだ。だが、農場の母屋での出来事はたまたま運がよかっただけなのだと、アル＝ソアも充分に承知している。それに、アル＝ソアが置かれている状況は、夢に見た冒険とはまったく違う。恐怖と寒さで歯がカチカチ鳴ったり、夜の闇のなかを命がけで走ったり、父が死の淵をさまよっていたりと、さんざんだ。

アル＝ソアは急いで最後の毛布をタムの身体に巻きつけ、革の水袋と、包帯にした布の残りを担架の上のタムの横に置いた。大きく息を吸うと、二本の梶棒のあいだに膝をつき、棒と棒をくくりつけた紐を頭上に持ちあげ、両肩と脇の下に通した。梶棒を握り、身体を起こすと、重みのほとんどは肩にかかった。さほど重くはない。なめらかな歩調を保ちながら、担架を引きずり、エモンズ・フィールドへと歩きはじめた。

まず〈石切り場街道〉へ向かい、街道沿いの木立のあいだを縫《ぬ》って村をめざそうと、心に決めていた。トロロークに見つかる危険性は高まるかもしれないが、森や闇のなかを道に迷いながら進むよりはましだろう。

闇のなかで、知らないうちに〈石切り場街道〉に出そうになった。自分のいる場所に気づいたとき、喉を締めつけられる思いがした。急いで担架の向きを変え、街道から少し離れた木立のなかへ戻ると、立ちどまって一息つき、心臓の動悸《どうき》がおさまるのを待った。やがて、まだ呼吸が整わないなか、アル＝ソアはエモンズ・フィールドをめざして東へ向かいはじめた。

　夜闇のせいで方向が定まらず、木々のあいだを進むのは骨が折れた。担架を引きずって街道を歩いたほうが楽なことはわかっていたが、街道に出れば、たちまちトロロークに見つかるだろう。まさに狂気の沙汰だ。一体のトロロークにも出くわすことなく村へたどりつかなければならない。一体のトロロークも目にすることなくたどりつければ、なおいい。だが、トロロークはアル＝ソアたちを捜しまわっている。いずれ、アル＝ソアたちが農場を離れたことに気づくだろう。行き先がエモンズ・フィールドであり、そのために〈石切り場街道〉をたどる可能性が高いことは、容易に想像がつくはずだ。現に、アル＝ソアは予定よりも街道に近いところを歩いていた。夜の闇や木々の影にまぎれるつもりが、これではほとんど丸見えだ。

　裸の枝ごしに漏《も》れる月明かりだけでは、足もとを見るのもおぼつかない。一足ごとに木の根につまずき、いまいましい茨《いばら》に脚を引っかけた。地面が急にへこんでいたり、盛りあがったりする。固い地面を踏んだはずが空足《からあし》を踏んだり、足を踏み出しかけてつんのめったりした。担架の棒が木の根や岩にあたるたびに、タムのつぶやきが苦しげなうめき声に変わった。

アル＝ソアは不安でたまらず、目がひりひりするまで暗闇に目を凝《こ》らし、かつてないほど真剣に耳をすました。枝と枝がこすれる音や、松葉が揺れるさらさらという音が聞こえるたびに、立ちどまって耳をそばだてる。怪しい物音を聞きのがしていないか……怪しい音が聞こえてくるのではないか……と思うと、恐ろしくて息もできない。ただの風の音だと納得すると、ようやく歩きはじめた。

徐々に腕や脚がだるくなってきたが、マントや上着をなぶる夜風に追い立てられ、アル＝ソアは道を急いだ。はじめは気にならなかった担架の重みが、いまや大きくのしかかり、地面に引き倒されそうになった。アル＝ソアはよろめいた。暗くてつまずいたのではない。倒れまいとこらえるだけで、担架を引くのと同じくらい体力を消耗する。この日のアル＝ソアは夜明け前に起きて仕事を始め、エモンズ・フィールドへ出かけるまで一日じゅう働きづめだった。普段なら夜は暖炉の前で休み、タムのささやかな蔵書の一冊を読んで、寝床に入るところだ。鋭いさむけが骨までしみとおり、空腹を感じる。そういえば、アル＝ヴィア夫人のハニーケーキを食べたきり、何も口に入れていない。

アル＝ソアは、ぶつぶつとひとりごとを言った。農場で何も食べなかったことが腹立たしい。あと数分遅くなったって別に変わりはなかったはずだ。それだけ時間があれば、パンかチーズを見つけられたのに。もうしばらくあそこにいても、トロロークは戻ってこなかっただろう。パンだけだってよかったんだ。宿に着けば、アル＝ヴィア夫人が温かい食事を出すと言ってきかないだろう。湯気の立つ、とろりとした子羊のシチューを出してくれるはずだ。それに自家製のパン……熱いお茶もたっぷりと。

「やつらは〈竜王の壁〉を越えて、洪水のように押し寄せた」いきなりタムが怒ったような力強い声で言った。「そして大地を血で洗った。どれだけ多くの人間が、レイマンの罪のために命を落としたことか」

アル＝ソアは驚いて転びそうになった。ぐったりと担架を地面におろし、肩から紐をはずした。紐があたっていたところがひりひりする。アル＝ソアは肩をすぼめて結び目をほどき、タムの横にひざまずくと、革袋を手探りしながら、木々の向こうをうかがった。街道を見わたしたが、ぼんやりとした月明かりのなかでは、せいぜい十五メートル先までしか見えない。影のほかに動くものは何もなかった。あるのは影だけだ。

「洪水のようなトロロークの群れなんかいないよ、父さん。今のところはね。もうじきエモンズ・フィールドに着くよ。さあ、少し水を飲んで」

タムは水の入った革袋を手で払いのけた。普段の力を取り戻したかのような力強さだ。

タムはアル＝ソアの襟《えり》をつかみ、顔と顔がくっつくほど、まぢかに引き寄せた。アル＝ソアの頬は父親の高熱をじかに感じた。

「人々は、やつらのことを野蛮人と呼んだ」タムは切迫した口調で言った。「そんな野蛮人はゴミのように蹴散《けち》らせるなどとバカなことを言っていた。いくどの戦いに敗れ、いくつの町を焼かれれば、真実に気づくのだ？ いつ、国々が力を合わせて、やつらと戦うようになる？」タムはアル＝ソアの襟を放した。タムの声は悲しみに満ちていた。「マラスの野は死体で埋《う》まり、カラスの鳴き声とハエの羽音のほかには何ひとつ聞こえなかった。屋根が崩れ落ちたケーリエンの塔は、夜の闇のなかで松明《たいまつ》のように燃えあがった。はるか遠くの〈輝く城壁〉にいたるまで、やつらはすべてを焼きつくし、殺戮《さつりく》をつづけたすえに、ようやく追い返された。はるばる――」

アル＝ソアはタムの口を手でふさいだ。また、あの音が聞こえてきた。カッカッというリズミカルな鈍い音だ。木立のなかでは音がどこから聞こえてくるのか見当がつかないし、風が変わるたびに、音が小さくなったり大きくなったりする。アル＝ソアは眉を寄せて、ゆっくりと振り向き、その音がどこから聞こえてくるのか見定めようとした。視界の隅《すみ》で何かがちらりと動いた。とっさにアル＝ソアはタムの上におおいかぶさった。握りしめた剣の柄《つか》の感触にハッとしたものの、ほぼ全部の神経を〈石切り場街道〉に集中させた。この世にはほかに何も存在しないかのように。

　東へ向かう複数の影が揺らめきながら、しだいに、はっきり見えてきた。一頭の馬に乗った人影が見える。その後ろを、いくつもの巨体が馬に遅れまいとして小走りで追っていた。青白い月光が槍の穂先や斧《おの》の刃に反射して、きらめいた。あれが助けにきてくれた村人たちだとは思えない。アル＝ソアには一行の正体がわかっていた。本能的に感じることができた。一行がさらに近づいてくると、月明かりのなかで馬上の男の姿があらわになった。フードのついたマントに身を包んでいる。男のマントはだらりと垂れさがり、風が吹いてもまったく動かなかった。この暗闇のなかでは、何もかもが黒く見えて当然だし、馬《ば》蹄《てい》の音が特に変わっていたわけではないが、アル＝ソアはこの馬が特別な馬であることを知っていた。

　馬に乗った黒ずくめの男の後ろから、角《つの》や鼻づらやくちばしを持つ怪物たちがぞろぞろとやってきた。トロロークが二列縦隊になり、心をひとつにするかのように足並みをそろえて、ブーツや蹄《ひづめ》の音を響かせている。アル＝ソアは足早に通り過ぎるトロロークたちを数えた。二十体いる。これほどたくさんのトロロークをしたがえるのは何者だろう？　たとえ、したがえているトロロークが一体だとしても、ただ者ではないはずだ。

　小走りで進む隊列は西へ向かい、重々しい足音が闇のなかを遠ざかっていったが、アル

＝ソアはその場を動けなかった。息をするのが精いっぱいだ。なぜか、やつらがいなくなったことを確かめてから動くべきだという気がした。やがて、アル＝ソアはようやく深呼吸すると、身体を起こしはじめた。

そのとき、さっき通り過ぎたはずの馬が目に入った。こんどは蹄の音は聞こえない。不気味な静寂のなか、黒い人影を乗せた馬が戻ってきた。数歩ごとに立ちどまり、きた道をゆっくりと引き返してくる。風がかんだかい唸《うな》りを上げ、木々のあいだを吹き抜けてゆくが、馬上の男のマントはぴくりとも動かない。馬が立ちどまるたびに、男は頭を左右に振り、何かを捜すように森のなかをうかがった。街道をはさんでアル＝ソアの反対側で、またしても馬が足を止め、フードをかぶった男が、タムにおおいかぶさるアル＝ソアのほうを向いた。

アル＝ソアは思わず剣の柄を握る手に力をこめた。その日の朝と同じ視線を感じ、姿の見えない相手から、身震いするほどの憎悪がふたたび伝わってきた。マント姿の男は、この世の生きとし生けるものすべてを憎んでいる。冷たい風が吹きつけているにもかかわらず、アル＝ソアの顔には玉の汗が浮かんだ。

しばらくすると、馬はまた進みはじめた。音もなく数歩進んでは止まる。街道を遠ざかり、とうとうその姿は小さな黒いしみのようになった。それがあの黒い人影と馬の姿なのか確信はないが、アル＝ソアは目を離さなかった。見失ったら、次の瞬間にはもう騎乗のあの男がそばにいるかもしれない気がした。

突如、黒い影が猛烈な勢いで引き返してきて、アル＝ソアのそばを音もなく全速力で駆け抜けていった。馬上の男は前方だけを見据《みす》え、西へと馬を走らせた。〈霧の山脈〉のほうへ……農場のあるほうへ……。

アル＝ソアの緊張が解けた。息を大きく吸いこみ、顔の冷たい汗を袖でぬぐった。なぜトロロークがきたのかは、もうどうでもよかった。理由がわからなくても、それはそれでかまわない――これですべてが終わってくれるのならば……。

アル＝ソアは身震いして、気力を奮い起こし、急いで父親の様子を確認した。タムはまだ譫言を言っている。アル＝ソアには聞き取れないほどの小声だ。水を飲ませようとしたが、タムの口に入ったのはほんの少しだけで、あとは顎《あご》を伝って滴《したた》り落ちた。タムはむせて咳きこみ、なにごともなかったかのように、また譫言を言いはじめた。

アル＝ソアはタムの額に巻いた布を湿らせ、革の水袋を担架の上に戻すと、すばやく二本の棒のあいだにかがみこんだ。

熟睡したあとのように元気よく歩きだしたものの、それも長くはつづかなかった。最初は恐怖で疲れを忘れていたが、恐怖が消えないまま疲労が押し寄せてきた。空腹と筋肉の痛みに耐えながら、すぐにまた、よろよろと歩きはじめた。つまずかないように一歩ずつ足を踏み出すことだけを考えた。

アル＝ソアは〈冬夜日《とうやび》〉のエモンズ・フィールドを思い浮かべた。よろい戸を開けた家々に明かりが灯《とも》り、村人たちはたがいの家を訪ね歩き、出会うたびに大声で挨拶《あいさつ》を交わす。通りは、〈ジャエムのバカ騒ぎ〉や〈空を飛ぶアオサギ〉といった曲を奏《かな》でるバイオリンの音で満ちあふれていた。ブランデーを飲みすぎたハラル・ルーハンが〈大麦を渡る風〉という歌を――毎度のことだが――まるでヒキガエルのような声で歌いだし、妻にシッとたしなめられるまで歌いつづける。セン・ブイは若いころと変わらずに踊れることを自慢したがり、マットはいたずらをたくらんでは、マット本人さえ意図していなかったような大事件を引き起こす。たとえ証拠がなくても、それがマットのしわざだということは、たちまち村人全員の知るところとなる。それからどうなるのだろうと考えると、アル＝ソアは笑みを浮かべそうになった。

タムがまた話しはじめた。

「〈生命の木《アヴェンデソーラ》〉には種がないと言われているが、やつらはケーリエンに、その枝を挿《さ》し木した苗木を持ってきた。王に捧げる贈りものだと言ってな」

タムは怒ったように言った。やっとアル＝ソアに聞こえるほどの小さな声だ。タムのこの声が聞こえる者の耳には、担架を引きずる音も聞こえるだろう。アル＝ソアは周囲を警戒しながら歩きつづけ、タムの小声に耳を傾けた。

「やつらは講和を結んだりしないはずだ――絶対に。それなのに講和の印《しるし》として苗木を持ってきた。その木は五百年のあいだ成長をつづけた。よそ者とは決して講和を結ばないやつらが、その五百年間だけは講和を守った。だが、なぜかレイマン王はその木を切り倒してしまった。なぜだ？　〈生命の木《アヴェンデソーラ》〉を切った罪は血で贖《あが》なわなければならない。レイマン王の驕《おご》りは血の報いを受けた」タムの言葉はまたもや意味のわからないつぶやきに変わった。

アル＝ソアはうんざりしながらも、熱に浮かされたタムがどんな夢を見ているのだろうと首をかしげた。アヴェンデソーラ――すなわち、〝生命の木〟はありとあらゆる奇跡を起こす力を持つと言われるが、その苗木を持ってきた〝やつら〟については聞いたことがない。〈生命の木《アヴェンデソーラ》〉の話に出てくる人物はたった一人――〈緑の男〉だけだ。

今朝この話を聞いたとしたら、〈緑の男〉も〈生命の木《アヴェンデソーラ》〉もバカげていると思っただろう。ただのおとぎ話ではないか。だけど、本当にそうなのだろうか？　トロロークだって、今朝までは噂に聞くだけの存在だった。ひょっとしたら物語はすべて、旅商人がもたらす情報と同じように現実のものなのではないか？　吟遊詩人の物語も、夜ごとに炉辺《ろばた》で語られる物語も、すべて本当のことではないだろうか？　だとしたら、おれはそのうち、本物の〈緑の男〉や半獣人オジールや黒いベールをかぶった野蛮なアイール人に出くわすかもしれない。

タムがふたたび話しはじめた。ぶつぶつ言っているだけのこともあれば、内容がわかる声で話すこともある。ときどき息を切らしてあえぐが、思い出したように、また話をつづける。

「……戦いは、いつも暑い。雪のなかの戦いも暑い。汗が熱くなり、血も熱くなる。冷たいのは死だけだ。山の斜面……そこだけは死のにおいがしなかった。死のにおいから逃《のが》れ……死から目をそむけねばならなかった……赤ん坊の泣き声が聞こえた。ときには女たちも男といっしょに戦うが、あの女をなぜ戦いに連れてきたのか、わしにはわからない……あの女は一人で子を産み、戦いで傷ついて死んだ……子供は女のマントにくるまれていたが、風が……マントを吹き飛ばしてしまった……子供の全身が寒さで真っ青になっていた。そのまま見殺しにすればよかった……子供は泣いていた。雪のなかで泣いていた。子供を置いてくることはできなかった……おれとおまえには子供がいない……おまえが子供をほしがっていることは知っていた。喜んでくれるとわかっていたよ、カリ。ランド・アル＝ソアというのはよい名だ。本当によい名だ」

突然、アル＝ソアの脚に残っていたわずかな力が消えうせた。アル＝ソアはよろめき、崩れるように膝をついた。タムがその衝撃でうめき声を上げたことにも、担架の紐が肩にくいこんだことにも、気づかなかった。今、トロロークが目の前に飛び出してきたとしても、ただ見つめることしかできないだろう。アル＝ソアは肩ごしにタムを見た。タムはまた言葉にならないつぶやきを漏らしている。熱に浮かされて悪い夢を見ているのだろうと、アル＝ソアはぼんやり考えた。熱があると悪い夢を見る。特にこんな夜は、熱がなくても悪夢にうなされそうだ。

「あんたはおれの父さんだ」アル＝ソアは声に出して言い、手を差し伸べてタムにふれた。「そしておれは――」

父の熱は思っていたよりひどかったんだ、ずっとひどかったんだ。

アル＝ソアは顔をしかめて、よろよろと立ちあがった。タムがまた何やらつぶやいているが、もうその言葉に耳を傾けようとはしなかった。即席の引き具を肩にかけ、鉛のような重い足取りで一歩また一歩と進み、無事にエモンズ・フィールドにたどりつくことだけを考えた。まだあのタムの言葉が頭の奥で反響していた。この人はおれの父さんだ。熱に浮かされて悪い夢を見ただけだ。この人はおれの父さんだ。熱に浮かされて悪い夢を見ただけだ。光よ、おれは誰なのですか？

7　森を出て

夜明けの淡い光が差してきたとき、まだランド・アル＝ソアは重い脚を引きずって森のなかを進んでいた。森のはずれまできて、はじめて夜が明けたことに気づき、薄れゆく闇を呆然《ぼうぜん》と見つめた。農場からエモンズ・フィールドをめざして、ひと晩かかって歩いてきたことが信じられない。夜に森のなかを進むのは骨が折れた。たとえ石ころだらけでも昼間の〈石切り場街道〉のほうがずっと楽だ。あの街道で黒マントの人影を見たのが、もう何日も前のことのように思われる。父親タムと二人で夕食をとろうとしたのが、何週間も前のように感じられた。もはや肩にくいこむ紐《ひも》の感覚もなくなり、しびれ以外は何も感じない。足もしびれている。それ以上につらいのは、息が切れて喉と肺が焼けつくように痛み、空腹で胃がむかつくことだ。

タムはしばらく前から何も言わなくなった。譫言《うわごと》が途絶えてからどのくらいたつのか、わからないが、足を止めて父親の様子を確認するのはやめた。ひとたび立ちどまったら、二度と動けなくなりそうだ。それに、タムの容態がどうであれ、自分には何もできない。希望はただひとつ、行く手の村にある。アル＝ソアは足取りを速めようとしたが、疲れきった脚はのろのろとしか動かず、もはや寒さも風も感じなかった。

かすかに煙のにおいがした。少なくとも、村の煙突から立ちのぼる煙が届く場所まではきたようだ。アル＝ソアは疲れた顔に笑みを浮かべかけて、ハッと眉をひそめた。大量の煙が濃く立ちこめている……あまりにも濃い。寒いので、どの家の暖炉も赤々と燃えているはずだが、それにしても煙が濃すぎる。アル＝ソアの脳裏に〈石切り場街道〉を進んでくるトロロークたちの姿が浮かんだ。東から……エモンズ・フィールドの方角からやってくる。アル＝ソアは前方をじっと見た。最初の家並みが見えてくるかもしれない。誰かいたら、大声で助けを求めよう。セン・ブイでもコプリン一族でも、かまうものか。心のどこかでまだ、誰かが助けてくれるのではないかと期待していた。

突然、木立がとぎれ、葉を落とした木々の向こうに家が見えてきた。期待が絶望に変わり、立ちどまりそうになったが、よろよろと村に足を踏み入れた。

エモンズ・フィールドの家々の半数が、黒焦げの瓦礫《がれき》の山と化していた。焼け焦げた木材が積み重なり、そのあいだから、煤《すす》にまみれた煉瓦《れんが》造りの煙突が汚れた指のように何本も突き出ている。瓦礫の山から、まだうっすらと煙が上がっていた。顔を煤だらけにした村人たち——まだ寝巻き姿の者もいた——が棒を手に、灰のなかから鍋を掻《か》き出したり、むなしく残骸をつついたりしている。難を逃《のが》れた数少ない家具類が、通りに点々と置かれていた。椅子やテーブルにまじって、土埃《つちぼこり》をかぶった姿見《すがたみ》や食器棚やたんすが雑然と置かれ、その上に寝具、調理器具、わずかばかりの衣服や身のまわり品などが積みあげられている。

破壊は場あたり的に行なわれたようだ。ある場所には五軒の家が無傷で並び、別の場所では唯一の生存者が廃墟のなかにぽつんと立っていた。

ワインスプリング川の向こうでは、三カ所で〈春祭り《ベル・タイン》〉のかがり火が燃えさかり、男たちの一団が見守っていた。火の粉《こ》まじりの真っ黒な煙が風に乗って北へ流れてゆく。アル＝ヴィア村長のダーラン種の雄馬の一頭が何かを引きずって、〈荷馬車橋〉の先のかがり火へと向かっていった。何を引きずっているのか、アル＝ソアにはわからなかった。

木々がまばらになりはじめたあたりで、煤まみれの顔をした鍛冶屋のハラル・ルーハンがアル＝ソアに駆け寄ってきた。太い指で斧《おの》をつかんだままだ。灰をかぶった寝巻きがだらりと垂れさがり、寝巻きの裂け目から、胸を横切る生々しい火傷《やけど》の跡がのぞいている。ルーハンは担架の脇に片膝をついた。タムは目を閉じており、浅い呼吸を小刻みに繰り返している。

「トロロークにやられたのか、アル＝ソア？」ルーハンがたずねた。煙を吸いこんで、声がしゃがれている。「ここもだよ。ここも同じだ。われわれはまだ運がよかったほうかもしれない。もっとひどい目にあった者もいる。賢女ナイニーヴに診《み》てもらったほうがいい。いったいナイニーヴはどこにいるんだろう。エグウェーン！」

エグウェーンはシーツを裂いて作った包帯を両腕いっぱいに抱え、走りまわっていた。ルーハンの声が聞こえると、足取りをゆるめようともせず、あたりを見まわした。どこか遠くを見つめるような目が黒いくまに縁《ふち》どられ、いつもより大きく見えた。アル＝ソアの姿を見るとエグウェーンは足を止め、息をのんだ。

「アル＝ソア、まさか、あなたのお父さんが……？　いっしょにきて。ナイニーヴのところへ案内するわ」

アル＝ソアは口をきくこともできないほど疲れきり、頭がぼんやりしていた。エモンズ・フィールドにたどりつきさえすれば、もう大丈夫だと信じて、ひと晩じゅう歩きつづけてきた。だが今は、エグウェーンの煤まみれの服を呆然と見つめることしかできない。アル＝ソアはいくつか奇妙な点に気づいた。どうでもいいことかもしれないが、気になった。エグウェーンの服の背中のボタンがかけ違っている。それに、エグウェーンの両手が汚れていない。頬が煤で汚れているのに、なぜ手だけきれいなのだろう？

ルーハンは、アル＝ソアの精神状態が尋常ではないことを理解したようだ。持っていた斧を担架の二本の棒のあいだに寝かすと、担架の後ろを持ちあげて、ひと押しし、エグウェーンについてゆけと言うようにアル＝ソアを促《うなが》した。アル＝ソアは夢遊病者のようにふらふらと、エグウェーンのあとを追って歩きだした。どうしてルーハン親方はあの怪物どもがトロロークだとわかったのだろうと、不思議に思ったが、たちまち納得した。父がトロロークだと気づくぐらいだから、ルーハン親方が気づかないはずがない。

「物語は全部ほんとのことなんだ」アル＝ソアはつぶやいた。

「たしかに、そのようだな」と、ルーハン。「たしかに」

アル＝ソアはルーハンの言葉を半分も聞いていなかった。前をゆくエグウェーンのほっそりした姿を目で追っている。ぼんやりした頭で、エグウェーンがもっと急いでくれたらいいのにと思った。エグウェーンは、担架をかついだアル＝ソアとルーハンがついてこられるような足取りで進み、〈草広場〉を突っ切ってコールダー家へと向かった。藁葺《わらぶ》き屋根の端が焼け焦げ、白い壁が黒く汚れている。両隣の家も礎《いしずえ》を残して、灰と焼けた木材の山になっていた。ひとつは粉屋のジョン・セインの弟の家で、もうひとつはマットの父親アベル・コーソンの家だ。どちらの家も煙突まで倒れていた。

「ここで待ってて」エグウェーンはそう言うと、返事を期待するように二人を見た。二人が無言で立ちどまったので、何やらぶつくさ言いながら、コールダー家に駆けこんだ。

「マット」と、アル＝ソア。「まさかマットの身に……？」

「生きとるよ」ルーハンは答え、担架の後ろ側を地面におろして、ゆっくりと立ちあがった。「少し前に姿を見かけた。いやあ、わしらがまだ生きとるのが不思議なくらいだ。トロロークどもは、そこにお宝があると勘違いしたかのように、わしの家や鍛冶場になだれこんできた。女房が一体のトロロークの頭をフライパンでかち割った。夜が明けて、わが家の残骸をひとめ見ると、鍛冶場で焼け残った道具のなかから、いちばんでかい金槌《かなづち》を見つけてきて、そこらへんにトロロークがまだいるんじゃないかと、歩きまわりはじめた。うちの女房に見つかったトロロークこそ、いい災難だよ」

　ルーハンはコールダー家を顎《あご》で示して、言葉をつづけた。「コールダーの奥さんとあと数人が、怪我《けが》人や家をなくした者たちをなかへ入れて、世話をしている。ナイニーヴにタムを診てもらったら、タムを寝かせる場所を見つけなきゃならん。宿屋がいいだろう。村長は場所を提供すると言ったが、ナイニーヴは、怪我人をぎゅうぎゅう詰めに押しこんだら治りが遅くなると言って、反対した」

　アル＝ソアは地面にがくりと膝をつき、肩をすくめて担架の紐をはずすと、疲れた身体に鞭《むち》打って、タムをおおう毛布を確認した。アル＝ソアがこわばった手で身体を揺すっても、タムは身動きもしなければ、声も漏《も》らさなかったが、少なくとも呼吸はしている。

この人は、おれの父さんだ。あれは熱に浮かされた譫言だったんだ。

「もし、やつらが引き返してきたら？」アル＝ソアは気が抜けたようにたずねた。

「〈時の車輪《ホイール・オブ・タイム》〉はその意思にしたがって歴史模様を織りあげる」と、ルーハン。不安げな口調だ。「やつらが引き返してきたら……いや、やつらはもういない。今のところは。だから、今のうちに残骸を拾い集めて、もとどおりに家を築きあげよう」

ルーハンはため息をつき、どんよりとした表情で背中のくぼみをこぶしで叩いた。そのときはじめてアル＝ソアは、この頑健な男が自分と同じくらい疲れていることに気づいた。

ルーハンは村をながめて、頭を振った。「今日は、たいした〈春祭り〉はできんだろうな。だが、ちゃんと乗り越えてみせる。わしらはいつだって災難を乗り越えてきた」さっと斧を手に取ると、表情を引き締めた。「さて、仕事に戻らなきゃならん。心配するな、アル＝ソア。ナイニーヴがタムの手あてをしてくれるし、光がお守りくださる。光に見捨てられても、わしらは自分の面倒くらいは自分で見られる。忘れるな。わしらは頑固で名高いトゥー・リバーズ人だ」

地面に膝をついたままルーハンを見送ると、アル＝ソアはあらためて村の惨状に目を向けた。ルーハン親方の言うとおりだ。村がこんな無残な姿になっても、乗り越えられる気がした。村人たちはまだ残骸をほじくっているが、目的意識を持って動きだしていることが見て取れる。アル＝ソア自身の決意もかたまりはじめていた。だが、気になることがある。ここの人たちはみなトロロークを見た。ということは、騎乗の黒マントの男も見たのか？　あの男の憎悪を感じたのか？

　ナイニーヴとエグウェーンがコールダー家から現われ、アル＝ソアはあわてて立ちあがった。そのつもりだったが、ふらついて、あやうく前のめりに倒れるところだった。

　ナイニーヴはアル＝ソアには目もくれず、担架の横にひざまずいた。顔も服もエグウェーン以上に煤まみれで、その目は同じように黒いくまで縁どられているが、なぜかやはり両手は汚れていなかった。ナイニーヴはタムの額《ひたい》に手をふれ、まぶたを押し開けた。眉をひそめて、身体をおおった毛布をはぎとり、包帯をゆるめて傷を確認すると、アル＝ソアがのぞきこむまもなく包帯を巻きなおした。ナイニーヴはため息をつきながら、毛布とマントの皺《しわ》を伸ばし、そっとタムの首もとまで引きあげた。まるで眠っている子供に夜具をかけなおす母親のようだ。

「あたくしにできることは何もないわ」ナイニーヴは言い、膝に手をあてて立ちあがった。

「悪いわね、アル＝ソア」

　一瞬、アル＝ソアはわけがわからずにその場に立ちつくした。だが、ナイニーヴがコールダー家へ戻りはじめると、必死で追いすがり、自分のほうを向かせて叫んだ。

「父の命が危ないんです！」

「わかっているわ」ナイニーヴの淡々とした口調が、アル＝ソアを打ちのめした。

「手あてしてやってください！　何かできるはずでしょう！　あんたは賢女なんだから！」

　ナイニーヴは悩ましげに顔をしかめたが、次の瞬間には落ちくぼんだ目に決意の色を浮かべ、感情のこもらない断固とした声で言った。「ええ、あたくしは賢女よ。自分の薬で何ができるか知っているし、手遅れの場合は見ればわかる。手のほどこしようがあるなら、必ず処置をするわ。わかるでしょ？　でも、この患者は、あたくしの手に負えない。もう手遅れなのよ、アル＝ソア。あたくしの手を必要としている人が、ほかにもたくさんいるの。手のほどこしようがある人たちが」

「診てもらおうと思って、急いで連れてきたんです」アル＝ソアはつぶやいた。村が焼け落ちても、賢女にさえ診てもらえばどうにかなると希望をつないできた。その希望が断たれた今、もう何も考えられなくなった。

「わかっているわ」ナイニーヴは優しく答え、アル＝ソアの頬にふれた。「あなたのせいじゃないわ。あなたは、できるかぎりのことをしたのよ。誰にも真似できないほど、がんばった。残念だけど、アル＝ソア、あたくしの手あてを待っている人たちが大勢いるの。大変なのは、まだまだこれからよ」

アル＝ソアは、コールダー家へ戻ってゆくナイニーヴを呆然と見つめた。やがて、ナイニーヴの姿が家のなかに消え、扉が閉まった。アル＝ソアの頭のなかには、賢女に見放された絶望しかなかった。

突然、エグウェーンがぶつかってきて、アル＝ソアは一歩後ろへよろめいた。エグウェーンはアル＝ソアの身体に腕をまわして、きつく抱きしめた。いつものアル＝ソアなら、うるさそうに唸《うな》り声を漏らしているところだ。しかし、希望を断ち切られた今のアル＝ソアは、コールダー家の扉を無言で見つめつづけることしかできなかった。

「かわいそうに、アル＝ソア」エグウェーンはアル＝ソアの胸に顔をうずめた。「あたしに何かできることがあったら……」

アル＝ソアはうわの空でエグウェーンの身体に腕をまわした。「わかってる。エグウェーン……おれは……おれはどうにかしなきゃならない。どうすればいいかわからないが、このまま父さんをほうっておくわけには……」アル＝ソアの声がとぎれ、エグウェーンはいっそう強くアル＝ソアを抱きしめた。

「エグウェーン！」家のなかからナイニーヴの大声がして、エグウェーンは跳びあがった。

「エグウェーン、手伝ってちょうだい！　もういちど手を洗ってきて！」

エグウェーンはアル＝ソアの腕をほどき、身体を離した。「ナイニーヴが待ってるわ、アル＝ソア」

「エグウェーン！」

エグウェーンはすすり泣きのような声を漏らし、身をひるがえすと、家のなかへ消えていった。アル＝ソアは担架のそばにひとり残された。つかのま、あきらめの表情で父親を見おろしたが、不意に表情を引き締めた。

「村長なら、どうしたらいいかわかるだろう」アル＝ソアはつぶやき、もういちど担架を持ちあげた。「村長なら、わかる」

アル＝ヴィア村長はいつも、何をすべきか知っている。アル＝ソアは疲れた顔にトゥー・リバーズ人特有の頑固な表情を浮かべ、宿屋〈酒の泉〉へ向かった。

村長のダーラン種の輓馬《ばんば》がまた一頭、通り過ぎていった。両足首に引き具の紐をくりつけられた大きな死体を引きずっている。死体は薄汚れた毛布でおおわれ、その端から、剛毛がびっしり生えた腕や、山羊の角《つの》が突き出ていた。トゥー・リバーズは、恐ろしい物語の舞台になるような場所ではなかった。トロロークの住処《すみか》がどこにあるにせよ、それはトゥー・リバーズではなく、外の世界のどこか——異能者《アエズ・セダーイ》や偽の竜王のいる場所——だった。吟遊詩人の語る物語のなかで、ほかに何が実在するか知らないが、そんなものはトゥー・リバーズには……エモンズ・フィールドにはいない。

アル＝ソアが〈草広場〉を突っ切って進むと、人々が呼びかけた。崩れた家の残骸の上から声をかける者もあり、何か手伝えることはないかと口々にたずねた。アル＝ソアにはその声が何か遠くのざわめきにしか聞こえなかった。すぐ隣を並んで歩く誰かの声も、遠くに聞こえた。アル＝ソアがうわの空で、「手助けはいらない。大丈夫だ」と答えると、みな心配そうな顔で離れていった。ナイニーヴを呼ぼうかと言われても、アル＝ソアの反応は鈍かった。アル＝ソアの意識のなかには、父親を村長のもとへ連れてゆくという強い思いしかなかった。ブラン・アル＝ヴィア村長なら、なんとかして父を助けてくれるだろう。どうやって助けてくれるかは知らないが、村長なら何かできるはず……きっといい考えを思いつくはずだ。

村の半分が破壊されたのに、宿屋はほぼ無傷で残っていた。壁にいくつか焦げ跡があるものの、赤い瓦《かわら》屋根が以前と変わらず朝日にきらきらと輝いている。だが、宿屋の前に止めてあったはずの旅商人の幌《ほろ》馬車は、原形をとどめない無残な姿になっていた。黒焦げで地面に横たわり、煤にまみれた鉄の車輪枠が立てかけてある。帆布《ほぬの》の幌《ほろ》を支えていた金属の輪っかが剝《む》き出しになり、てんでばらばらな方向に折れ曲がっている。

宿屋の古い礎《いしずえ》に吟遊詩人のトム・メリリンが脚を組んですわり、つぎはぎ細工のマントの焦げた部分を小さいハサミで丁寧《ていねい》に切り取っていた。アル＝ソアが近づいてゆくと、マントとハサミを置いて礎《いしずえ》から飛び降り、黙って担架の後ろを持ちあげた。

「なかへ入るんだな？　もちろん、そうだろう。心配するな、若いの。賢女が手あてしてくれる。昨夜からあの賢女の仕事ぶりを見ているが、手ぎわもいいし、腕もいい。救われたよ。何人か死者も出た。大した数ではないのかもしれんが、わしにとっては一大事だ。旅商人のフェインは行方がわからない。最悪だ。トロロークに食われたのかもしれん。おまえさんの父親はちゃんとここにいる。賢女の治療も受けられる。そのことを光に感謝するべきだ」

アル＝ソアはメリリンの声をかき消すように、心のなかで叫んだ。この人は間違いなく、おれの父さんだ！　メリリンの声が小さくなり、やがてハエの羽音ほどの無意味な音に聞こえはじめた。同情や励ましには耐えられない。今はだめだ。父を救う方法をアル＝ヴィア村長に聞いてからだ。

不意に、目の前の扉に妙な落書きがあることに気づいた。消し炭か何かで、ねじ曲がった逆さの涙滴形が乱暴に描かれている。〈竜王の刻印〉だ。あまりにもいろいろなことが起こったので、宿屋〈酒の泉〉の玄関に〈竜王の刻印〉が記されていても、驚かなかった。

宿屋の主人である村長とその家族が、なぜ災《わざわ》いをもたらす邪悪なものとして非難されるのかわからない。だが、このひと晩で、どんな不思議なことでも起こりうると思うようになった。

　メリリンに後ろからひと押しされ、アル＝ソアはわれに返り、扉の掛け金をはずして、なかへ入った。

　酒場にはアル＝ヴィア村長の姿しかなく、火の気もなかった。火をおこす暇もなかったのだろう。村長はテーブルのひとつに向かってすわり、灰色の髪で縁どられた頭をテーブルにおおいかぶせるようにして、真剣な表情でインク壺《つぼ》にペンをつけては羊皮紙に何やら書き記していた。あわててズボンに押しこもうとしたのか、長い寝巻きの裾《すそ》をでっぷりした腹のあたりでだぶつかせたまま、裸足《はだし》の爪先でもう片方の足を無意識に掻いている。この寒さのなか、ブーツをはくのももどかしく外を歩きまわっていたかのように、足は泥まみれだ。

「どうした？」村長は顔も上げずにたずねた。「手短に頼む。急ぎの仕事が山ほどある。一時間前に終わらせるはずだった仕事も、たくさん残っとる。今のわしには時間も忍耐もない。わかったか？　早く用件を言え！」

「アル＝ヴィア村長」と、ランド・アル＝ソア。「おれの父のことです」

村長はぱっと顔を上げた。「ランドか？　タム！」ペンを投げ出し、勢いよく立ちあがった拍子に椅子がひっくり返った。「どうやら、光はわれわれを見捨ててはいなかったようだ。おまえもタムも死んだものと思っていた。トロロークが去って一時間後に、ベラが村へ駆けこんできた。農場からずっと走りつづけたきたかのように、興奮して、息を切らしていた。だから、てっきり……。まあ、そんなことはどうでもいい。タムを二階へ運ぼう」村長は肩でメリリンを押しのけ、担架の後ろをつかんだ。

「賢女のナイニーヴを呼んできてくれ、吟遊詩人の先生。わしの急ぎの用だと言ってくれ！　ナイニーヴがきてくれなきゃ困るんだ！　安心しろ、タム。すぐに、上等なふかふかの寝台に移してやるからな。先生、早く行ってくれ！」

　アル＝ソアが口を開くまもなく、メリリンは外へ飛び出していった。アル＝ソアはあわてて説明した。

「ナイニーヴは何もしてくれないでしょう。手遅れだと言われました。おれは……村長なら、何かいい方法を知ってるんじゃないかと」

　村長はけわしい表情でタムを見おろし、首を横に振った。「状況を見守ろう、ランド。今はそうするしかない」いつもの自信たっぷりな口調とは大違いだ。「とにかく、タムを寝台へ移そう。そのほうがタムも楽だろう」

担架の後ろを押されるままに、アル＝ソアは酒場の奥にある階段へと向かった。きっと父は助かると思いこもうとしたが、そもそも助かるという根拠などないに等しかった。村長にも打つ手がないとしたら、もはや絶望的だ。

二階には、〈草広場〉を見わたせる、設備の整った上等な部屋が六室あった。この部屋を利用するのは、旅商人や、北のウォッチ・ヒルや南のデベン・ライドからくる人々がほとんどだが、毎年やってくる商人たちはその居心地のよさに驚いた。三室はすでにふさがっており、村長は空《あ》いている部屋へアル＝ソアを急《せ》き立てた。

羽毛布団と毛布がさっと剝《は》がされ、タムはふかふかの羽根敷布団を敷いた広い寝台に移された。鵞鳥《がちょう》の羽毛枕が頭を支えている。寝台に移されるあいだ、タムはぜいぜいと耳ざわりな呼吸を繰り返すだけで、うめき声ひとつ漏らさなかった。アル＝ソアは不安の色を浮かべたが、村長は意に介さず、暖炉の火をおこせとアル＝ソアに言った。アル＝ソアが暖炉のそばのまき箱から薪《たきぎ》と焚《た》きつけを取り、火をおこすあいだ、村長はカーテンを開けた。窓から朝日が差しこみ、タムの顔を優しく照らしだした。

部屋が暖まったころ、メリリンがそっと部屋に入ってきた。

「賢女はきてくれない」そう言って、もじゃもじゃの白い眉をひそめ、アル＝ソアをにらみつけた。「すでに賢女に診てもらったことを、なぜ黙っていた？　おかげで、えらい剣幕で叱られるところだった」

「おれは……ただ……村長なら、なんとかしてくれるんじゃないかと……なんとか、ナイニーヴに……」アル＝ソアは不安げに両の拳《こぶし》を握りしめ、暖炉から村長に視線を移した。「アル＝ヴィア村長、どうしたらいいんでしょう？」

まるまると太った村長はどうしようもないと言うように首を横に振ると、アル＝ソアから目をそらし、湿らせた布をタムの額に置いた。

「父を見殺しにしろと言うんですか、村長？　こうしてはいられません」と、アル＝ソア。メリリンが何か言おうとして身じろぎすると、こんどはメリリンにくってかかった。「何か考えがあるんですか？　なんでもやります」

「ちょっと考えたんだが」メリリンはパイプの長い軸を親指で叩いた。「村長は、この宿の玄関に〈竜王の刻印〉を記したのが誰かご存じかな？」そう言って、パイプの火皿をのぞきこみ、タムの顔を見てため息をつくと、火のついていないパイプを口に戻した。「村長のことを快く思っていない者がいるようだ。村長でなく泊まり客が気に食わなかったのかもしれんが」

アル＝ソアはうんざりした表情でメリリンから目をそらし、暖炉の火を見つめた。内心の思いは炎のように燃え、一点に集中した。おれは絶対にあきらめない。見殺しにするわけにはいかない。この人はおれの父さんなんだから。熱い思いがこみあげてきた。そうとも、間違いなくおれの父さんだ。熱さえ下がれば、あれはただの譫言だったと、わかるだろう。まずは熱を下げることだ。でも、どうやって？

口を固く結んでアル＝ソアの背中を見ていた村長が、威圧するようにメリリンをにらみつけた。メリリンはそしらぬ顔で村長の返事を待っている。

ようやく村長は口を開いた。「どうせコプリン一族かコンガー一族のしわざだろう。本当のところは誰にもわからん。どちらも似たり寄ったりだ。あることないこと言いふらす。あの連中に比べれば、セン・ブイの憎まれ口なんぞかわいいものだ」

「夜が明けきる前に、荷馬車いっぱいの荷物を積んでやってきた連中かね？」と、メリリン。「トロロークほどいやなにおいはしなかったが、村の半分が燃えつきたというのに、祭りがいつ始まるかということばかり気にしていた」

村長は顔をしかめて、うなずいた。「コプリン一族の分家だろう。もっとも、あの一族の者なら、たいした違いはないがね。ダール・コプリンときたら、モイレイン様とラン様をこの宿から……この村から追い出せと、しつこくてかなわんかった。夜中までずっと言いつづけとったよ。あのお二人がいらっしゃらなかったら、この村は壊滅していたかもしれんというのに」

　アル＝ソアは二人の会話をぼんやりと聞き流していたが、村長の最後の言葉に注意を引かれた。「あの二人が何をしたんですか？」

「モイレイン様が澄んだ夜空から火の玉を引き出されたのだ」と、村長。「その火の玉をトロロークどもめがけてぶつけなさった。なぎ倒された木々を見たろう？　あれで、トロロークどもの勢いが弱まった」

「モイレイン様が？」と、アル＝ソア。信じられない。

　村長はうなずいた。

「そう、モイレイン様だ。ラン様は剣を持ったつむじ風のようだった。剣だと？　いやいや、ラン様ご自身がひとつの武器と化し、まさに神出鬼没のご活躍をなさった。いやあ、すごかった。わしだってこの目で見なければ、信じられなかっただろう……」

　村長は禿《は》げた頭をなでた。

「〈冬夜日《とうやび》〉が始まったばかりなので、村人たちの両手は贈りものやハニーケーキでふさがっていたし、頭はワインでぼけていた。ところが、犬の唸り声があちこちで上がったかと思うと、いきなりあのお二人が宿屋から飛び出し、トロロークがきたと叫びながら、村じゅうを駆けまわった。わしはてっきり、お二人が酔っておられるのだと思った。だって……トロロークだと言われてもなあ。そのあと、わけがわからないうちに、あの……怪物どもが通りへなだれこんできて、血も凍るような吠え声を上げ、剣を手に人々を切りつけ、家々に火を放ちはじめた」村長は眉をひそめて、喉を詰まらせた。「村人たちは狐に追い立てられる鶏《にわとり》のように逃げまどった。ラン様が活を入れてくださるまでは」

「そう卑下《ひげ》しなさるな」と、メリリン。「みなさん、全力をつくされた。トロロークどもを倒したのは、あの二人の力だけじゃありません」

「うむ……それはそうだが」村長は身震いした。「それにしても、信じられん光景だった。エモンズ・フィールドに異能者《アエズ・セダーイ》を迎えることになるとは。おまけに、護衛士のラン様まで」

「異能者《アエズ・セダーイ》？」アル＝ソアは小声で訊《き》き返した。「あの女性がですか？　そんなはずはない。おれはあの人と話をしました……あの人はそんな……」

「異能者《アエズ・セダーイ》が目印をつけて歩いていると思うか？」村長は皮肉っぽく言った。「背中に〝異能者《アエズ・セダーイ》〟とか〝危険につき、手出し無用〟とか書いてあるとでも思ったか？」村長は突然、ぴしゃりと額を叩いた。「異能者《アエズ・セダーイ》か。うっかりしとった。ランド、まだ望みはあるぞ――おまえにその気があればの話だが。これはおまえが決めることだ。わしがおまえの立場なら、二の足を踏んどるかもしれん」

「望みですって？」と、アル＝ソア。「どんな小さな望みでも、やってみる価値はあるはずです」

「ランド、異能《アエズ・セダーイ》者ならタムを治療できる。物語を知っているだろう。薬の効かない傷だって治療できる。吟遊詩人の先生、あんたなら、わしよりよく物語を覚えているだろう。吟遊詩人の物語には異能《アエズ・セダーイ》者がよく出てくる。この方法があることを早く言ってくれればよかったのに」

「わしはよそ者だからな」メリリンは火のついていないパイプをうらめしげに見た。「それに、異能《アエズ・セダーイ》者とかかわりを持ちたくないのは、コプリン一族だけではない。わしの口から言うべきことではなかったのだよ」

「異能《アエズ・セダーイ》者」アル＝ソアはつぶやいた。面と向かってほほえみかけてくれたあの女性を、いまさら物語の登場人物として見られるはずがない。異能《アエズ・セダーイ》者の力を借りるくらいなら、誰の助けも期待しないほうがましという場合もある。数々の物語にあるように、異能《アエズ・セダーイ》者を頼りにすることは、毒の入ったパイを食べるようなもの……針のしこまれた釣餌《つりえ》にくらいつくようなものだ。それなりに覚悟しなければならない。ポケットのなかにモイレインからもらった銀貨を入れてあるが、その銀貨が急に赤熱した石炭に変わった気がした。できるものなら、窓から投げ捨ててしまいたいくらいだ。

「好んで異能《アエズ・セダーイ》者とかかわりを持つ者はいない」村長は歯切れの悪い口調で言った。「わしはこれ以外の手段は思いつかんが、決して、いいかげんな決断ではない。おまえに代わってわしが決断するわけにはいかん。だが、モイレイン様に対しては——モイレイン・セダーイに対しては——わしは何ひとつ邪悪なものを感じなかった。場合によっては——」村長は意味深な表情でタムを見て、言葉をつづけた。「——いちかばちか、やってみるべきかもしれん。たとえ、かすかな望みでも」

「物語には誇張された部分もある」メリリンが絞り出すように言った。「もちろん、事実もあるが。おまえさんには、ほかに選択肢があるかね、若いの？」

「ありません」アル＝ソアはため息をついた。タムはいまだに身動きひとつしない。一週間も寝こんでいたかのように、目がくぼんでいる。「おれが……おれがモイレイン様を見つけてきます」

「橋の向こうにいる」と、メリリン。「護衛士と二人で……トロロークの死体をかたづけている。だが、気をつけろ、若いの。異能者《アエズ・セダーイ》の行為には、異能者《アエズ・セダーイ》なりの理由がある。その理由は、ほかの者には見当もつかないことばかりだ」

　メリリンの最後の言葉は叫び声になった。すでにアル＝ソアは部屋を出たあとだった。腰につけた鞘《さや》が揺れないよう剣の柄《つか》を押さえたまま走った。鞘をはずす手間すらも惜しかった。どたどたと階段を駆けおり、宿屋の外へ飛び出した。一瞬、疲れも吹き飛んだ。父親が生き延びるチャンスだ。どんなに小さなチャンスでも、夜どおし歩いた疲れを忘れさせる力がある――少なくとも、こうしているあいだは。異能者《アエズ・セダーイ》の助けにどれほど高い代償を払わされるか、今は考えたくない。異能者《アエズ・セダーイ》と面と向かい合うことを考えると……アル＝ソアは深呼吸し、いちだんと足を速めた。

村の北はずれの家並みの向こうに、かがり火が見えた。ウォッチ・ヒルへ向かう道の〈西の森〉に近い場所だ。真っ黒な油煙が風に乗り、村とは反対側に流されてゆく。あたりには胸のむかつくような甘ったるいにおいがただよっていた。串に刺したまま何時間も放置された焼き肉のようなにおいだ。アル＝ソアは吐き気を覚えたが、悪臭の出どころに気づくと、ごくりと飲みこんだ。〈春祭り〉のかがり火が、不気味な火葬場と化していた。かがり火を見守る男たちはみな鼻と口を布でおおっている。だが、そのしかめっつらが、酢をしみこませた布でもごまかせない悪臭のものすごさを物語っていた。たとえ悪臭そのものを消せたとしても、悪臭の存在は消すことができず、自分たちが何をしているのかを思い知らされる。

二人の男が、トロロークの足首にくくりつけられた引き具の紐をほどいている。ランがそのトロロークの死骸のそばにかがみこみ、毛布を剥ぎ取ると、両肩と山羊の鼻づらが露出した。アル＝ソアはランに駆け寄った。トロロークの黒い鎧《よろい》の肩に棘《とげ》がびっしり生えており、ランはその部分から金属製の記章をはずした。血のように赤く、光沢があり、三つ叉《また》の武器をかたどっている。

「コ＝バル族です」ランはモイレインに向かって言うと、手のひらの上で記章をはずませ、空中でパッとキャッチした。「これで七隊目です」

　モイレインがうんざりした様子で頭を振った。少し離れた地面の上に脚を組んですわり、蔓草《つるくさ》や花が一面に彫刻をほどこされた杖を膝にのせている。服は着古したかのようによれよれだ。

「七隊ですって？　七隊も！　それほどの大軍がいちどに出動したのはトロローク戦争以来のことです。悪いことは重なります。心配です、ラン。わたくしたちのほうが何歩も先をいっているつもりでしたが、本当はおくれをとっているのかもしれません」

　アル＝ソアは声もなくモイレインを見つめた。この人は異能者《アエズ・セダーイ》だ。そうわかったところで、何かが違って見えるわけではない。驚いたことに、たしかに何も変わっていなかった。前ほど身ぎれいではなく、髪は乱れ、鼻に煤の跡がついているが、それでもモイレインであることに変わりはない。異能者《アエズ・セダーイ》だとわかる特徴はほかにないか？　外見が内面を反映するなら、そして、物語が間違っていなければ、異能者《アエズ・セダーイ》であるモイレインはトロロークに似た姿をしているはずだ。だが、泥にまみれてすわっていても、その威厳はそこなわれず、りりしい女性にしか見えない。モイレインなら、タムを救うことができるだろう。救ってもらえるなら、どれほどの代償を払うことになろうとかまわない。

　アル＝ソアは深呼吸した。

「モイレイン様……あの、モイレイン・セダーイ」

　モイレインとランが同時にアル＝ソアを振り返った。モイレインの視線に射すくめられ、アル＝ソアの全身が凍りついた。今のモイレインは、〈草広場〉で穏やかにほほえみかけてくれたあの女性とは別人のようだ。疲労の色を浮かべ、黒い目だけが鷹のように鋭くアル＝ソアを見返している。異能者《アエズ・セダーイ》の目だ。全界を崩壊させた者の目……人々を人形のようにあやつり、自分たちだけが知る筋書きにしたがって、王座と国々を踊らせる者の目だ。

「闇のなかにも一筋の光明が見えるものです」モイレインはつぶやき、声を高めて問いかけた。「あなたの夢はどうですか、ランド・アル＝ソア？　奇妙な夢を見ませんでしたか？」

　アル＝ソアは驚いて、モイレインを見つめた。「夢ですか？」

「こんな夜は悪い夢を見ます、アル＝ソア。悪い夢を見たら、必ずわたくしに知らせてください。どうにかしてさしあげられる場合もあります」

「夢のことはいいんですけど……問題は、おれの父のことです。怪我をしています。かすり傷にしか見えませんが、熱が高いんです。賢女ナイニーヴは手のほどこしようがないと言いました。でも、物語では――」

モイレインが訝《いぶか》しげに片方の眉を上げたので、アル＝ソアはごくりと唾《つば》を飲んだ。しまった！　物語によると、異能者《アエズ・セダーイ》は悪人ばかりだという。アル＝ソアはランに視線を移したが、護衛士ランはトロロークの死骸を調べるのに夢中で、アル＝ソアの話など聞いていないようだ。モイレインに見つめられ、アル＝ソアは口ごもった。

「つまり……あの……異能者《アエズ・セダーイ》は〈治療の技《わざ》〉を心得ているそうですから……もし、よければ……父の手あてをしていただきたいんです……どんな代償でも払いますから……その……」アル＝ソアは大きく息を吸いこみ、急いで言いきった。「父を助けてくださったら、おれにできることはなんでもします。なんでも」

「なんでもですか？」モイレインは考えこみ、ひとりごとのように言った。「アル＝ソア、代価についてはあとで話しましょう。わたくしがお父様を救えるかどうかはわかりません。あなたの言う賢女はすべて心得ています。わたくしもできるかぎりの努力はするつもりですが、〈時の車輪〉の回転を止めることは、わたくしにもできません」

「死は、遅かれ早かれ、誰の身にも訪れる」ランが重々しい口調で言った。「闇王に仕える者は別だが。死をまぬがれるために喜んで代価を支払うのは、愚か者だけだ」

モイレインが舌打ちした。「そんなに悲観的にならないで、ラン。明るい材料だってあります。かすかな望みでも、あるにこしたことはありません」と言い、杖を地面に突き立てて立ちあがった。「お父様のところへ案内してください、アル＝ソア。できるかぎりの手あてをしてみましょう。わたくしが手を差し伸べようとしても、この村の人たちはかたくなに拒《こば》みます。みな、物語を信じているのです」冷ややかな口調だ。

「父は宿屋にいます。こっちです。ありがとうございます。ありがとうございます！」

アル＝ソアは二人の先に立って歩いた。どうしても自分だけがあせって先へ進んでしまう。足取りをゆるめては二人が追いついてくるのを待ち、また勢いよく駆けだす。その繰り返しだ。

「急いでください」と、アル＝ソア。異能者《アエズ・セダーイ》を急き立てるなど、おこがましいことだが、父親が助かるかもしれないと思うと、ほかには何も考えられなかった。

ランがアル＝ソアをにらみつけた。「モイレイン・セダーイが疲れていらっしゃるのがわからぬか？　いくらアングリアルを持っておられるとはいえ、昨夜は、石をいっぱいに詰めたずだ袋を背負って村じゅうを駆けまわるに等しいほど、体力を消耗なされた。モイレイン様がなんとおっしゃろうと、そなたのためにここまでする意味があるのか、それがしにはわからぬ」

アル＝ソアは目をしばたたき、口をつぐんだ。

「そうきびしいことを言うものではありません、ラン」モイレインは歩調をゆるめることなく、手を伸ばしてランの肩を軽く叩いた。長身のランはそびえ立つ壁のように、つねにモイレインを守っている。近くにいることでモイレインの力になれると、信じているかのようだ。「あなたは、わたくしを守ることばかり考えているのですね。アル＝ソアだってお父様を守ることで頭がいっぱいなのです」ランは顔をしかめつつも沈黙した。「できるだけ急ぎます、アル＝ソア。お約束します」

モイレインの目はけわしいが、声は穏やかだった。優しいというよりは、冷静で断固とした口調だ。どちらの表情を信じたらいいのか、アル＝ソアにはわからなかった。あるいは、異能者《アエズ・セダーイ》には二面性があるのかもしれない。もう、あとへは引けなかった。アル＝ソアは二人の歩調に合わせ、あとで要求される代価のことは考えないようにした。

8 安全な場所

部屋の扉を開けたときから、ランド・アル＝ソアの目はタムに釘《くぎ》づけになった。誰がなんと言おうが、おれの父さんだ。タムが寝台に移されてから身動きした様子はなかった。目を閉じたまま、ぜいぜいと苦しそうに速い呼吸を繰り返している。

村長が寝台のそばにかがんで、タムの世話をしていた。白髪《しらが》頭の吟遊詩人トム・メリリンは村長との会話を中断し、気まずそうにモイレインを見た。モイレインはメリリンには目もくれなかった。タムしか目に入らないというように、眉をひそめて一心にタムを見つめている。

メリリンは火のついていないパイプを歯でくわえ、それを取り出してにらみつけた。

「落ち着いてタバコも吸えん。ちょっとマントを見てくる。寒がっている牛のためにわしのマントを盗むふとどき者がいるかもしれんからな。とにかく、ここじゃタバコが吸えん」メリリンはぶつぶつ言うと、急いで部屋を出ていった。

岩のようにごつごつした顔のランは、メリリンの後ろ姿を見つめた。岩のように無表情だ。

「あの男は気に食わぬ。どこか信用できぬところがある。昨夜はどこに雲隠れしていたやら」

「昨夜もいましたよ」村長は答え、自信なさそうにモイレインを見つめた。「いたはずです。あのマントの焼け焦げは暖炉の火でできたものじゃありません」

メリリンは馬小屋にでも隠れてひと晩を過ごしたのだろう。今のアル＝ソアには、そんなことはどうでもよかった。

「父はどうですか？」アル＝ソアは、すがるような口調でモイレインにたずねた。

村長が口を開きかけたとき、一瞬早くモイレインが言った。

「アル＝ヴィア村長、患者とわたくしを二人きりにしてください。あなたがここにおいでになっても、じゃまになるばかりです」

村長は躊躇《ちゅうちょ》した。自分の経営する宿屋で他人から命令されるのは気に入らないが、異能者《アエズ・セダーイ》に逆らうことはできない。やがて、意を決したように立ちあがると、アル＝ソアの肩をポンと叩いた。

「行こう、ランド。モイレイン・セダーイが……ええと……そう……心を集中できるようにな。下で手伝ってもらいたいことがある。タムがいつ〝パイプとビールをくれ〟とどなりだすか、わからんからな」

「ここにいてはいけませんか？」アル＝ソアはモイレインにたずねた。

モイレインは、タム以外のものは眼中にないようだ。アル＝ソアの肩に置かれた村長の手がこわばったが、アル＝ソアは気にしなかった。

「お願いです。おじゃまはしません。いないのと同じように静かにしています。おれの父さんなんです！」

アル＝ソアの最後の言葉の激しさに、村長が驚いて目を見張った。アル＝ソア自身も驚いた。疲れているせいだとか、はじめて異能者《アエズ・セダーイ》と接する緊張のためだとか考えてもらえればいいのだが……。

「いいでしょう。かまいません」モイレインはいらだたしげに言うと、ひとつしかない椅子に向かってマントと杖をほうり投げ、ドレスの袖をまくりあげた。話しているあいだも、タムから目を離そうとしない。

「そこにすわってください。ラン、あなたも」と、モイレイン。壁ぎわに置かれた長椅子のあたりを身ぶりで示した。モイレインの目がゆっくりとタムの全身をながめまわしている。なぜかアル＝ソアは、その目がタムの身体そのものではなく、もっと奥深いところを見ている気がした。

「話をしてもかまいませんよ、話したければ」モイレインはうわの空で言葉をつづけた。「ただし、小さな声でお願いします。アル＝ヴィア村長、あなたは出ていってください。ここは集会所ではなく病室です。わたくしが治療に集中できるようにとりはからってください」

村長はモイレインに聞こえないほどの小声で毒づき、アル＝ソアの肩をつかんだ手に力をこめた。やがて、しぶしぶ部屋を出て扉を閉めた。

モイレインは、ひとりごとのように何やらつぶやきながら、寝台のそばにひざまずくと、両手をタムの胸にあてて目を閉じた。そのまましばらく沈黙し、身じろぎひとつしなかった。

物語では、異能者《アエズ・セダーイ》の不思議な技《わざ》はつねに雷鳴や稲妻をともなう形で行なわれ、大きな力が働く人間離れした技だと言われている。その力とは、万物源から引き出され、〈時の車輪《ホイール・オブ・タイム》〉を回転させる絶対力だ。アル＝ソアは絶対力のことなど考えたくなかった。自分の目の前で、父親に対して絶対力が使われるのかと思うとぞっとする。この村で絶対力が使われると考えただけでも恐ろしい。だがモイレインは物音ひとつ立てず、眠っているのかと思うほど静かだ。それなのに、なぜかタムの呼吸が楽になってきたように見える。モイレインの力が発揮されたにちがいない。モイレインに注意を集中していたアル＝ソアは、ランにそっと声をかけられ、跳びあがりそうになった。

「そなた、立派な剣を下げておるな。刃にもアオサギがついておるのか？」

アル＝ソアは呆然《ぼうぜん》とランを見つめた。なんの話かわからなかった。異能者《アエズ・セダーイ》と取引する興奮で、タムの剣を下げたままでいることを完全に忘れていた。剣の重みすらも感じなくなっていた。

「はい、ついています。モイレイン・セダーイは何をしていらっしゃるんですか？」

「こんなところで、アオサギの紋章入りの剣にお目にかかるとは思わなかった」と、ラン。

「父のものです」アル＝ソアはランの剣をちらっと見た。ランのマントの端から柄《つか》がのぞいている。アオサギはついていないが、アル＝ソアの剣とよく似ていた。

アル＝ソアは寝台に視線を戻した。タムの呼吸は目に見えて楽になり、落ち着いている。よくなっているのは間違いない。

「父がずっと昔に買った剣です」

「羊飼いが買うようなものとは思えん」

アル＝ソアは横目でランをにらみつけそうになった。見ず知らずの他人にこの剣のことをとやかく言われる筋合いはない。たとえ相手が護衛士でも……。だが、ランの言葉を無視することはできなかった。「使うつもりで買ったわけじゃないようです。羊飼いには役に立たないと言っていました。とにかく、ゆうべまでは。それまで、おれは父が剣を持っていることも知らなかったんです」

「役に立たぬと言ったか。本気でそう思っていたわけではあるまいに」ランは人さし指で、アル＝ソアが腰に下げている鞘《さや》にすばやくふれた。「アオサギが最高の剣士の象徴とされている地方がある。その剣が不可思議な旅をして、トゥー・リバーズの羊飼いの手に落ち着いたのかもしれぬな」

ランの言葉に含まれた疑問に、アル＝ソアは気づかないふりをした。モイレインはあいかわらず、身じろぎひとつしなかった。本当に手あてをしているのだろうか？　アル＝ソアは身震いして、両腕をこすった。おれは異能《アエズ・セダーイ》者のすることを本気で知りたがっているのか？

ひとつの疑問がアル＝ソアの頭に浮かんだ。訊《き》きたくはないが、答えを知りたい。

「村長は――」アル＝ソアは咳払いし、深呼吸すると、「村長は、お二人がいなければ、村は壊滅していただろうと言いました」と言って、問いかけるようにランを見た。「実は……森で奇妙な人影を見たんです……ひとめ見ただけでも恐ろしい男でした。蹄《ひづめ》の音ひとつ立てない馬に乗り、風が吹いてもマントが揺れません。おれがこのことをお二人に話していれば、トロロークが襲撃してくることを予想できたでしょうか？　あなたとモイレイン・セダーイのお力で阻止することができたでしょうか？」

　意外にも、答えたのはモイレインだった。

「いいえ、わたくしの仲間があと六人はいなければ無理だったでしょう」

　モイレインは寝台のそばにひざまずいたままだが、すでにタムから手を離し、長椅子にすわっているアル＝ソアとランのほうへ顔を向けていた。モイレインが声を荒らげたわけではないのに、モイレインの目を見ると、アル＝ソアは凍りついたように動けなくなった。

「タール・ヴァロンを発《た》つときに、この村にトロロークやミルドラルが現われると知っていたら、六人どころか十人以上の異能者《アエズ・セダーイ》を首に縄をつけてでも同行させたでしょう。たとえ、あなたの話を一カ月前に聞いていたとしても、わたくし一人の力ではどうしようもなかったと思います。絶対力を引き出せる者であっても、単独でできることはかぎられています。特に昨夜は百体を超えるトロロークがこの地域一帯に散らばっていましたから。〈闇王の拳《フィスト》〉ひとつ分の軍勢です」

「それでも、あらかじめ情報を手に入れておれば、少しはましだったであろう」ランが苦々《にがにが》しげに言った。アル＝ソアに向けた言葉であることは明らかだ。「正確には、いつ、どこで、その男を見た？」

「その答えを聞いたところで結果は変わりません」と、モイレイン。「アル＝ソアに自分を責めてほしくはありません。むしろ、わたくしの落ち度です。昨日、妙なワタリガラスを見たときに警告として受け止めるべきでした。あなたもです、ラン」腹立たしげに舌打ちした。「わたくしは思いあがっていました。闇王の手がこのような遠方に伸びてくることはないと、たかをくくっていたのです。まだ重大な事態にはならない、まだ大丈夫だと、慢心していました」

アル＝ソアは目をしばたたいた。

「ワタリガラス？　なんの話ですか？」

「死肉食いのカラスだ」ランがいとわしげに口をゆがめて答えた。「闇王の手先は、死肉を食らう生き物をしばしばスパイとして利用する。おもにカラスだ。町ではネズミを使うこともある」

アル＝ソアの全身を震えが走った。カラスが闇王のスパイ？　ワタリガラスや普通のカラスなら、どこにでもいる。闇王の手が伸びる——モイレインはそう言った。たしかに、闇王の手に落ちる危険はつねにあるが、善良な生活を送り、闇王の名を口にせず、光のなかを歩もうと努力すれば、害を受けることはないはずだ。みな、そう信じている。生まれたときから、そう教えられてきた。だが、モイレインの言いかただと、まるで……。

タムの姿が目に入ったとたん、ほかのことはアル＝ソアの頭から消えた。熱で上気していた父親の顔から赤みが薄れ、呼吸もほぼ正常に戻っている。ランが腕をつかんでくれなければ、アル＝ソアは跳びあがっていただろう。

「治してくださったんですね！」

モイレインは首を横に振り、ため息をついた。

「まだですよ。いずれは治ると、わたくしも思いたいのですけど。シャヨル・グールの山の斜面にサカン＝ダールと呼ばれる谷があり、トロロークの武器は、そこの鍛冶場で造られ、その土地の害毒を受けて刃が錆《さ》びています。穢《けが》れた刃で切られた傷は自然治癒することはなく、薬の効かない奇病や命にかかわる発熱を引き起こすこともあります。わたくしは、あなたのお父様の苦痛をやわらげましたが、傷跡や害毒は取り除けないまま残っています。このまま放置すれば、いずれぶり返し、お父様の身体をむしばむでしょう」

「でも、治療はつづけてくださいますよね」と、アル＝ソア。なかば懇願《こんがん》し、なかば命令する口調だ。こんな言いかたをする自分に驚いたが、モイレインは意に介していないようだ。

「もちろんです」モイレインはひとこと、そう言った。「でも、アル＝ソア、わたくしはとても疲れています。昨夜から一睡もしていません。普段なら問題ありませんが、この種の傷の場合は、これを——」小袋から白い絹の布で包まれた小さな物体を取り出した。「アングリアルです」アル＝ソアの表情をうかがっている。「アングリアルのことをご存じのようですね。けっこうなことです」

アル＝ソアは無意識に身を引いた。モイレインから。そして、アングリアルから。いくつかの物語によると、アングリアルは〈伝説の時代〉の遺物で、異能《アエズ・セダーイ》者たちが数々の奇跡を起こすために使ったとされている。モイレインが布を開くと、歳月をへて黒ずんだなめらかな象牙の像が現われた。モイレインの手と同じくらいの大きさで、流れるようなドレスをまとい、長い髪を両肩に垂らした女の像だ。アル＝ソアは目を見張った。

「アングリアルの作りかたは失われてしまいました」と、モイレイン。「アングリアルそのものも多くが失われ、二度と見つからないだろうと言われています。アングリアルは残り少ないため、異能《アエズ・セダーイ》者の最高位者であるアミルリン位は、わたくしがこれを持ち出すことに難色を示しました。結局は許可をもらえて、エモンズ・フィールドにとっても、あなたのお父様にとっても、よかったと思います。しかし、過信は禁物です。アングリアルを持っているとはいえ、昨日このアングリアルを使わずになしえたこともできないくらい、わたくしは消耗しています。それほどに闇王の害毒は強力なのです。治療が遅れたために傷が化膿《かのう》していたせいでもあります」

「父を助けてくださいますよね」アル＝ソアは熱のこもった口調で言った。「あなたなら、できるはずです」

モイレインは口もとだけで微笑し、「なんとも申しあげられません」と言って寝台へ向きなおった。片手をタムの額《ひたい》に置き、もう片方の手で包みこむように象牙の像を持つと、目を閉じた。その表情から集中していることが見てとれる。呼吸さえしていないかのようだ。

「そなたが見たという馬上の男だが」ランが声をひそめてアル＝ソアに言った。「ひとめ見ただけで恐ろしくなるという……その人影は間違いなくミルドラルだ」

「ミルドラル！」アル＝ソアは叫んだ。「でも、闇に溶けるミルドラルは身の丈《たけ》が五メートルもあって……」

ランの陰鬱《いんうつ》な笑みを見ると、アル＝ソアは言葉を失った。

「羊飼いのアル＝ソア、物語は誇張をまじえるものだ。だが、ミルドラルに関して誇張はない。半人ミルドラル……忍び歩くミルドラル……闇に溶けるミルドラル……影男ミルドラル。土地によってさまざまに形容されるが、どれも同じ生き物だ。ミルドラルはトロロークの落とし子で、先祖返りした存在だ。闇王に寝返った絶対力をあやつる男女――〈闇の軍師〉たちがトロロークを創造した。そのときの材料には人間も使われた。ミルドラルには人間の特徴が色濃く現われ、トロロークより人間らしく見える。だが、人間の血が強く現われれば現われるだけ、闇の害毒も強く現われた。ミルドラルは特殊な力を持っておる。闇王から受け継いだ力だ。異能者《アエズ・セダーイ》なら、まずミルドラルに負けることはない。〈伝説の時代〉の終わりとともに数々の戦闘が終結し、闇セダーイたちが拘束されて以来、ミルドラルがトロロークの軍勢を指揮している。トロローク戦争の時代には、〈闇の軍師〉たちの指揮のもと、トロロークを率いて出陣していたが」

「あの男は恐ろしかったです」アル＝ソアは弱々しい声で言った。「おれを見ていただけなのに……」身体が震えた。

「恥じることはないぞ、羊飼いのアル＝ソア。それがしも、ミルドラルは恐ろしい。半人ミルドラルと対峙《たいじ》した兵士たちが、ヘビににらまれた小鳥のように動けなくなったのを見たことがある。北の大荒廃地沿いの境界地域では〝目無しのミルドラルの視線は恐ろしい〟と言われている」

「目無し？」と、アル＝ソア。

「ミルドラルは、闇のなかでも光のなかでも鷲《わし》のように視力が鋭いが、顔に目がない。ミルドラルと顔をあわせるのは危険だ。モイレイン様とそれがしは昨夜、ミルドラルを殺そうとした。なんども挑《いど》んだが、失敗した。闇王と同じくらい悪運の強いやつだ」

アル＝ソアはごくりと唾《つば》を飲んだ。

「トロロークの一体から、ミルドラルがおれと話したがっていると聞きました。どういう意味かはわかりませんが」

ランが急に顔を上げた。青い宝石のように冷たい目だ。

「トロロークと話をしたのか？」

「話をしたというほどでは……」アル＝ソアは口ごもった。ランの強い視線に捕らえられて身動きもできない。「向こうが話しかけてきたんです。〝怪我《けが》をさせるつもりはない。ミルドラルが話したがっている〟という内容でした。でも、そのあとで、そいつはおれを殺そうとしました」

アル＝ソアは唇をなめ、気を落ち着けようと、剣の柄の立派な革をなでた。それから、農場の母屋での一件について、ぽつりぽつりと話しはじめた。「結局、なんとかおれがそのトロロークを殺しました。たまたまおれが剣を突きあげた瞬間に、そいつが飛びかかってきたんです」

ランの表情がわずかにやわらいだ。岩のような顔に対して、やわらぐという表現が適切かどうかはわからないが。

「偶然だとしても、たいしたものだ、羊飼いのアル＝ソア。昨夜までは、境界地域より南でトロロークを見たことのある者は数えるほどしかいなかった。ましてやトロロークを殺した者はもっと少ない」

「トロロークを一人で殺した人間は、まず、いないでしょう」モイレインの疲れた声がした。「終わりました、アル＝ソア。ラン、わたくしを立たせてください」

　ランはモイレインのそばへ飛んでいったが、父親に駆け寄るアル＝ソアのほうが速かった。タムの顔は、しばらく日光を浴びていなかったかのように青白く、熱はすっかり下がっていた。まだ目を閉じているものの、安らかな寝息を立てている。

「父はもう大丈夫なんですか？」

「あとは、ゆっくり休むことです」と、モイレイン。「二、三週間は寝ていなければならないでしょう。でも、そのあとはもとどおり、お元気になられますよ」

　モイレインはランの腕にすがって、おぼつかない足取りで歩きはじめた。ランはモイレインのために、無造作に椅子に置かれていたモイレインのマントと杖をさっと手にとった。

　モイレインはため息とともに椅子にすわりこみ、アングリアルを丁寧《ていねい》に布で包み、小袋にしまった。

　アル＝ソアは肩を震わせた。唇を噛《か》み、笑いをこらえようとしたが、それと同時に涙があふれ、顔をぬぐった。

「ありがとうございます」

「〈伝説の時代〉には――」と、モイレイン。「命の火が消えさえしなければ、小さな火種を煽《あお》り立てて、もとの生命力を取り戻させる技を持った異能《アエズ・セダーイ》者もいました。でも、それは昔のことです――おそらく、もう二度とそのような時代はこないでしょう。アングリアルの作りかたばかりでなく、あまりにも多くのものが失われてしまいました。現在の異能《アエズ・セダーイ》者たちがすべてを記憶しているとしても、実行しようなどとは夢にも思わないようなことが、数多く行なわれていました。今では、異能《アエズ・セダーイ》者はほんのわずかになってしまいました。すぐれた人材はほとんど失われ、残っているのは弱い力の持ち主ばかりです。今では最強の異能《アエズ・セダーイ》者でさえ、意志と体力のすべてを振り絞らなければ、〈治療の技〉を発揮できません。あなたのお父様が心身ともに頑健なかただったのが幸いしました。とはいえ、お父様は体力のほとんどを使い果たされており、回復に必要な最低限の体力しか残っていません。ですから、回復には時間がかかりますが、闇の害毒は取り除きました」

「どうやってお礼をしたらいいのか、わかりません」アル＝ソアはタムから目を離さずに言った。「でも、できるかぎりのことをします。必ず。なんでも」

　代価について、あとで話し合う約束だったことを思い出した。タムの生命に危険がなくなった今も、できるかぎりのことをしようという気持ちは変わらないが、モイレインを直視するのが怖かった。「なんでもします。村や、おれの友達を傷つけることにならないかぎり」

モイレインは手を上げて、アル＝ソアの言葉を押しとどめた。

「お礼はいつでもいいのです。あなたが、その気持ちを持っていてくださるだけで充分です。それとは別に、あなたといろいろ話し合いたいと思います。あなたも、わたくしたちといっしょにここを離れることになりますから、話し合う時間は充分にあります」

「離れる!?」寝台の脇にひざまずいていたアル＝ソアは思わず叫び、よろよろと立ちあがった。「そんなに被害がひどいんでしょうか？　みんな、もう家を建てなおす気になっていますけど。おれたちは昔からトゥー・リバーズに住みついています。誰もここを離れないと思いますが」

「アル＝ソア――」

「ここを出て、どこへ行くんですか？　パダン・フェインの話では、どこでも気候は同じように悪いそうだし……あ、パダン・フェインは……旅商人です。トロロークに襲われて……」

アル＝ソアはあとの言葉をのみこんだ。メリリンは、〝フェインはトロロークに食われたかもしれない〟と言っていた――あんなこと、聞かなければよかった。

「おれは、もともと住みついていた場所に……このトゥー・リバーズにとどまって、もういちどやりなおすほうがいいと思います。作物の種も蒔《ま》いてありますし、そろそろ羊の毛も刈ってやらなきゃなりません。ここを離れる話なんか誰が言いだしたか知りませんが……きっと、コプリン一族の誰かでしょうけど……誰が言いだしたにしても——」

「羊飼いのアル＝ソア」ランが口をはさんだ。「人の話は最後まで聞くものだ」

アル＝ソアは、どきっとして二人の顔を交互に見た。異能者《アエズ・セダーイ》が話をしようとしているのに、とりとめのないことをくどくどと並べてしまった。あわてて謝罪の言葉を探していると、モイレインが微笑して言った。

「あなたの気持ちはよくわかりますよ、アル＝ソア」モイレインには、アル＝ソアの心がお見通しのようだ。「そのことはもう考える必要はありません」モイレインの微笑が消え、疲れたように頭を振った。「わたくしの話しかたがまずかったようです。先に休んでからお話ししたほうがよかったのでしょう。村を離れるのはあなたです、アル＝ソア。エモンズ・フィールドの人々が移住するという意味ではありません。あなたは村を守るために、ここを離れなければならないのです」

「おれが？」声がかすれ、咳払いして、もういちど言った。「おれがですか？　どうして、おれが村を離れなきゃならないんですか？　わけがわかりません。おれはどこへも行きたくありません」

モイレインがランへ視線を向けた。ランは組んでいた腕をほどき、額に巻いた革紐《かわひも》の下の目を、まっすぐアル＝ソアへ向けた。またしてもアル＝ソアはランに品定めされているような気がした。

突然、ランが口を開いた。「トロロークの襲撃をまったく受けなかった家もある」

「村の半分が焼け落ちました」アル＝ソアは反論した。

ランは手を振って、それを退《しりぞ》けた。

「ただ混乱させるために火をつけられた家も何軒かある。トロロークは、その家に対しても、その家から逃げ出した人たちに対しても、それ以上のことはしなかった。やつらの襲撃のじゃまにならないかぎりは、ほうっておいた。村の郊外の農場からきた人々の大半は、トロロークの姿も見なかったし、見たとしても遠くからだ。たいていは、村にくるまで襲撃があったことを知らなかった」

「そう言えば、ダール・コプリンは、祭りがいつ始まるかということばかり気にしてました」と、アル＝ソア。「コプリンのところまで、事件のことが伝わっていなかったんですね」

「襲われたのはふたつの農場だ」ランは言葉をつづけた。「そなたのところと、もうひとつだ。村の外に農地を持つ者たちはみな、〈春祭り《ベル・タイン》〉に備えて村へきていた。ミルドラルがトゥー・リバーズの習慣を知らなかったために命拾いした者が大勢おる。祭りと〈冬夜《とうや》日《び》〉のために、やつの計画は不首尾に終わった」

アル＝ソアは椅子にもたれているモイレインを振り返った。モイレインは何も言わずに見返し、人さし指を口にあてた。

「襲われたのは、おれのところと、あとはどこですか？」

「コーソン農場（マット・コーソンの父が牛を飼っている農場）だ」と、ラン。「トロロークはエモンズ・フィールドに入ると真っ先に鍛冶場と、鍛冶屋の家（ペリンが同居している）と、コーソンの家を襲った」

アル＝ソアの口のなかが、からからになった。

「そんなバカな」かろうじて声を絞り出したとき、モイレインが椅子にすわったまま半身を起こし、アル＝ソアは思わず跳びあがった。

「バカな話ではありません、アル＝ソア。それなりの意味があります。トロロークはたまたまエモンズ・フィールドに現われたのではなく、なぐさみに人を殺したり家を焼いたりしたのでもありません。たしかに、そういうことが好きな連中ですけどね。トロロークは、自分たちが狙うものを……狙っている相手を、ちゃんと知っていました。エモンズ・フィールド近辺に住む特定の年齢の若者を、殺すか捕らえるかするつもりだったのです」

「おれの歳――ってことですか？」と、アル＝ソア。声が震えたが、恥ずかしいと思う余裕もなかった。「そうか！　マットとペリンもだ。ペリンはどうなりました？」

「大丈夫、元気でいますよ」と、モイレイン。「ちょっと煤《すす》をかぶったかもしれませんけど」

「バンドリー・クローとレム・セインは？」

「その二人には危険はなかった」と、ラン。「ほかの村人たちと同じ程度の危険しかなかった――という意味だが」

「でも、あの二人も馬に乗った……ミルドラルを見たんですよ。おれと同じ歳だし」

「クロー親方の家は襲撃を受けませんでした」と、モイレイン。「粉屋のセイン親方の一家は眠っていて、襲撃が激しくなったころにようやく騒ぎで目を覚ましました。バンドリー・クローはあなたより十カ月年上ですし、レム・セインは八カ月年下です」

アル＝ソアが驚いた顔をすると、モイレインは冷ややかな笑みを浮かべた。

「わたくしが賢女に村のことをいろいろ質問したことはご存じでしょう。それに、わたくしは特定の年齢の若者と言いました。あなたと二人のお友達は、誕生日がたがいに数週間しか違いません。ミルドラルが狙ったのは、あなたがた三人です。ほかの人たちに用はありませんでした」

アル＝ソアは、そわそわと身じろぎした。モイレインの目に頭のなかを見通され、思考も感情もくまなく読み取られている気がしてならない。

「おれたちに、なんの用があるんでしょう？　おれたちはただの農夫です。羊飼いです」

「その疑問の答えは、トゥー・リバーズにいては得られません」モイレインは静かに言った。「でも、その答えには重要な意味があります。なにしろ、二千年近くも姿を見せなかった土地へトロロークが現われたのですから」

「トロロークの襲撃の物語はたくさん聞いてます」アル＝ソアは言い張った。「でも、トゥー・リバーズは、トロロークが現われるようなところじゃありません。護衛士たちがいつも、トロロークと戦って撃退しているし」

　ランがフンと鼻を鳴らした。

「それがしも境界地域に入れば、トロロークとの戦いに備えるが、三千キロ近くも南下したこんな場所で、戦いを予想して身がまえる護衛士はおらぬぞ。昨夜の襲撃は、大荒廃地と接するシエナール王国や、境界地域のほかの国々で起こってもおかしくない猛烈な攻撃だった」

「あなたがたのうち一人か、あるいは三人全員が、闇王が恐れる何かを持っているのです」モイレインが言った。

「そんな……そんなはずはありません」アル＝ソアはよろよろと窓ぎわへ寄って、外の村を見おろした。残骸のなかで立ち働く人々の姿が見える。「何が起こったにせよ、おれは気にしませんよ。そんなこと、ありえないんですから」

〈草広場〉に突き出ているものがアル＝ソアの目を引いた。目を凝《こ》らすと、〈春の柱〉の焼け残りだとわかった。旅商人も現われ、吟遊詩人を迎え、よその土地からの来客もまじえて、最高の〈春祭り〉になるはずだった——アル＝ソアは身体を震わせて激しく首を振った。

「そうです。ありえません。おれは羊飼いです。闇王がおれなんかに興味を持つはずがないじゃありませんか」

「境界地域からシームリンを越えてここまで、あれだけ大勢のトロロークを叫び声ひとつ上げずに連れてくるのは、並みたいていのことではない」ランが暗い声で言った。「どうやって実行したのか、見当もつかぬ。そなたは本気で、やつらが家を二、三軒焼くためだけに、ここまできたと思うのか？」

アル＝ソアが答えようと口を開きかけたとき、「トロロークは、またきます」と、モイレインが断言した。

アル＝ソアは口をつぐみ、さっとモイレインを振り返った。「またくる？　あなたがたには阻止できないんですか？　ゆうべは阻止してくださったんでしょう？　ゆうべは不意打ちでしたけど、こんどは、くることがわかっているんでしょう？」

　モイレインは答えた。「そう、たぶん、タール・ヴァロンへ応援を求めることはできるでしょうし、わたくしの仲間たちが到着するまで襲撃は起こらないかもしれません。ミルドラルもわたくしがここにいることを知っていますから、向こうも援軍が到着するまで攻撃してこないでしょう。充分な人数の異能者《アエズ・セダーイ》と護衛士がいれば、最終的にはトロロークに勝てます。でも、いちどで決着がつくわけではありません。なんども戦いを繰り返すことになります」

　エモンズ・フィールド全体が灰燼《かいじん》に帰する風景が、アル＝ソアの目に浮かんだ。農場がすべて焼け落ちる。エモンズ・フィールドばかりでなく、ウォッチ・ヒルでも、デベン・ライドでも、タレン・フェリーでも、大地が灰と血にまみれる。

「そんなの、いやです」アル＝ソアの心のなかで何かが砕けた。「だからおれが、ここを離れなければならないんですか？　おれがいなくなれば、トロロークがここを襲撃しないからですか？　本当にミルドラルは、おれを追ってるのですか？」

　モイレインは眉を上げた。アル＝ソアがまだ納得していないことに驚いたのだろう。
ランが言った。「そなたがここにとどまったら、そなたの村が、トゥー・リバーズ全体がどうなるか、試してみるか？」

アル＝ソアも、これ以上、強情を張りとおせなくなった。

「そんなの、いやです」さっきと同じ言葉を繰り返した。また何かを失ったようなむなしさがこみあげてきた。「ペリンとマットもここから出なければならないんですよね？」

トゥー・リバーズを離れる。家を捨て、父さんを一人きりにして……。少なくとも、父さんは回復する。昨夜、村へくるまでに聞いた言葉は、熱に浮かされたための譫言《うわごと》にすぎないことは、父さんに訊《き》きなおして確認できるだろう。

「ベイロンへ行くんでしょうか？　それとも、首都のシームリンですか？　シームリンには、トゥー・リバーズ全体よりたくさんの人が住んでいると聞いてます。シームリンまで行けば、大丈夫なのですか？　おれはシームリンを見たいと思っていました。こんな形で実現するとは思わなかったけど」

長い沈黙がつづいたあと、ランが言った。「シームリンでは、とても安全だとは言えぬ。ミルドラルが、そなたを手に入れようと思う以上、どこまでも追ってくるだろう。城壁ではミルドラルを防ぐ役には立たぬ。そなたには本当に狙われているという自覚がないのか？」

すでに意気消沈しているアル＝ソアの落胆が、さらに深まった。

「安全な場所がひとつだけあります」

　モイレインの静かな声に、アル＝ソアは神経を集中した。

「タール・ヴァロンなら、異能者《アエズ・セダーイ》や護衛士が大勢います。トロローク戦争時代の闇王でさえ、タール・ヴァロンの〈輝く城壁〉を攻撃するのには二の足を踏みました。ただいちど攻撃しただけで大敗を喫し、それが戦争終結につながりました。タール・ヴァロンには、男性の異能者《アエズ・セダーイ》が発狂して死滅した〈狂気の季節〉以後に、異能者《アエズ・セダーイ》が集めた知識が蓄積されています。なかには〈伝説の時代〉から伝わる知識もあります。タール・ヴァロンへ行けば、ミルドラルに狙われている理由を知ることができるでしょう。〈虚言の祖〉があなたをつけ狙う理由もわかります。お約束します」

　はるかタール・ヴァロンまでの旅など、アル＝ソアには想像もできなかった。タール・ヴァロンは異能者《アエズ・セダーイ》の中心地だ。もちろん、モイレインは――見ていたかぎりでは――タムの怪我を治してくれた。だが、異能者《アエズ・セダーイ》は数々の物語によると危険な存在だとされている。モイレインと同じ部屋にいるのでさえ落ち着かないのに、異能者《アエズ・セダーイ》だらけの街へ行くなんて……。それに、モイレインはまだタムの治療の代償を請求していない。物語では、異能者《アエズ・セダーイ》は必ず代償を請求する。

　アル＝ソアはようやく口を開いた。「父は、あとどのくらい眠ってるんでしょう？　父に……父に話さなければなりません。村を離れるのは、父が目を覚ますまで待ってください」

ランが安堵《あんど》の吐息《といき》を漏《も》らしたような気がした。アル＝ソアは思わずランを振り返ったが、ランはあいかわらず無表情なままだった。

「残念ながら、お父様は、わたくしたちの出発までに目をお覚ましにならないでしょう」モイレインが言った。「暗くなりしだい、出発します。一日の遅れが破滅を招くことにもなりかねません。お父様あてに手紙を残しておくといいでしょう」

「夜にでかけるんですか？」

怪訝《けげん》な顔をしたアル＝ソアに、ランがうなずいた。

「われわれがいなくなったことは、すぐに半人ミルドラルに知れる。夜のほうが気づかれにくいだろう」

アル＝ソアはそわそわとタムの毛布をなおした。タール・ヴァロンまでは長い旅になる。

「それなら……それなら、マットとペリンを捜してきます」

「それは、わたくしが引き受けます」モイレインは急に元気になって、きびきびと立ちあがり、マントをまとった。モイレインの手が肩に置かれ、アル＝ソアは身を引きそうになった。軽く置かれただけだったが、大変な力で握られたように感じた。先が二股になった棒で頭を押さえられたヘビのような気分だ。

「このことは、わたくしたちだけの秘密にしておきましょう。わかるでしょう？　この宿屋の玄関に〈竜王の刻印〉を落書きした者の耳に入れば、また何か面倒が起こるかもしれません」

「わかりました」

モイレインが手を引っこめてくれたので、アル＝ソアはほっとした。

「アル＝ヴィア夫人に、何か食べるものを持ってきてもらいましょう」アル＝ソアの様子には気づかなかったように、モイレインは言葉をつづけた。「食事をして、休みなさい。充分に休息をとっておいても、今夜は大変な旅になります」

モイレインとランが部屋を出てゆくと、アル＝ソアは寝台のタムを見おろした。目は父親に向けられていたが、何も見えてはいなかった。いまはじめてエモンズ・フィールドが自分の一部であり、自分もエモンズ・フィールドの一部だったことを意識した。身体の一部が引き裂かれるような気分だ。

この村を離れなければならない。自分は闇王に狙われている。そんなこと、あるはずがない。自分はただの農夫だ——そう思ってみても、トロロークに襲われたのはたしかだった。ランの言葉は痛いところを突いた。モイレインの予測が間違っていることを証明するために、村を危険にさらすことなど、アル＝ソアにはできない。しかも、誰にも話すことはできなかった。コプリン一族がこの話を耳にしたら、どんな騒ぎを起こすかわからない。今はモイレインを……異能者《アエズ・セダーイ》を信用するしかない。

「まだ起こしちゃだめよ」アル＝ヴィア夫人の声がした。村長夫妻が部屋へ入ってきて、扉を閉めた。夫人は布をかけた盆を持っており、おいしそうな温かいにおいが流れてきた。夫人は盆を壁ぎわの収納箱の上に置いてから、決然とアル＝ソアを寝台から引き離した。

「モイレイン様に、あとの手あてを教えていただいたわ、アル＝ソア」アル＝ヴィア夫人は静かな声で言った。「いくらお父さんのためとはいえ、あなたが疲れきって倒れたら、なんの意味もないわ。お食事を持ってきたわよ。冷めないうちにおあがりなさい」

「モイレイン様なんて言わないほうがいいんじゃないかな」村長が気むずかしげな声を出した。「モイレイン・セダーイと言わないと、怒られるぞ」

アル＝ヴィア夫人は夫の頬を軽くぴたぴたと叩いて答えた。「そんな心配は、わたしにまかせておけばいいのよ。あのかたとわたしは長いことお話しして、よく知り合ったの。それから、大きな声を出さないでちょうだい。ここでタムが目を覚ましでもしたら、あなたは、わたしとモイレイン・セダーイ二人を相手に言いわけしなきゃならなくなるわよ」

夫人は先刻の村長の言葉をバカにするように、〝セダーイ〟を強調して言った。

「さあ、二人とも、わたしのじゃまをしないでちょうだい」優しい微笑を夫に向けてから、夫人は寝台へ向きなおった。

村長はアル＝ソアに不満げな顔を向けた。

「あのかたは異能《アエズ・セダーイ》者なんだぞ。村の女たちの半数は、あのかたをまるで女会のメンバーみたいに扱うし、残りの半数はトロロークでも見るような目で見る。誰ひとりとして、異能《アエズ・セダーイ》者に気を配らなきゃならんことを理解しておらん。男たちは、あのかたを怪訝《けげん》そうな目で見るが、少なくとも挑発的な行動はとっていない」

気を配る……おれは気を配るのが遅すぎた——アル＝ソアは歯切れの悪い口調でたずねた。

「村長、襲撃された農場がいくつだったかわかりますか？」

「わしが聞いたかぎりでは、ふたつだけだ。おまえのところを含めてな」村長は言葉を切って眉をひそめ、それから肩をすくめた。「あの騒ぎのわりには、少ないような気がするな。ありがたいと思うべきだろうが……。まあ、今日じゅうには被害の報告が入ってくるだろう」

アル＝ソアはため息をついた。どの農場かは、たずねるまでもない。「村の人たちには、あいつらが……その、あいつらが何を狙っていたのかわかりましたか？」

「狙っていただと？　狙っていたかどうかなんて知らんよ。たぶん、わしら全員を殺そうとしたんだろう。前にも言ったとおりだ。犬が吠えて、モイレイン・セダーイとラン様が通りを走って、誰かが〝ルーハン親方の家と鍛冶場が燃えてる〟と叫んだ。アベル・コーソンの家が燃えあがった。考えてみると、妙だな。ルーハンの家は村はずれで、コーソンの家は村のまんなかにあるのに。ともかく、次の瞬間にはトロロークに取り囲まれていた。あいつらが特に何かを狙っていたとは思えん」

村長は不意に大きな声で笑いだしたが、あわてて口をつぐみ、夫人のほうをうかがった。夫人はタムの看護に熱中していて、振り向きもしなかった。村長は声をひそめて言葉をつづけた。

「正直なところ、あいつらもわしらと同じくらい混乱しとるようだった。この村に異能者《アエズ・セダーイ》と護衛士がいるとは予想もしてなかったんだろう」

「そうでしょうね」アル＝ソアは顔をしかめた。

この点に関しては、モイレインの言葉に嘘はない。それなら、ほかの話も本当だろう。村長に相談してみようかという考えが、アル＝ソアの頭に浮かんだが、村長も異能者《アエズ・セダーイ》に関して、ほかの村人より特に詳しいわけではない。それに、モイレインから聞いた事件の真相を告げるのは気が進まなかった。笑い飛ばされるのが恐ろしいのか、まじめに受け取られるのが恐ろしいのか、自分でもよくわからない。アル＝ソアは親指でタムの剣の柄をこすった。父は外の世界へ出たことがある。父なら、異能者《アエズ・セダーイ》のことを村長よりよく知っているにちがいない。だが、父が本当にトゥー・リバーズを離れていたとすると、〈西の森〉で言っていた譫言も……。頭が混乱し、アル＝ソアは両手で髪をかきむしった。

「眠ったほうがいいぞ、ランド」と、村長。

「そうよ」夫人の声が、思いがけなく近くから聞こえた。「あなた、今にも倒れそうよ」

　アル＝ソアは驚いてアル＝ヴィア夫人を見つめた。ぼうっとしていて、夫人が寝台のそばを離れたことにすら気づかなかった。やはり少し眠ったほうがいい――そう思ったとたんに、あくびが出た。

「隣の部屋の寝台を使えばいい」と、村長。「火も入れてあるから、暖まってる」

　アル＝ソアは父親を見た。ぐっすり寝入っているタムを見ると、またあくびが出た。

「もしよければ、ここにいたいんですけど。父が目を覚ますかもしれないので」

　病室の管理はアル＝ヴィア夫人の仕事なので、村長は問いかけるように夫人を見た。夫人は一瞬ためらったが、うなずいた。

「でも、タムが目を覚ますまで起こしちゃだめよ。ぐっすり眠らせてあげたほうが……」

　わかったと答えようとしたが、アル＝ソアの口から出たのは意味不明の声とあくびだけだった。

　夫人は微笑して頭を振った。

「あなたもすぐに寝入ってしまうわね。どうしてもこの部屋にいたいなら、暖炉のそばでお休みなさい。それから、寝る前にあのビーフ・スープを少しでも飲んでおくのよ」

「はい」タムと同じ部屋にいられるのなら、なんでも言うことを聞くつもりだった。「父を起こさないよう気をつけます」

「お願いね」アル＝ヴィア夫人は優しく念を押した。「枕と毛布を持ってきてあげるわ」

　村長夫妻が部屋を出てゆくと、アル＝ソアは椅子を寝台のそばへ引っ張ってきて腰をおろした。これなら、父の様子を見ていられる。勢いよく口を閉じて、あくびを噛み殺した。アル＝ヴィア夫人の言うとおりにしたほうがいいと思ったが、眠れそうもない。いつ父が目を覚ますかもしれないし、またすぐに父が眠りこんでしまうかもしれない。父が目を覚ますまで起きていたい。

　アル＝ソアは顔をしかめて椅子のなかで身をよじり、あばら骨にあたらないように剣の柄を無意識に押しやった。モイレインの話を他言するのだと思うと少し気おくれをおぼえたが、相手はなんといっても自分の父親だ。なんといっても……。思わず、口もとを引き締めた。父さんだ。おれの父さんなんだから、話したっていいはずだ。

アル＝ソアはさらに身をよじり、背もたれに頭をもたせかけた。父に話したからといって、誰も文句は言えないはずだ。父が目を覚ますまで、起きていなければならない。絶対に……。

9 〈時の車輪《ホイール・オブ・タイム》〉の話

ランド・アル＝ソアはけわしい山地を走った。心臓が激しく鼓動している。落胆の色を浮かべて、周囲の荒れ果てた風景を見つめた。ただ春が遅れているというだけの荒れかたではない。ここは春をいちども迎えたことがなく、これからも春がこない土地だ。ブーツの下で砕ける冷たい地面には植物の成長する兆《きざ》しもなく、苔ひとつ見あたらない。自分の背丈の倍はありそうな巨大な丸い岩がごろごろしており、その上を厚く塵《ちり》がおおっている。一滴の雨も降らないようだ。太陽は赤くふくれあがって鉛色の大空にくっきりと張りつき、真夏よりもまぶしく目を射た。四方の地平線には黒々とした雲が渦を巻き、ぎらつく日光で銀色に縁《ふち》どられている。だが、雲が大きく渦巻いているのに、そよ風ひとつ吹いておらず、陰気な太陽が見えているのに、空気は真冬のように冷えきっていた。

走りながら、なんどか振り返ったが、追手の姿は見えなかった。荒れ果てた山地とぎざぎざした黒い山脈が目に入るばかりだ。黒い山々の頂《いただき》から黒い煙が立ちのぼり、渦を巻く黒い雲のなかへ消えてゆく。追手の姿は見えなくても、背後の荒々しいしゃがれ声は耳に入った。追跡の喜びや虐殺の快感に満ちた吠え声が近づいてくる。トロロークだ。アル＝ソアの体力はもう限界だった。

切り立つ尾根を死に物狂いで這《は》い登ったとたん、アル＝ソアはうめき声を漏《も》らして膝をついた。目の前の地面がとぎれて、けわしい断崖になり、三百メートルも下へまっすぐに落ちこんでいる。谷底は一面に霧のような濃い蒸気で埋《う》もれ、灰色の蒸気の表面が暗いうねりとなって崖にぶつかり、砕けている。海の波よりはゆっくりとした動きだ。一瞬、蒸気の下で大きな火が燃えあがり、赤いきらめきが見えた。はるか谷底で雷が轟《とどろ》き、ときおり灰色の霧を切り裂いて稲妻が空まで立ちのぼった。

アル＝ソアの気力を奪い、無力感でいっぱいにさせたのは、谷そのものではない。蒸気の中心から山がひとつ突き出ている。〈霧の山脈〉にもない高い山で、絶望そのもののように黒い。剝《む》き出しの岩の頂が短剣のように鋭く天を刺している。心を沈ませるのは、その山頂だ。はじめて見る光景だが、アル＝ソアにはわかっていた。思い出そうとすると、たちまちどこかへまぎれてしまう。だが、記憶はたしかにある。自分には、あの山がここにあることがわかっていた。

見えない指がアル＝ソアの腕と脚をつかみ、山のほうへ引き寄せようとした。アル＝ソアは自分の指の跡が岩に残るのではないかと思うほど、手足に力をこめて抵抗した。心が目に見えない糸に絡《から》め取られ、とがった山へ引き寄せられる。涙が頬を流れ、アル＝ソアは地面にくずれおちた。穴の開いた桶《おけ》から水が漏れるように、意志の力が失われてゆくのを感じた。これ以上は抵抗できそうにない。この強い呼び声に身をまかせてしまいたい。だが不意に別の感情を意識した。怒りだ。囲いのなかへと追いこまれる羊のように、おとなしく言うことをきいてたまるか！　その怒りが凝《こ》りかたまり、ほぐしようもなく固くなってゆく。アル＝ソアは奔流のなかで筏《いかだ》にしがみつくようにして、このかたまりにしがみついた。

《われに仕えよ》静まり返った心に、何者かの声がささやきかけてきた。聞き覚えのある声だ。もっと真剣に聞けば必ずわかる。《われに仕えよ》

アル＝ソアは頭を振り、その声を追い払おうとした。

《われに仕えよ！》

アル＝ソアは黒い山に向かって拳《こぶし》を振りあげた。

「光に焼きつくされろ、闇王シェイ＝タン！」

突然、あたりに死のにおいが濃くただよった。目の前に、乾いた血の色のマントをまとった人影がぬっと現われた。その顔は……。アル＝ソアは、自分を見おろすその顔を見たくなかった。考えたくもなかった。考えるだけで痛みをおぼえ、心がくすぶりはじめる。人影が手を伸ばしてきた。アル＝ソアは崖っぷちにいたが、かまわず身を投げ出した。とにかく、逃げなければならない――できるだけ遠くへ。身体が落下した。アル＝ソアは空中で激しく手を振りまわし、叫ぼうとした。息ができない。

ふと気がつくと、もう落下してはおらず、周囲の風景も変わっていた。足の下で潰《つぶ》れているのは、枯れた花らしい。うねる平原が広がり、葉を落とす木々や茂みが点在している。その風景を見まわして、アル＝ソアは思わず笑った。遠くに山がひとつそびえている。頂上は割れてとがっているが、恐怖や絶望を呼び起こすながめではない。ほかに山が見えないので、場違いな感じではあるが、ただの山だ。

山のそばを広い川が流れ、その川のなかの島に吟遊詩人の物語に出てくるような都市がある。都市を取り巻く白と銀の高い城壁が、日光にきらきらと輝いた。アル＝ソアは安堵《あんど》と喜びをおぼえ、城壁へ向かって歩きだした。あのなかへ入れば、安全と平穏が得られるだろう。

近づくにつれて、高々とそびえる塔や、塔と塔のあいだをつなぐ不思議な空中の通路が見えてきた。広い川の両岸から、高い橋が弧を描いて島へ通じている。遠くからでも、橋の側面の石にレースのような彫刻がほどこされているのがわかる。橋の下の激しい流れに耐えられないのではないかと思うほど、繊細な細工だ。あの橋の向こうへ行けば、安全だ。向こうは聖域だ。

　突然、全身を悪《お》寒《かん》が走った。冷気がじっとりと肌にしみつき、周囲の空気が湿気と悪臭を帯びた。アル＝ソアは後ろを見ないで走りだした。背後から、追手が――光をかげらせる人影が――氷のような指を伸ばして、アル＝ソアのマントをつかもうとしている。その顔は……よく思い出せないが、恐ろしい顔だ。思い出したくない。走るアル＝ソアの足の下を、うねる丘や平原が飛ぶように行き去った。アル＝ソアは狂った犬のように吠えたくなった。目の前の都市が、みるみる遠のいてゆく。懸命に走れば走るほど、白く輝く城壁に囲まれた聖域が遠ざかった。都市の姿はどんどん小さくなり、ついには地平線上の白い斑点になった。追手の冷たい指がアル＝ソアの襟首《えりくび》にかかった。この指でふれられたら正気を失うことはわかっていた。それどころか、もっとずっと……恐ろしいことになるだろう。そう確信した瞬間、アル＝ソアはつまずいて倒れた。

「やめろ！」アル＝ソアは悲鳴を上げた……

……次の瞬間、舗道の石に胸を打ちつけ、悲鳴は唸《うな》り声に変わった。わけがわからぬまま立ちあがった。気がつくと、足もとの通路は川の上にそびえるすばらしい橋へとつながっていた。両側を、色とりどりの服装をした人々がにこやかに通ってゆく。まるで花が咲き乱れる野原のようだ。話しかけてくる者もあったが、何を言っているのかさっぱりわからない。人々は親しげに、アル＝ソアに前へ進むよう身ぶりで促《うなが》した。複雑な模様のある石橋を渡り、銀色の縞の入った輝く城壁と塔へ向かって進んでゆく。そうか……あそこへ行けば、安全なのか。

アル＝ソアは橋を渡る人の流れに加わり、高い清らかな城壁の巨大な門をくぐって街へ入ると、おとぎの国のような光景が目の前に広がった。どの建物も、宮殿のようにきらびやかで立派だ。造り手たちは〝石と煉瓦《れんが》とタイルを使って、誰もが息をのむような美を創り出せ〟と命じられたらしい。建物も記念碑も、すべてがアル＝ソアの目を奪った。通りには音楽が流れていた。無数の違った歌が群衆の喧騒《けんそう》と交ざり合い、ひとつの大きなハーモニーを奏《かな》でている。無数の花の甘いにおいや不思議な食べもののスパイスの刺激臭が空中にただよい、全界じゅうの芳香がこの街に集まったように感じられた。

アル＝ソアが通ってきた道は広く、なめらかな灰色の石で舗装され、街の中央までまっすぐに延びていた。道の先にひときわ高い大きな塔がそびえている。新雪のように真っ白な塔だ。あの塔が安全と知識を与えてくれる。自分がこの街へくるとは夢にも思わなかった。塔へ行くのが少しぐらい遅れても、かまわないのではないか？　アル＝ソアは細い脇道へ入った。大道商人が見慣れない果物を並べ、曲芸師たちが演技を披露している。

道の先に、雪のように白い塔が見えた。さっきと同じ塔だ。ちょっとだけ寄り道をしようと考えて、アル＝ソアは角《かど》を曲がった。ところが、その道の先にも同じ白い塔があった。さらに別の角を曲がり、さらにもうひとつ角を曲がった。どの道へ入っても、行く手に真っ白な塔が見えた。アル＝ソアはくるりと向きを変え、道を走って戻りはじめ……はたと足を止めた。道の先に白い塔がそびえている。振り返るのが恐ろしくなった。後ろにも塔が見えるような気がする。

　周囲の人々の顔はあいかわらず親しげだが、痛々しいほど失望の色を浮かべている。アル＝ソアが白い塔へ向かわないことにがっかりしたのだろう。身ぶりでアル＝ソアに前進するよう促し、懇願《こんがん》している。塔へ向かってください。希望をかなえてくださるのはあなただけ……救ってくださるのはあなただけです——必死のまなざしで、そう訴えている。

　よし、わかった。アル＝ソアは決心した。どっちみち、あの塔へ行くつもりだ。

　アル＝ソアが一歩前へ踏み出すと、人々の顔から失望の色が消え、いっせいに笑みが浮かんだ。人々はアル＝ソアとともに歩みを進め、小さな子供たちが行く手に花びらを撒《ま》いた。アル＝ソアは当惑して振り返った。誰のために花びらを撒いているのか？　背後には、笑みを浮かべて先を促す人々しかいない。おれのために撒いているのだろうか？　当然だ……なぜ当然なのか？——アル＝ソアは首をかしげた。次の瞬間に、その疑問も消えうせ、すべてが当然のことのように思えた。

一人が歌を歌いはじめ、つづいてもう一人が唱和した。歌の輪が広がり、荘厳《そうごん》な聖歌になった。アル＝ソアにはわからない言葉だったが、織りなされるハーモニーは喜びと救いを歌いあげていた。進みつづける群衆のなかを楽師たちが跳《は》ねまわり、大小さまざまな笛や竪琴《たてごと》や太鼓の音を加えた。アル＝ソアが聞いたことのある歌の数々が、違和感もなくなめらかにつなぎ合わされている。周囲で娘たちが踊り、甘い香りの花輪をアル＝ソアの肩や首にかけた。アル＝ソアが歩みを進めるたびに、娘たちの喜びは高まった。アル＝ソアも笑い返さずにはいられなかった。いっしょに踊りたくて足がむずむずした。気がつくと、群衆に交じって、幼いころからなじんだ所作《しょさ》で踊っていた。アル＝ソアは頭をのけぞらせて笑い声を上げた。夢のように足が軽い。いっしょに踊っているからだ……誰と？　いや、誰でもいい。

《それが汝《なんじ》の宿命《さだめ》だ》

頭のなかで声がささやいた。周囲の歓呼の声に溶けこんでいる。

アル＝ソアは波頭に乗る小枝のように群衆に流されて、街の中央の大きな広場へ着いた。白い大理石で造られた大宮殿の一部をなす白い塔が、目の前に見えた。宮殿は石を積み重ねたというより、巨大な一枚岩を彫って造ったように見える。壁や丸屋根や空に突き出た尖塔がすべてひとつの土台でつながっているかのようだ。アル＝ソアは畏怖《いふ》の念に打たれて、息をのんだ。広場から宮殿まで、清らかな石造りの広い階段が延びている。人々は階段の下で足を止めたが、歌声はますます高くなった。高まる歌声に支えられて、アル＝ソアは足を進めた。

《汝の宿命だ》——声が執拗《しつよう》に熱意をこめてささやいた。

アル＝ソアはもう踊ってはいなかった。足を止めてもいない。迷うことなく階段をのぼった。ここが自分の居場所だ。

階段の上の巨大な扉は一面に渦巻き模様でおおわれていた。どんな細い刃で彫ったものか見当もつかないほど、複雑で繊細な彫刻だ。宮殿の玄関がぱっと開き、アル＝ソアはなかへ入った。背後で雷のような音を立てて扉が閉まった。

「よくきた」ミルドラルの恐ろしい声が響いた。

ランド・アル＝ソアは勢いよく起きあがり、前方に目を据《す》えた。息が切れ、全身が震えている。寝台で眠っている父親タムの姿が目に入ると、呼吸が徐々に落ち着いてきた。

暖炉では、積み重ねた石炭の下で薪《たきぎ》が真っ赤に燃え、半分は燃えつきかけている。眠っているあいだに、誰かが燃料を足してくれたらしい。足もとに毛布が落ちている。跳ね起きたときに落としたのだろう。タムを運んできた即席の担架はかたづけられ、タムとアル＝ソアのマントだけが扉にかけてある。

アル＝ソアは顔の冷たい汗を震える片手でぬぐった。夢のなかで闇王の名を口にしたことを、まざまざと思い出した。

夕闇が窓を満たしていた。満月がのぼり、〈霧の山脈〉の上で星がきらめいている。一日じゅう眠っていたのか――アル＝ソアは痛む脇腹をさすった。寝ているあいだ、剣の柄《つか》があばら骨にあたりつづけていたらしい。ひと晩じゅう歩きつづけたあと、空腹のまま、脇をこづかれながら眠ったのでは、いやな夢を見るのも無理はない。

腹が鳴った。アル＝ソアはぎごちなく立ちあがると、アル＝ヴィア夫人が料理を置いていってくれたテーブルへ向かい、盆にかけてある白い布巾を取りのけた。ビーフ・スープも堅パンも、まだ温かかった。夫人が取り替えてくれたにちがいない。温かい食事を出すと決めたら、必ず温かいまま口にできるようにとりはからう人だ。

アル＝ソアは二口……三口とスープを飲み、肉とチーズをパンにはさんで大きくかじると、寝台のそばへ戻った。アル＝ヴィア夫人はタムの面倒も見てくれていた。タムは服を脱がされ、顎《あご》まで毛布をかけて寝ている。洗濯してきれいにたたんだタムの服が、寝台の脇のテーブルにのせてあった。アル＝ソアがタムの額《ひたい》に手をふれると、タムは目を開《あ》けた。

「いたのか、ランド。奥さんからおまえがここにいると聞いたが、確かめようにも身体を起こせなかった。おまえが疲れて眠っているようだから、そっとしておいたほうがいいと言われた。奥さんは頑固な人だから、したがうしかないだろう」

タムの声は弱々しかったが、視線はしっかりしていた。異能《アエズ・セダーイ》者の言ったとおりだ。休めば、もとどおりに回復するはずだ。

「食べるものを持ってきてあげようか？　村長の奥さんが置いていってくれた」

「もう食べさせてもらったよ……あれが食事と言えるのならばな。肉汁のスープしかくれなかった。病人みたいに肉汁だけじゃ、ろくでもない夢を見るばかりで……」タムは毛布の下からもぞもぞと手を出して、アル＝ソアの腰の剣にふれた。「それじゃ、夢ではなかったんだな。奥さんに〝あなたは病気なんです〟と言われたとき、わしはてっきり……。だが、おまえは無事だった。それで充分だよ。農場はどうなった？」

アル＝ソアは大きく息を吸って答えた。「トロロークが羊たちを殺した。雌牛もやられたと思う。家は大掃除しなきゃならない」弱々しい笑みを浮かべて、付け加えた。「でも、もっとひどい目にあった人たちもいるよ。村の半分はトロロークに焼かれたんだ」

アル＝ソアは、昨夜の出来事を――全部とは言わないまでも、大半を――タムに語った。タムは熱心に耳を傾け、鋭い質問をはさんだ。アル＝ソアは結局、森へ逃げてから家へ戻ってからのことを……トロロークを殺したことを話さざるをえなくなった。ナイニーヴに手のほどこしようがないと言われ、代わりに異能《アエズ・セダーイ》者にタムの手あてをしてもらったことも話した。この村に異能《アエズ・セダーイ》者がきていると知って、タムは目を丸くした。アル＝ソアは農場から村へくるまでの道の様子や、味わった恐怖、途中で見たミルドラルのことなどをすべて伝える必要はないと思った。ましてや、さっき寝台の脇の椅子で眠ったときに見た夢など、話す気にはなれなかった。とりわけ、父親が熱に浮かされていたあいだのとりとめもない譫言《うわごと》のことは絶対に口にしたくない。今はまだ、だめだ。だが、モイレインの話は伝えないわけにはいかなかった。

　アル＝ソアからモイレインの話を聞くと、タムはつぶやくように言った。

「そりゃまた、吟遊詩人が喜びそうな話だな。トロロークは、おまえたち三人になんの用があるんだ？　トロロークでなく――光よ、お助けください――闇王かもしれないが」

「異能《アエズ・セダーイ》者が嘘をついたとでも言うのかい？　村長も異能《アエズ・セダーイ》者も、襲われた農場は二カ所だけだと言ってた。そして、ルーハン親方とコーソン親方の家が襲われたって」

　タムは黙りこみ、やがて口を開いた。「異能《アエズ・セダーイ》者が口にした言葉を教えてくれ。ひとことひとこと、おまえが聞いたとおりの言葉で」

　アル＝ソアは苦労して記憶をたぐった。聞いた言葉をひとことひとことそのまま思い出せるはずがない。アル＝ソアは唇を噛《か》んで頭を掻《か》き、少しずつ思い出して、できるだけ忠実にモイレインの言葉を再現した。

「もうちょっと違った言いかたをしたかもしれない。でも、とにかく、そんなような話だったよ」

「それで充分だ。充分なはずだ。いいか、ランド。異能者《アエズ・セダーイ》は油断のならない相手だ。嘘はつかない――あからさまにはつかない――が、異能者《アエズ・セダーイ》の語る真実は、こちらが真実と思っているものと一致するとはかぎらない。異能者《アエズ・セダーイ》には気をつけろ」

「物語は知ってるよ」アル＝ソアは答えた。「おれはもう子供じゃない」

「そうだろうとも、わかってる」タムは重いため息を漏らし、いらいらと肩をすくめた。

「とはいうものの、わしもおまえといっしょに行ったほうがいいな。トゥー・リバーズの外の世界は、エモンズ・フィールドとは似ても似つかない」

今こそ、タムが外の世界へ出たことがあるのかどうかを――それ以外のことも――たずねるチャンスだ。だが、アル＝ソアはたずねず、ぽかんと口を開けた。

「それだけ？　行くなと説得されるだろうと覚悟してたのに。父さんはいくらでも理由をあげて、おれを引き止めると思ってた」本当は引き止めてほしかった。

「〝いくらでも〟ってことはないぞ」タムは鼻であしらった。「二、三、頭に浮かんだことはあるがな。たいしたことじゃない。おまえがトロロークに狙われているのなら、ここにいるよりタール・ヴァロンへ行ったほうが安全だ。ただ、用心しろよ。異能《アエズ・セダーイ》者のやることには異能《アエズ・セダーイ》者なりの理由がある。こっちが考える理由と同じとはかぎらない」

「吟遊詩人もそんなようなことを言ってた」

「それなら、吟遊詩人もわかってるんだろう。耳をすまし、よく考え、口をすべらせないように気をつけろ。これは、トゥー・リバーズの外では当然のように守るべきことだが、特に異能《アエズ・セダーイ》者に対しては心がけておいたほうがいい。護衛士に対してもだ。連れの男が護衛士なら、異能《アエズ・セダーイ》者と絆《きずな》を結んでいるはずだから、あの男に話すことは、異能《アエズ・セダーイ》者にも伝わると思っておけ」

　異能《アエズ・セダーイ》者と護衛士の絆については、アル＝ソアは詳しいことを知らない。どの物語でも、この絆が大きく扱われている。絶対力によって絆が形成されて、力の一部が護衛士に授けられるか、何かと引き替えに与えられるかするらしい。物語では、この絆により、護衛士はさまざまな恩恵をこうむるとされている。普通の人間より傷は早く治り、食事や睡眠も普通の人間ほど必要としなくなる。トロロークやほかの闇王の創造物の接近を感知することもできる。だからこそ、ランとモイレインはいち早く村人たちに警告できたのだろう。異能《アエズ・セダーイ》者側がこの絆からこうむる恩恵については、物語は何も伝えていないが、何かを得ていることは間違いない。

「気をつけるよ」アル＝ソアは答えた。「理由さえわかればいいんだけどな。これじゃ、わけがわからないよ。どうして、おれが……おれたち三人が狙われるんだろう？」

「わしにもわからない。ちくしょう、その理由がわかればなあ」タムはまた重いため息をついた。「まあ、起こってしまったことをあれこれ言ってもしょうがない。いつ出発するんだ？　わしは一日か二日で立てるようになるから、新しい羊を手に入れる算段ができるだろう。隣のオレン・ドートリーがいい羊を持っている。牧草地がなくなって餌が手に入りにくいから、何頭か分けてくれそうだ。それに、ジョン・セインからも手に入りそうだ」

「モイレイン様が……異能者《アエズ・セダーイ》が言うには、父さんはしばらく寝てなきゃだめだそうだ。二、三週間と言ってた」タムが口を開きかけたが、アル＝ソアはかまわず言葉をつづけた。

「村長の奥さんとも話してたよ」

「そうか。あとで奥さんを説得するよ」そうは言ったものの、自信がなさそうな口調だった。タムは息子に鋭い視線を向けた。「いつ出発するかというわしの質問に答えないのは、すぐに発《た》たなきゃならんということだろう？　いつだ？　明日か？　今夜か？」

「今夜」アル＝ソアが静かに答えると、タムは悲しげにうなずいた。

「わかった。でかけるなら、早いほうがいい。だが、〝二、三週間〟寝ていろとかいうのは問題だ」タムはいらいらと毛布を引っ張った。「わしも、二、三日中にあとを追って出発しよう。途中で追いつくさ。ただ、わしが起きると言っても、村長の奥さんは許してくれないだろうな」

　ノックの音とともに扉が開き、護衛士ランが顔をのぞかせた。

「羊飼いのアル＝ソア、そろそろ出発だ。急がないと、やっかいなことになるかもしれぬ」

「やっかいなこと？」

　アル＝ソアが訊《き》き返すと、ランはじれったそうにどなった。

「急げ！」

　アル＝ソアは扉にかけてあったマントを急いでつかんだ。腰のベルトと剣をはずそうとすると、タムが止めた。

「持っていけ。わしよりおまえに必要なものだ。光のおぼしめしで、わしら二人とも、使わずにすめばいいがな。気をつけろ、ランド、わかったか？」

　ランのどなり声にもかまわず、アル＝ソアはタムに駆け寄って抱きしめた。「必ず戻ってくるよ。約束する」

「もちろん、戻ってくるだろうよ」タムは笑って弱々しい抱擁を返し、励ますようにアル=ソアの背中を叩いた。「わかっているとも。おまえが帰ってくるまでに、わしは羊の数を二倍に増やしておく。さあ、行け。あの男が憤死しないうちにな」

アル=ソアは父の上へかがみこみ、口にできなかった質問をしようと、言葉を探した。だが、部屋へ入ってきたランに腕をつかまれ、廊下へ連れ出された。ランはくすんだ緑の金属片を重ね合わせた上着をまとい、いらだたしげなしゃがれ声で言った。

「急げ。やっかいなことになると言ったのがわからぬか」

部屋の外でマットが待っていた。上着とマントをつけて弓を持ち、矢筒を腰に下げている。貧乏ゆすりをしながら、いらだちと恐怖を浮かべた目を絶えず階段のほうへ走らせていた。アル=ソアの姿を見ると、「こんなの、物語と全然違うよな、アル=ソア」と、かすれた声で言った。

「やっかいなことって、なんですか？」

アル=ソアがたずねても、ランは答えず、先に立って階段を二段ずつ駆けおりた。マットはついてくるようアル=ソアにさっと合図すると、ランのあとを追った。

アル=ソアは肩をすぼめてマントをはおり、二人のあとを追って階段をおりた。酒場は薄暗かった。ろうそくの半数が燃えつき、残りもほとんど溶けている。室内にはアル=ソアたち三人しかいなかった。マットは玄関脇の窓のそばに立って、外をのぞいた。自分の姿を外から見られたくないのだろう。ランは扉を細く開けて、宿屋の前庭に目を凝らした。

何を見ているのかと思いながら、アル＝ソアも近づいていった。

ランは「気をつけろ」とささやいて、アル＝ソアにも見えるように扉の隙間を少し広げた。

はじめのうち、アル＝ソアには、何が起こっているのかわからなかった。村の男たちが三十人あまり、旅商人パダン・フェインの幌《ほろ》馬車の焼け残った骨組みのそばに群がっている。迫る夕闇に、数本の松明《たいまつ》が赤々と映えた。男たちの正面に、モイレインが宿屋を背にして立ち、杖に軽く体重をかけている。男たちの群れの先頭にいるのは、弟のダールをしたがえたハリ・コプリンと、その二人の従弟《いとこ》のビリ・コンガーだった。居心地の悪そうなセン・ブイの姿も見えた。モイレインに向かって拳を振りあげるハリの姿を見て、アル＝ソアは驚いた。

「エモンズ・フィールドから出ていけ！」ハリは顔をゆがめてどなった。

男たちのあいだから、ためらいがちに同調する声がぱらぱらと上がったが、誰も前へ出ようとはしなかった。集団でなら異能者《アエズ・セダーイ》に対抗できるが、一人では立ち向かいたくないようだ。異能者《アエズ・セダーイ》を怒らせるのが怖いのだろう。

「おまえがあの怪物どもを連れてきたんだ！」ダールがわめいて、頭の上で松明を振りまわした。

「そうだ。おまえが連れてきたんだ！」何人かが叫ぶと、「おまえのせいだ！」とビリが声を張りあげた。

年老いた屋根葺《ふ》き職人セン・ブイは、ハリに肘でつつかれると口を引き結び、横目でハリをにらみ返した。

「あんなものは……トロロークなんてものは、あんたらがくるまで、ここには現われんかった」ブイはやっと聞き取れるほどの小声でつぶやいた。ここから逃げ出したいというように、顔をしかめ、落ち着きなく左右をうかがっている。「あんたは異能者《アエズ・セダーイ》じゃ。トゥー・リバーズには、そんなものはいらん。異能者《アエズ・セダーイ》はやっかいごとを運んでくる。あんたがここにおれば、やっかいごとが増えるばかりじゃ」

ブイの言葉がとぎれても村人たちからはなんの声も上がらず、ハリはいらいらと眉をひそめた。不意にハリがダールの松明をひったくり、モイレインに突きつけた。

「出ていけ！　さもないと、火をつけて、ここから追い出すぞ！」

恐ろしいほどの沈黙のなかで、男たちがあとずさりする足音だけが聞こえた。トゥー・リバーズの住人は攻撃を受ければ反撃するが、暴力には慣れていない。拳を振りあげる程度ならまだしも、他人を脅《おど》しつけるなど、ありえないことだ。ブイとビリ・コンガーとコプリン兄弟だけがその場に残された。ビリは今にもあとずさりしそうだ。

ハリは後ろ盾を失ったことにあわてたが、すぐに気を取りなおした。

「出ていけ！」

ダールがハリと同じ言葉を繰り返し、ビリも弱々しい声を上げた。ハリににらみつけられると、ダールとビリは目を伏せた。

突然、アル＝ヴィア村長と鍛冶屋のルーハンが物陰から姿を現わし、モイレインからも村の男たちからも離れたところで足を止めた。村長は片手に大きな木槌を持っていた。酒《さか》樽《だる》に注ぎ口を差しこむときに使うものだ。

「わしの宿に火をつけろとそそのかしたのは誰だ？」村長は静かな声で言った。

コプリン兄弟は一歩退《しりぞ》き、ブイはじりじりとコプリン兄弟から離れた。ビリは背後の人ごみのなかへ逃げこんだ。

「そうじゃない」ダールがあわてて言った。「そんなことは言ってないよ、ブラン……いや、村長」

村長はうなずいた。「それじゃ、わしの聞き間違いかな。わしの宿のお客を脅しているように聞こえたが」

「その女は異能者《アエズ・セダーイ》だぞ」ハリは腹立たしげに言ったが、ルーハンが身動きすると、言葉を切った。

ルーハンは伸びをしただけだった。太い腕を頭上へ上げ、大きな拳を握りしめて関節をポキポキ鳴らした。ハリは、拳を顔面に叩きこまれたかのような表情でルーハンを見返した。

ルーハンは腕組みをして言った。「失礼、ハリ。話のじゃまをするつもりはなかった。なんの話だったかな？」

だが、ハリは答えず、消えてなくなりたいというように肩を丸めて小さくなった。もう何も言えないようだ。

「おまえさんたちの態度には、あきれた」村長が、低い声に凄《すご》みをきかせて言った。「ペイト・アル＝カー、おまえさんの息子は昨夜、脚を折ったはずだが、今日は自力で歩いてる。異能者《アエズ・セダーイ》のおかげだ。イワード・カンドウィン、おまえさんは背中に切り傷を負い、流し台に置かれた魚みたいに腹ばいのまま、へたばっていた。このかたの手あてを受けるまでは。傷はもう跡形もないと思うが、記憶も跡形もなく消えたと見える。それから、ブイ」

背後の人ごみのなかへあとずさりしようとしていたブイは、村長ににらまれて足を止め、ばつの悪そうな顔をした。

「男議会のメンバーがこんな場に加わるなど……特にあんたが加担するなど、言語道断だ。このかたがいらっしゃらなかったら、あんたの腕は今でも火傷《やけど》と打撲で使いものにならないままだろう。感謝の気持ちはないにしても、恥ずかしいとは思わないのか？」

右腕を上げかけたブイは、腹立たしげに自分の手から目をそらした。「助けてもらったことは否定しない。わしも、ほかの者も、助けてもらった」恥じ入るように口ごもり、弁解する口調で先をつづけた。「だが、この人が異能者《アエズ・セダーイ》であることには変わりない。トロロークがこの人を追ってきたのでないとしたら、なぜ現われたんじゃ？　トゥー・リバーズには異能者《アエズ・セダーイ》などいらん。やっかいごとを持ちこんでほしくないんじゃ」

後退していた人ごみのなかから声が上がった。

「異能者《アエズ・セダーイ》もやっかいごともいらないぞ！」……「出ていけ！」……「そいつを追い出せ！」……「そいつがいなけりゃ、トロロークはこなかったんだ！」

村長が顔をしかめて口を開きかけたとき、モイレインが蔓草《つるくさ》の彫刻がほどこされた杖を両手で頭上にかざして、ぐるぐるまわしはじめた。村人たちと同じように、アル＝ソアも息をのんだ。

杖の両端から白い炎がほとばしり、槍の穂先のようにまっすぐ伸びた。村長とルーハンもじりじりとモイレインから身を引いた。モイレインがぱっと両腕を前におろし、杖を地面と平行にして持った。白い炎はまだ松明よりもまばゆい光を発している。男たちはたじろぎ、手を目の前にかざして光をさえぎった。

「これがイーモンの子孫たちの姿ですか」

特に大きくもないモイレインの声が、ほかのすべての音を圧して響きわたった。

「ウサギのように、われ先に逃げることばかり考えて争う、つまらない人間に成り下がったのですか？　あなたがたは、自分たちが何者だったか……どのような人間だったか、すっかり忘れてしまったのですね。でも、祖先に関するわずかな記憶は、どこかに残っているはずです。きたるべき長い夜に備えて、決意をかためるための断片くらいは、残っていると思います」

誰も口を開かなかった。コプリン兄弟は度胆《どぎも》を抜かれて口もきけないようだ。

やがて、村長が言った。「わしらが何者だったかですと？　わしらは昔から少しも変わっていません。トゥー・リバーズの住人は、正直な農夫や羊飼いや職人ばかりです」

「南に川がありますよね。あなたがたが〈白い川〉と呼んでいる川です」と、モイレイン。

「はるか東部の人々は、この川を〝マネサレン河流《ドレル》〟と、正しい名前で呼んでいます。古語で、〝山の家の河の流れ〟という意味です。白いしぶきを上げて流れるこの川の流域に、昔、勇敢さと美しさをかねそなえた国がありました。二千年前、マネサレンドレルは、山の町の城壁のそばを流れていました。大変に美しい城壁で、半獣人オジールの石工《いしく》たちでさえ驚いて目を見張るほどでした。この地方には農地や村が広がり、あなたがたが〈影の森〉と呼ぶ、川の南側の森の向こうまで延びていました。しかし、そこに住む人々はみな、自分たちのことを〝山の家〟の民――マネサレンの民だと考えていたのです。

　国王はイーモン・アル・カー・アル・ソリン――ソリンの息子カーの息子たるイーモンでした。王妃はエルドレン・アイ・エラン・アイ・カーランといいました。イーモンは恐れを知らない男で、敵のあいだでさえ、〝イーモンの心を持つ〟という言葉が、勇気に対する最高の賛辞となっていました。エルドレンはその美しさで知られ、花も王妃をほほえませるために咲くと言われるほどでした。二人のあいだには、勇敢さと美しさに加えて、知恵と、死さえ引き離すことのできない愛があふれていました。心ある者よ、この二人を失い、二人の記憶すらも失ったことを嘆くがいい。二人の子孫が失われたことを嘆くがいい」

　モイレインが言葉を切っても、誰ひとり声を立てなかった。アル＝ソアも村人たちと同じように、魔法にかけられたかのように動けなかった。やがてモイレインがふたたび口を開くと、村人たちといっしょになって聞きほれた。

「二世紀近くつづいたトロローク戦争で全界じゅうが荒廃しましたが、戦闘が起こった地域には必ず、最前線にマネサレンの〈赤い鷲《わし》〉の軍旗がひるがえっていました。マネサレンの男たちは、足を刺す棘《とげ》のように闇王の侵攻を阻《はば》み、手をひっかく茨《いばら》のようにトロロークの攻撃を弱めました。決して闇に屈することのないマネサレンを讃えよ。無敵の剣のごときマネサレンを讃えよ。

　トロロークの軍勢がマネサレンへ向かったという一報が入ったとき、マネサレンの兵士たちは、〝血の原〟と呼ばれたはるかなベッカー平原にいました。故郷からあまりにも遠く離れ、何ひとつ手を打てずに、マネサレンが滅亡したという知らせを待つしかないように思われました。闇王の軍勢はマネサレンにとどめを刺そうとしていました。根を叩き切り、樫《かし》の巨木を倒そうとするかのように。兵士たちは、はるかな遠方の地で故郷を思って嘆き悲しむことしかできませんでした。しかし、〝山の家〟の兵士たちには独特の気概がありました。

　兵士たちは躊躇《ちゅうちょ》なく、遠い道のりをものともせずに、故郷への道をたどりはじめました。勝利をおさめたベッカー平原から、土埃《つちぼこり》と汗と血にまみれたまま、故郷へ向かったのです。夜を日に継いで行軍をつづけました。トロロークの軍勢が残していった惨状を目《ま》のあたりにし、マネサレンにもそのような危険が迫っていると思うと、眠ることもできませんでした。足に翼が生えたかのように勢いを増し、敵も味方も予想できないほどの速さで先を急ぎました。ほかの場合なら、その行軍だけで充分に歌ができたでしょう。闇王の軍勢がマネサレンを襲ったとき、〝山の家〟の兵士たちはすでに故郷に帰りつき、当時はタレンドレルと呼ばれていた北のタレン川を背にして敵に立ち向かいました」

　村人のなかから小さな歓声が上がったが、モイレインはかまわず先をつづけた。

「マネサレンの兵士たちの前に迫った敵は、どんなに勇敢な心の持ち主でもひるむほどの軍勢でした。ワタリガラスの群れが空を真っ黒に染め、トロロークが大地を真っ黒に埋めつくしました。闇王の軍勢にはトロロークのほかに、闇に寝返った人間たち、いわゆる闇の死の信徒も加わっていました。何千万というトロロークと闇の信徒たちの指揮をとっていたのは、〈闇の軍師〉たちです。夜になると、闇王の軍勢が煮炊《にた》きする火が星の数より多く見え、夜が明けると、高く掲げた闇王バ＝アルザモンの軍旗が目につきました。闇王は〈闇の心臓〉、〈虚言の祖〉などと古来さまざまな名で呼ばれており、バ＝アルザモンもそのひとつです。闇王自身はシャヨル・グールの牢獄を脱出できなかったのでしょう。もし解き放たれていれば、全界じゅうの人々が一丸《いちがん》となっても対抗できなかったはずです。それでも、闇王の軍勢は相当な力を持っていました。闇が光をかげらせることを大義とする〈闇の軍師〉と闇王の配下たちは、マネサレンの兵士たちを震えあがらせました。

しかし、兵士たちは自分の義務を忘れませんでした。川の向こうは自分たちの故郷です。闇王とその軍勢を〝山の家〟へ入れないよう、なんとしてもこの場で食い止めなければなりません。国王イーモンは、すでに各地の同盟国へ伝令を送り出していました。タレンドレルのほとりで三日間軍勢を食い止められれば、援軍が到着することになっていました。一時間でこちらを全滅させられそうな軍勢を相手に、三日間を持ちこたえなければなりません。しかし、血みどろの攻防を繰り返しながら、兵士たちは一時間を持ちこたえ、さらに二時間、三時間と持ちこたえました。三日間の戦いののち、川のほとりは血の海となりましたが、タレンドレルの逆巻く流れを渡った敵はただの一人もいませんでした。三日目の夜になっても、援軍も伝令も到着せず、兵士たちは孤立無援で戦いつづけました。六日間たち、九日が過ぎました。そして十日目に、イーモンは裏切りの苦《にが》い味を思い知らされたのです。援軍は到着せず、マネサレン軍はもう川を守れそうもありませんでした」

「それで、どうなった？」ハリがたずねた。

闇に松明の火が揺れ、空気は冷えていたが、誰ひとりマントを身体に引き寄せようとはしなかった。

モイレインは話をつづけた。

「国王イーモンはタレンドレルを渡り、橋を破壊しました。同時に、故郷へ伝令を送り、人民たちに避難するよう伝えました。橋がなくなっても、いずれ敵が川を渡ってくるだろうと予測していたのです。そのときにはすでにトロロークたちが川を渡りはじめており、マネサレンの兵士たちは、故郷の人々を逃がすために命がけで戦いました。

マネサレンでは、王妃エルドレンが指揮をとり、人々を深い森のなかや山の砦《とりで》へ避難させていました。しかし、避難しない者もいました。はじめは少しずつでしたが、やがて大きな流れを作って、人々は自分たちの土地を守る戦いに加わりはじめました。羊飼いは弓矢を携《たずさ》え、農夫は熊手をかつぎ、木こりは斧《おの》を下げて戦場へ向かいました。女たちも、武器になりそうなものをかついで、男たちと肩を並べて進みました。生きて帰れると思う者は一人もいませんでした。それでも自分たちの土地を……祖先から受け継ぎ、子孫のものとなる土地を、自分の手で守ろうと決心していました。踏みしめる土地が自分たちの血に染まるまではあきらめないと、決意をかためたのです。しかし、マネサレン軍はとうとう、敵の軍勢に押されて退却を余儀なくされました。あなたがたがエモンズ・フィールドと呼んでいる、この土地へと。ここでマネサレン軍はトロロークの軍勢に包囲されました」

モイレインの口調はあいかわらず冷静だったが、声は悲痛な響きを帯びた。

「トロロークや人間の裏切り者たちの死骸が山をなし、さらに連日、際限なく死体の波が積み重なりました。結果は誰の目にも明らかでした。夜明けにマネサレンの〈赤い鷲〉の旗のもとで戦っていた者たちは、一人として日暮れまで生き延びることはできませんでした。無敵の剣もついに砕かれたのです。〈霧の山脈〉のなかの、人けの失《う》せたマネサレンの町でただ一人、エルドレンは夫の死を確信しました。それと同時に王妃の心も死にました。エルドレンの心には、もはやうずくような復讐の念しかありませんでした。愛する夫と人民と国土を奪った者に対する復讐の念だけで生きながらえました。悲しみに突き動かされて、エルドレンは万物源に手を伸ばし、絶対力を引き出してトロロークの軍勢に投げつけました。〈闇の軍師〉たちは身を守る暇もなく、謀議の最中だった者も、兵士たちに説明していた者も、その場で絶命しました。〈闇の軍師〉たちと闇王の軍勢の将軍たちは一瞬のうちに炎に包まれ、跡形もなく焼きつくされました。

　勝利をあげたばかりの軍勢を恐怖が襲い、トロロークはたちまち隊伍《たいご》を乱して四散しました。山火事から逃げ出す獣のように、逃げることしか頭にありませんでした。北へ、南へ、トロロークは逃走しました。闇の軍師たちの助けもなしにタレンドレルを渡ろうとして、何千というトロロークが溺死しました。マネサレンドレルを渡った者は、追手がくるかもしれないと恐れて、橋を破壊しました。人を見つけると殺して焼きましたが、何より肝心なのは逃げることでした。闇王の軍勢は、つむじ風に舞う塵のように追い散らされ、ついに一人残らずマネサレンから姿を消しました。やがて、おもむろに復讐の仕上げがほどこされました。逃げたトロロークはほかの国の兵士たちに駆り立てられ、エモンズ・フィールドを襲った者はついに全滅しました。

しかし、マネサレンは高い代償を払わされました。エルドレン王妃は、独力であやつれないほどの絶対力を引き出してしまったのです。敵の将軍と同じ形で、エルドレンも命を落としました。王妃を焼き殺した火は廃墟と化したマネサレンの町を焼き、石も、山地の岩も焼きつくしましたが、避難した人々は救われたのです。

農場も村も大都市も、すべて姿を消しました。他国へ逃《のが》れて新たにやりなおすしか道はないという者もいましたが、生き残ったマネサレンの人々の考えは違いました。かつてないほど高い代償を払っただけに、鋼《はがね》よりも強い絆で、先祖伝来の土地に結びつけられたのです。新たな戦闘になんどか悩まされたものの、やがてこの土地は全界から忘れ去られ、この土地の人々は、戦闘があったことも戦《いくさ》のやりかたも忘れました。マネサレンという国は二度と現われませんでした。そびえる尖塔やしぶきを上げる噴水は夢のように色褪《いろあ》せて、人々の心から消えました。それでも、マネサレンの末裔《まつえい》は、何代にもわたって自分たちの土地を守りつづけました。守りつづける理由が忘れられても、その地を離れませんでした。今日《こんにち》、あなたがたの時代にいたるまで、それはつづいています。マネサレンのために涙せよ。永久に失われたもののために涙せよ」

モイレインの杖の両端の火がまたたいて消えた。モイレインは杖を脇へおろしたが、五十キロもの重さを支えていたかのように疲れきっていた。しばらくは口を開く者もなく、風の唸りしか聞こえなかった。やがて、顎の長い農夫ペイト・アル＝カーが、コプリン兄弟を肩で押しのけて前へ出た。

「今の話ははじめて聞いた」ペイトはモイレインに向かって言った。「おれは闇王のじゃまができるような人間じゃないし、そんな人間にはなれそうもないが、恥知らずにはなりたくない。息子のウィルは、あんたのおかげで歩けるようになった。おれは間違っていた。あんたに許してもらえるかどうかわからないが、おれは降りる。あんたが好きなだけエモンズ・フィールドにいても、おれはいっこうにかまわないよ」

ぴょこんと頭を下げると、ペイト・アル＝カーは人ごみを押し分けて姿を消した。ほかの男たちもさまざまなつぶやきを漏らし、恥じ入った顔つきでモイレインに謝罪すると、一人また一人と、立ち去りはじめた。コプリン兄弟は不機嫌な顔で悪態をついたが、周囲の男たちの顔を見ると、ひとことも言わずに闇のなかへ姿を消した。ビリ・コンガーは従《い》兄弟《とこ》たちより一足先に消えていた。

護衛士ランがアル＝ソアを引き戻して宿屋の扉を閉め、「さあ、行くぞ」と声をかけて、宿屋の奥へ向かった。「二人とも、ついてこい。早く！」

アル＝ソアはためらい、マットと訝《いぶか》しげな視線を交わした。モイレインの話がつづいていたあいだは梃子《てこ》でも動く気はなかったが、今はまた別の思いに足が鈍った。

本当に始まるんだ。護衛士といっしょに宿屋を出て、夜の闇のなかへ出発する――アル＝ソアは身震いし、決意を新たにした。エモンズ・フィールドを去る以外に方法はない。だが、どんなに長い旅になろうとも、いつか必ず戻ってくる。

「何をのんびりしておる？」

酒場の奥の扉からランが声をかけた。マットはぎくりとして、ランのほうへ駆けだした。

アル＝ソアは二人のあとについて暗い厨房《ちゅうぼう》を通り、馬小屋へ向かった。自分が大きな冒険に乗り出そうとしていることを、あらためて強く意識した。

10 旅立ち

馬小屋のなかは暗かった。半分だけ覆《おお》いをおろしたカンテラが柱の釘《くぎ》にひっかけてあり、ぼんやりした光を投げかけているが、いくつかある馬房のほとんどが闇に包まれていた。ランとマットにつづいてランド・アル＝ソアが馬小屋に入ると、馬房の扉にもたれてすわっていたペリンが藁《わら》をガサガサいわせながら跳びあがった。分厚いマントに身を包んでいる。

ランは足も止めずにたずねた。「それがしの申したとおりに見まわったか、鍛冶屋のペリン？」

「見まわりました」と、ペリン。「おれたちしかいません。こんなところに隠れてるやつなんか――」

「長生きに用心はつきものだ」ランは、薄暗い馬小屋と二階の真っ暗な干し草置き場に目を走らせた。「時間がない」と頭を振り、ひとりごとのようにつぶやいた。「モイレイン様は急げとおっしゃっている」

ランは大股で、五頭の馬がつながれている場所へ近づいた。すでに馬たちは馬勒《ばろく》を着けて鞍《くら》を置き、光の届かないところに立っていた。アル＝ソアが前に見た黒い雄馬と白い雌馬もいる。ほかの三頭は黒馬ほど背丈もなく、白馬ほどたおやかでもないが、トゥー・リバーズの馬のなかでは最高の部類だった。ランは手早く、しかし入念に鞍帯《くらおび》や腹帯を点検し、鞍の後ろに革紐《かわひも》で固定した鞍袋《くらぶくろ》や革の水袋、丸めた携帯用毛布などがあることを確認した。

アル＝ソアは友人たちと心もとない笑みを交わし、出発に心を躍らせているふりをした。

マットがアル＝ソアの腰の剣に目をとめた。

「護衛士にでもなるつもりか？」剣を指さして笑い声を上げたが、あわてて声をのみこみ、ランをちらっと見た。ランは気にもとめていないようだ。「それとも、商人の用心棒かな」マットはわざとらしい笑みを浮かべ、自分の弓を持ちあげてみせた。「こんな正直者の武器じゃ、ものたりないのか？」

アル＝ソアは剣を見せびらかしたくなったが、ランの存在を考えて思いとどまった。護衛士はアル＝ソアのほうを見向きもしないくせに、周囲の状況をすべて把握しているにちがいない。

アル＝ソアは剣を見せびらかす代わりに、剣を帯びるのはあたり前だと言うように、わざとさりげなく言った。「いつか役に立つかもしれないじゃないか」

ペリンがマントの下に何かを隠そうとした。腰に巻いた幅の広い革ベルトがちらりと見えた。ベルトにつけた輪から斧の柄《え》が突き出ている。

「おまえは何を持ってるんだ、ペリン？」と、アル＝ソア。

「商人の用心棒なみの武器さ」と、マット。

縮れ毛のペリンはマットをにらみつけ、重々しいため息をついた。この斧のことをなんども、からかわれたのだろう。それでもペリンは、マントを跳ねあげて斧を見せた。普通の木こりの斧ではない。片側に広い半月形の刃がつき、その反対側に湾曲した突起がついている。アル＝ソアの剣と同じく、トゥー・リバーズではめったにお目にかかれないものだが、ペリンはいかにも扱い慣れた様子で斧に手をかけていた。

「二年前にルーハン親方が、羊毛商人の用心棒に頼まれて作ったものだ。でも、いざ完成したら、用心棒は約束どおりの代金を支払おうとしなかったので、ルーハン親方は引きわたしを拒否した。おれがこいつの使いかたを猛練習してたら――」ペリンは咳払いし、マットに向けたのと同じしかめっつらでアル＝ソアを見た。「おれにくれたんだ。自分が持っていてもしょうがないからって」

「猛練習だとさ」マットはくすくす笑ったが、ペリンが顔を上げると、なだめるように両手を上げた。「おまえが自分で言ったんだぜ。ま、三人のうちの一人でも本物の武器の使いかたを心得てるのは、けっこうなことだ」

「その弓も本物の武器だ」不意にランが口をはさんだ。片腕を自分の馬の鞍に置き、けわしい表情で三人を見ている。「この村の子供たちが使う投石器も同じだ。これまではウサギ狩りや、羊を狙う狼を追い払うためにしか使ったことがないとしても、立派な武器に変わりはない。使う者に勇気と強い意志があれば、なんでも武器になる。生きてタール・ヴァロンに着きたければ、トゥー・リバーズを出る前に、そのことを頭に叩きこんでおいたほうがいい。実際にトロロークを撃退できるかどうかは別だがな」

　ランの表情は粗削りの墓石のように硬く、声も冷えびえとしていた。三人の笑いはこわばり、舌は凍りついた。ペリンは眉をひそめてマントで斧を隠し、マットは足もとに目を落として、床の藁を爪先で掻《か》きまわした。ランは唸《うな》り声を漏《も》らしてふたたび点検を始め、話はとぎれた。

　やがて、マットが口を開いた。「物語とはちょっと違うな」

「知るか」と、ペリン。苦々《にがにが》しげな口調だ。「トロロークばかりか、護衛士と異能者《アエズ・セダーイ》まで現われたんだぞ。これ以上、何がほしい？」

「異能者《アエズ・セダーイ》か」マットは急にさむけをおぼえたような声でささやいた。

「アル＝ソア、あの人の言うことは本当だと思うか？」と、ペリン。「その……トロロークの話だけどさ。なぜ、おれたちが狙われるんだろう？」

三人はいっせいにランへ視線を走らせた。護衛士は白馬の腹帯の点検に余念がないようだ。それでも、三人はランから離れて馬小屋の入口のほうへ戻り、かたまって小声で話した。

アル＝ソアは頭を振って答えた。「わからない。だけど、どこの農場が襲われたかという話は嘘じゃなかった。ルーハン親方の家と鍛冶場が真っ先に襲われたことも。村長《むらおさ》に確かめたんだ。トロロークがおれたちを狙ってたのは間違いないと思う」

不意にアル＝ソアはマットとペリンが驚きの表情で自分を見つめていることに気づいた。

「村長に確かめたって？」と、マット。信じられないという口調だ。「異能者《アエズ・セダーイ》は誰にも話すなと言ってたぞ」

「どこの家が襲われたかを訊《き》いただけだ」と、アル＝ソア。「なぜ知りたいかは話さなかった。おまえたちは誰にも話さなかったのか？　でかけることも知らせなかったのか？」

ペリンは弱々しく肩をすくめた。「話すなと、モイレイン様に釘を刺されたからな」

「おれは家族あてに置き手紙を残してきた」と、マット。「明日の朝になったら、読むだろう。母さんは、タール・ヴァロンは闇王のいるシャヨル・グールと同じだと思ってる」自分はそうは思わないというように小さな笑い声を漏らしたが、どこか無理をしているように聞こえた。「タール・ヴァロンへ行くなんて言ったら、おれは地下室へ閉じこめられちまう」

「ルーハン親方は石みたいに頑固だ」と、ペリン。「奥さんは親方以上だ。家の残骸から使えるものをほじくりだしてるときなんか、すごい剣幕だった。〝こんどトロロークが現われたら、ひっつかまえて……〟」

「なあ、アル＝ソア」マットが口をはさんだ。「あの人はたしかに異能者《アエズ・セダーイ》だけど、トロロークがここに現われたのもたしかだ。それなのに、あの人は誰にも話すなと言った。トロロークの扱いかたは異能者《アエズ・セダーイ》がいちばんよく知ってるはずなのに」

「さあ」アル＝ソアは額《ひたい》をこすった。頭が痛い。あの悪夢の記憶をまだ振り払えない。

「おれの父さんは、あの人の言葉を本当だと思ってる。おれたちが村を出ることに賛成してくれた」

「旅に出ることをお父様に話したのですか？」

馬小屋の入口から、いきなりモイレインの声がした。暗い灰色の衣装に身を包み、両脚が分かれた乗馬用キュロット・スカートをはいている。金の装飾品はヘビの形の指輪だけになっていた。

アル＝ソアはモイレインの杖に目をやった。両端から炎を噴いたのに、焦げ跡どころか煤《すす》ひとつ残っていない。

「父に黙って出発するなんて、とてもできませんでした」と、アル＝ソア。

モイレインは口を結んでアル＝ソアを見つめ、マットとペリンへ視線を転じて言った。

「で、あなたがたも、置き手紙では不充分だと思ったのですか？」

マットとペリンは、われ先に否定した。「おれは置き手紙しか残してません……言われたとおりにしました」

モイレインはうなずくと手を振って二人を制し、アル＝ソアにきびしい視線を向けた。

「しかたがありませんね。起こったことは、すでに〈時の車輪《ホイール・オブ・タイム》〉の歴史模様に組みこまれてしまいました。ラン、用意は？」

「馬は準備できています」と、ラン。「食料も、少しずつ食べればベイロンまでもちます。いつでも出発できます。ただちに出発したほうがいいでしょう」

「あたしを置いていくなんて許さないわよ」

エグウェーンがショールで巻いた包みを抱えて、馬小屋へすべりこんできた。アル＝ソアはびっくりして、しりもちをつきそうになった。

　とっさに剣を半分ほど抜いたランは、声の主《ぬし》を見ると鞘《さや》へ戻し、表情をやわらげた。ペリンとマットは口々に、エグウェーンに話したのは自分ではないと、モイレインに弁解した。モイレインは二人には取り合わずにエグウェーンを見返し、指で唇を叩いた。考えこんでいる。

　エグウェーンは焦げ茶のマントのフードをかぶっていたが、目の前のモイレインに対する挑戦的な表情を隠さなかった。

「必要なものは全部持ってきました。食料も。置き去りにされるなんてまっぴらです。外の世界を見られる機会なんて二度とありませんから」

「〈水の森〉へピクニックにでかけるわけじゃないんだよ、エグウェーン」マットが腹立たしげに言ったが、エグウェーンににらみつけられて、あとずさりした。

「ご忠告ありがとう、マット。外の世界を見たがってるのは、あなたがた三人だけだと思ってるの？　あたしはもう何年もこうなることを夢見てきたのよ。この機会を逃《のが》してなるもんですか」

「おれたちが村を出るって、どうしてわかった？」と、アル＝ソア。「とにかく、きみをいっしょに連れてゆくわけにはいかない。遊びにいくんじゃないんだ。おれたちはトロロークに狙われてる」

エグウェーンは、ものわかりの悪い相手を大目に見るような表情でアル＝ソアを見た。アル＝ソアは真っ赤になり、憤慨のあまり言葉も出なくなった。エグウェーンはわざとらしく説明した。

「まず、マットの様子がこそこそしてたわ。いかにもほかの人には気づかれたくないって感じでね。それからペリンが、マントの下にものすごく大きな斧を隠そうとしてた。ラン様が馬を買ったというので、なぜ、これ以上の馬が必要なのかしらと考えたわ。買い足したのは一頭だけじゃなかったんですもの。そのことと、マットとペリンがこそこそしていたことを考え合わせると……答えはひとつしかなかったわ。アル＝ソアがここにいなかったら、あたし、かえってびっくりしたと思う。あなたがた三人で、あれだけ夢みたいな話をしてたんだから。マットとペリンとくれば、当然、アル＝ソアもいるはずでしょ」

「おれは行きたいんじゃなくて、行かなきゃならないんだよ、エグウェーン」と、アル＝ソア。「おれたち三人とも、そうだ。そうしないと、トロロークがまたこの村に現われる」

「トロロークですって！」エグウェーンは信じられないというように笑い声を上げた。

「アル＝ソア、あなたが外の世界を見ようと決心したのはけっこうだけど、バカな作り話はやめてちょうだい」

「本当の話だ」ペリンが言うと同時に、マットが話しはじめた。

「トロロークは――」

「もうけっこうです」モイレインが静かに口をはさんだ。たちまち話し声がやんだ。「ほかに、このことに気づいた人はいますか？」あいかわらず静かな声だが、エグウェーンは息をのんで姿勢を正した。

「村の人たちは昨夜から、家を建てなおすことと、またトロロークに襲われたらどうしようということしか頭にありません」と、エグウェーン。「目先のことしか考えられないんです、ほかのことなんて目に入るはずがありません。それに、あたしは誰にも話しませんでした。誰にも」

「わかりました」一瞬の間《ま》を置いて、モイレインは言った。「いっしょにいきましょう」

一瞬、ランの顔に驚愕《きょうがく》の色が走った。表情はすぐ平静に戻ったが、強い言葉が口をついて出た。「なりませぬ、モイレイン様！」

「これももう歴史模様の一部になっているのですよ、ラン」

「そんなバカな！」と、ラン。「連れてゆく理由がありませぬ。連れてゆかぬ理由は山ほどありますが」

「連れてゆく理由は少なくともひとつはあります」と、モイレイン。穏やかな口調だ。

「歴史模様の一部だからです、ラン」

護衛士ランは岩のように顔をこわばらせたまま、ゆっくりとうなずいた。

「でも、エグウェーン」アル＝ソアは言った。「おれたちはトロロークに追われてるんだぞ。タール・ヴァロンに着くまで、安全じゃない」

「怖がらせて追っ払おうとしたって無駄よ。とにかく、あたしはいっしょに行くわ」

エグウェーンがこんな口調でものを言うときは、何を言ってもだめだ。子供のころ、村でいちばん高い木にのぼると言い張ったとき以来だ。あのときのエグウェーンの口調をアル＝ソアは今でも覚えている。

「トロロークに追われるのがおもしろいと思うんなら――」アル＝ソアが言いかけると、モイレインがさえぎった。

「言い争っている時間はありません。夜が明けるまでに、できるだけ村から離れなければならないのです。アル＝ソア、いまエグウェーンを置いていったら、エグウェーンはわたくしたちが一キロも進まないうちに村じゅうの人々を叩き起こしますよ。そうなれば、必ずミルドラルにも感づかれます」

「あたし、そんなことしません」と、エグウェーン。

「では、吟遊詩人の馬に乗るがいい」ランが言った。「吟遊詩人には新しい馬を買う代金を置いてゆく」

「そういうわけにはいかないでしょうな」

吟遊詩人メリリンのよく響く声が、二階の干し草置き場から聞こえてきた。ランが剣を抜いたが、こんどばかりは相手を確認したあとも鞘に戻そうとはしなかった。

メリリンは携帯用毛布を投げおろし、ケースにおさめた笛と竪琴《たてごと》を背負って、身のまわり品を詰めた袋を肩にかけた。

「この村では、わしはもう用なしじゃ。わしはタール・ヴァロンで一回も公演したことがない。いつもは一人旅だが、昨夜のような事件があったあとじゃあ、仲間がいたほうがありがたい」

ランがペリンをにらみつけると、ペリンはそわそわと身じろぎして、「二階をのぞくなんて、考えてもみなかった」と、つぶやいた。

ひょろりとしたメリリンが梯子《はしご》をおりはじめると、ランは堅苦しい口調でたずねた。

「これも歴史模様の一部ですか、モイレイン様?」

「すべてが歴史模様の一部ですよ、ラン」モイレインは静かに答えた。「わたくしたちが選ぶことはできません。見て、知るだけです」

メリリンは一階に降り立つと、一同に向きなおり、つぎはぎ細工のマントから藁を払い落とした。

「むしろ、積極的に仲間を求めていると言ったほうがいいかもしれませんな」普通の声に戻って、メリリンは言葉をつづけた。「自分の生涯の閉じかたについては、何時間もかけて、何杯もビールを費やして、いろいろと考えてきました。じゃが、トロロークに食われて終わるのだけは、願い下げです」じろりとランの剣を見て、「そんなものは、しまってくださいよ。わしはチーズじゃありません。切り刻まれるのはごめんです」と付け加えた。

「メリリン先生」モイレインが言った。「わたくしたちは先を急がなければなりませんし、大変な危険にさらされています。トロロークがまだ近くに潜んでおりますので、夜間に移動する予定です。それでも、わたくしたちといっしょに旅をしたいとお思いになりますか？」

　メリリンは冷ややかな笑みを浮かべて一同を見た。「娘さんが加わる程度の危険ならば、わしにとってもさほど危険ではないでしょう。それに、タール・ヴァロンで公演しようという吟遊詩人は、少々の危険くらい覚悟しているものです」

　モイレインはうなずき、ランは剣をおさめた。メリリンが決心をひるがえしたら……あるいは、モイレインが承知しなかったら、どうなっていただろう？　アル＝ソアは、そんなことを考えた。メリリンは、当然のなりゆきという顔で自分の馬に鞍をつけはじめたが、なんどか目をランの剣のほうへ向けた。

「では、エグウェーンはどの馬を使えばいいのでしょう？」と、モイレイン。

「旅商人の馬はやめたほうがいいでしょう。村長のダーラン種の輓馬《ばんば》と大して変わりません」と、ラン。苦々しげな口調だ。「力は強いが、足が遅すぎます」

「うちのベラがいい」アル＝ソアが言うと、ランが振り返った。その目つきを見て、アル＝ソアは口を出さなければよかったと思った。エグウェーンを引っ張りこんだ張本人だと疑われたかもしれない。しかし、エグウェーンを思いとどまらせることができない以上は、助けるしかなかった。

「ベラは、足は速くないかもしれませんが、力はあります。おれも、ときどき乗ってます。遅れることはないと思います」

　ランはベラの馬房をのぞきこんで、何やらつぶやき、やがて言った。「ほかの馬よりはましなようだな。ほかに選択の余地はないだろう」

「では、ベラにしましょう」と、モイレイン。「アル＝ソア、ベラに鞍をつけてください。さあ、急いで！　ずいぶん手間取ってしまいました」

　アル＝ソアは急いで馬具置き場から鞍と毛布を持ってくると、ベラを馬房から引き出した。眠っていたベラは、背に鞍を置かれると驚いたようにアル＝ソアを振り返った。アル

＝ソアがベラに乗るときは鞍をつけたことがないので、ベラは鞍に慣れていないのだ。アル＝ソアはベラをなだめながら腹帯を締めた。ベラはいちど、たてがみを振っただけで、特に逆らいもしなかった。

　アル＝ソアがエグウェーンの荷物を受け取って鞍の後ろに縛りつけるあいだに、エグウェーンは鞍にまたがって、スカートを整えた。乗馬用にふたつに分かれているわけではないので、毛織の靴下が膝まで剝《む》き出しになった。靴は、村の娘たちがはいている柔らかな革靴で、隣村まで行くハイキングにもそぐわない代物だ。タール・ヴァロンまでは、とてももたないだろう。

「こないほうがいいと思うよ」アル＝ソアはエグウェーンに言った。「トロロークのことは作り話じゃない。でも、いっしょにくる以上、知らん顔はしない。面倒は見るよ」

「あたしのほうが、あなたの面倒を見てあげるかもしれないわ」エグウェーンは軽く言い返した。憤然としたアル＝ソアの顔を見ると、微笑を浮かべ、上体をかがめてアル＝ソアの乱れた髪をなでた。「あなたの気持ちはわかってるわ、アル＝ソア。あたしたちは、これから先、おたがいに相手の面倒を見ることになるの。でも今は、あなたの馬の面倒を見たほうがいいわよ」

　ほかの者はみな、すでに馬にまたがり、アル＝ソアを待っていた。最後に残った一頭の馬は〝雲《クラウド》〟という名で、もとは粉屋のセインのものだった。背の高い灰色の馬で、たてがみと尾が黒い。アル＝ソアが鐙《あぶみ》に足をかけると、クラウドは頭を振り立てて足踏みし、横へ飛んだ。剣の鞘がアル＝ソアの脚にぶつかった。この馬が最後まで残ったのは偶然ではない。クラウドは活《い》きのいい馬で、商人の馬と競走しても負けたことがなく、セイン以外の者には乗りこなせなかった。ランはこの馬を手に入れるのに、かなりの大金を支払ったにちがいない。

　アル＝ソアがどうにか鞍にまたがると、クラウドは力を持てあましているかのように、ますます勢いよく跳びはねた。アル＝ソアは手綱《たづな》を握りしめ、大丈夫だと自分に言い聞かせた。自分の不安を抑えれば、馬も落ち着く。

　外へ出ると、闇のなかでホーホーという声が響き、アル＝ソアたちはびくっとした。フクロウの鳴き声だとわかると、神経質な笑い声を上げ、恥ずかしそうに顔を見合わせた。

「次は、野ネズミが木に駆けあがる音にびっくりするかもしれないわ」エグウェーンの含み笑いにも、不安の色がうかがえた。

　ランはうんざりした表情で頭を振った。「ネズミよりは狼のほうがましだ」

「狼!?」ペリンが叫び、ランは無表情な目でペリンを見返して言った。

「鍛冶屋のペリン、狼はトロロークを嫌っている。トロロークも狼や犬が嫌いだ。狼の声が聞こえれば、近くにトロロークは潜んでいないことがわかる」

ランはゆっくりと黒い馬を進め、月光のなかへ出た。

モイレインがランのあとにつづき、エグウェーンはモイレインのすぐそばについて進んだ。その後ろからマットとペリンが馬を進め、アル＝ソアとメリリンは最後尾についた。

宿屋の裏は暗く静かで、馬小屋は月光と木の影とでまだらに染まっていた。柔らかな蹄《ひづめ》の音が闇のなかへ吸いこまれてゆく。暗がりでは、ランのマントは真っ黒に見えた。一行はランを先頭に立て、ランの周囲にかたまらないように気をつけた。

誰にも見られずに村を出るのは、容易じゃなさそうだ――宿屋の門に近づいたとき、アル＝ソアは思った。村人たちの目にとまらないようにするだけでも、ひと苦労だ。たいていの家の窓に黄色い明かりが灯《とも》っている。窓そのものは小さく、遠いが、なかで人影がしきりに動きまわっていた。夜にまた変事が起こるのではないかと、外を見張っているようだ。二度と不意打ちは食らいたくないのだろう。

馬小屋を出て宿屋の暗がりに入ったとき、不意にランが馬を止め、音を立てないようにと合図した。

〈荷馬車橋〉にブーツの足音が響き、橋のあちこちで月光に金属がきらめいた。村の巡視隊が砂利を踏みしめながら、宿屋へ向かってくる。アル＝ソアたち一行は物音ひとつ立てなかった。友人たちは声も出ないほど怯《おび》えている。アル＝ソア自身も同じだ。

　巡視隊の足音は宿屋の酒場の窓から漏れる薄明かりを通り越して、宿屋の前の暗がりで止まった。明かりのなかへ、ジョン・セインが進み出てきた。セインは、胸一面に鋼《はがね》の円盤を縫《ぬ》いつけた古い胴着を着ている。村と周辺の農場から、全部で十二人の男たちが集まっていた。屋根裏で何十年も埃《ほこり》をかぶっていた兜《かぶと》や鎧《よろい》を着けた者もおり、全員が槍や斧や錆《さ》びた鉾《ほこ》を携《たずさ》えていた。

　セインは宿屋の酒場の窓を透かし見て、「ここは大丈夫だ」と言って踵《きびす》を返した。ほかの男たちは二列になってセインのあとにつづいた。巡視隊はばらばらの足並みで、闇のなかへ姿を消した。

　男たちの足音が遠ざかると、ランがつぶやいた。「あの程度では、トロロークのダ＝ボル族が二隊もくれば、あっというまに蹴散《けち》らされる。だが、見張りの役には立つだろう」

　ランは馬の向きを変え、「行くぞ」と声をかけた。

　一行はランにつづいて、ゆっくりと馬小屋の内庭を突っ切って引き返し、柳の木立を抜けて、ワインスプリング川の土手をくだった。川に入ると、月光にきらめく早い流れが馬の脚のまわりで渦を巻き、深くなるにつれて、冷たい水が乗り手のブーツの底を洗った。

　川を渡って岸へのぼると、ランの巧みな誘導にしたがい、馬は一列になって村の家並みから離れた。ときおりランは馬を止めて、音を立てないようにと合図した。ほかの者にはなんの気配も感じられなかったが、ランの制止のあとには必ず、新たな巡視隊が近くを通り過ぎていった。一行は徐々に北の村はずれに近づいた。

アル＝ソアは、闇のなかに並ぶ高い屋根を見あげた。村の風景を目に焼きつけておきたい。たいした冒険家だよ、おれは。村から出てもいないのに、もう村が恋しいんだからな——そう思ったものの、あたりを見ずにはいられなかった。

一行は郊外のはずれの農家を過ぎて田園地帯に入り、タレン・フェリーへ通じる〈北道〉と並行に進んだ。トゥー・リバーズほど夜空の美しいところはないだろうと、アル＝ソアは思った。澄んだ漆黒《しっこく》の空がどこまでも広がり、無数の星が水晶を撒《ま》き散らしたように輝いている。満月より少し欠けた月が、手を伸ばせば届きそうに見える……。

銀色の月の面《おもて》を黒い影がよぎった。アル＝ソアは思わず手綱を引いて馬を止めた。コウモリではない。コウモリなら、いつも日暮れにハエや蚊《か》やブヨを追って飛んでいる。いま見えた影も、翼はコウモリと同じような形だったが、もっとゆっくりと、猛禽《もうきん》のように力強くはばたいていた。獲物を探す飛びかただ。大きな弧を描いていきつ戻りつする様子がトビそっくりで、何よりも大きさがコウモリとはまったく違う。コウモリが月を背負ってあれだけの大きさに見えるには、腕を伸ばせば届くほどの距離にいなければならない。アル＝ソアは頭のなかで、いま見た生き物までの距離を推測し、生き物の大きさを想像した。身体は人間と同じ大きさだ。翼は……。同じ影がまた月の面をよぎり、不意にくるりと向きを変えて下降すると、闇のなかへ姿を消した。

馬で近づいてきたランに腕をつかまれて、アル＝ソアはわれに返った。

「いったい何を見ているんだ、アル＝ソア？　急がなければならぬというのに」

ほかの者たちがランの背後で二人を待っていた。

考えすぎだと言われるのではないかと思ったが、アル＝ソアは自分の見たものをランに話した。できるなら、コウモリか、気のせいだとかたづけてほしい。ところが、ランは口をゆがめて吐き捨てるようにひとこと、「ドラフカーだ」と言った。

アル＝ソアの友人たちはそわそわと空を見まわし、メリリンは低いうめき声を漏らした。

「そう」と、モイレイン。「その可能性がいちばん高いでしょう。ミルドラルがドラフカーを使ってわたくしたちを捜させているのだとしたら、いずれ、わたくしたちの居場所は向こうに知られてしまいます。予定より急がなければなりません。陸路を最短距離で進むより、もっと速いペースで進まなければならないでしょう。タレン・フェリーまでは、わたくしたちのほうが先に着くかもしれません。ミルドラルやトロロークは川を渡るのにてこずるはずです」

「ドラフカーですって？」と、エグウェーン。「それ、何？」

モイレインでもランでもなく、メリリンのしゃがれ声が答えた。

「〈伝説の時代〉末期の戦争中につくられた生き物だ。トロロークや半人ミルドラルよりもたちが悪い」

モイレインがさっと振り返ってメリリンを見つめた。闇のなかでも、異能者《アエズ・セダーイ》の視線の鋭さがはっきりとわかる。

ほかの質問が出ないうちにランが指示を与えた。

「〈北道〉を進む。命がけでついてこい。遅れるな。はぐれぬようにしろ」

ランが黒馬の向きを変えると、一行は言葉もなく全速力で馬を走らせ、そのあとを追った。

11　タレン・フェリーへの道

〈北道〉の踏み固められた土の上を、馬たちは北へと走った。後ろへなびくたてがみや尾が月光にきらめき、蹄《ひづめ》の音がリズミカルに響く。先頭に立つランの姿は、黒い馬と黒く見えるマントのせいで、冷えびえとした闇に溶けこんでいる。モイレインの白い雌馬はランの黒馬と歩調を合わせ、白い矢のように闇を貫《つらぬ》いて疾走した。残る五人の乗った馬たちがあとにつづいた。護衛士ランが五頭の馬をつなぐ一本の縄を握っているかのように、縦一列に並んでいる。

　最後尾を走るランド・アル＝ソアのすぐ前には吟遊詩人のメリリンがおり、ほかの者の姿は闇のなかへかすんでいた。メリリンは後ろから追われているかもしれないのに行く先だけを見据《みす》え、いちども振り返らなかった。トロロークか、音を立てない馬に乗った闇に溶けるミルドラルか、あの空を飛ぶドラフカーが背後に現われたら、アル＝ソアが仲間たちに知らせなければならない。

アル＝ソアはクラウドのたてがみと手綱《たづな》を握りしめたまま、数分ごとに首を伸ばして振り返った。ドラフカーは、トロロークやミルドラルよりもたちが悪い生き物だというが、空にはなんの姿も見えず、地上には闇と影しかなかった。ひとつの軍勢が身を潜められるほど大きな影が広がっている。

　クラウドは、思いのままに走れるようになると、亡霊のように闇を駆け抜け、やすやすとランの馬と同じペースを保ち、さらにスピードを上げかけた。ランの黒馬に追いつけないのがもどかしそうだ。アル＝ソアは必死に手綱を引き締め、馬を押しとどめようとした。クラウドは競走しているつもりらしく、アル＝ソアの制御に逆らって突進し、足取りで自分の意思を主張した。アル＝ソアは全身の筋肉を緊張させて、鞍《くら》と手綱にしがみついた。自分が動揺していることをクラウドに気づかれませんように、と祈りながら。気づかれたら、もともと頼りなかった支配権を完全に失って、この馬を制御できなくなるだろう。

　アル＝ソアはクラウドの首に張りつくように姿勢を低くしたまま、ベラとエグウェーンを見守りつづけた。トゥー・リバーズを出る前に〝ベラが遅れることはない〟と断言したが、あのときは走ることを想定していなかった。

　ベラは、アル＝ソアが予想もしなかった勢いで走っていた。今のところは遅れていないが、もともとランはエグウェーンが同行することに反対していた。ベラが疲れてきたら、ランはペースをゆるめてくれるだろうか？　それとも、置き去りにするだろうか？　モイレインとランは、アル＝ソアたち同年の三人には何か意味があると考えている。エグウェーンについては、〝歴史模様の一部になった〟とモイレインは言ったが、ランはエグウェーンが重要な存在だとは認めていない。

　もしベラが取り残されるようなら、モイレインやランがなんと言おうと、自分もあとに残ろうと、アル＝ソアは決心した。闇に溶けるミルドラルがいようと、トロロークやドラフカーがいようと、エグウェーンといっしょに残ろう。

　ベラ、風のように走れ――アル＝ソアは声に出さずに、一心に雌馬に呼びかけ、力づけた。

　走れ！

　肌がちくちくし、骨が凍りついて、今にもパリンと割れそうな気がした。

　光よ、ベラに力を与えてください！　走れ、ベラ！

　ベラは走った。

　一行はどんどんスピードを上げ、闇のなかを北へと走った。時間の感覚もはっきりしなくなった。ときおり農家の明かりがちらりと見え、あっというまに視界から消えた。そこかしこで犬が激しく吠えたが、その声もたちまち後ろへ遠ざかった。侵入者を撃退したと思いこみ、すぐに吠えるのをやめた犬もいた。一行はかすかな月光だけを頼りに突っ走った。道のわきの木立の影が不意に迫ってきては遠のいてゆく。闇がどこまでもつづき、フクロウがわびしげにいちど鳴いたきり、リズミカルな馬蹄《ばてい》の響きしか聞こえなかった。

　突然、ランの馬が足をゆるめ、ようやく一行は馬を止めた。どこまできたのか、アル＝ソアにはわからなかった。鞍を締めつけつづけていたため、両脚に鈍い痛みをおぼえる。前方でいくつもの光がまたたいた。森のなかで一ヵ所にかたまっているホタルの大群のように見えた。

　アル＝ソアは顔をしかめて、その無数の光を見つめていたが、急にハッと息をのんだ。ホタルの群れだと思ったものは、窓の明かりだった。丘の斜面と頂上を家々の窓の明かりが埋《う》めつくしている。隣村のウォッチ・ヒルだ。信じられない。隣村までこんな短時間でたどりついた者は、ほかには誰もいないだろう。ランにつづいて、アル＝ソアとメリリンも馬をおりた。クラウドは頭を垂れ、脇腹を大きく波打たせている。馬体から噴き出る汗が脇腹をおおう蒸気と入りまじり、馬の首と肩をまだらに染めた。今夜はもう人を乗せては進めないだろう。

　メリリンが言った。「このあたりの村を早くあとにしたいのはやまやまだが、ここで二、三時間休んでも問題はありますまい。そのくらいの差は、つけたのではありませんかな？」

　アル＝ソアは伸びをして、背中のくぼみを叩いた。

「今夜ウォッチ・ヒルに泊まるのなら、このまま村へ入ったほうがいいでしょう」と、メリリン。

　風向きが急に変わり、村からかすかな歌声と料理のにおいが流れてきて、アル＝ソアの食欲をそそった。ウォッチ・ヒルでは祭りがつづいていた。トロロークにじゃまされずに〈春祭り《ベル・タイン》〉を祝っている。アル＝ソアはエグウェーンの姿を捜した。エグウェーンは疲れきって、ベラに寄りかかっていた。ほかの者もみな、馬からおりて、ほっとため息をつき、こわばった筋肉をほぐした。ランとモイレインだけは疲労の色ひとつ見せなかった。

「歌でも歌って、〈白い猪《いのしし》〉で焼きたてのマトン・パイでも食べられれば、言うことなしだな」マットが疲れた声で言い、ひと息ついてから、言葉をつづけた。「おれはウォッチ・ヒルから先へ行ったことがない。〈白い猪〉は〈酒の泉〉ほどいい宿屋じゃないらしいけどな」

「〈白い猪〉だって悪くはないさ」と、ペリン。「おれもマトン・パイが食いたい。それと、熱いお茶であったまりたい」

「タレン川を渡るまでは休憩できぬ」ランがきっぱりと言った。「休むとしても、二、三分だ」

「でも、馬たちの身体がもちません」と、アル＝ソア。「これ以上つづけて走らせたら、死んでしまいます。モイレイン様、あなたなら――」

アル＝ソアは口をつぐんだ。モイレインが近づいてきて、クラウドの首に両手を置いたのだ。そういえば、さっきからモイレインは馬のあいだを歩きまわっていた。急にクラウドが軽くいななき、アル＝ソアの手から手綱をもぎ取りそうな勢いで頭を振り立てたかと思うと、一週間も馬房で休んだかのように元気に足踏みした。モイレインは何も言わずにベラのほうへ向かった。

「モイレイン様にあんなことができるとは知りませんでした」アル＝ソアは顔を赤らめてランにささやいた。

「そなたがいちばんよく知っておるはずだ」と、ラン。「父上の手あての様子をずっと見ていたのだからな。モイレイン様は他人の疲労をぬぐい去る。まずは馬で、それからそなたたちだ」

「おれたちですか？　ラン様は？」

「それがしには必要ない。まだ今のところはな。モイレイン様ご自身もまだ大丈夫だ。他人の疲れはぬぐい去れるが、ご自分に対して同じ技《わざ》を使うことはできぬ。タール・ヴァロンに着くまで、あのかたをあまり疲れさせぬよう心がけたほうがよいぞ」

「どうして、そんなに疲れるんですか？」

アル＝ソアが問い返したとき、ベラのそばに立っていたモイレインが口をはさんだ。

「ベラはあなたが言ったとおりの馬ですね、アル＝ソア。心臓が丈夫で、トゥー・リバーズの人たちのように、決してあきらめません。不思議なことですが、ベラがいちばん疲れていないようです」

突然、ナイフで刺されたような鋭い叫びが夜気を裂き、何かがはばたきながら一行の頭上をかすめて通り過ぎた。周囲の闇がいちだんと濃くなった。馬たちが怯《おび》えた悲鳴を上げ、荒々しく後ろ脚で立った。

飛行するドラフカーの起こす風がアル＝ソアに襲いかかった。暗い悪夢のなかで得体の知れない湿ったものに打たれるような、ぬるぬるした衝撃を感じる。アル＝ソアが恐怖を感じるよりも早く、クラウドが悲鳴を上げて跳びあがった。絡《から》みついたものを振りほどこうとするように、激しく身をよじってあばれている。アル＝ソアは手綱をつかんだまま振りあげられ、地面を引きずられた。クラウドは、狼に膝を嚙《か》み裂かれたかのように声を張りあげた。

アル＝ソアはなんとか手綱にしがみつき、空《あ》いているほうの手と両脚を踏んばって立ちあがったものの、いきなり手綱を引っ張られてよろめき、ふたたび引き倒されそうになった。息が苦しい。手綱を持っていないほうの手を狂ったように伸ばし、鞍をつかもうとした瞬間、クラウドが後ろ脚で立ち、アル＝ソアは宙に跳《は》ねあげられた。それでも手綱を握りしめ、無駄だと知りながらも、馬を静めようとした。

　着地した瞬間、歯が砕けそうな衝撃を受けた。だが、急に馬は静まった。鼻孔を広げ、目を剝《む》き、脚をこわばらせて震えている。アル＝ソアも、鞍にぶらさがる格好で震えていた。クラウドも、ドラフカーが起こした風にびっくりしたのだろう――そう思いながら、何回か震える息を大きく吐き出した。

　あたりを見まわすと、混沌とした光景が目に入った。ほかの馬も頭を振り立てて後ろ脚で立ち、乗り手たちは手綱を握りしめ、地面を引きずられながら馬を静めようとしている。見たところ、馬に振りまわされていないのはモイレインとランだけだった。モイレインは白馬にまたがって背筋を伸ばし、馬はなにごともなかったかのように優雅に、混乱の場から身を引いた。ランは剣を手に、油断なく空を見まわした。その横に、つややかな毛並みの黒馬が静かに立っている。

　ウォッチ・ヒルの陽気な祭りの物音が途絶えた。ドラフカーの鋭い叫びが、村まで聞こえたにちがいない。村人たちは耳をすまし、しばらく闇に目を凝《こ》らしてから、もとどおり騒ぎはじめるだろう。すぐにこの出来事を忘れ、料理や歌や踊りを楽しみはじめるはずだ。エモンズ・フィールドがトロロークの襲撃を受けたという一報が届けば、この夜のことを思い出して訝《いぶか》る者も出てくるだろう。やがてバイオリンの音が聞こえてきた。つづいて笛の音が加わり、村はにぎやかさを取り戻した。

「馬に乗れ！」ランがぶっきらぼうに命じ、剣を鞘《さや》におさめてひらりと自分の馬に飛び乗った。「ドラフカーが姿を現わしたということは、すでにミルドラルにわれわれの居場所を伝えたということだ」

上空からふたたびドラフカーのかんだかい鳴き声がかすかに聞こえてきた。あいかわらず耳ざわりな声だ。ウォッチ・ヒルから流れてくる楽器の音が、またもやぴたりとやんだ。

「ドラフカーはわれわれを追跡し、随時、半人ミルドラルにその位置を教えるつもりだ。ミルドラルも近くにいるはずだ」と、ラン。

馬たちは怯えていたが元気いっぱいで、跳びはねたり、あとずさりしたりして、てこずらせた。メリリンが悪態をつきながら、最初に馬にまたがり、すぐにほかの者もつづいた。ただ一人をのぞいて。

「アル＝ソア、早く！」エグウェーンが叫んだ。またしてもドラフカーが鋭い叫びを上げ、ベラが二、三歩飛び出しかけて、エグウェーンに抑えられた。「急いで！」

アル＝ソアはその場に突っ立ったまま空を見あげ、邪悪な叫び声の主《ぬし》を捜した。ドラフカーと戦うつもりで、無意識に父親タムの剣を抜いていた。われに返ったアル＝ソアは赤面した。暗くて顔を見られないのが幸いだ。もう片方の手で手綱をつかんだまま、ぎごちなく剣を鞘に戻し、急いで周囲に視線を走らせた。モイレインとランとエグウェーンがアル＝ソアを見ているが、月光のなかなので、どれだけ見えているかはわからない。ほかの三人はそれぞれの馬を制御することで精いっぱいだ。

アル＝ソアは鞍頭《くらがしら》に片手をかけ、幼いころから慣れた動作であるかのように、すばやく鞍に飛び乗った。剣を抜いていたことを友人たちに気づかれたとしても、今は誰もからかわないだろう。あとで、ゆっくり言いわけを考えればいい。

アル＝ソアが馬にまたがると同時に、一行はふたたび全速力で馬を走らせ、丸い丘のそばの道を進んだ。村の犬たちが吠えた。どうやら一行の気配を察知したようだ。あるいは、トロロークのにおいを嗅ぎつけたのかもしれない。だが、犬の吠え声も村の明かりも、たちまち小さくなって消えた。

七人は、馬が押し合うほどかたまって馬を走らせた。ランが散開するよう命じたが、みな、闇のなかでたがいの姿を見失うのを恐れた。はるか上空から、かんだかい叫び声が聞こえた。ランはあきらめて、かたまったまま一行を走らせた。

アル＝ソアはモイレインとランのすぐ後ろにいた。クラウドが、ランの黒馬とモイレインの白い雌馬のあいだに割りこもうとしている。アル＝ソアの左右でエグウェーンとメリリンが馬を走らせ、その後ろにマットとペリンがいた。クラウドはドラフカーの叫び声に煽《あお》られ、アル＝ソアの制止を振り切って突っ走ったが、モイレインとランの馬には追いつけなかった。

　またもドラフカーの声が闇を切り裂いた。

　頑丈なベラは首を伸ばし、尾とたてがみをなびかせて、身体の大きなほかの馬に負けない足取りで走った。異能者《アエズ・セダーイ》が、疲れを取る以外にも、何か技をほどこしたのだろう。月光に浮かびあがったエグウェーンの顔は、興奮した笑みを浮かべていた。三つ編みの髪をたてがみのようになびかせ、目をきらきらと輝かせている。アル＝ソアはその輝きが月光のせいだけではないことに気づいた。驚いて口をぽかんと開《あ》けていると、ブヨが口のなかに飛びこんできて、たまらず咳きこんだ。

　ランが何かたずねたらしく、突然、モイレインが風と蹄の音にも負けない大声で叫んだ。

「無理です！　姿が見えても、馬を走らせている最中に殺せる相手ではありません。今は、希望を抱いて走りつづけるしかありません」

　馬たちは薄い筋状の霧のなかを走った。馬の膝の高さほどもない霧で、クラウドは二またぎで通り過ぎた。アル＝ソアは目を疑った。今夜は霧が出るほど気温は高くないからだ。そのとき、横から新たに霧のかたまりが流れてきた。さっきよりも大きなかたまりだ。まるで地面からしみ出てくるように、みるみる大きくなってゆく。頭上でドラフカーが怒りの叫びを上げた。霧は一行を包みこんだが、あっというまに後ろへ遠ざかった。氷のように冷たい霧はアル＝ソアの顔や手にひんやりした湿気を残した。やがて、淡い灰色の霧が壁のように立ちふさがり、七人をおおい隠した。濃い霧のせいで蹄の音がくぐもって聞こえ、上空のドラフカーの叫び声も壁の向こうから聞こえてくるように思えた。アル＝ソアには、両隣のエグウェーンとメリリンの姿しか見えない。

　ランは速度をゆるめなかった。「行き先はひとつしかない」そうどなる声が、妙にうつろに反響した。

「ミルドラルは狡猾《こうかつ》です」モイレインの答える声が聞こえた。「その狡猾さを逆に利用しましょう」

　七人は無言で馬を走らせた。灰色の霧が空と地面を隠し、たがいの姿も影のようにかすんだ。夜の雲の上をただよっているような感じだ。自分が乗る馬の脚も見えない。

　アル＝ソアは這《は》いあがってくる冷気にひるみ、馬上で身じろぎした。モイレインがいろいろな技を心得ていることは知っているし、自分の目で見た。だが、知ってはいても、不気味に思わずにはいられない。自分が息を止めていることに気づき、アル＝ソアは驚いた。おれは、なんてバカなんだ！　息を止めたままタレン・フェリーまで行けるわけがない。モイレインは父に対して絶対力を使った。おかげで父は元気になった。わかっているのに、素直に息ができない。あたりの空気は重苦しいが、普通の夜霧よりも冷たいだけだ――そう自分に言い聞かせたものの、この霧もモイレインがもたらしたものなのではないかという疑念は消えなかった。

　ランは一行に、もっとかたまるよう命じた。冷たい灰色の霧のなかで、たがいの輪郭が見えるようにするためだ。ランはなおも全速力で馬を走らせつづけた。ランとモイレインが並んで先頭に立ち、濃霧をものともせずに突き進んでゆく。残る者たちは二人を信じてあとにつづき、希望をつなぐしかなかった。

　ドラフカーの叫び声はしだいに小さくなり、やがて聞こえなくなったが、まだ安心はできなかった。森も農家も月も道も、霧に隠れて見えない。霧の向こうで犬の吠える声が遠く、うつろに聞こえた。農場を通り過ぎるときも、鈍い馬蹄の音しか聞こえなかった。霧のなかでは風景の変化もない。太腿《ふともも》と背中の痛み以外に、時間の経過を知る手段もなかった。

　何時間も走ったにちがいない。アル＝ソアの手は手綱を握りしめたまま、こわばっていた。足も、このあと普通に歩けるかどうか心配になるほど硬直している。いちどだけ、アル＝ソアは振り返った。霧のなかを追ってくる影が見えたが、数ははっきりしない。マットとペリンかどうかも、さだかでなかった。冷気と湿気がマントと上着を通してシャツまでしみとおり、骨までしみこむように思えた。顔にあたる空気の流れと、最後の追いこみをするかのように脚を伸ばしつづけるクラウドの動きがなかったら、走りつづけている感覚もないかもしれない。何時間もたったような気がした。

「速度を落とせ」突然、ランが叫んだ。「手綱を引け」

驚いたアル＝ソアは制止がまにあわず、クラウドはランとモイレインのあいだに割りこんで飛び出し、五、六歩先へ進んでから止まった。

霧のなかから、高い家々が四方にぬっと姿を現わした。アル＝ソアの目には奇妙なほど高く見えた。いちどもきたことのない場所だが、話には聞いている。家の土台に使われている丈《たけ》の高い赤石は、〈霧の山脈〉の雪どけ水でタレン川が増水しても家が流されないためのものだという。ここはタレン・フェリーだ。

黒い戦馬を速足で進めるランが、アル＝ソアのそばを通り過ぎた。「そうあわてるな、羊飼いのアル＝ソア」

アル＝ソアは当惑し、村へ進む一行のなかへ馬を戻した。顔が火照《ほて》っている。このときばかりは冷たい霧をありがたく思った。

霧に隠れて姿は見えないが、野良犬が一匹、猛烈に吠えて走り去った。早起きの村人が起き出したらしく、窓にちらほらと明かりが灯《とも》りはじめた。犬の吠え声のあと、ふたたび静まり返った夜明けの村に、一行の馬蹄の音だけが響いた。

タレン・フェリーの住人をよく知らないアル＝ソアは、乏しい記憶をたぐりよせた。この人々は南部へはめったにやってこない。ウォッチ・ヒルやエモンズ・フィールドを〝低い土地〟と呼び、悪臭でも嗅いだかのようにつんと鼻を上げる。前に会ったタレン・フェリーの村人は、〝丘の頂《ヒルトップ》〟や〝石運び橇《ストーンボート》〟などという変わった名前の者たちだった。タレン・フェリーの住人はみな、ずる賢いペテン師だという噂もある。「タレン・フェリーの人間と握手したあとは、指を盗《と》られていないか確かめろ」と言われるほどだ。

ランとモイレインは、高い黒い家の前で馬を止めた。見たところは、村のほかの家とまったく変わらない。煙のように霧が渦巻くなか、ランは鞍から飛び降りて、人の背丈よりも上までつづく階段をのぼりきると、玄関の扉を拳《こぶし》で荒々しく叩いた。

「気づかれないように、静かに進むんじゃなかったのか？」マットがぶつぶつ言った。

ランは扉を叩きつづけた。隣家の窓に明かりがつき、腹立たしげなどなり声が聞こえても、その手を止めなかった。

扉がぱっと開き、長い寝巻きを着た男が裸足《はだし》で現われた。片手に持ったランプが、とがった細い顔を照らし出している。男は腹立たしげに口を開きかけたが、霧に気づくと驚いて目を剝いた。

「なんだ、これは？」男は言った。「なんだ、これは？」

冷たい灰色の筋が玄関で渦を巻き、男はあわててあとずさりした。

「ハイタワー親方」ランが言った。「そなたに用がある。渡し船でタレン川を渡りたい」

「ハイタワーだとさ。あの男は、〝高い塔《ハイタワー》〟なんか見たこともなさそうだけどな」マットがくすくす笑った。

アル＝ソアは身ぶりでマットを黙らせた。とがった顔の男はランプを高く掲げて、うさんくさそうに一行をながめまわした。

まもなく、ハイタワーと呼ばれた男は不機嫌そうに答えた。「渡し船は、夜間は運航せん。絶対に。こんな霧のなかじゃ、もってのほかだ。日がのぼって霧が晴れたら、またこい」

渡し守のハイタワーは家のなかへ引っこもうとしたが、ランが手首をつかんで引き止めた。ハイタワーが腹を立てて言葉を返そうとしたとき、ランプの光に金貨がきらめいた。ランが、ハイタワーの手に一枚ずつ金貨をのせてゆく。ハイタワーは金貨が音を立てるたびに唇をなめ、目を疑うように、顔を少しずつ手に近づけた。

「無事に向こう岸へ着いたら、また同じだけ払おう。だが、今すぐ船を出してもらうのが条件だ」と、ラン。

「今すぐですか？」

イタチのようにずるそうなハイタワーは唇を噛んで足を踏み替え、霧の向こうの闇を透かし見て、急にうなずいた。

「いいでしょう。まあ、手を放してくださいよ。人足《にんそく》たちを起こさなければなりません。まさか、わたしが一人で船を引っ張って川を渡るとお考えではないでしょう？」

「船で待っておる」ランは無表情に言い、手を放した。「あまり待たせるな」

ハイタワーは片手の上で山になった金貨を抱えこみ、うなずくと、急いで扉を尻で押して閉めた。

12　タレン川を越えて

護衛士ランは階段をおりてくると、みなにどこへ行くとも言わず、馬を引いてあとについてくるよう指示した。ランド・アル＝ソアの膝のあたりで霧が渦巻き、足もとが見えない。一メートル以上先の何もかもがかすんで見えた。前よりは薄くなっているが、まだ、仲間たちの姿がかろうじて見える程度だ。

依然として、人影はこの七人以外には見えない。明かりのついた窓がさらにふたつ三つ増えたが、霧のために薄暗いしみのように見える。灰色の霧のなかに、ぼうっと光る窓しか見えないことが多かった。ときどき現われる新たな家並みは、雲の上にただよっているかに見えた。近隣の家が霧に隠れているなかでひとつだけ姿が見えると、数キロ四方でただ一軒しかない家のようにも見えた。

長いあいだ馬に乗っていたために、全身がこわばって痛んだ。アル＝ソアは、このままタール・ヴァロンまで歩いていけないものかと考えた。もちろん、今は馬に乗るよりも歩くほうがはるかに楽というわけではないが、痛くないのは両足ぐらいだし、少なくとも、歩くことには慣れている。

いちどだけ、アル＝ソアの耳にもはっきり話し声が聞こえた。

「そこは、あなたがうまく対処してください」モイレインが何やらランの質問に答えている。「あの男はわたくしたちを忘れはしないでしょうし、それはどうしようもありません。わたくしは、あまり強い印象を与えたくありませんし……」

アル＝ソアは湿気を含んで重くなったマントを不快そうに肩で揺すりながら、遅れないようについていった。マットとペリンは、見えない何かに爪先をぶつけるたびに悪態をついた。

吟遊詩人トム・メリリンもぶつぶつ言っていた。〝温かい食事〟だの〝暖炉〟だの〝酒〟だのといった言葉が、断片的にアル＝ソアの耳に入ってきたが、ランとモイレインは振り向きもしなかった。

エグウェーンは無言で背筋を伸ばし、顔を上げて歩いている。アル＝ソアたちと同じように乗馬に慣れていないので、少し苦しげな足取りだ。

エグウェーンは冒険を楽しんでいるようだ――アル＝ソアは暗い気分で考えた。望んで足を踏み入れただけに、霧や湿気や寒さなどといった些細なことは気にならないのだろう。

求めていた冒険か、いやおうなしに巻きこまれた冒険かによって、目に映るものが違ってくる。ドラフカーや得体の知れない者たちに追われて、冷たい霧のなかを馬で疾走するのは、物語としてはいかにもスリリングだ。エグウェーンはスリルを感じているのかもしれない。それに引きかえ、自分は寒さと湿気しか感じられず、ようやく人里に着いて――たとえ、それがタレン・フェリーであっても――ほっとしている。

　不意にアル＝ソアは何か大きくて温かいものにぶつかった。霧のなかで、ランの黒馬が歩みを止めていた。ランとモイレインが立ちどまったのを見て、ほかの者たちも足を止め、馬を叩いて安心させている。いや、自分たちの心を落ち着けているのかもしれない。ようやく霧が少し薄れ、前よりはたがいの姿がよく見えるようになったが、もともと形のわかっているものしか見分けられない。あいかわらず足もとは灰色の霧の大波に洗われている。家並みも霧にのみこまれてしまったようだ。

　クラウドを引いて用心深く足を進めていると、急にブーツが木の板にこすれる音がした。渡し船用の桟橋だ。アル＝ソアはクラウドを引いたまま、じりじりとあとずさった。タレン・フェリーの桟橋がどんなものなのか、噂には聞いている。この橋の先にあるのは渡し船だけだ。タレン川は広くて深く、流れが速いため、泳ぎのうまい者でも渡りきれないという。ワインスプリング川より、はるかに広いはずだ。おまけに、この霧では……。ふたたびブーツの下にやわらかい土を感じると、アル＝ソアは安堵《あんど》した。

　突然、ランが鋭い声で「シッ！」と一同の動きを制すると、ペリンのそばへ駆けつけて相手のマントを跳ねのけ、大きな斧をさらけ出した。わけがわからないながらも、アル＝ソアも反射的に自分のマントを後ろへ跳ねのけて、いつでも剣を抜けるようにした。ランがすばやく自分の馬のもとへ戻ったとき、霧のなかから、揺れる明かりがいくつか現われ、くぐもった足音が近づいてきた。

　労働着を着た無表情な男が六人、ハイタワーに連れられて姿を現わした。男たちが足を止めると、松明《たいまつ》の火にエモンズ・フィールドからきた一行の姿が浮かびあがった。明かりが霧に反射して、まるで灰色の壁で囲まれているようだ。ハイタワーは細長い首をかしげて一行をながめまわし、鼻をひくつかせた。罠《わな》がないかどうかと、風のにおいを確かめるイタチのようだ。

　ランはいかにも気軽そうに鞍《くら》にもたれながらも、片手をこれ見よがしに剣の柄《つか》に置いた。押し縮められた金属のバネのように、今にも爆発しそうな雰囲気をただよわせている。アル＝ソアは急いでランの真似をした――剣に手を置くところまでは。だが、完全に気を抜いたような姿勢は、とても真似できなかった。真似をしても、みなに笑われるだけだろう。

　ペリンはベルトから斧をはずして、ゆっくりと身がまえた。マットは矢筒に手をかけた。

この湿気で弓の弦《つる》が伸びているのではないかと、アル＝ソアは心配になった。

　吟遊詩人のメリリンがもったいぶった足取りで進み出ると、片手を上げてゆっくりとまわした。急に手の動きが派手になり、どこからともなくナイフを取り出すと、指でくるくるまわし、ぴしゃりと手のひらで柄を受け止めた。そのまま平然とナイフで指の爪を削りはじめた。

　モイレインが、低い楽しげな笑い声を漏《も》らした。エグウェーンは祭りの曲芸を見たかのように手を叩いた。すぐにきまり悪げに拍手を止めたが、口もとには笑みが浮かんだままだ。

　ハイタワーは、おもしろがるどころか、メリリンをにらみつけ、それから大きく咳払いした。

「渡りおえたら、金貨を上乗せしていただけるという話でしたな？」ハイタワーはずる賢い不機嫌な目つきで一行を見まわし、言葉をつづけた。「さっきもらった分は安全な場所に置いてある。いまさら取り返そうったって、そうはいきませんぜ」

「残りの金貨は、向こう岸に着いてから支払う」ランが答えて、腰に下げた革製の巾着《きんちゃく》を揺らし、チャリンと音を立てた。

　とたんに、渡し守は目をすばやく動かして、うなずいた。

「それじゃ、行きましょうか」

歯切れの悪い口調でそう言うと、六人の人足《にんそく》を引き連れて、ゆっくりと桟橋を歩きだした。松明のまわりで霧が溶けた。その後ろから新たな灰色の筋が流れてきて、もとどおりに視界をおおい隠してゆく。アル＝ソアは急いであとを追った。

渡し船は舷《ふなばた》の高い木製の平底船だ。乗るときは、船尾の囲いをおろして渡り板にする。人間の手首ほどある太い綱が、両舷に沿って前後に延びていた。片端は桟橋の大きな支柱にしっかりとくくりつけられ、反対側は川の上の闇のなかへ消えている。人足たちは船べりについている鉄の受け皿に松明を差しこみ、客たちが馬を引いて乗りこむのを待って、渡り板を引きあげた。バランスを取ろうとあちこち動く足や馬の蹄《ひづめ》の下で、甲板がきしみ、船は左右に揺れた。

ハイタワーは小声でぶつぶつ言いながら、馬を落ち着かせろ……作業のじゃまにならないように中央にかたまれと、不機嫌な口調で指示した。つづいて、人足たちを急《せ》き立てて川を渡る準備をさせた。だが、人足たちの作業はあいかわらず、のろのろしていた。ハイタワー自身もあまり気乗りがしない様子で、なんども指図《さしず》の途中で言葉を切っては、松明を高く掲げて霧のなかをのぞきこんだ。しまいにはどなるのをやめて船首へ行き、川面《かわも》をおおう霧を見つめた。ハイタワーはそのままじっとしていたが、人足の一人がそっと腕にふれると、跳びあがってにらみつけた。

「なんだ？　ああ、おまえか。用意はできたか？　そろそろ時間だ。用意ができたんなら、もたもたせずに船を出せ」ハイタワーは両腕を振って人足たちに合図したが、松明を持ったままなので、馬たちがいなないてあとずさりしかけた。「船を出せ！　力いっぱい進めろ！　それ、出せ！」

　号令とともに人足たちは背中を丸めてその場を離れ、ハイタワーはふたたび前方の霧に目を凝らした。松明を持っていないほうの手をそわそわと上着の前にこすりつけている。舫《もや》い綱《づな》が解かれると、強い流れに捕らえられた船は一瞬ぐらりと傾き、誘導索にひっかかって、もういちど揺れた。人足たちは三人ずつ船の両側に並び、船首付近の誘導索をしっかりつかむと、苦労して船の後ろへと歩きだした。濃い霧のなかへ船を出すのが不安らしく、口々にぶつくさ言っている。

　桟橋が遠ざかり、船は霧に包まれた。船の上の松明のあいだにも、薄い霧の筋がただよっている。船はゆるやかに揺れながら、流れのなかを進んだ。動くものは、一定のリズムで船尾へ歩き、船首へ戻って綱をつかんでは同じように歩きだす人足たちの姿だけだ。みな黙りこくっていた。エモンズ・フィールドからきた一行は、できるだけ船の中央にかたまった。エモンズ・フィールドでは、タレン川は川とは思えないほど広いと言われている。

霧がかかっているため、いやがうえにも果てしなく思われた。

　しばらくして、アル＝ソアはランのほうへ身を寄せた。〈水の森〉の池よりも広くて深い川など、今まで見たこともなかった。流れが速く、向こう岸も見えない川を渡るのは、不安でしかない。

「この人たち、本当はおれたちを襲ってカネを巻きあげるつもりだったんでしょうか？」アル＝ソアは小声でランにたずねた。「渡し守の男は、カネを奪い返されるんじゃないかと警戒してましたけど」

　ランはハイタワーと人足たちに視線を向けてから――聞き耳を立てている者がいるかもしれない――同じように小声で答えた。

「これだけ霧が出ておれば……霧にまぎれて、よからぬことをたくらんでも不思議ではない。人目のあるところとないところで、よそ者に対する態度を変える人間もおる。よそ者を危険だと考える人間ほど、よそ者にとって危険な行動を取りやすい。この男は……それがしの見るところでは、カネのためなら、自分の母親でさえトロロークの餌食《えじき》として売りわたしかねん。なぜ、それがしにたずねる？　エモンズ・フィールドでタレン・フェリーの人間がなんと言われておるか、それがしも耳にしたぞ」

「そりゃ……みんな、そういうことは言ってますけど……でも、まさか、この人たちが本当に……」アル＝ソアは口ごもった。知らない土地の住人のことを勝手に判断するのは、差し控えたほうがよさそうだ。「おれたちのことを闇に溶けるミルドラルに告げ口するんじゃないかと、心配になったもんですから」アル＝ソアはやっとの思いで、そう言った。「あとでトロロークを乗せて追ってくるかもしれません」

ランは皮肉な含み笑いを漏らした。

「よそ者のカネを奪うのと、半人ミルドラルと取引するのは、大違いだ。たとえ金貨を積まれようと、この霧のなか、船にトロロークを乗せて川を渡る気になると思うか？　よりによってミルドラルと取引する気になると思うか？　そのようなことを考えただけでも、向こう一カ月は逃げつづけるはめになるだろう。タレン・フェリーで闇の信徒に怯《おび》える必要はない。ここには、闇王に心を寄せる者はおらぬ。われわれは安全だ……しばらくのあいだは。ともかく、この連中は心配ない。言動に気をつけろ」

行く手を見据《みす》えていたハイタワーが、とがった顔をランとアル＝ソアのほうへ向け、松明を高く掲げた。はじめてランとアル＝ソアの姿がはっきり見えたかのように、こちらを見つめている。人足が船の上を行き来したり、ときおり馬が足を踏み鳴らしたりすると、甲板がきしんだ。ハイタワーはランとアル＝ソアに見つめ返されていることに気づき、びくっとした。あわてて背を向け、向こう岸――霧のなかに見えるもの――を探しはじめた。

「もう何も言うな」と、ラン。アル＝ソアがほとんど聞き取れないほどの小声だ。「トロロークや闇の信徒や〈虚言の祖〉の話は、あまりせぬほうがよい。どこで誰の耳に入るかわからぬ。扉に〈竜王の刻印〉を落書きされるより、まずいことになる」

アル＝ソアはそれ以上たずねる気にはなれず、ますます憂鬱《ゆううつ》になった。闇の信徒だと！　半人ミルドラルやトロローク、ドラフカーだけでは足りずに、闇王に心を寄せる人間にまで怯えなければならないのか。トロロークなら、見ればすぐにわかるが、闇の信徒はそうはいかない。

だしぬけに、行く手の霧のなかにぼんやりと数本の杭が現われ、船が鈍い音とともに岸にぶつかった。人足たちは急いで船をつなぎ、船首の囲いをおろして渡り板にした。

マットとペリンは「タレン川も思ったほど広くないな」などと、大声で言った。

ランが自分の黒馬を引いて板を渡りはじめ、モイレインとほかの者がそのあとを追った。最後に、アル＝ソアがクラウドを引いてベラのあとにつづくと、ハイタワーが腹立たしげにどなった。

「待った！　ちょっと待った！　約束のカネは？」

「ちゃんと払います」前方の霧のなかから、モイレインの声が答えた。

アル＝ソアは重い足取りで進んだ。ブーツの下の感触で、渡り板から木の桟橋へと移ったことがわかる。

「人足さんたちにも一人につきマーク銀貨一枚を払います。思ったよりも早く渡れましたから」モイレインはつづけた。

　ハイタワーは危険のにおいを嗅ぎ分けるように顔を突き出し、ためらったが、銀貨と聞いた人足たちは活気づいた。ひと息ついて松明を手に取る者を除いて、みな、ハイタワーが何も言わないうちに渡り板をたどって岸へ上がった。ハイタワーも、不機嫌な顔で人足たちのあとから上陸した。

　アル＝ソアが用心深く桟橋を進むと、クラウドの蹄の音が霧のなかでうつろに響いた。向こう岸と変わらないくらい霧が濃い。

　桟橋の端で、ランがハイタワーと人足たちの松明に囲まれて、硬貨を渡している。モイレインを除く五人は、岸でひとかたまりになって心配そうに見守った。モイレインは桟橋に立ったまま川を見ている。何が見えるのだろう？　アル＝ソアは身震いして、湿気を含んだマントの襟《えり》を引き寄せた。今こそ、本当にトゥー・リバーズを出た。たったひとつ川を渡っただけだが……。

　ランは最後の硬貨をハイタワーに渡した。

「さあ、約束どおりだ」

ランが巾着を手に持ったままなので、ハイタワーはイタチのような顔に貪欲な表情を浮かべて、巾着を目で追いつづけた。

木の桟橋がギーッと大きな音を立てて震えた。ハイタワーは背筋を正して振り返り、霧に包まれた船を見つめた。渡し船の船べりに残されたふたつの松明が、ぼやけた光の点になっている。桟橋がきしり、木の砕ける激しい音とともに光の点が大きく傾き、回転しはじめた。

エグウェーンが言葉にならない叫び声を上げ、メリリンは悪態をついた。

「船が流れる！」ハイタワーが金切り声を上げて人足たちにつかみかかり、桟橋の突端へと押しやった。「このバカ者どもが、いいかげんにつなぎやがって！　船をつかまえろ！　つかまえてこい！」

ハイタワーに押された人足たちは、よろよろと二、三歩進んで足を止めた。渡し船の上のぼやけた光の点は、ますます激しく回転した。その周囲の霧もまわりながら、渦の中心へ引きこまれてゆく。桟橋が震えた。メリメリ……バキッと木の裂ける音が響き、船がまっぷたつに割れはじめた。

「渦巻きだ」人足の一人が言った。畏怖《いふ》に満ちた声だ。

「タレン川には渦巻きなんかない」ハイタワーの声がむなしく聞こえた。「渦巻きなんか、いちども……」

「運が悪かったのです」

モイレインの声が霧のなかでうつろに響く。川に背を向けたその姿は、影のようにおぼろに見えた。

「運が悪かった」ランが無表情な声で繰り返した。「しばらくは仕事にならぬだろう。われわれを渡したために船を失ったとは、気の毒だ」ランは手に持ったままの巾着のなかを探った。「これはせめてもの償いだ」

ハイタワーは松明の火にきらめく金貨を見つめ、肩をすぼめて、ほかの乗客たちをちらっと見た。霧のなかに無言で立つ五人の姿は、ぼんやりかすんでいた。怯えたようなはっきりしない叫びを上げて、ハイタワーはランの手から金貨をひったくり、あっというまに桟橋から岸へ上がると霧のなかへ走り去った。人足たちがあとにつづき、松明の火は見るまに川上へ消えた。

「先を急ぎましょう」モイレインはなにごともなかったかのように言うと、白馬を引いて桟橋から岸へ上がった。

アル＝ソアはその場に立ちつくし、霧でおおわれた川を見つめた。偶然ではない。渦巻きなんかないと、あの渡し守は言っていた。それなのに……。

ふと気がつくと、ほかの者はすでに先へ進んでいた。アル＝ソアは急いで、なだらかに傾斜した岸をのぼりはじめた。

三メートルと進まないうちに、濃い霧が薄れて消えた。アル＝ソアはぴたりと足を止めて、じっと後ろを見た。一本の線で区切られたように、岸の向こう側は灰色の霧がたちこめているが、こちら側は晴れた夜空が広がっている。あたりはまだ暗いものの、月の冴《さ》えた光は夜明けが近いことを示唆していた。

ランとモイレインは霧の壁の手前で馬のわきに立ち、何か話し合った。ほかの者たちは少し離れた場所にかたまっている。月明かりしかない闇のなかでも、不安げな様子がうかがえた。どの目もランとモイレインに注がれ、エグウェーン以外はみな、のけぞるようにして立っていた。ランとモイレインを見失いたくないが、近づきすぎるのも怖いのだろう。アル＝ソアはクラウドを引いてさらに三、四メートル進み、エグウェーンの隣まできた。エグウェーンがアル＝ソアに笑いかけた。目の輝きは月光のせいばかりではない。

「霧は、ペンで描いたようにきっちり川に沿って延びています」満足そうなモイレインの声が聞こえた。「独力でこれだけのことができる異能者《アエズ・セダーイ》は、タール・ヴァロンでも十指に満たないでしょう。それも、疾走する馬に乗ったまま、なしとげるとは……」

「モイレイン様、出すぎたことを言うようですが」メリリンがめずらしく、おずおずと声をかけた。「あの霧を、われわれをおおい隠す形で、もう少し先まで広げたほうがよくはありませんかな？　その……ベイロンあたりまで？　あのドラフカーが川のこちら側に目をつけたら、元も子もありません」

「ドラフカーはそれほど利口ではありません、メリリン先生」モイレインはそっけなく答えた。「恐ろしい生き物ですし、めざとくて非常に危険でもありますが、頭はよくありません。ミルドラルに、〝対岸は晴れているが、川そのものは上流下流ともに数キロにわたって霧におおわれている〟と報告するでしょう。ミルドラルは、わたくしが川を霧で隠し、船で川を下ったのだと思いこむはずです。わたくしたちにとってはミルドラルの注意をそらし、時間を稼ぐことができます。霧が晴れて、ミルドラルが本当のことに気づくころには、わたくしたちは陸路をかなり先まで進んでいるでしょう。霧をベイロン方面まで延ばしてもよかったのですが、そうすれば、ドラフカーが数時間のうちに川を捜索し、わたくしたちの行き先がミルドラルに知られてしまいます」

　メリリンは、ふーっと息を吐き出し、頭を振った。

「失礼しました、異能者《アエズ・セダーイ》。お気を悪くなさらないでください」

「あのう、モイレ……いえ、その、異能者《アエズ・セダーイ》様」マットが言いかけて言葉を切り、ごくりと唾《つば》を飲んだ。「渡し船は……あのう……あなた様が……そのう、つまり……おれにはわけがわからないんですが……」

　マットの声がしだいに小さくなり、あたりは静まり返った。アル＝ソアの耳には自分の呼吸の音しか聞こえなかった。

　モイレインの鋭い口調が静寂を破った。

「あなたがたはいつも説明を求めますが、わたくしが自分の行動をいちいち説明していたら、ほかのことをする時間がなくなってしまいます」月光に照らし出されたモイレインの姿は、なぜか、そびえ立つように大きく見えた。「これだけは承知しておいてください。わたくしは、あなたがたを無事にタール・ヴァロンまで送り届けるつもりです。その点だけはお忘れなく」

「いつまでもここに立っておると、ドラフカーに見つかるぞ」ランが口をはさんだ。「それがしの記憶が正しければ、たしか、このあたりに……」ランは馬を引いて岸の土手をのぼった。

　ランが動いたことで胸のつかえがおりたように、アル＝ソアは大きく息を吸った。ほかの者も――メリリンまでが――同じように深呼吸している。〝異能者《アエズ・セダーイ》に逆らうより、狼の目に唾を吐くほうがましだ〟という古い格言を思い出した。だが、ともかく緊張はやわらいだ。もうモイレインはそびえ立つほど大きくは見えず、身長はもとどおり、アル＝ソアの胸あたりまでしかなかった。

「休むわけにはいきませんか？」ペリンが期待をこめて言い、あくびをした。

エグウェーンもベラにもたれて、疲れた吐息《といき》を漏らした。

エグウェーンが不平がましい態度を取ったのは、エモンズ・フィールドを出発してからはじめてのことだ。やっと、この旅が胸躍る冒険とはほど遠いことに気づいたのかもしれない。だが、アル＝ソアは、エグウェーンが昨夜から一睡もしていないことを思い出し、がらにもなく後ろめたい気持ちになった。

「みんなが休息を必要としています、モイレイン様」と、アル＝ソア。「ひと晩じゅう、馬を飛ばしてきたんですから」

「では、ランが用意してくれた場所へ行きましょう」と、モイレイン。「ついていらっしゃい」

モイレインは先に立って土手をのぼり、森へと入っていった。裸の枝が濃い影を落としている。タレン川から百五十メートルほど進むと空《あ》き地に出た。そばに黒い小山がある。遠い昔に起こった洪水で、ヤチツツジの木立が根もとの土を削り取られ、まるごと倒れたものだ。水を浴びてもつれ合い、幹も枝も根も絡《から》まって大きなかたまりになっている。モイレインが足を止めると、そのかたまりの下から光が現われて地面を照らした。

ランが松明の燃えさしを顔の前に突き出し、木々のかたまりの下から這《は》い出てきた。立ちあがると、モイレインに向かって、「誰も侵入した形跡はありません」と言った。「集めておいた薪《たきぎ》も湿っていませんから、小さな焚《た》き火をおこします。暖かくして休めます」

「ここで休憩するつもりだったんですか？」エグウェーンが驚いた声を出した。

「格好の場所だ」と、ラン。「つねに、まんいちの場合に備えておかねばならぬ」

モイレインはランから松明を受け取った。

「ラン、馬の世話をしてくださる？　それが終わったら、わたくしが全員の疲れをなんとかしましょう。今はまずエグウェーンに話があります。エグウェーン？」

モイレインとエグウェーンは身をかがめ、絡み合った木々のかたまりの下へもぐりこんだ。入口は低い位置にあり、四つんばいにならなければ入れないほど狭い。やがて、松明の火が見えなくなった。

残った四人は、ランが馬に積んでおいた飼い葉袋と燕麦《えんばく》を取り出した。四人が鞍をはずそうとすると、ランが制止し、荷物のなかから縄を取り出して、馬の脚を縛るよう指示した。

「鞍をはずしたほうが、馬はゆっくり休めるだろうが、急いで出発しなければならぬときに、鞍をつけなおすのは手間がかかる」

「馬たちは、それほど疲れているようには見えませんが」

ペリンが、餌の入った飼い葉袋を馬の首にかけようと苦労しながら言った。馬は頭を振り立てて、ペリンの手をよけた。アル＝ソアもクラウドを相手に苦労して、三度目にようやく帆布《ほぬの》の袋を馬の首にかけた。

「休息は必要だ」ランは黒馬の足を縄で縛り、身体を起こして言った。「たしかに、まだ走れる。その気にさせれば、疲れを感じぬまま死ぬまで全速力で走りつづけるだろう。モイレイン様があのような技《わざ》をお使いにならなければよかったのかもしれぬ。だが、あれは必要な処置だった」ランが黒馬の首を叩くと、馬は応《こた》えるように頭を上下に振った。「馬が回復するまで、この先二、三日はゆっくり進まなければならぬ。時間をかけるのはありがたくないが、うまくいけば、それで充分に回復する」

「そういう……」マットが大きく喉を鳴らした。「そういうことだったんですか、他人の疲労をぬぐい去るというのは」

アル＝ソアはクラウドの首を叩き、宙を見つめた。モイレイン様が父にしてくれたことはありがたいと思っているが、自分に対しては絶対力を使われたくない。なんと言っても、あの人は渡し船を沈めたのだから。

「まあ、似たようなものだ」ランは口をゆがめて含み笑いをした。「だが、そなたたちが死ぬまで走るはめになるかもしれぬなどと、心配する必要はないぞ。状況が相当に悪化しないかぎりはな。モイレイン様に技をほどこしていただくのは、ひと晩よけいに睡眠をとる程度のことだと思えばよい」

　霧におおわれた川の上空から、突然、ドラフカーのかんだかい叫び声が響いてきた。馬たちも身体をこわばらせた。もういちど、こんどはもう少し近くから声が聞こえた。さらにもういちど。鋭い声が針のようにアル＝ソアの頭に突き刺さった。まもなく叫び声は遠のき、小さくなって消えた。

「よし」ランがひと息ついた。「ドラフカーはわれわれを捜して、川を見張っておるようだ」ひょいと肩をすくめると、急に淡々とした口調に戻った。「なかへ入れ。熱い茶と、胃袋を満たすものが必要だ」

　アル＝ソアが真っ先に四つんばいになって、絡まった木々のあいだからもぐりこみ、短いトンネルをくだった。トンネルの奥には、不規則な形に開《ひら》けた空間があった。木々に取り囲まれた洞穴で、七人全員が入れる広さだ。木の幹や枝が作る天井は低く、女の背丈ほどしかない。川床の岩盤の上におこした小さな焚き火から、煙が立ちのぼった。煙がこもらない程度に空気の移動があるようだが、木々が厚く絡み合っているため、外から火は見えない。

モイレインとエグウェーンはマントを脱ぎ、火のそばに向かい合ってすわっていた。

「絶対力は万物源から得られます」と、モイレイン。「創世の原動力であり、創世主が〈時の車輪《ホイール・オブ・タイム》〉を回転させる力です」前へ差し出した両手をぴたりと合わせた。「万物源の半分は男性源《サイディン》と呼ばれ、あとの半分は女性源《サイダール》と呼ばれています。このふたつが反発し合いながら同時に作用することで、絶対力を生み出します。男性源《サイディン》は――」そう言いながら片手を高く上げ、すとんとおろした。「闇王の手がふれたために穢《けが》されました。悪臭を放つ油が水面を薄い膜でおおっている状態です。水そのものはまだきれいですが、水にふれるには、どうしても表面の油にふれることになります。今、安全に使えるのは女性源《サイダール》だけです」

エグウェーンはアル＝ソアに背を向けており、顔は見えなかったが、身を乗り出して熱心に聞き入っている。

マットが後ろからアル＝ソアをつついて小声で何か言い、そばをすり抜けて、木々におおわれた洞穴へ入った。モイレインとエグウェーンは振り向きもしなかった。ほかの男たちもぞろぞろとなかへ入ると、湿ったマントを脱ぎ捨てて焚き火のまわりに腰をおろし、両手を火にかざした。最後に入ってきたランが、壁面の奥まったところから水袋と革の袋を引き出し、やかんを取り出して湯を沸かしはじめた。ランはモイレインとエグウェーンの会話を気にとめる様子もなかったが、マットとペリンは手をあぶるのをやめて、あからさまに二人を注視した。メリリンは、凝《こ》った彫刻のあるパイプに一心にタバコを詰めるふりをしながら、二人のほうへ身体を傾けている。

　モイレインとエグウェーンは、まるで周囲の者たちに気がつかないかのように、話に没頭していた。

「いいえ」モイレインがエグウェーンに答えて言った。エグウェーンの質問を、アル＝ソアは聞き漏らした。「万物源が使いつくされることはありません。いくら水車がまわっても川が干あがらないのと同じです。万物源は川で、異能者《アエズ・セダーイ》は水車なのです」

「本当に、あたしにもできるとお思いになりますか？」と、エグウェーン。その顔がぱっと輝いた。アル＝ソアは、これほど美しいエグウェーンを見たことがなかったし、これほど遠くに感じたこともなかった。「あたし、異能者《アエズ・セダーイ》になれるんでしょうか？」

　この言葉にアル＝ソアは跳びあがり、低い天井に頭をぶつけた。メリリンがアル＝ソアの腕をつかんで引き戻した。

「バカな真似をするんじゃない」メリリンは声をひそめて言うと、モイレインたちをちらっと見て、二人が気づいていないことを確かめてから、アル＝ソアに同情の目を向けた。

「おまえさんの出る幕ではないぞ、若いの」

「お嬢さん」モイレインは優しく言った。「万物源にふれて絶対力を引き出す技を身につけられる者は、ごくわずかしかいません。かなり高い段階まで進む者もいますし、力の弱い者もいます。あなたは学ぶ必要のないタイプで、ごく少数の恵まれた人間の一人です。少なくとも万物源にふれる段階までは、特に努力しなくてもできます。でも、タール・ヴァロンで修業を積まなければ、引き出した絶対力を制御できませんし、制御できないとあなたの生命が危険にさらされます。もちろん、生まれながらに男性源《サイディン》にふれる能力を持つ男性たちも、赤アジャの異能《アエズ・セダーイ》者に見つけられて、飼いならされなければ、命を落とします……」

メリリンが喉の奥から唸《うな》り声を漏らし、アル＝ソアはそわそわと身じろぎした。モイレインが言うような男はめったにいない。アル＝ソアが耳にしたかぎりでは三人だけで、ありがたいことにトゥー・リバーズの者ではなかった。だが、その種の男たちが異能《アエズ・セダーイ》者に見つかる前に与える被害は甚大で、いつも噂になり、戦争や、都市をいくつも破壊した大地震などの災害と同じように受け止められた。アジャがどういうものなのか、アル＝ソアにはよくわからない。物語によると、異能《アエズ・セダーイ》者はアジャと呼ばれるいくつかの集合体に分かれており、アジャどうしで陰謀をめぐらし合い、言い争いが絶えないという。どの物語も、ある一点では一致していた。赤アジャの重要な責務は新たな全界崩壊を防ぐことであり、そのためには、絶対力をあやつることを夢想する男たちを一人残らず追跡してつかまえる。

マットもペリンも、もう家へ帰りたいという表情で、すっかり怯えている。

モイレインの話はつづいた。

「……女性も命を落とすことがあります。独学で絶対力の使いかたを身につけるのは、大変に難しいのです。わたくしたちが見出せなかった女性たちは、生きていれば、だいたい……そう、このあたりの地方では、村の賢女になるようですね」モイレインは言葉を切った。「エモンズ・フィールドには古い血筋が色濃く残っていますから、その血筋が反映されるのでしょう。あなたを見たとたんに、あなたがどういう人なのかわかりました。異能者《アエズ・セダーイ》なら誰でも、絶対力をあやつれる女性や、変化の時期を迎えている女性を前にすれば、わかります。たとえ、その女性に自覚がなくても」

モイレインは腰のベルトにつけた小袋のなかを手探りし、金鎖につないだ青い小さな宝石を取り出した。前に髪飾りとしてつけていたものだ。

「あなたの変化の時期はまぢかに迫っています。はじめて絶対力にふれるときが近づいているのです。そのときまで、わたくしが指導したほうがいいでしょう。そうすれば、あなたは……独力で学ぼうとする者にありがちな不快な影響を受けずにすむはずです」

エグウェーンは目を丸くし、なんども唇をなめた。

「その石に……絶対力が宿っているんですか？」

「もちろん、違います。絶対力は物体に宿るわけではありません。アングリアルでさえ、ただの道具です。これはただのきれいな青い石ですが、光を発することはできます。ほら」

　モイレインがエグウェーンの指先に宝石をのせると、エグウェーンの手が震えた。身を引きそうになるエグウェーンの両手をモイレインの片手が捕らえ、もう一方の手がそっとエグウェーンの側頭部にふれた。

「この石をごらんなさい」モイレインは静かな声で言った。「一人で手探りするよりも、これを使ったほうがいいでしょう。意識をこの石に集中させてごらんなさい。ほかのことは何も考えずに、意識を浮遊させるのです。石のほかには何もないと考えてごらんなさい。さあ、はじめましょう。意識を浮遊させるのです。わたくしの指示にしたがってください。何も考えてはいけません。さあ」

　アル＝ソアは両方の膝をぎゅっと握りしめ、顎《あご》が痛くなるほど歯をくいしばった。エグウェーンは失敗する。そうに決まっている。

　宝石に光が宿った。ホタルのような小さな青いきらめきで、すぐに消えた。それでも、アル＝ソアは目がくらむのを感じた。エグウェーンとモイレインは無表情に石を見つめている。またしても光がきらめき、さらにもういちど光り、やがて空色の光が脈動するかのように周期的に現われるようになった。モイレイン様がやったんだ――アル＝ソアはそう思いこもうとした。異能者《アエズ・セダーイ》の技だ。エグウェーンの力じゃない。

最後の光が弱々しくまたたき、石は色のついたただの石に戻った。アル＝ソアは固唾《かたず》をのんだ。

　エグウェーンはそのまま小さな石を見つめていたが、しばらくすると顔を上げてモイレインを見た。

「あたし……あたし、何かを……何かを感じたような気がします。でも……きっと、おめがね違いでしょう。お時間を無駄にしてしまってすみません」

「無駄にはなっていませんよ、お嬢さん」モイレインは一瞬、満足げな笑みを浮かべた。「最後の光はあなた一人の力で現われました」

「ほんと？」エグウェーンは叫んだが、すぐに陰気な表情に戻った。「でも、ほんの一瞬でしょ？」

「あなたはもう何も知らない片田舎の娘ではありません。普通は、今、あなたがしたようなことができるようになるには、タール・ヴァロンで何カ月も修業を積まなければなりません。あなたは、もっともっと上達しそうです。努力を重ね、修業を積めば、いつかアミルリン位にまでのぼりつめるかもしれません」

「あたしが……?」エグウェーンは歓喜の声を上げ、モイレインに抱きついた。「ありがとうございます! ねえ、アル=ソア、聞いた? あたし、異能者《アエズ・セダーイ》になれるのよ!」

13　選択の余地

一同が眠りにつく前に、モイレインは疲労を軽減する技《わざ》をほどこした。一同のあいだを順にまわってそばにひざまずき、ひとりひとりの頭に両手を置いた。ランは、「それがしは必要ありませぬ。お力を無駄づかいなさらないでください」と抗議したが、モイレインの手をよけはしなかった。エグウェーンははじめての体験に興味津々だった。マットとペリンは見るからに怯《おび》えていたものの、拒否する勇気もなかった。モイレインの手が伸びてくると、吟遊詩人トム・メリリンはさっとよけたが、モイレインはうむを言わさぬ表情で白髪《しらが》頭をつかんだ。異能《アエズ・セダーイ》者の手が置かれているあいだ、メリリンはずっと顔をしかめつづけていた。やがてモイレインは、いたずらっぽく微笑し、両手を放した。メリリンは顔をしかめたままだったが、ほかの者たちと同じように疲れがとれたようだ。

　ランド・アル＝ソアは、木々が不規則に絡《から》まっている壁面の窪《くぼ》みに隠れていた。ここなら、誰からも見えない。木々に寄りかかると、たちまちまぶたが重くなったが、無理に目を開《あ》けて様子をうかがい、口に拳《こぶし》をあててあくびを嚙《か》み殺した。一、二時間ほど眠れば、疲れがとれるだろう。

だが、モイレインの目を逃《のが》れることはできなかった。モイレインの冷たい指が顔にふれ、アル＝ソアは縮みあがった。「おれは別に――」そう言いかけた瞬間、驚いて目を見張った。斜面を流れ落ちる水のように、疲れが身体から流れ出てゆく。うずくような痛みも薄れて消えていった。アル＝ソアがぽかんと口を開けてモイレインを見つめると、モイレインはほほえんで両手を引いた。

「終わりました」モイレインは疲れたようなため息とともに立ちあがった。

異能者《アエズ・セダーイ》といえども、自分自身の疲れを癒《い》やすことはできない。モイレインはお茶を少し飲んだだけで、ランが差し出したチーズとパンを断わり、焚《た》き火のそばで丸くなった。身体にマントを巻きつけるやいなや眠りに落ちたようだ。

ほかの者も、ラン以外は、手足を伸ばせる場所を見つけて眠りかけていたが、どうして眠れるのかアル＝ソアには理解できなかった。すでに寝台でひと晩、熟睡したあとのようにすっきりしていたから。それでも、木々の絡まり合った壁にもたれると、すぐに眠りに落ちた。一時間後にランに起こされたときは、三日間、眠りどおしだったかのように力がみなぎっていた。

ランは一同を起こしてまわったが、モイレインだけはそのまま眠らせておき、音を立てないよう一同に厳命した。だが、暖かい洞穴にとどまっていられたのも、つかのまだった。太陽が地平線上に全貌を現わしてまもなく、洞穴のなかに残る一行の形跡はすべて消され、七人はふたたび馬に乗った。北のベイロンをめざして、馬の体力を温存するためにゆっくりとした旅がつづいた。モイレインの目のまわりにはくまができていたが、馬上では背筋をぴんと伸ばし、揺るぎない姿勢を保ちつづけた。

背後の川はまだ濃い霧におおわれていた。朝の弱い光では晴れる気配もない灰色の壁にはばまれ、トゥー・リバーズは見えなかった。アル＝ソアは馬上で川を振り返った。最後に故郷をひとめ見たかった。タレン・フェリーでもいい。その望みもむなしく、ついに霧の壁も見えなくなった。

「こんなに遠くへくるなんて、考えたこともなかった」霧も川も木々の陰に隠れてしまうと、アル＝ソアは言った。「ウォッチ・ヒルだって、ずいぶん遠い気がしてたのに」

トゥー・リバーズを離れたのは、たった二日前のことだが、もう大昔のことのように思えた。

「一、二カ月で帰れるさ」ペリンが緊張した声で言った。「みやげ話のことでも考えろよ」

「トロロークだって、いつまでも追いかけてこられるはずがない」と、マット。「できるもんか、そんなこと」

マットは大きくため息をつき、鞍上《あんじょう》で伸びあがって周囲を見まわすと、自分の言葉がただの強がりだということに気づいて、がっくりと肩を落とした。

「男ってものは、まあ！」エグウェーンが鼻で笑った。「冒険がしたいとか、口では大きなことを言うくせに、もう家が恋しくなったの？」エグウェーンは毅然《きぜん》としていたが、アル＝ソアはその声が震えていることに気づいた。トゥー・リバーズが影も形も見えなくなった今となっては、無理もない。

モイレインもランもアル＝ソアたちを安心させるようなことは言わず、いつ家へ帰れるか、におわせもしなかった。この二人の態度を気にしないことにしようと、アル＝ソアは思った。身体の疲れはとれても、内心は、確かめることのできない疑いでいっぱいだ。アル＝ソアは鞍の上で背をかがめ、父親のタムと並んで牧草地へ羊を追ってゆく場面を空想した。草は青々と茂り、春の朝らしくヒバリがさえずっている……。エモンズ・フィールドへ向かうところも想像した。ちゃんとした〈春祭り《ベル・タイン》〉……村の中央の〈草広場〉で、なんの心配もなく踊る……気がかりと言えば、足さばきだけだ……。アル＝ソアは長いあいだ一人で空想にふけった。

ベイロンへの旅は一週間かかった。ランはペースを定めて、ほかの者に指示したが、旅程がはかどらないことが不満そうだった。ランは自分と黒馬マンダーブ——古語で〝刃《やいば》〟という意味だと教えてくれた——については、あまり疲れを気にしない。色の変わるマントをなびかせ、しばしば一行を残して馬を走らせる。先へ行って、行く手に何があるか探り、きた道を戻って、自分たちの形跡が残っていないかを調べた。

そのくせ、ほかの者が常歩《なみあし》以上の速さで馬を進めようとすると、「馬をいたわれ」とたしなめた。「トロロークが現われたとき、徒歩でどこまで逃げられるつもりだ？」などと、辛辣《しんらつ》な言葉を浴びせることもある。モイレインに対しても例外ではない。アルダイブ——古語で、春の雨を運ぶ〝西風〟を意味するという——と呼ばれるモイレインの白馬が足取りを速めると、ランは容赦なく「モイレイン様、お急ぎになってはいけませぬ」と注意した。

ランが偵察したかぎりでは、追跡や待ち伏せの徴候は皆無だ。ランは偵察の結果を小声でモイレイン一人に告げ、モイレインは必要と思われることだけをほかの者に伝えた。はじめのうち、アル＝ソアはなんども伸びあがって行く手を見たり、肩ごしに振り返ったりした。神経質になっていたのはアル＝ソア一人ではなかった。ペリンは腰に吊《つ》るした斧にたびたび指をふれ、マットは弓に矢をつがえたまま馬を進めたが、地上にはトロロークや黒マントのミルドラルの影もなく、空にはドラフカーの気配もない。やがてアル＝ソアは、うまく追手から逃れたと思うようになった。

森のいちばん深いところでも、葉はさほど茂っていなかった。タレン川の北でも、トゥー・リバーズと同じように冬が長引いている。松や樅《もみ》、ヤチツツジなどの常緑樹のほかに、ところどころに楠《くすのき》や月桂樹が生えているが、ほかは葉を落とした樹木ばかりだ。ニワトコでさえ葉を生やしていない。雪に押しつぶされた枯れ草のあちこちから新芽がのぞいているが、芽を出しているのはイラクサやアザミ、踏むと悪臭を放つ雑草ばかりだ。剝《む》き出しの地面に残る雪に、常緑樹の低い枝がまだらに影を落としている。弱々しい日光は温かみがなく、夜は突き刺すように寒い。一行はかたくマントの襟《えり》を閉めて進んだ。鳥の姿はまったく見えない。トゥー・リバーズで見かけたワタリガラスもいなかった。

遅い歩みではあったが、悠然《ゆうぜん》とした雰囲気はなかった。踏み固められた〈北道〉――タレン川の北では名前も変わるのだろうが、アル＝ソアは同じ名前で考えていた――は、あいかわらず真北へ延びている。ランの主張で、一行はしばしば道からはずれ、森のなかをくねくねと進んだ。村ひとつ、農場ひとつでも人の気配があれば、何キロも迂《う》回《かい》しなければならなかったが、人の気配はほとんどなかった。森へ入った最初の日は、まる一日、〈北道〉以外には人の足跡ひとつなかった。アル＝ソアは、〈霧の山脈〉のふもとまで行ったときのことを思い出した。あのときでさえ、これほど人里離れた感じはしなかった。
はじめて農場が目に入ったときは驚いた。大きな木造の家と高い屋根のついた納屋だ。どちらも藁葺《わらぶ》き屋根で、石の煙突から煙が渦を巻いて立ちのぼっている。

「エモンズ・フィールドと少しも違わないな」ペリンは眉をひそめ、木々のあいだからかろうじて見える遠くの家と納屋を見つめた。

　農家の周辺で動きまわっている人々は、森のなかの人影に気づいていないようだ。

「違うに決まってる」と、マット。「遠いから、そこまで見えないんだよ」

「いや、違わない」ペリンは言い張った。

「二人とも、静かにしろ」ランが唸《うな》るように言った。「姿を見られてはならぬことを忘れたのか？　さあ、こっちだ」

　ランは馬を西へ向け、木々のあいだを通って農家を迂回しはじめた。

　アル＝ソアが振り返って見ると、ペリンの言うとおりだった。農場の様子は、エモンズ・フィールド近辺と違いはない。小さな男の子が井戸から水を運び、年長の男の子たちが柵の向こうで羊の世話をしている。タバコの葉の保存小屋もあった。だが、マットの言うことも間違いとは言えない。ここはタレン川の北だ。エモンズ・フィールドとは異なる部分もあるにちがいない。

一行はいつも、日没後の明かりが残っているうちに足を止め、その日のねぐらにするために、〝水はけがよくて風のあたらない斜面〟を探した。風はつねに吹きつづけ、ときどき方向を変えるだけだ。焚き火は二、三メートルも離れると見えないほど小さく燃やした。お茶を入れたあとは水をかけて火を消し、燃えさしに土をかぶせた。

　木の洞穴から出て北へ向かった日から、日没前にねぐらを決めると、ランは若者たちに武器の使いかたを教えはじめた。まずは弓矢からだ。的《まと》は、枯れて割れ目の入ったヤチツジの幹にある人の頭ほどの大きさのこぶだ。マットが八十メートル離れたところから三本の矢を命中させたあと、ペリンも同じ成績をあげた。アル＝ソアも父の言った〝炎と無心〟を思い出し、心を静めて弓と自分を一体化させ、三本の矢をほとんど同じ一点に命中させた。マットはアル＝ソアの肩を叩いて祝福した。三人が笑顔を見せると、ランはそっけない口調で言った。

「三人とも弓を持っておるが、その腕前では本物のトロロークが近づいてきたときには使えぬ」

　たちまち三人の笑みは消えた。

「こんどは、近づいてくる相手にどう対処するかだ」ランは、ペリンが持ってきた斧のあやつりかたを実演してみせた。

　武器を持っている相手に斧で立ち向かうときは、木を切ったり、一人で斧を振りまわしたりするのとはわけが違う——ランは大柄なペリンに、相手の武器の防ぎかたやかわしかた、打ちかたなど、一連の稽古をつけ、アル＝ソアにも剣で同じ練習をさせた。アル＝ソアが思い描いていた荒々しく跳躍して剣を振りおろす動きではない。つぎつぎとなめらかに別の動作へつながり、まるで舞踊のような剣さばきだ。

「身体で斧や剣を動かすだけでは不充分だ」ランは言った。「それで充分と考える者もおるが、大切なのは精神だ。心を空《から》にせよ、羊飼いのアル＝ソア。憎悪や恐怖や、さまざまな感情をすべて追い出し、焼きつくせ。ほかの者も覚えておくがよい。これさえ実行できれば、斧でも弓でも、槍でも棒でも、場合によっては素手でも、充分に戦える」

　アル＝ソアは思わずランを見つめ、「炎と無心！」と声を発した。「そういうことでしょう？　父から教わりました」

　ランは訝《いぶか》しげにアル＝ソアを見た。

「羊飼いのアル＝ソア、それがしが教えたとおりの持ちかたで剣を持て。一時間で羊飼いが剣の達人になるのは無理だが、自分の脚を切り落とす心配はなくなるだろう」

　アル＝ソアはため息をつき、両手で剣を握ってかまえた。モイレインは無表情に訓練風景を見守っていたが、翌日の夕方も、稽古をつけるようランに命じた。

夕食は昼食や朝食と同じく、薄いパンとチーズと干し肉だった。ただ、夕食には、水の代わりに熱いお茶が出た。吟遊詩人のメリリンは夕食を楽しみにした。付近の人々に聞こえては困るからと、ランが竪琴《たてごと》や笛の演奏を許さなかったので、メリリンは曲芸を見せ、物語を聞かせた。〈マーラと愚かな三人の王〉や、〈賢い顧問官アンラの千の物語〉のうちの一話、あるいは〈英雄蘇生《ヴァリーァ》の角笛《つのぶえ》を探す旅〉など、栄光と冒険に満ちた楽しい帰郷でめでたく終わる話ばかりだった。

周囲の土地が平和であっても、木陰にトロロークの姿がなく、雲間にドラフカーの影が見えなくても、吟遊詩人の物語は緊張感を高めているとアル＝ソアは感じた。

ある朝、目を覚ましたエグウェーンが、三つ編みにした髪をほどきはじめた。アル＝ソアは毛布をたたみながら、横目でエグウェーンを見守った。毎晩、火を消すとすぐ、エグウェーンとモイレイン以外はみな、毛布にくるまって休む。二人は男たちを置いて一、二時間話し合いにでかけ、ほかの五人が眠りこんでから戻ってくる。エグウェーンは櫛《くし》で髪をとかしはじめた。いつまでとかす気かと、アル＝ソアは首をかしげた。アル＝ソアがクラウドに鞍を置き、毛布を鞍の後ろに縛りつけても、まだとかしている。やがて、エグウェーンは櫛をかたづけ、ほどいた髪を肩の後ろへ押しやって、マントのフードをかぶった。

アル＝ソアは驚いてたずねた。「何をする気だ？」

エグウェーンは答えずに、横目でアル＝ソアを見た。タレン川沿いの木の洞穴で過ごした夜以来、アル＝ソアは二日間もエグウェーンと口をきいていないが、今は言わずにいられなかった。

「髪を編めるようになる日をずっと待ちこがれてたじゃないか。今になって、編むのをやめるのか？ なぜだ？ モイレイン様が編んでないからか？」

「異能《アエズ・セダーイ》者は髪を編まないわ」と、エグウェーン。「編みたくなれば、編むでしょうけど」

「きみは異能《アエズ・セダーイ》者じゃない。エモンズ・フィールドのエグウェーン・アル＝ヴィアだ。そんな姿を見たら、村の女会がかんかんに怒るぞ」

「女会のことなんか、あなたが気にしなくてもいいわよ、アル＝ソア。それに、あたしは異能《アエズ・セダーイ》者になるんだから。タール・ヴァロンに着いたら、すぐ」

「ふうん、タール・ヴァロンに着いたら、すぐね。なぜだ？ 頼むから、理由を教えてくれ。きみは闇の信徒じゃないだろう」

「モイレイン様のことを闇の信徒だと思ってるの？ 本気で？」エグウェーンは拳をかためて身体ごとアル＝ソアに向きなおった。

なぐる気かとアル＝ソアは思った。

「あのかたは村を救ってくださったのよ。あなたのお父さんだって、あのかたに救われたんじゃないの」

「あのかたが何者か、おれは知らない。何者だろうと、モイレイン様一人を見て異能者《アエズ・セダーイ》全員を知ったつもりにはなれない。物語では――」

「子供みたいなことを言わないでよ！　物語なんかどうでもいいから、自分の目で確かめなさいよ！」

「おれの目は、モイレイン様が渡し船を沈めたのを見たぞ！　違うとは言わせない！　きみは何か思いつくと、他人の警告に耳も貸さなくなるんだな！　光に目がくらんで何も見えない間抜けでなければ、誰だって――」

「あたしが間抜けだって言うの？　よく聞きなさい、アル＝ソア！　あなたみたいに頑固な石頭は、全界じゅう探したって――」

「十五キロ以内にいる人間全員を起こす気か？」ランの声がした。

なんとかしてエグウェーンの言葉をさえぎろうと夢中になったアル＝ソアは、あっけにとられて立ちすくんだ。どなり合いをしていたことに、はじめて気づいた。

　エグウェーンは真っ赤になり、「男ってものは！」とつぶやいて、くるりと背を向けた。アル＝ソアとランの両方を指して言ったようだ。

アル＝ソアは警戒の目であたりを見まわした。ランばかりでなく、全員が注視していた。マットとペリンは青い顔をし、メリリンは今にも逃げ出すか、飛びかかりそうに緊張している。モイレインの顔は無表情だが、鋭い視線がアル＝ソアの目を貫《つらぬ》いた。アル＝ソアは自分の言葉を正確に思い出そうとした。おれは異能《アエズ・セダーイ》者を闇の信徒だと決めつけたのだろうか？

「出発の時間ですよ」モイレインは言い、自分の白馬へ向かった。

アル＝ソアの全身が震えた。罠《わな》から逃れ出た気分だ。ひょっとしたら、本当に罠だったのかもしれない。

二日後の夜、小さな焚き火を前にして、マットが指に残ったチーズのくずをなめながら言った。

「なあ、おれたちはもう追手を振りきったんじゃないかな」

ランは周辺の見まわりにでかけ、モイレインとエグウェーンはいつもの話し合いをしにいった。メリリンはパイプをくわえたまま居眠りし、若者たちが焚き火を占領している。ペリンが億劫《おつくう》そうに燃えさしを棒でつついて答えた。

「追手を振りきったんなら、なぜラン様は偵察に出るんだ？」

眠りかけていたアル＝ソアは、寝返りを打って焚き火に背を向けた。

「タレン・フェリーで振りきった」マットは両手の指を頭の後ろで組み合わせて仰向けになり、月の出た空を見あげた。「本当に追われてたとしても」

「おまえ、ドラフカーが追ってきたことを知ってるだろう」と、ペリン。「あいつが、おれたちを慕《した》って追ってきたって言うのか？」

「おれが言いたいのは」マットはペリンの言葉には取り合わず、平然と先をつづけた。「トロロークやドラフカーのことなんか気にするのはやめて、全界を見てまわろうってことさ。おれたちは物語の舞台に近づいてる。本物の都市って、どんなふうだと思う？」

「おれたちはベイロンへ行くんだよ」

アル＝ソアが眠そうな声で言うと、マットはフンと鼻を鳴らした。

「ベイロンもいいけど、おれはアル＝ヴィア村長が持っている古い地図を見た。シームリンに着いてから南へ曲がれば、道はイレイアンへ通じてる。イレイアンより南まで」

「イレイアンがなんだって言うんだ？」ペリンがあくびをした。

「第一に、イレイアンは異能者《アエズ・セダーイ》だらけじゃ――」マットは答えようとして急に口をつぐみ、アル＝ソアの眠気はすっかり覚めた。

　モイレインがいつもより早く戻ってきたのだ。エグウェーンもいっしょだったが、三人の目を引いたのは、火のそばに立つモイレインだった。マットは仰向けになったままぽかんと口を開け、まじまじとモイレインを見つめた。モイレインの目は焚き火の小さな炎を映して、黒いなめらかな石のようにきらめいた。アル＝ソアは急に心配になった。モイレインは、いつからここに立っていたんだろう？

「この連中は、ただ――」

メリリンがとりなすように口を開いたが、モイレインにさえぎられた。

「一日か二日、無事だっただけで、もう安心してしまうのですか」きらめく目とは対照的に、恐ろしいほど静かな声だ。「一日か二日、なにごともなく過ぎたからといって、もうあの〈冬夜日《とうやび》〉を忘れてしまったのですか？」

「忘れてはいません」と、ペリン。「ただ――」

モイレインは声を荒らげずにペリンを制止し、言葉をつづけた。「あなたがたはみな、同じ気持ちなのですか？　イレイアンへ逃げて、トロロークや半人ミルドラルやドラフカーのことを忘れてしまいたいのですか？」モイレインは三人に順に視線を走らせた。口調はいつもと変わらないが、冷たくきらめく目を見ると、アル＝ソアは不安になった。モイレインは誰にも口を開かせなかった。「闇王は、あなたがた三人か、三人のうちの一人を追っています。わたくしの手を離れたら、あなたがたはたちまち闇王につかまるでしょう。闇王が何を狙っているにせよ、わたくしは闇王に対抗します。言っておきますが――言葉どおりに受け取ってください——闇王にあなたがたを渡すくらいなら、わたくしは自分の手で、あなたがたを殺します」

淡々とした口調だった。そのためにかえって、アル＝ソアはその言葉を信じた。モイレインは、必要だと思えば間違いなく、自分で言ったとおりにするだろう。

その夜、アル＝ソアは眠れなかった。アル＝ソアばかりではない。メリリンのいびきは、最後の薪《たきぎ》が燃えつきても聞こえてこなかった。この夜ばかりは、モイレインは手助けをしてくれなかった。

アル＝ソアは、エグウェーンとモイレインの夜の話し合いが気になった。ほかの者を残して闇のなかへ姿を消したあと、いつも二人で何を話しているのか……何をしているのか？　モイレインはエグウェーンに何をしているのだろう？

ある夜、ほかの男たちが寝静まるのを待って、アル＝ソアは毛布を身体に巻きつけ、こっそりと、その場を離れた。メリリンのいびきが、堅い木の節《ふし》を切るのこぎりのような音を立てている。アル＝ソアは、ウサギを追うときと同じように細心の注意を払って気配を殺し、月明かりを頼りに進んだ。やがて、幅の広いざらざらした葉におおわれた高いヤチツツジの根もとにたどりつき、身をかがめた。モイレインとエグウェーンが小さなカンテラを置いて、倒木の上にすわっていた。

「ご質問なさい」モイレインが言った。「わたくしにわかることでしたら、教えてさしあげます。よくお聞きなさい。あなたにはまだ理解しきれないことが、たくさんあります。もっとほかのさまざまなことを学んでからでないと、覚えられないこともあります。また、ひとつのことを学べば、さらに別のことも学んでおかなければならない場合もあります。でも、知りたいことはご質問なさい」

エグウェーンがゆっくりと言った。

「モイレイン様は絶対力の五素は〈地〉、〈気〉、〈火〉、〈水〉、〈心〉の五つだとおっしゃいました。でも、〈地〉と〈火〉をあやつるのが男性だというのは不公平な気がするんです。どうして男性が最強の力を持つんでしょう?」

モイレインは笑い声を上げた。

「まあ、そんなことを考えていたのですか？　風にも水にも削り取られないほど硬い岩がありますか？　水や風にも消えないほど強い火がありますか?」

エグウェーンは黙りこみ、片方の爪先を森の地面にめりこませてから、「男性は……男性の異能者《アエズ・セダーイ》は、闇王や闇セダーイを……解き放とうとしたのでしょう?」と言い、深く息を吸って、いっきに言葉を吐き出した。「女性はそんなことをしませんでした。狂気に襲われて全界を崩壊させたのは、男性なのでしょう?」

「怖いのですね」と、モイレイン。暗い声だ。「エモンズ・フィールドに残っていれば、あなたはいずれ村の賢女になったでしょう。賢女ナイニーヴは、そのつもりであなたを指導していたのでしょう？　もしかしたら、あなたは村の女会のメンバーに選ばれて、男議会に協力して村の運営にあたったかもしれません。でも、あなたは想像を絶する行動に出ました。冒険を求めて、エモンズ・フィールドを……トゥー・リバーズを出たのです。自分でそうしたいと思ったからでしょう？　でも、やはり怖いのですね。あなたは恐怖に負けてなるものかとがんばっています。だからこそ、どうしたら異能者《アエズ・セダーイ》になれるかをたずねたのでしょう？　慣れ親しんだ習慣や因習を簡単に捨てられたのも、恐怖をはねのけるためだったのでしょう？」

「違います」と、エグウェーン。「あたし、怖くなんかありません。本当に異能者《アエズ・セダーイ》になりたいんです」

「怖がったほうが、あなたのためになります。でも、信念を捨ててはいけません。新たな異能者《アエズ・セダーイ》候補になれる力を持つ女性は、今では非常に少ないし、自分からなりたいと望む人はもっと少ないのです」モイレインは物思いにふける口調になった。「ひとつの村に二人もいるなんて、はじめてのことです。トゥー・リバーズには本当に昔の血筋が色濃く残っています」

アル＝ソアが闇のなかで身じろぎしたとたんに、足もとで小枝がピシリと音を立てた。アル＝ソアは全身をこわばらせて息を止めた。冷や汗が出た。だが、モイレインとエグウェーンは気づかなかった。

「二人ですって？」エグウェーンが叫んだ。「もう一人は誰ですか？　カリ・セインですか？　ララ・アイランですか？」

モイレインはいらだたしげに舌打ちし、きびしい口調で答えた。

「わたくしの話をよく聞いていなかったのですね。もう一人は、残念ながら異能《アエズ・セダーイ》者にはならないでしょう。他人のことよりも、自分の置かれた立場をよくお考えなさい。あなたの選んだ道は決して平坦ではありません」

「あたし、引き返すつもりはありません」

「いずれにしても、あなたは安心させてもらいたいのでしょう？　あなたが望んでいるような意味で安心させてあげることは、わたくしにはできません」

「どういう意味でしょうか？」

「あなたは、異能《アエズ・セダーイ》者が善良で純粋な人種だと……全界崩壊をもたらしたのは伝説の悪い男たちであって、女たちではないと確認したいのでしょう？　男性の異能《アエズ・セダーイ》者は、たしかに全界崩壊をもたらしました。でも別に、普通の男性より特に悪い人間だったわけではありません。邪悪だったのではなく、正気を失っていたのです。タール・ヴァロンであなたが出会う異能《アエズ・セダーイ》者たちは絶対力をあやつるという以外は、普通の女性と変わりません。勇敢であるとともに臆病でもあり、強いなかにも弱点を備え、優しくも残酷にもなれる、温かくて、しかも冷たい心の持ち主です。異能《アエズ・セダーイ》者になったからといって、あなたの本質が変わるわけではありません」

　エグウェーンは重々しく息をついだ。

「あたし、やっぱり怖いんだと思います……絶対力で自分が変わってしまうのが。トロロークや闇に溶けるミルドラルも。それに……モイレイン様、いったいなぜ、トロロークはエモンズ・フィールドへきたんでしょうか？」

　モイレインは頭を振り、顔を上げてまっすぐにアル＝ソアの隠れている場所を見た。アル＝ソアは息ができなくなった。モイレインの視線は、前にアル＝ソアたち三人を脅《おど》したときと同じように強かった。葉の茂ったヤチツツジの枝くらいは容易に見通せるにちがいない。まずいな。おれが聞き耳を立てているのを知ったら、どうするだろう？

　アル＝ソアはモイレインに目を据《す》えたまま、闇のなかへ後退しようとした。枯れたやぶの上に倒れかけたが、足に木の根が絡まり、なんとか倒れずにすんだ。倒れたら、枯れ枝が大きな音を立て、間違いなくモイレインたちに気づかれただろう。アル＝ソアは息を切らし、音が出ないように祈りながら這《は》って、その場を離れた。心臓が激しく高鳴った。鼓動の音で居場所が知れてしまうのではないかと思った。バカ！　異能者《アエズ・セダーイ》の話を立ち聞きするなんて！――心のなかで自分を罵《ののし》った。

ほかの男たちが眠っている場所へ戻ると、アル＝ソアは静かに四人のなかへ割りこんだ。横になって勢いよく毛布を首まで引きあげると、ランが身動きしたが、吐息《といき》をひとつ漏《も》らしただけで、また動かなくなった。寝返りを打っただけのようだ。アル＝ソアはそろそろと息を吐き出した。

しばらくすると、闇のなかからモイレインが現われて、五人全員の寝姿が見える位置で立ちどまった。モイレインの全身を、月光が淡いコロナのように縁《ふち》どっている。アル＝ソアは目を閉じて静かな呼吸を繰り返しながら、全身を耳にして、近づいてくる足音を聞き分けようとした。足音はいっこうに聞こえてこない。目を開けると、モイレインの姿は消えていた。

アル＝ソアはようやく寝ついたが、いやな夢ばかり見て、なんども目を覚ました。夢のなかでは、エモンズ・フィールドの男たちが一人残らず〈竜王の再来〉を自称し、女たち全員が髪にモイレインと同じ青い石をつけていた。アル＝ソアは二度とモイレインとエグウェーンの会話を盗み聞きするまいと心に誓った。

急がない旅も六日目に入った。弱々しい太陽がのろのろと梢《こずえ》の上へのぼり、一片の薄い雲が上空を北へただよってゆく。アル＝ソアは不満げなひとりごとを漏らして、マントを身体に引き寄せた。本当にベイロンまで行けるのだろうか？　タレン川を発《た》ってから、すでにトゥー・リバーズ全土を縦断する以上の距離を進んだ。ランにたずねても、いつも「たいして進んでいない。こんな短い道のりは旅とも言えない」という答えしか返ってこない。そのたびにアル＝ソアはとほうに暮れた。

いつものように偵察に出たランが、前方の森のなかから戻ってきた。馬の足取りをゆるめてモイレインの馬と並ぶと、ランは上体を傾け、モイレインの耳もとで報告しはじめた。アル＝ソアは眉をひそめたが、何もたずねなかった。ランは偵察結果に関する質問にはひとことも答えてくれない。

エグウェーンも、ランが戻ってきたことに気づいたようだが、結果をたずねないという暗黙の取り決めに不満も抱いていないらしく、たずねたいそぶりさえ見せなかった。エグウェーンはモイレインから、同行のエモンズ・フィールド人たちの代表とみなされているようだ。しかし、そのエグウェーンでも護衛士の報告を聞けない。ペリンはマットの弓を携《たずさ》え、無言で物思いにふけっている。トゥー・リバーズから離れるにつれて、全員が沈黙におちいりがちになった。馬の歩みが遅いので、マットはメリリンの指導を受けて、馬上で三個の玉をあやつる曲芸の練習をするようになった。メリリンも、ランと同じように毎晩、稽古をつけてくれた。

　ランの報告が終わると、モイレインは馬上で上体をよじって後ろの五人を振り返った。モイレインの視線を受けたアル＝ソアは、身をかたくしないよう気をつけた。ほかの者よりも少し長く見られたような気がする。あの晩、闇のなかで立ち聞きしたことを知られたのではないか？

「おい、アル＝ソア」マットが大声で呼んだ。「四個を使ってできるようになったぜ！」

　アル＝ソアは振り返りもせず、返事がわりに手を振った。

「おまえより先に四個をマスターしたって言ってるんだぞ。おれは……うわっ、あれ見ろよ！」と、マット。

　ちょうどそのとき、一行は低い丘の頂上へ出た。手前の葉を落とした木立のはずれから一・五キロメートルほど前方の広がりはじめた夕闇のなかに、ベイロンの街が見えた。アル＝ソアは驚いて息をのみ、笑いかあくびでごまかそうとした。

　街は高さが六メートルほどもある丸太の防壁に取り囲まれ、防壁のあちこちに木製の監視塔がそびえていた。防壁の内側では薄石板や瓦《かわら》の屋根が夕日にきらめき、煙突から薄い煙が立ちのぼっている。何百本という煙突だ。藁葺き屋根はひとつも見えない。街の東側と西側へ広い道路が一本ずつ延び、どちらの道にも、荷馬車が十台以上、牛に引かせた荷車は二十台以上が動いている。どれも防壁へ向かってゆったりと進んでいた。街の周辺に、いくつか農場が見えた。街の北側には密集しているが、森に阻《はば》まれた南側には数えるほどしかない。ベイロンの偉容《いよう》に目を奪われたアル＝ソアには、農場など問題ではなかった。エモンズ・フィールドとウォッチ・ヒルとデベン・ライドを全部合わせたより大きい！タレン・フェリーを合わせても、まだ追いつかないだろう！

「そうか。あれが都市なんだな」馬の首の上へ身を乗り出してながめていたマットが、ため息をついた。

　ペリンは頭を振った。「あんなに大勢が一ヵ所に住むなんて」

　エグウェーンは何も言わずに、ただ見つめている。

　メリリンがマットをちらりと見て、あきれたように目玉をぐるりと上へ向けると、口ひげを震わせる勢いで息を吐き出した。「都市だと！」

「ご感想は、アル＝ソア？」モイレインが言った。「ベイロンの第一印象はいかが？」

「ずいぶん遠くへきてしまった――という感じです」アル＝ソアがおもむろに答えると、マットがけたたましい笑い声を上げた。

「あなたがたは、もっと遠くまで行かなければなりません」と、モイレイン。「はるか遠くへ。しかも、選択の余地はないのです。一生のあいだ逃げ隠れしたいというのなら、話は別です。逃げ隠れしていては、あまり長生きできないでしょう。旅がどんなにつらくなっても、このことを忘れてはいけません。あなたがたには、ほかに選択の余地はないのです」

アル＝ソアは、マットやペリンとちらりと目を見交わした。二人の表情から見ると、自分と同じことを考えているようだ――〝闇王に渡すくらいなら、自分の手で殺す〟などと言われた以上、選択の余地なんかないのはわかりきってるじゃないか。おれたちの運命は、この人に握られてるんだ。

三人の思いには気づかないかのように、モイレインは言葉をつづけた。

「ここでまた新たな危険に取り囲まれます。あの防壁のなかへ入ったら、言葉に気をつけて行動してください。とりわけ、トロロークや半人ミルドラルなど、闇の生き物のことは口にしてはなりません。闇王のことを考えないでください。ベイロンには、エモンズ・フィールドの村人以上に異能者《アエズ・セダーイ》を憎んでいる人たちがいますし、闇の信徒もいます」

エグウェーンがハッと息をのみ、マットの顔から血の気が引いた。モイレインは静かに先をつづけた。

「わたくしたちは、できるだけ注意を引かないようにしなければなりません」

ランは灰色や緑に色を変えるマントを脱いで、平凡な焦げ茶色のマント——仕立ては同じように立派だった——に着替えた。色の変わるマントを詰めこんだ袋が、鞍の後ろで大きくふくらんでいる。

「わたくしたちはベイロンでは本名を名乗りません」モイレインが言った。「わたくしはアリスという名で、ランはアンドラという名で知られています。忘れてはいけませんよ。いいですね？　では、夜にならないうちに防壁のなかへ入りましょう。ベイロンの防壁の門は、日没から日の出までのあいだは閉ざされます」

　ランは先に立って丘を下り、丸太の防壁をめざして森のなかを進んだ。途中、六つほど農場が見えた。いずれも道から離れており、仕事をすませた農夫たちは旅人の姿には気づかなかったようだ。やがて、幅の広い鉄の帯をいくつも使って丸太をつないだ分厚い門の前へ出た。まだ日は沈んでいないが、門はかたく閉ざされていた。

　ランは門のそばへ馬を進め、垂れている擦《す》り切れた綱をぐいと引いた。防壁の向こう側で鐘が鳴った。防壁の四メートルほどの高さの位置に開いた丸太の隙間に、潰《つぶ》れた布製の帽子をかぶった皺《しわ》くちゃの顔が現われ、疑わしげに一行を見おろした。

「いったいなんだね？　この門を開ける時間はもう過ぎとるよ。今日はもう開けられんのだ。入りたいなら、ホワイトブリッジ門へ——」

進み出たモイレインの白馬を、防壁の上の男の目がとらえた。突然、男の顔の皺が深まり、歯の欠けた口が開いて、にやっと笑った。男は忙しく言いわけしながら動きはじめた。

「これは、これは……アリス様でいらっしゃいましたか。少々お待ちを。すぐにまいります。お待ちください。今、開けます、ただ今すぐに」

男の頭が見えなくなっても、防壁の向こう側で「お待ちを……ただ今」などとどなる声が聞こえた。門はあまり使われていないらしく、ギーッと大きな音を立てて、ゆっくりと右側の扉が動きだした。馬が一頭だけ通れる程度に開くと、門番の男が隙間から顔を出してにやりと歯の欠けた口を見せ、さっと引っこんだ。ランにつづいてモイレインが、そのすぐ後ろからエグウェーンが門を通った。

アル＝ソアはエグウェーンのすぐあとから馬を進め、高い木の塀と倉庫の列にはさまれた狭い通りへ入った。丈《たけ》の高い倉庫には窓がなく、幅の広い扉がかたく閉まっている。モイレインとランは馬をおり、皺だらけの顔の門番と何か話した。アル＝ソアも馬をおりた。

小柄な門番は、なんども繕《つくろ》った跡のあるマントと上着をまとっており、帽子を片手でもみくちゃにしながら、口を開くたびにぺこぺこ頭を下げた。ランとモイレインにつづいて馬をおりた五人のほうをうかがって、頭を振り、にやりと笑った。

「田舎の人たちですな。アリス様は田舎の人を集めておいでですか？」そのとき、吟遊詩人メリリンの姿が門番の目にとまった。「おまえさんは羊飼いじゃないね。何日か前に、ここを通してやった吟遊詩人だ。田舎じゃ、おまえさんの芸は受けなかったのかね？」

「われわれを通してくれたことは、忘れてもらったほうがいいんだがな、アビン親方」ランは言い、門番の手に金貨を押しつけた。「今、入れてくれたことも」

「そんなお気づかいはいりませんよ、アンドラ様。本当に、こんなお気づかいは……。前にもたっぷりいただきましたので。本当に」そう言いながらも、アビンは吟遊詩人のような早わざで金貨をしまいこんだ。「誰にもしゃべりません。これからも、しゃべるつもりはありません。特に白マントどもには」

　アビンは顔をしかめて唾《つば》を吐こうとしたが、ちらりとモイレインの顔を見て、息をのんだ。

　アル＝ソアは驚いたものの、何も言わなかった。ほかの者も口を開かなかったが、マットは今にも大声を出しそうになっていた。白マントだと？〈光の子〉のことだ。アル＝ソアは不安になった。旅商人や隣村の商人、商人の用心棒たちの話では、〈光の子〉という団体は賞賛されたり憎まれたりと、評価がさまざまらしい。だが、異能者《アエズ・セダーイ》を闇王と同じくらい憎む団体だという点では、誰の話も同じだった。早々と、新たなやっかいごとに足を突っこんでしまったのだろうか？

「〈光の子〉がベイロンにきているのか？」ランがたずねた。

「きていますとも」門番はぺこぺこ頭を下げて答えた。「あなた様がお発ちになった日に、着いたのです。やつらは、ここでは嫌われ者です。もちろん、そんなことは誰も申しませんが」

「なぜここへきたのか、〈光の子〉は理由を言いましたか？」と、モイレイン。強い口調だ。

「理由ですと、アリス様？」アビンは驚きのあまり、頭を下げるのも忘れた。「もちろん、言いましたとも……ああ、忘れとりました。あなた様は今まで、羊の鳴き声しか聞こえない田舎においででしたな。お耳に入らなかったとしても、不思議はありません。〈光の子〉は、ギールダンの戦乱の件でここへきたと言っとります。竜王です……竜王を自称する男が現われたんです。〈光の子〉は、その男が邪悪な戦闘を起こしたので——そのとおりですが——鎮圧しにきたと言っとります。男はベイロンじゃなく、ギールダンにいます。わっしの見るところじゃ、他人の仕事にくちばしを突っこむ口実ですな。戸口に〈竜王の刻印〉を落書きされた家がもう何軒か出とります」

そう言って、アビンは唾を吐いた。

「〈光の子〉が何か大きな問題を起こしたのか？」ランがたずねると、アビンは激しく首を振った。

「やつらは起こしたいところでしょうがね、この街の太守様が、わっし以上にやつらを信用しとらんのです。〈光の子〉をいちどに十人ぐらいしか防壁のなかへ入れないことにしましたもんで、やつらはえらく腹を立てとります。外に残った連中は少し北で野営しとるそうです。農夫たちの一挙一動を見張っとるんでしょう。街へ入った連中は白マント姿で歩きまわり、正直な人間をバカにして、〝光のなかを歩め〟などと命令しとります。荷馬車の御者《ぎょしゃ》や坑夫や精錬工などと、なぐりあいになりかけたことも、一度や二度じゃありません。警備隊ともめそうになったこともありました。太守様がことを荒立てないよう命じましたので、これまでのところは、なんとか穏便にすんでいますがね。邪悪な存在を狩り出したいんなら、もっと北のサルダエアへ行きゃいいじゃありませんか、ねえ？　あっちじゃ、何やらやっかいごとが持ちあがっとるそうですからな。南のギールダンでもいい。実際、大変な戦闘が起こっとるんですから。相当な規模だそうです」

　モイレインは静かに息を吸って言った。

「異能者《アエズ・セダーイ》たちがギールダンへ向かっていると聞きました」

「おっしゃるとおりですよ、アリス様」アビンはまた、ぺこぺこと頭を下げはじめた。

「異能者《アエズ・セダーイ》がギールダンへ向かわれたので、この戦闘が始まったのだと、聞いとります。

異能《アエズ・セダーイ》者も何人か亡くなられたそうです。参加された全員かもしれません。異能《アエズ・セダーイ》者に好意的でない連中もおりますが、異能《アエズ・セダーイ》者のほかに誰が偽の竜王を止められるんですかね？　偽の竜王ばかりでなく、男の異能《アエズ・セダーイ》者になるつもりのバカどももいます。異能《アエズ・セダーイ》者以外に、誰も止められません。なかには、この男が本当に〈竜王の再来〉だと思ってる者もおります……白マントどもじゃありませんよ。わっしでもありません。いろんなことができる男だそうです。絶対力をあやつれるんですと。何千人もの支持者がおります」

「バカなことを」ランがぴしゃりと言うと、アビンの皺だらけの顔に傷ついたような色が浮かんだ。

「わっしはただ、聞いた話をしとるだけで。わっしが言っとるわけじゃありません、アンドラ様。その男は自分の軍勢を東と南へ移動させ、ティアをめざしとるという者もおります」アビンの声は意味ありげに重々しい調子を帯びた。「男はこの軍勢を〈竜王の民〉と呼んどるそうです」

「名前にはたいした意味はありません」と、モイレイン。落ち着きはらった声だ。心を乱されたとしても、表には現わさなかった。「そうしたいと思えば、あなただって、ご自分のラバを〈竜王の民〉と呼ぶことができます」

「ご冗談を、アリス様」アビンは含み笑いを漏らした。「白マントがうようよしているとところで、そんなことするもんですか。みんながみんな、そんな名前を好意的に受け取るとはかぎりませんしな。まあ、おっしゃる意味はわかりますが……いや、アリス様、やはりわっしのラバには、そんな名前はごめんですな」

「賢明なお考えです」と、モイレイン。「さて、そろそろ行かなくてはなりません」

アビンは深々と頭を下げた。「ご心配なさいますな、アリス様。わっしは門を開けませんでした」心得顔に言うと、アビンは門のそばへ駆けつけ、力をこめて扉を引っ張りはじめた。「誰にも会いませんでした。何も見ませんでした」扉が重い音を立てて閉まると、アビンは紐《ひも》につながった大きな掛け金をおろした。「アリス様、本当のところは、この門は昼間も開けたことがないんでございますよ」

「あなたに光のご加護がありますように、アビン親方」と、モイレイン。

モイレインは白馬を引き、先に立って街なかへと進んだ。アル＝ソアはいちどだけ振り返ったが、アビンはまだ門のそばに立っていた。もらった金貨をマントの端で磨きながら、ほくそ笑んでいる。

舗装していない道は、荷馬車二台分の幅しかなかった。人影はなく、わきにはずらりと倉庫が並び、ときおり高い木の塀が現われた。

アル＝ソアはメリリンと並んで歩きながらたずねた。「メリリン先生、ティアとか〈竜王の民〉とかいうのは、なんの話ですか？　ティアというのは、南の果ての〈嵐の海〉に面した都市でしょう？」

「〈カリーソン輪廻《りんね》〉だ」メリリンはぶっきらぼうに答えた。

アル＝ソアはあっけにとられた。〈竜王予言〉の物語ではないか。

「トゥー・リバーズでは、そのこと……その話をする人はいませんでした。ともかく、エモンズ・フィールドでは聞いたことがありません。賢女の耳に入ると、生皮《なまかわ》を剝《は》がれかねませんから」と、アル＝ソア。

「そりゃそうだろうな、あの賢女ならな」メリリンの声はそっけなかった。前方をゆくモイレインとランに目を走らせ、聞かれる恐れがないとわかると、言葉をつづけた。「ティアは〈嵐の海〉に面した最大の港で、〈ティアの石城〉と呼ばれる要塞に囲まれている。石城は、全界崩壊以後にはじめて築かれた要塞と言われ、今までなんどか攻撃を受けたものの、いちども落ちたことがない。予言のなかに、〝石城は、〈竜王の民〉がやってくるまでは落ちない〟という言葉がある。また、〝石城は、竜王の手が〈不可触の剣《カランドア》〉をふるうまでは落ちない〟という予言もある」メリリンは顔をしかめた。「〈ティアの石城〉が陥落すれば、竜王が再来したという何よりの証拠になる。わしが塵《ちり》に返るまでは陥落しないでほしいもんだ」

「〈不可触の剣〉？」

「そう言われている。本当に剣なのかどうか、わしも知らん。正体はともかく、〈カランドアの間《ま》〉という中央要塞にあるらしい。ティアの大公たち以外は〈カランドアの間〉へ入れないし、そこに何があるのか口外した者もいない。まあ、少なくとも、吟遊詩人ごときには漏らさない」

アル＝ソアは眉をひそめた。「竜王が〈不可触の剣〉をふるうまでは、石城は落ちないんでしょう？　でも、石城が落ちないかぎり、なかへ入れないじゃないですか。それで、どうして剣をふるえるんです？　竜王はティアの大公の一人ってことですか？」

「その可能性は低いな」と、メリリン。あいかわらず、そっけない口調だ。「ティアでは、絶対力に関係するものごとはすべて憎悪の目で見られる。その激しさはアマドール以上だ。アマドールは〈光の子〉の本拠地だ」

「それじゃ、予言は成就されないじゃありませんか」と、アル＝ソア。「竜王が再来しなければ、それにこしたことはありません。でも、成就されない予言なんて、意味がないでしょう？　まるで、竜王が再来することはありえないと思わせるための物語です。そうじゃありませんか？」

「おまえさんはまた、ずいぶんと聞きたがり屋だな、若いの。容易に成就する予言こそ、価値が低いとは思わんかね？」不意にメリリンの声が明るくなった。「さあ、着いたぞ……どこだか知らんが」

　ランは、頭の高さの木の塀のそばで足を止めた。見たところは、これまでなんどか道端に見えた塀と変わらない。ランは塀の木の板のあいだに刺しこんだ短剣を動かした。やがて、急に満足そうな唸り声を漏らして短剣を引き抜いた。塀の板が門のように開いた。本当に門なのだろうか？　普通の門は内側から開く。この門も内側に掛け金がついていた。ランが短剣の刃で持ちあげて、はずしたのだろう。

　モイレインはすぐさま、白馬アルダイブを引いて門のなかへ入った。ランがほかの者に入るよう合図し、最後に自分が入って門を閉じた。

　門のなかには宿屋があり、馬小屋の前が広々とあいていた。宿屋の厨房《ちゅうぼう》のほうから、大きな声や食器のガチャガチャいう音が聞こえてきた。アル＝ソアは建物の大きさに驚いた。敷地はトゥー・リバーズの宿屋〈酒の泉〉の二倍以上あり、四階建てだ。深くなる夕闇のなかで、半数以上の窓が赤々と輝いている。この街では、そんなに泊まり客が多いのだろうか。

　一行が門のなかを進みはじめると、汚れた帆布《ほぬの》の前垂れをつけた男が三人、巨大な馬小屋の広いアーチ形の扉から出てきた。二人は馬糞《ばふん》を集める馬鍬《まぐわ》を持っていた。残る一人の痩《や》せた男が、両腕を振りながら前へ進み出た。

「こっちです！　こっち！　そこを通っちゃいけません！　玄関を迂回しなければならなくなります！」

　ランが金貨の入った巾着《きんちゃく》に手を伸ばしたとき、アル＝ヴィア村長に劣らぬほど恰幅のいい男が、宿屋から走り出てきた。頭の周囲に薄く残った髪が耳の上に突き出ているところまで、よく似ている。輝くばかりに白いエプロン姿から、宿屋の主人だとわかった。

「いいんだ、ムーチ」主人は、馬小屋から出てきた痩せた男に言った。「大丈夫、このかたたちは特別のお客様だ。さあ、こちらのお客様がたの馬の世話をしてくれ。特別に念入りにな」

　ムーチと呼ばれた男は不機嫌そうに拳で額《ひたい》を叩くと、二人の同僚に手伝うよう合図した。アル＝ソアたちは急いで、毛布や鞍袋《くらぶくろ》などの荷物を馬からおろした。宿屋の主人はモイレインに向かって深々と頭を下げ、誠実な笑みを浮かべて言った。

「いらっしゃいませ、アリス様。ようこそお越しくださいました。あなた様とアンドラ様に、またお目にかかれて、大変に光栄でございます。またすばらしいお話をうかがえるのを、心から楽しみにしております。田舎へいらっしゃったとのことで、ご心配申しあげておりました。天候は不順ですし、夜は防壁のすぐ近くで狼が吠えますから」不意に主人は出っ張った腹を両手で叩いて頭を振った。「お疲れでしょうに、こんなところでおしゃべりをして失礼いたしました。どうぞなかへ。どうぞ。温かい食事も温かい寝台も用意してございます。てまえどもの宿屋は、ベイロンで最高のおもてなしをいたします」

「温かいお風呂も用意していただきたいんですけど、フィッチ親方」モイレインが言うと、エグウェーンが飛びつくように、「ぜひ、お願いします」と言葉を添《そ》えた。

「お風呂でございますか？」主人は答えた。「もちろん、ベイロンで最高のお風呂を備えております。どうぞなかへお入りください。宿屋〈雄鹿と獅子〉をご利用くださいまして、ありがとうございます。ベイロンへようこそ」

14　宿屋〈雄鹿と獅子〉

　宿屋のなかは隅々《すみずみ》まで混み合い、人々の動きが激しく、騒々しかった。外へ漏《も》れてきた騒音で察しがついたとおり、いや、それ以上だ。

　エモンズ・フィールドの一行は、宿の主人フィッチに案内されて裏口から入り、胸あてつきのエプロンをつけた給仕係の男女が忙しく行き交うあいだを縫《ぬ》うように進んだ。給仕人たちは料理を盛った大皿や飲みものをのせた盆を頭上に掲げ、口々にわびながら客をよけてゆくが、足取りをゆるめようとはしない。そのなかの一人がフィッチからすばやく指示され、足早に姿を消した。

「たいへん混み合っておりまして、申しわけありません」フィッチはモイレインに言った。「梁《はり》まで届きそうなほどです。街の宿屋はどこも同じ状態です。冬の時期はいつも……つまり、山で働く労働者がそろそろ山をおりる季節になると、たちまち宿屋はいっぱいになります。鉱山や精錬所の労働者で、まさにあふれ返る状態です。みな、恐ろしい話をしております。狼よりずっと恐ろしい話です。冬のあいだじゅう宿に閉じこめられて、そんな話をしつづけます。山にはもう誰も残っていないでしょうから、山をおりた労働者たちがみんな、どこかの宿に泊まっています。ですが、ご心配には及びません。少々混み合っておりますが、あなた様とアンドラ様には決してご不便をおかけしません。もちろんお連れ様がたにも」

フィッチはものめずらしげに、なんどかアル＝ソアたちをちらっと見た。みな、田舎くさい服装をしているのだから、無理もない。吟遊詩人トム・メリリンだけはマントに身を包んでいるが、〝アリス様〟や〝アンドラ様〟の旅の道連れとしては似つかわしくない。

「精いっぱいご奉仕いたしますので、ご安心を」

ランド・アル＝ソアは目を丸くして、せわしなく動きまわる給仕人たちを見つめ、足を踏まれないように気をつけたが、給仕人たちは危なげなく、すいすいとかわしてゆく。アル＝ヴィア村長は、いったいどうやって奥さんと二人だけで宿屋〈酒の泉〉を切り盛りしていたのだろう？　ときおり娘たちが手伝ってはいたが……アル＝ソアはそんなことを考えつづけた。

マットとペリンは大きな酒場を興味深げにうかがった。突きあたりの大きな扉が開くやいなや、笑い声や歌声、陽気な話し声が渦となって押し寄せてきた。護衛士ランは新しい情報を得るためだとぶつぶつ言いながら、顔をゆがめて片開き扉の向こうへ消え、陽気なにぎわいにのみこまれていった。

アル＝ソアもあとを追いたかったが、とにかく今は風呂に入りたかった。もうあれほど大勢の人々と笑い声のなかに身を置くことはないかもしれないが、酒場に入るつもりなら、身ぎれいにしておいたほうがいいだろう。マットとペリンも同じことを感じているようだ。マットはこっそり身体を掻《か》いていた。

「ご主人」と、モイレイン。「〈光の子〉がベイロンにいると聞いています。何か問題が起こりそうですか？」

「ご心配には及びません、アリス様。どうせ連中はまた、いつもの悪ふざけをたくらんでいるのでしょう。この街に異能者《アエズ・セダーイ》がいるなどと言いふらしています」

モイレインが片方の眉を上げると、フィッチはふくよかな両手を広げて肩をすくめた。

「心配はご無用です。前にも妙な噂を流そうとしました。ベイロンに異能者《アエズ・セダーイ》などいないことは、太守様もご存じです。白マントたちは誰か適当な女性を異能者《アエズ・セダーイ》に仕立てあげ、異能者《アエズ・セダーイ》がいるということをこの街に入るための口実にしているのです。なかには白マントの主張を信じる者もいるでしょうが、ほとんどの住人は白マントのたくらみを知り、太守様を支持しております。罪もないご婦人が異能者《アエズ・セダーイ》に仕立てあげられ、〈光の子〉に痛めつけられるなんて、誰も見たくありませんから」

「それをうかがって安心しました」モイレインはそっけなく答え、フィッチの腕に手を置いた。「ミンはまだいますか？　話をしたいのですが」

　フィッチが何か答えたが、アル＝ソアには聞こえなかった。浴室係が迎えにきたからだ。モイレインとエグウェーンを浴室へ案内したのは、ぽっちゃりした女だった。タオルを何枚も抱えて、営業用の笑みを浮かべている。メリリンやアル＝ソアたち男性陣は、アラという名の黒髪の細身の男に案内された。

　アル＝ソアはベイロンのことをアラにたずねたが、アラは訛《なま》りのある言葉でぽつりと答えただけだった。

　浴室をひとめ見たとたん、アル＝ソアの頭から話そうと思ったことがすべて吹き飛んでしまった。銅製の浴槽が十数個、タイル張りの床に円を描いて並び、床は石壁で囲まれた広い浴室の中央にある排水溝に向かって、なだらかに傾斜していた。それぞれの浴槽の陰に小さな腰かけが置かれ、きちんとたたまれた厚手のタオルと大きな黄色い石鹸が備えつけられている。一方の壁ぎわには、水の入った大きな鉄製の大釜《おおがま》が火にかけられていた。その向かい側の壁には、奥行きのある暖炉があかあかと燃え、室内を暖めている。

「エモンズ・フィールドの〈酒の泉〉と同じくらいすごいな」ペリンが感激して言った。

言われるまでもなく、そのとおりだ。

吟遊詩人メリリンがこらえきれずに大笑いし、マットもくすくす笑った。「コプリン一族みたいなことを言ってやがる」

アル＝ソアがマントを取り、衣服を脱いでいるあいだに、アラは四個の銅製の浴槽に湯を満たしていた。アル＝ソアは誰よりも早く湯につかった。アラは脱いだ衣服をすべて腰かけに積みあげると、湯が入った大きな桶《おけ》と、入浴用の手桶《ておけ》を四人のもとへ運んできた。それがすむと、扉近くの腰かけにすわった。壁にもたれて腕を組み、物思いにふけっているように見えた。

無言のまま、一行は石鹸で身体を洗い、手桶を使って一週間の疲れと垢《あか》を流した。いい湯加減だ。ゆっくりと湯につかると、優雅な気分になる。浴室内は立ちのぼる湯気で蒸し暑いほどになった。ときおり気持ちよさそうな吐息《といき》を漏らす以外には、誰も口をきかなかった。こわばった筋肉がほぐれ、骨の髄《ずい》まで冷えきった身体が温まってゆく。

「ほかに何かご入り用のものはございませんか？」急にアラがたずねた。アラ自身がほかの者の訛りを話題にすることはないだろう。だが、アラも主人のフィッチも、口いっぱいに粥《かゆ》を頬張っているような話しかたをする。「タオルはいかがです？　それともお湯を足しましょうか？」

「いや、けっこう」メリリンの声が室内にこだました。目を閉じたまま大儀そうに片手を振っている。「さあ、夜を楽しめ。あとで謝礼金をはずむよ」メリリンは身体を沈め、口もとまで湯につかった。

アラは浴槽の陰の腰かけを見た。一行の衣類や所持品が積まれている。弓はちらっと見ただけだったが、アル＝ソアの剣とペリンの斧を食い入るように見つめたまま、目を離そうとしない。

「田舎も物騒なのですか？」と、アラ。唐突な質問だ。「リバースとか呼ばれる場所も？」

「トゥー・リバーズ」と、マット。一語ずつ区切りながら発音した。「トゥー・リバーズだよ。物騒だなんて、なぜ——」

「どういう意味だ？」と、アル＝ソア。「ここでも何か起こっているのか？」

ペリンは入浴を楽しみながら、つぶやいた。「極楽！　極楽！」

メリリンはわずかに身体を持ちあげ、目を開けた。

「ここでですか？」アラは鼻で笑った。「物騒なこと？　坑夫が明けがたに街なかでなぐりあいをするぐらいは、いつものことで……」言葉を切り、一同を見つめ、ふたたび話しはじめた。「物騒なのはギールダンですよ。ここじゃ何もありません。田舎には羊しかいないんでしょう？　すみません、悪気はないんです。ただ、トゥー・リバーズは静かなんだろうと言いたかっただけです。この冬はいつもと違います。山で奇妙なことがいくつも起こっています。この前、トロロークがサルダエアに現われたと聞きました。でも、サルダエアは大荒廃地の境界地域にあるんですよね？」アラは不意に言葉をのみこみ、あわてて口を閉じた。しゃべりすぎたことに自分で驚いている。

　アル＝ソアは一瞬〝トロローク〟という言葉に緊張し、絞ったタオルをかぶって顔を隠した。アラが黙ったままなのでほっとしたが、マットがよけいなことを言いだした。

「トロロークだって？」と、マット。うれしそうに声を上げて笑った。アル＝ソアはマットに水を浴びせたが、マットは顔についた水滴をぬぐい、にやりと笑った。「トロロークの話を聞かせてやろうか？」

　無言で湯船につかっていたメリリンが口を開いた。「いいかげんにしろ。わしの持ちねたを横取りするな」

「この人は吟遊詩人なんだよ」ペリンが言うと、アラはさげすむような笑みを向けた。

「マントを見ました。ここでも芸をなさるのですか？」

「ちょっと待った」と、マット。「誰が吟遊詩人の持ちねたを横取りしたって？　おまえたちみんな、たしかに――」

「どうせ、おまえはメリリン先生みたいにうまくは話せないだろ」アル＝ソアがあわてて口をはさんだ。

ペリンが助け船を出した。「レパートリーを増やして、練習に励むんだな——誰にも負けないぐらいに」

「全部、習得しろよ」と、アル＝ソア。「吟遊詩人からお墨付きをもらうまでな」

アル＝ソアたちが早口でまくし立てはじめたので、アラはぽかんと一同を見つめた。マットも、みなの頭がおかしくなったのではないかと目を見開いた。アル＝ソアはマットに食ってかかりたい気持ちを抑え、どうすればマットを黙らせられるか思案した。

そのとき、扉が勢いよく開き、茶色いマントを肩にかけたランが入ってきた。ひんやりした空気が流れこみ、一瞬、湯気をかき消した。

「さて」護衛士ランは両手をこすり合わせながら言った。「このときを待ちかねておった」アラが桶を手に取ったが、ランはそれを制し、「自分の面倒は自分でみる」と腰かけにマントを置いた。

アラがしぶしぶ浴室を出てゆくと、ランは扉をぴしゃりと閉め、耳をそばだてて物音がしないことを確かめた。しばらくして、ようやく一同に向きなおると、マットをにらみつけ、冷ややかに言った。

「やれやれ、危ないところであったな、牧童よ。そなたは人の言うことが聞けぬのか？」

「おれは別に何もしてません」マットは憤然と言い返した。「アラにトロロークの話をしてやろうと思っただけです。それなのに……」マットは口ごもり、ランの視線をさけるように身をそらし、浴槽の背に寄りかかった。

「トロロークの話はするな」ランはきびしい口調で言った。「トロロークのことなど考えるな」怒りをあらわにしてフンと鼻を鳴らし、自分の浴槽に湯を入れはじめた。「愚か者め、よく覚えておけ。闇王の目と耳はいたるところに存在する。そなたたちがトロロークに追われていると〈光の子〉が聞きつけたら、ただではすまぬぞ。そなたたちは闇の信徒とみなされるだろう。タール・ヴァロンにたどりつくまで、アリス様かそれがしが認めぬかぎり、簡単に人を信じてはならぬ」

　ランがモイレインの変名を強調したので、マットは縮みあがった。

「アラは何か隠していました」と、アル＝ソア。「よからぬことが起こっていると思っているようです。それがなんなのかは言いませんでしたけど」

「おそらく〈光の子〉のことであろう」ランが浴槽に湯を足しながら言った。「おおかたの連中は〈光の子〉に批判的だが、なかには〈光の子〉を支持する者もおる。あの使用人は、そなたたちを信用してよいものか判断がつかなかったのであろう。そなたたちが白マントに告げ口するかもしれぬからな」

アル＝ソアは頭を振った。ここがタレン・フェリーよりも危険な場所に思えてきた。

「アラは、トロロークが……トロロークがサルダエアに現われたと言ってたよな？」と、ペリン。

ランは空《から》になった桶を床にほうり出した。すさまじい音が室内に反響した。

「まだ口にするつもりか？　トロロークは境界地域におるものだ、鍛冶屋のペリンよ。われわれは野にいるネズミの群れほどにも注意を引いてはならぬ。そのことを心しておけ。よけいなことを考えるな。モイレイン様はそなたたちを無事にタール・ヴァロンへ連れてゆこうとなさっておる。それがしとて同じだ。だが、そなたたちがこれ以上、モイレイン様に迷惑をかけるつもりなら……」

　その後の入浴は沈黙がつづき、着替えも無言のうちに終わった。

　一同が浴室を出ると、廊下の端にモイレインが立っていた。背の低い痩《や》せた娘といっしょにいる。娘は黒髪をショートカットにして、男もののシャツとズボンを身につけていたが、アル＝ソアの目にはただの娘にしか見えなかった。モイレインがなにごとか言うと、娘はアル＝ソアたちを鋭く見つめてから、モイレインに向かってうなずき、足早に立ち去った。

「さあ」モイレインが一同を招き寄せた。「さっぱりして、さぞかしお腹がすいたことでしょう。ご主人がわたくしたちのために特別な食卓を用意してくださいました」

モイレインは一同を食堂へと先導するあいだ、とりとめもないことを話しつづけた。自分たちが泊まる部屋のこと。街のにぎわいのこと。宿の主人が、吟遊詩人のメリリンに酒場で演奏と物語を披露してほしいと熱望していること。先刻の娘については少しもふれなかった。

一行のための専用食堂には、磨かれた樫《かし》材のテーブルを囲んで十数脚の椅子が並び、厚手の絨緞《じゅうたん》が敷かれていた。アル＝ソアたちが入ってゆくと、エグウェーンが振り返った。洗いたてのつややかな髪を肩に垂らし、パチパチと音を立てる暖炉の火で両手を温めている。

アル＝ソアは、浴室での長い沈黙のあいだにさまざまなことを考えた。誰も信用するなと再三再四ランから言われ、アラにも疑われ、自分たちがいかに孤立無援であるかを思い知らされた。どうやら、信用できるのは自分たちだけのようだ。正直、アル＝ソア自身はモイレインとランをどこまで信用していいのかわからなかった。エモンズ・フィールドの仲間以外は信用できない気がした。エグウェーンは今もエグウェーンのままだ。万物源にふれたことでエグウェーンの身に変化が生じるだろうと、モイレインは言った。それはエグウェーンにはどうしようもないことであり、エグウェーンに罪はない。エグウェーンがエグウェーンであることに変わりはなかった。

　アル＝ソアが謝ろうとすると、エグウェーンはぷいと背を向けた。アル＝ソアはむっとした表情でエグウェーンの背中を見つめ、謝罪の言葉をのみこんだ。そういうことか、わかったよ。そっちがそういう態度なら、どうしようもない。

　宿屋の主人フィッチがあわただしく姿を現わした。フィッチと同じ胸あてエプロンをつけた女が四人、そのあとにつづいてきた。ローストチキンが三つものった大皿、銀器、陶器の皿、蓋をかぶせたボウルなどを運んでいる。女たちがさっそく食卓の準備にとりかかるかたわらで、フィッチはモイレインに深々とお辞儀した。

「大変お待たせして申しわけございません、アリス様。混み合っておりますので、はたして充分なおもてなしができますことやら。料理も充分にはお出しできないかと存じます。チキンに、カブとエンドウ豆が少々。少しばかりですが、のちほどチーズもお持ちいたします。充分にご用意できず、まことに申しわけございません」

「ごちそうですね」モイレインは微笑した。「このような時期ですのに、すばらしいおもてなしですわ、ご主人」

　またしてもフィッチは頭を下げた。まばらな髪の毛のせいで、フィッチのお辞儀が滑稽《こっけい》に見えた。絶えず両手で掻きあげているかのように、髪がてんでんばらばらな方向に突っ立っている。だが、フィッチの笑顔は最高だった。この笑顔を見れば、どんな者でも、フィッチを笑うどころか、フィッチといっしょに笑いたくなるだろう。

「ありがとうございます、アリス様。恐れ入ります」フィッチは姿勢を正すと、顔をしかめ、目を凝《こ》らしても見えないほどのテーブルの埃《ほこり》を、エプロンの端でさっと拭《ふ》いた。「一年前でしたら、このようなものをお出しすることはありませんでした。今は冬ですので、貯蔵室は空《から》っぽ、市場には何もございません。だからといって、誰が農民を責められるでしょうか？　いつまた作物を収穫できるかわからないのです。まったく見当もつきません。われわれの食卓にのるはずの羊肉や牛肉は、狼どもに食われてしまいます。それに……」

　フィッチは急に口ごもった。特別な客をもてなすにはふさわしくない話をしていることに気づいたようだ。「わたしとしたことが、よけいなおしゃべりをしてしまいました。年寄りのたわごとでございます。マリ、シンダ、大切なお客様にお食事を楽しんでいただこう」

　フィッチの合図で女たちがそそくさと出ていくと、またしてもフィッチはモイレインに頭を下げた。

「どうぞお楽しみください、アリス様。何かご用がございましたら、ご遠慮なくお申しつけください。なんなりと、どうぞ。あなた様とアンドラ様をおもてなしすることができて、光栄でございます」フィッチはもういちど深々と頭を下げて部屋を出ると、静かに後ろ手で扉を閉めた。

壁にだらしなく寄りかかり、うたた寝しているように見えたランが、いきなり跳び起き、大股で扉に近づいた。扉に耳を押しあて、心のなかでゆっくり三十を数えてから、すばやく扉を開けて廊下に顔を突き出した。

「誰もおらぬ」ランは結論をくだして扉を閉めた。「これで安心して話ができる」

「誰も信じるなというお言葉は理解できます」と、エグウェーン。「でも、ご主人を疑うのなら、なぜここに泊まるのですか?」

「主人を疑ってはおらぬ」と、ラン。「だが、タール・ヴァロンに着くまでは、ひとり残らず疑わねばならぬ。タール・ヴァロンに着けば、疑う相手は半分に減る」

アル＝ソアは護衛士が冗談を言ったのだと思い、笑みを浮かべそうになった。しかし、ランの表情にはユーモアのかけらもなかった。タール・ヴァロンでも、誰かれかまわず疑うにちがいない。それなら、安全な場所はどこにあるのだろう?

「ランは大げさに言っているのです」モイレインがとりなした。「ご主人は善良なかたです。正直者で信頼できます。ただ、話好きなので、悪気がなくても口をすべらせる恐れがあります。それに、今までに泊まった宿でも、使用人の半数が扉に耳を押しあてて盗み聞きし、寝台を整えることをそっちのけにして、くだらない噂話に花を咲かせていました。さあ、すわって、冷めないうちにお食事をいただきましょう」

　テーブルを囲んで、それぞれが席についた。モイレインが上座に、ランがその向かいの下座に、ほかの者たちはそのあいだにすわった。豪華なごちそうとまではいかないが、薄っぺらいパンと干し肉だけで一週間を過ごしたあとなので、おいしく感じられた。しばらくしてモイレインがたずねた。「酒場での収穫は？」ナイフとフォークの動きがぴたりと止まり、全員の視線がランに集まった。

「たいした情報は得られませんでした」と、ラン。「話を聞くかぎりでは、アビンの申したとおりでした。ギールダンの戦いでロゲインが勝利したそうです。さまざまな憶測が飛びかっておりますが、この勝利については間違いないようです」

　ロゲイン？　偽の竜王にちがいない。アル＝ソアははじめて男の名を知った。ランはその男を知っているのだろうか？

「異能者《アエズ・セダーイ》のことは？」モイレインは静かにたずねた。

　ランは首を横に振り、「わかりませぬ。異能者《アエズ・セダーイ》は全員が殺されたという者もおりますし、無事だという者もおります」と言い、不満そうな表情で言葉をつづけた。「ロゲインに寝返ったという者さえおります。確証はありませぬ。あまり好奇心を剝《む》き出しにするのは控えねばなりませぬから」

「そうですね」モイレインはうなずき、「たいした収穫はありませんね」とため息をついて、テーブルに注意を戻した。「わたくしたちの置かれた状況は？」

「上々です。今のところ特に問題はありませぬ。ミルドラルやトロロークらしきものも現われてはおりませぬ。白マントは、自分たちに批判的なエイダン太守の協力を得ようとやっきになっております。われわれが名乗りでもしないかぎり、白マントに気づかれることはないでしょう」

「けっこうです。浴室係の使用人の話と同じです。噂とも一致しています。さて」モイレインは一同に呼びかけた。「この先も長い旅がつづきますが、この一週間も決して楽ではありませんでした。今晩と明晩はここにとどまり、明後日の早朝に出発することにしましょう」

若者たちはにっこり笑った。なにしろ、街ははじめてだ。モイレインはほほえみ、言葉をつづけた。「アンドラの意見はどう？」

ランは、にやけた表情の若者たちを冷ややかな目で見つめた。「いいでしょう。この者たちがそれがしの言いわたしたことを忘れぬかぎりは」

メリリンは口ひげごしに鼻を鳴らし、「この田舎者どもを……街へ解き放つのですな」と言うと、ふたたび鼻をフンと鳴らして頭を振った。

宿が混んでいるため、一行に割りあてられた部屋はたったの三室だった。一部屋をモイレインとエグウェーンが使い、残りの二部屋を男たちが使う。アル＝ソアはランとメリリンの二人と同室になった。裏庭に面した四階の部屋で、ひさしが張り出しており、ひとつだけある小さい窓から馬小屋の内庭が見わたせた。すっかり夜がふけ、窓から漏れる明かりが闇を切り取っている。アル＝ソアたちの部屋はもともと狭いが、メリリンのための補助寝台を置くと、幅の狭い寝台ばかりであるにもかかわらず、ますます窮屈になった。アル＝ソアは寝台に寝転がったとたんに、その硬さに辟易《へきえき》した。たしかに最高の部屋とは言いがたい。

ひと息つくまもなく、メリリンは笛と竪琴《たてごと》をケースから取り出し、いつものようにもったいぶった態度で部屋を出ていった。ランがメリリンに同行した。

硬い寝台の上でなんども寝返りを打ちながら、アル＝ソアは不思議に思った。一週間前なら、吟遊詩人の噂を聞きつけるとすぐに、岩が転げ落ちるように階段を駆けおりただろう。だが、この一週間は毎晩のように吟遊詩人の物語を聞けた。明日の晩も、その次の晩も、吟遊詩人は語るだろう。熱い風呂のおかげで筋肉の痛みがやわらぎ、一週間ぶりの温かい食事がアル＝ソアを眠りへと誘《いざな》った。うとうとしながら、ランがなぜ偽の竜王ロゲインを知っているのだろうかと首をかしげた。

階下の酒場から、吟遊詩人メリリンの登場を喜ぶくぐもった歓声が聞こえてきたが、アル＝ソアは眠りに落ちたあとだった。

石の廊下は薄暗く、影がいたるところに伸びていた。アル＝ソアのほかには誰もいない。どこからか明かりが漏れ、灰色の壁をぼんやりと照らしていた。ろうそくやランプは見あたらず、かすかな明かりがどこから差してくるのかはわからなかった。空気は湿り、よどんでいた。ポタッ……ポタッ……。一定の間隔で落ちる水音が、どこか遠くで聞こえる。ここが宿屋でないことは、たしかだ。顔をしかめ、こめかみをさすった。宿屋？　頭がずきずき痛み、考えがまとまらない。いま何を考えていたっけ？　宿屋のこと？　わからない。何も思い出せない。

アル＝ソアは唇をなめた。飲みものがほしい。ひどく喉が渇いている。からからだ。水音が自分を呼んでいる。今は喉の渇きを癒《い》やす以外に選択の余地はない。アル＝ソアは一定の間隔で落ちる水音に向かって駆けだした。

ポタッ……ポタッ……ポタッ……。

　廊下は果てしなくつづいた。交差する廊下はない。どこまで行っても同じ光景だ。粗末な扉だけが廊下の左右に等間隔で並んでいる。空気が湿っているにもかかわらず、木の扉は乾燥して、裂け目が走っていた。行けども前方には影が広がり、水音にはなかなか近づけない。意を決し、扉のひとつに手をかけた。扉はやすやすと開いた。アル＝ソアは石壁で囲まれた気味の悪い部屋へ足を踏み入れた。

　アーチ形の窓の外に、灰色の石でできたバルコニーがあった。その向こうにアル＝ソアが今まで見たこともないような空が広がっている。黒と灰色、赤とオレンジ色の雲の層が、怒濤《どとう》のように、絶えず行ったりきたりしながら、混ざり合い、流れつづけていた。誰もこんな空を見たことがないだろう。現実にはありえない空だ。

　バルコニーから室内に視線を戻した。室内も異様な光景だ。奇妙な曲線と独特の傾斜。まるで石が溶けてできた部屋のようだ。何本もの柱が灰色の床から生えているように見える。暖炉では火が燃えていた。鍛冶場の炉のように、ごうごうと音を立てて燃えさかっているのに、不思議と熱くはない。暖炉はいくつもの奇妙な楕円《だえん》形の石でできていた。正面から見ると、火が燃えているにもかかわらず、ぬらぬらと濡れているように見えた。だが、横目で見ると、人の顔のように見えた。苦しげな男女の顔が声にならない悲鳴を上げている。部屋の中央に置かれた高い背もたれのついた椅子と、磨きこまれたテーブルはごく普通のものだが、それがかえってこの部屋の異様さをきわだたせていた。鏡がぽつんとひとつ壁にかかっている。鏡をのぞきこむと、自分の姿が映っているはずの部分だけがぼやけていた。そのほかのものは正確に映し出しているのに、アル＝ソアの姿だけが映っていない。

　暖炉の前に一人の男が立っていた。部屋に足を踏み入れたときには気づかなかった。気づかないはずはないのに。こうして現実に男が目の前に立っていても信じられない。この部屋には誰もいないはずだ――そう自分は確信している。男は上等な仕立ての黒っぽい服を着ていた。見たところ、壮年期の男だ。女性の目には美男に見えるだろう。

「また会ったな」男は言った。その瞬間、男の口と目は炎の燃える底なしの炉に変貌した。

　アル＝ソアは悲鳴を上げ、猛然と部屋から逃げ出した。廊下を横切り、勢いあまって扉にぶつかり、体あたりで扉を開けた。身をよじり、床に倒れこみそうになりながら、扉の取っ手をつかんだ。次の瞬間、わが目を疑った。そこはあの石造りの部屋だった。バルコニーにつながるアーチ形の窓の向こうに見える奇妙な空。暖炉……。

「余からそう簡単には逃げられぬ」男が言った。

　アル＝ソアは背を向け、必死に立ちあがろうとしながら、這《は》って逃げた。こんどは廊下がなかった。光沢のあるテーブルのそばにじっとうずくまり、暖炉の前に立つ男を見た。

暖炉の人の顔をした石や奇妙な空を見るよりはましな気がした。

「これは夢だ」アル＝ソアはそう言って立ちあがった。背後で扉の閉まる音がした。「何か悪い夢だ」目を閉じ、目が覚めますようにと祈った。そうすれば悪夢など消えてなくなると、子供のころに村の賢女から教わった。け……賢女？　それはなんだ？　意識を集中しさえすれば、この頭痛さえおさまれば、まともに頭がはたらくようになるはずだ。

もういちど目を開けた。部屋の様子は何も変わっていない。バルコニーも、空も。暖炉のそばの男も。

「夢だと？」男が言った。「本気か？」

一瞬、またしても男の目や口が底なしの炉に変貌した。男の口調はさっきと変わっていない。まるで、なにごともなかったかのように。

アル＝ソアは少しびくっとしたが、なんとか悲鳴をこらえた。これは夢だ。そうに決まっている。後ろ向きに扉へ近づいた。男から目を離すことができない。扉の取っ手をまわそうとした。取っ手は動かなかった。鍵がかかっている。

「喉が渇いているのだろう」暖炉のそばの男が言った。「飲むがよい」

テーブルの上にゴブレットがあった。きらきらした金属製のゴブレットで、ルビーやアメジストで装飾がほどこされている。さっきまでこんなものはなかったはずだ。また、ぎくりと跳びあがりそうになった。これは夢だ。口のなかが渇いてざらざらしている。

「じゃあ、少しだけ」アル＝ソアはゴブレットを手にした。

男は椅子の背に片手を置き、身を乗り出してアル＝ソアの様子をうかがった。芳《かぐわ》しいワインの香りがして、アル＝ソアはどれほど喉が渇いているのかを思い出した。まるで何日も水を口にしていなかったみたいだ。本当にそうなのか？

アル＝ソアはゴブレットを口に運びかけ、その手を止めた。椅子の背に置かれた男の指のあいだから、うっすらと煙が立ちのぼっている。男がアル＝ソアに鋭い視線を向けると、一瞬、嘲笑《あざわら》うように、男の目が燃えさかる炉と化した。

アル＝ソアは唇をなめ、ワインに口もつけずに、ゴブレットをテーブルへ戻した。「喉が渇いてると思ったのは気のせいだった」

いきなり男が姿勢を正した。表情ひとつ変えなかった。悪態すらつかないことが、かえって男の失望を如実に表わしていた。ワインのなかに何が入っていたのだろうと、アル＝ソアは訝《いぶか》った。バカげた疑問だ。これは何もかも夢なのだから。それなら、なぜ目が覚めないのだろう？

「何が望みだ？」アル＝ソアは問いただした。「きさまは誰だ？」

男の目と口から炎が噴き出した。ごうごうと燃える音が聞こえるようだ。

「ある者は余をバ＝アルザモンと呼ぶ」

アル＝ソアは夢中で扉へ向かい、狂ったように取っ手をまわそうとした。これは夢なんかじゃなかった。この男は闇王だ。取っ手はびくともしない。それでも取っ手をまわそうとしつづけた。

「おまえが例の存在か？」バ＝アルザモンは唐突に問いかけた。「余から逃《のが》れることはできぬ。隠れても無駄だ。高い山に登ろうが、深い洞窟にもぐりこもうが無駄だ。余は、おまえの髪の毛ひと筋たりも見落としはせぬ」

アル＝ソアは振り向き、男——バ＝アルザモンと顔をあわせ、ごくりと唾《つば》を飲んだ。これは悪い夢だ。最後にもういちどだけ取っ手をひねったが、扉は開かなかった。

「栄光がほしいか？」と、バ＝アルザモン。「権力か？　〈全界の眼《アイ・オブ・ザ・ワールド》〉へ行けばおまえの望みがかなうと言われたのか？　ただのあやつり人形が栄光や権力を手にしてどうなるというのだ？　おまえを動かす何本もの糸が何世紀も前から張りめぐらされてきた。おまえの父親は種馬《たねうま》としての役目を果たすために、〈白い塔〉によって選ばれた。おまえの母親は〈白い塔〉の計画どおりに子を産む雌馬にすぎなかった。そして、計画の仕上げは、おまえの死だ」

アル＝ソアは拳《こぶし》を握りしめた。「父も母もすばらしい人間だ。バカなことを言うな！」

炎に包まれた男が嘲笑った。「さすがになかなか気概のある男だな。やはり、おまえこそが絶対的存在だ。このままではなんの得もないぞ。アミルリン位の異能者《アエズ・セダーイ》は、おまえを利用できるだけ利用するだろう。ダヴィアンも、ユリアン・ストーンボウも、ガイア・アマラサンも、ラオリン・ダークスベインも、そうだった。今はロゲインが餌《え》食《じき》にされている。抜け殻になるまで、しゃぶりつくされるのだ」

「なんのことだか、おれには……」アル＝ソアはいやな思いを振り払うように頭を左右に振った。怒りにとらわれたなかで、その一瞬だけは明晰《めいせき》な思考力が戻ってきた。つかみかけたものをもういちど手探りしたが、どうやってその思考にたどりついたのか思い出せない。いくつもの考えが頭のなかをぐるぐるまわっている。渦のなかで流木にしがみつくかのように、ひとつの考えに思い至った。アル＝ソアは言葉を絞り出した。その声は力強さを増していった。

「きさまは……囚《とら》われている……シャヨル・グールに。きさまと闇セダーイは……創世主の手で時の終焉《しゅうえん》まで拘束される」

「時の終焉だと？」バ＝アルザモンがせせら笑った。「おまえは岩の下で生きる虫けら同然だ。外の世界を知らぬ、ちっぽけな存在だ。時の終焉は、おまえが夢想だにせぬほど強大な権力を余にもたらすだろう、この虫けらめ」

「きさまは囚われ――」

「愚か者、余は囚われてなどおらぬ！」バ＝アルザモンの顔から熱い炎が噴き出し、アル＝ソアは両手をかざしながらあとずさった。手汗すらもたちどころに蒸発するほどのすさまじい熱だ。

「〝親族殺しの竜王テラモン〟がその名の由来となる非道を行なったとき、余はやつのそばにいた。妻を、子供たちを、血縁者を殺せとやつに耳打ちしたのは、余だ。結局、竜王テラモンは愛する者たちを皆殺しにした。竜王テラモンをつかのま正気に戻し、自分の犯した過《あやま》ちを思い知らせたのも、余だ。魂が張り裂けんばかりの絶叫を聞いたことがあるか、ええ、虫けらよ？　あのとき、やつは余に歯向かうこともできただろう。余に勝てぬとしても、挑むことはできただろう。だが、その代わりに、独力であやつれないほどの絶対力を引き出した結果、大地が裂け、火山が出現した。その火山は〈竜王の敗翔《はいしょう》〉と呼ばれ、やつの墓標となった。

一千年後、余はトロロークを南へ送りこみ、三世紀にわたって全界じゅうを荒らしまわらせた。タール・ヴァロンの愚か者どもは、最後には余が敗れるなどとほざいたが、〈第二盟約〉すなわち〈十カ国の盟約〉は改変されるどころではなく砕け散り、もはや余に対抗できる者は誰もいなくなった。余は鷹羽王アートゥルの耳もとでささやき、アートゥルが支配する領土じゅうの異能《アエズ・セダーイ》者を死にいたらしめた。余がふたたび耳打ちすると、高潔王と呼ばれたアートゥルの軍勢はアラス海を渡り、〈全界の海〉を越えたが、ふたつの運命を決定づけた。ひとつは統治国家を築くという夢。もうひとつは今後の運命だった。臨終の床《とこ》にあるアートゥルに対し、王の命を救えるのは異能《アエズ・セダーイ》者だけだと、相談役たちは進言した。だが、余が助言すると、アートゥルは相談役たちを火刑に処するよう命じた。さらに余が助言すると、タール・ヴァロンを崩壊させるべきだと叫んで絶命した。

　そのような者たちでさえ余にたてつくことはできぬというのに、森のはずれの水たまりに暮らすヒキガエル同然のおまえに勝ち目などあるはずがない。余に服従しろ。さもなくば、死ぬまで異能《アエズ・セダーイ》者のあやつり人形として踊らされることになるぞ。いずれにしても、おまえは必ず余のものになる。生殺与奪の権を握るのは余だ！」

「いやだ」アル＝ソアはつぶやいた。「これは夢だ。夢なんだ！」

「夢なら余から逃げられるというのか？　見るがよい！」バ＝アルザモンは傲然《ごうぜん》と指さした。アル＝ソアは頭を動かすまいとしたが、見えない力に支配されるかのように、バ＝アルザモンの指さしたほうを向いた。

　いつのまにかゴブレットがテーブルから消えていた。その同じ場所に一匹の大ネズミがうずくまり、まぶしげに目をぱちくりさせながら、用心深く鼻をくんくんさせている。バ

＝アルザモンが人差し指をくいっと曲げると、ネズミはかんだかい鳴き声を上げて背中を弓なりにそらせた。前足が持ちあがり、後ろ足だけで立ち、かろうじてバランスを保っている。バ＝アルザモンがさらに指を曲げると、ネズミは仰向けにひっくり返り、狂ったようにもがいた。四肢がむなしく宙を蹴《け》り、耳をつんざく悲鳴とともに、ネズミの背中が少しずつ折れ曲がりはじめた。やがて小枝のはじけるような音とともに激しく痙攣《けいれん》し、息絶えた。その身体はふたつ折りになっていた。

アル＝ソアは唾をごくりと飲んだ。「夢のなかでは何が起こっても不思議じゃない」そうつぶやくと振り返りもせずに、背後の扉を拳でなぐりつけた。たしかに手の痛みを感じたが、目は覚めなかった。

「異能《アエズ・セダーイ》者たちのもとへ行くがよい。〈白い塔〉へ行き、異能《アエズ・セダーイ》者たちに話すがよい。アミルリン位に話すのだ。この……夢のことを」男が笑った。炎を上げる男の顔の熱さがアル＝ソアに伝わってきた。「それが異能《アエズ・セダーイ》者から逃れる唯一の方法だ。そうすれば、やつらはおまえを利用しないだろう。余がおまえの存在に気づいたと知れば、やつらはあきらめる。だが、おまえを生かしておくだろうか？　自分たちの所行《しょぎょう》が噂となって広がるかもしれぬのに？　異能《アエズ・セダーイ》者どもがおまえを生かしておくと思うなよ。現に、おまえのように異能《アエズ・セダーイ》者を信じた愚か者が何人も命を落とし、灰となって〈竜王の敗翔〉の斜面にばらまかれている」

「これは夢だ」アル＝ソアはあえぎながら言いつづけた。「夢を見ているだけだ。そのうちに目が覚める」

「これで目が覚めるか？」と、バ＝アルザモン。

アル＝ソアの視界の隅《すみ》に、人差し指を向けるバ＝アルザモンの姿が映った。バ＝アルザモンが指を曲げると、アル＝ソアは背中をそらし、悲鳴を上げた。全身の筋肉が痛み、気が遠くなった。

「もういちど目を覚ましたいか？」


アル＝ソアは暗闇のなかで、がばっと起きあがった。かたく毛布を握りしめている。ひとつしかない窓から、やわらかな月光が差しこんでいた。ランと吟遊詩人メリリンは寝台で眠っている。帆布《ほぬの》を引き裂くようないびきをかいているのがメリリンだ。暖炉では、灰をかぶせた石炭が赤熱していた。

ただの夢だ。〈春祭り《ベル・タイン》〉の日に〈酒の泉〉で見た悪夢と同じだ。自分が耳にしたことや体験が、伝説といっしょくたになって現われた根拠のないものだ。アル＝ソアは毛布を肩まで引きあげたが、寒くもないのに震えが止まらなかった。頭もひどく痛んだ。おそらくモイレインなら、こんな夢を見ないようにしてくれるだろう。あの人は悪夢にも対処できると言っていた。

アル＝ソアは大きく息をひとつ吐き、横になった。あれは異能《アエズ・セダーイ》者の助けが必要なほど、ひどい悪夢だったのか？　あるいは、これまでのすべてが自分にこれほどまで深く影響を及ぼしたということなのか？　トゥー・リバーズをあとにしてから、ずっと異能《アエズ・セダーイ》者といっしょに過ごしてきた。ほかに道はなかった。でも、モイレイン様を信じてよかったのだろうか？　異能《アエズ・セダーイ》者を選んでよかったのか？　あの悪夢と同じように最悪の事態だとしたら、どうする？　さまざまな考えが頭のなかを駆けめぐった。アル＝ソアは毛布に顔をうずめ、父親タムに教わった方法で思考を断ち切り、精神の安定を取り戻そうとした。だが、ふたたび睡魔が訪れるには長い時間が必要だった。

15 よそ者と友人

狭い寝台に差しこむ日光で、ランド・アル＝ソアは眠りから覚めた。ぐっすり眠ったようだが、疲れは取れていない。顔の上に枕をかぶせても、光をさえぎることはできなかった。もっと眠りたいわけではない。夢を見たくないからだ。さまざまな夢を見たのに、最初に見た夢しか思い出せない。

アル＝ソアはため息をつき、枕をわきへおろして起きあがった。伸びをして、思わずひるんだ。入浴でとれたと思った身体の節々《ふしぶし》の痛みが、ぶり返している。頭痛も残っていた。あんな夢を見たあとでは無理もない。ほかの痛みは消えたのに、頭痛だけは消えなかった。

ランと吟遊詩人トム・メリリンの姿はすでになかった。窓から日差しが降りそそいでいる。太陽はかなり高くのぼっているにちがいない。トゥー・リバーズにいたころなら、朝食をすませて仕事に取りかかっている時刻だ。アル＝ソアはぶつくさ言いながら、寝台から這《は》い出た。街を見物できるチャンスだというのに、どうしてラン様もメリリン先生も起こしてくれなかったんだよ。

ありがたいことに、水差しには洗面用の湯が残っていた。急いで顔を洗い、身じたくを整えた。剣を持っていこうかと、ちょっと考えた。ランとメリリンの鞍袋《くらぶくろ》や毛布は室内に残っているが、ランの剣は見あたらない。ランは、エモンズ・フィールドにいるときも、危険の気配がなくても剣を携《たずさ》えていた。アル＝ソアもランを見習うことにした。別ににぎやかな通りで剣を見せびらかしたいわけじゃない、と自分に言い聞かせると、ずだ袋をかつぐようにマントを片方の肩にひっかけた。

一段とばしで階段をおり、厨房《ちゅうぼう》へと急いだ。いちばん手軽に食事にありつける場所だ。ベイロンにいられるのも今日だけだから、これ以上は時間を無駄にできない。ちくしょう、どうして起こしてくれなかったんだ。

厨房には宿屋の主人のフィッチがいた。肘まで小麦粉まみれにした料理人とおぼしき女と向き合っている。体格のいい女料理人はフィッチの前に立ちはだかるかたちで、フィッチの鼻先に突きつけた人差し指を腹立たしげに振った。周囲で給仕女や皿洗い、下働きの少年や見習いたちが忙しく立ち働き、目の前の二人の対決を見て見ぬふりをしている。

「……あたしのシリはとってもいい子だよ」女料理人がすごい剣幕でまくしたてた。「悪く言わないでおくれ。あの子は自分の仕事をしただけなんだ。猫がネズミを捕って何が悪いのさ」

「苦情が出ているんだ」女料理人に押され気味のフィッチは、やっとのことで口をはさんだ。「わたしが言うわけじゃないんだよ。お客の半数が、ネズミのことで苦情を――」

「もういい。もう聞きたくない。あたしの猫を悪く言うなら、お客さんに自分で料理を作ってもらっておくれ。シリがかわいそう。自分の仕事をしてるだけなのに。あたしにも落ち度はないのに。わかってもらえないなら、シリといっしょによそで雇ってもらうよ」女料理人はエプロンの紐《ひも》をほどき、エプロンをはずそうとした。

「いかん！」フィッチは金切り声を上げ、あわてて女料理人を止めようとした。エプロンをはずそうとする女料理人とそれを止めようとするフィッチが、ダンスをするように、エプロンをめぐって、くるくるまわりはじめた。

「辞めるなんて言わないでくれ、サラ」フィッチは息を切らしながら言った。「そんなこと言うなよ。頼むよ、サラ！　おまえがいなくなったら、わたしはどうすればいいんだ？　シリはいい子だ。たいしたもんだよ。あの子はベイロン一《いち》の猫だ。苦情を言われたら、わたしが言い返してやる。〝シリがネズミを捕ってくれるから助かっているんだ〟とな。そうとも、シリのおかげだ。ここにいてくれるよな、サラ？　サラ！」

　サラと呼ばれた女料理人は動きを止め、フィッチの手からエプロンを奪い返した。「わかったよ。よーくわかりました」両手でエプロンを持ったまま、まだ紐を締めようとはしない。「すっかり仕事が遅れちまったよ。これじゃ昼食時にまにあわない。さっさと出てってくれませんか？　フィッチさん、たしかにここはあんたの宿かもしれないが、厨房はあたしにまかせてもらいますよ。それとも、ご自分で料理をなさいますか？」サラはフィッチに向かってエプロンを突き出した。

　フィッチは肩をすくめて、あとずさりした。ぽかんと口を開《あ》けたが、すぐに閉じ、はじめてあたりを見まわした。使用人たちはあいかわらず、仕事にかまけて見ないふりをしている。

　アル＝ソアも上着のポケットを探るふりをした。モイレインにもらった銀貨以外は、銅貨が数枚と、あとはがらくたばかりだ。小刀と砥石《といし》、弓の弦《つる》の予備が二本、それと、何かの役に立つかもしれないと思ってとっておいた紐《ひも》の切れ端……。

「サラ、この宿がもっているのは、何もかもおまえのおかげだ」フィッチは慎重に言葉を選んで言い、様子をうかがうように厨房内の使用人たちをちらっと見ると、精いっぱいの威厳をつくろい、出ていった。

　サラはフィッチの姿が見えなくなるのを待って、きびきびとエプロンの紐を締め、アル＝ソアに目をとめた。

「何か食べたいんでしょ？　さ、入って」サラはちらっと歯を見せて笑った。「大丈夫。噛《か》みつきゃしないよ。みっともないところを見られちゃったけどね。シエル、パンとチーズとミルクを出してあげて。悪いね、今はそれぐらいしかなくて。さあさ、すわって。お友達はみんな出かけたよ。一人だけ、気分が悪いとかで部屋に残ってるけど。あんたも出かけたいんでしょ？」

　給仕女が食事を運んできてくれたので、アル＝ソアはテーブルについて食べはじめた。サラはふたたびパン生地《きじ》をこねはじめたが、おしゃべりは止まらなかった

「さっきのことは気にしないでね。フィッチさんは本当はいい人なんだよ。あんなに卑屈にならなくてもいいのに。文句を言う客なんて、ほっときゃいいんだよ。猫がネズミの死骸を運んできたぐらいで、なんだっていうの？　生きたネズミがうろうろしてるほうがましだとでも言うのかねえ。そりゃ、ネズミの死骸を残しておくなんて、シリらしくないけどね。しかも、十何匹も。あんなにたくさん死んだネズミを運んでくるなんて、はじめてだよ。この宿は衛生に気をつかってるし、今までなんの問題もなかったのに。しかも、シリが運んできたネズミはどれも背骨が折れていた」サラはありえないと言うように頭を振った。

　アル＝ソアはハッとした。急にパンとチーズの味がしなくなった。灰を食べているよう

だ。

「背骨が折れてた?」

サラは粉まみれの片手を振り、アル＝ソアの質問を退《しりぞ》けた。

「そんないやなことは忘れて、もっと楽しいことを考えなさい——これは、あたしのモットーよ。吟遊詩人だってきてることだし。いまごろは酒場にいるはずよ。そういえば、あんたは吟遊詩人といっしょにきたんだっけ? あんたもアリス様ご一行の一人なんでしょ? 昨夜、あんたの姿を見たような気がするもの。残念だけど、あたしは吟遊詩人の芸を見られそうにない。こんなにお客が多くなかったらいいんだけど。それに、坑夫ばかりでさ」サラはここぞとばかりにパン生地を叩きつけた。「普段は、この宿に入れるような連中じゃないの。まあ、街じゅうが坑夫だらけとあっちゃ、しょうがない。それでも、お客が少ないよりはましよね。ああ、この前に吟遊詩人を見たのは、いつだったかしら。たしか、この前の冬だったか……」

アル＝ソアは機械的に口を動かして食事をつづけた。もう、なんの味もしないし、サラの言葉も耳に入らなかった。背骨が折れたネズミの死骸……。急いで朝食をすますと、もごもごと礼を言い、あわただしく厨房を出た。誰かにネズミのことを話さなければならない。

　宿屋〈雄鹿と獅子〉の酒場は、用途こそ〈酒の泉〉と同じだが、見たところは少しも似ていなかった。〈酒の泉〉の酒場と比べて、幅は二倍、奥行きは三倍もあり、壁の高い位置に色とりどりの絵が何枚も飾られている。豪華な建物と、背の高い木々や色鮮《いろあざ》やかな花でいっぱいの庭園を描いたものだ。〈酒の泉〉の酒場には大きな暖炉がひとつしかなかったが、ここでは四面ある壁の前にひとつずつ暖炉があり、火が赤々と燃えている。テーブルが所狭《ところせま》しと置かれ、背もたれつきの椅子や長椅子、腰かけなどが並んでいた。

　常連客の全員がパイプをくわえ、ジョッキを手に、身を乗り出して一点を注視していた。部屋の中央のテーブルに立つ吟遊詩人トム・メリリンだ。多彩なつぎはぎ細工のマントが、そばの椅子に投げかけてある。主人のフィッチまでが銀の大ジョッキと布巾を持ったまま、手を止めて見つめていた。

「……銀の蹄《ひづめ》は軽々と、弓なりの首も誇らかに……」吟遊詩人の朗々《ろうろう》たる声が響く。一頭の馬ではなく、長い騎馬隊の描写のようだ。「つややかなたてがみをなびかせて頭を振り立てる。果てしない空に虹のようにたなびく幾千もの旗。大気を震わす何百という真鍮《しんちゅう》のラッパの響き、そして雷を思わせる太鼓の轟《とどろ》き。数知れない歓呼の声が波となってうねり、イレイアンの町の屋根や塔を越え、しぶきを上げて砕け散る——その音すら一行の耳には届かず、五百人の騎馬隊の目と心は、聖なる探索の情熱に燃えあがるばかり。〈英雄蘇生《ヴァリーア》の角笛《つのぶえ》を探す旅〉はつづく。〈英雄蘇生の角笛〉を手に入れよ！　古代の英雄たちを墓のなかから呼び起こし、きたる光と闇の戦いに……」

物語は、吟遊詩人が定旋律と呼ぶ調子で語られていた。タレン川から北へ向かう旅の途中、焚《た》き火のそばで語ってくれたのと同じ調子だ。語りかたには三つの調子があると、メリリンは言っていた。高旋律、定旋律、俗調だ。俗調とは、農夫が隣人と作物の話をするような調子で、ただ普通に述べることだという。メリリンは俗調も実演してくれたが、この調子に対する軽蔑の色を隠そうとしなかった。

アル＝ソアはなかへ入らず、扉を閉めて力なく壁にもたれた。メリリンには相談できそうもない。では、モイレイン様か？　ネズミの話を知ったら、モイレイン様はどうするだろう？

すれ違う人々の視線を感じて、アル＝ソアはひとりごとを言っていたことに気づいた。上着の皺《しわ》を伸ばし、姿勢を正した。とにかく、誰かに相談しなければならない。誰か一人だけは部屋に残っていると、女料理人は言った。アル＝ソアは駆けだしそうになる気持ちを抑えて、マットとペリンの寝室へ向かった。

扉をノックして開け、なかをのぞくと、ペリンが服も着ないで寝台に一人で横たわっていた。ペリンは枕に頭をのせたまま、顔を動かしてアル＝ソアを見たが、すぐにまた目を閉じた。部屋の隅《すみ》にマットの弓と矢筒が立てかけてある。

「気分が悪いんだって？」アル＝ソアはなかへ入り、ペリンの隣の寝台に腰をおろした。

「ちょっと話があるんだよ。その……」そう言ったものの、どこから話しはじめたらいいかわからない。しかたなく、腰を浮かせながら言った。「やっぱりいいや。気分が悪いんなら、眠ったほうがいい。じゃまはしないよ」

「もう眠れそうにない」ペリンはため息をついた。「昨夜、いやな夢を見て、それから一睡もできなかった。詳しいことはマットから聞いたほうが早いだろう。今朝、おれが夢の話をして、疲れたから外出はしないと言ったら、笑ってた。でも、あいつも夢を見たはずなんだ。ひと晩じゅう、寝返りを打ったり寝言を言ったりしてたからな。熟睡はできなかったと思うよ」ペリンは太い腕で目をおおった。「ああ、それにしても疲れた。あと一、二時間、横になってたら、起きあがれると思う。夢のせいでベイロンを見物できなくなったら、この先ことあるごとにマットに文句を言われそうだ」

アル＝ソアはのろのろと腰をおろした。唇をなめ、思いきってたずねた。「夢に出てきた男は……ネズミを殺したか？」

ペリンは目をおおっていた腕をおろし、アル＝ソアを見つめた。「おまえも見たのか？」アル＝ソアがうなずくと、ペリンは言った。「家へ帰りたいよ。あの男が言ったことを思い出すと……もう……。おれたち、どうしたらいいだろう？　モイレイン様には話したのか？」

「いや、まだ話してない。たぶん、話さないと思うけど、わからないな。おまえは？」

「あいつの言ったこと……ちくしょう、おれだってわからないよ」ペリンは急に肘をついて、半身を起こした。「マットも同じ夢を見たと思うか？　夢を見たんだろうと訊《き》いたら、あいつは笑ってごまかした。おれが夢のせいで眠れなかったと言ったら、変な顔をしてたよ」

「たぶん、マットも見たんだろうな」と、アル＝ソア。あの恐ろしい夢を見たのが自分一人ではないと知って、胸をなでおろしたが、同時に後ろめたい気分になった。「実はメリリン先生に相談するつもりだった。あの人は世のなかのことをよく知ってるから。なあ……モイレイン様には話さないほうがいいよな？」

ペリンはまた枕の上に頭をのせた。

「おまえだって異能者《アエズ・セダーイ》の物語はいろいろ聞いてるだろう。メリリン先生は信用できると思うか？　誰か信用できる人がいたらいいんだがな。アル＝ソア、おれは、もし生きて村へ帰れたら、もう絶対にエモンズ・フィールドから外へは出ないぞ。ウォッチ・ヒルまでだって行かない。絶対に。わかったか？」

「そんなこと言うなよ」アル＝ソアは、つとめて陽気な笑みを浮かべて見せた。「もちろん、ちゃんと帰れるさ。さあ、起きろよ。おれたちは大都市にいるんだぜ。今日は一日じゅう見物してまわろう。服はどこだ？」

「一人で行けよ。おれはもう少し横になってる」ペリンはまたしても腕で目をおおった。

「先に行っててくれ。一、二時間したら、追いかける」

「もったいないな」アル＝ソアはあきらめて立ちあがった。「一、二時間あったら、いろいろ見られるのに」扉のそばで立ちどまり、もういちど声をかけた。「ベイロンだぞ。いつかベイロンを見たいと、なんども話したじゃないか」

ペリンは腕で目をおおったまま、返事をしなかった。アル＝ソアはしばらく待ったが、あきらめて部屋を出た。

廊下の壁によりかかると、アル＝ソアの笑みは消えた。まだ頭痛がする。よくなるどころか、ひどくなっている。ベイロン見物も、どうでもよくなってきた。もう何をする気にもなれない。

両腕にいっぱいシーツを抱えた客室係の女が通りかかり、ちらりと気づかわしげにアル＝ソアを見た。アル＝ソアは話しかけられる前にその場を離れ、マントをはおりながら廊下を進んだ。酒場では、吟遊詩人の物語がまだ何時間もつづくだろう。今の自分に何ができるかを考えたほうがいい。マットを見つけ、夢にバ＝アルザモンが出てきたかどうか確かめよう。アル＝ソアはこめかみをさすり、ゆっくりと階段をおりた。厨房のそばへ出たので、わざわざ厨房へ向かい、女料理人のサラに会釈《えしゃく》したが、仕事を中断させないように急いで外へ出た。馬小屋の前はがらんとしていた。昨夜、主人のフィッチからムーチと呼ばれた馬丁《ばてい》が立っており、もう一人の馬丁がずだ袋をかついで馬小屋へ入っていった。アル＝ソアはムーチにも会釈したが、ムーチは険悪なまなざしを返すと、馬小屋のなかへ消えた。この街にはムーチのような人間が多いのだろうか。サラみたいな気さくなタイプが多いほうが、ありがたい。アル＝ソアは見物に出る決心をして、足を進めた。

　馬小屋の門を出たところで立ちどまり、目を見張った。囲いのなかの羊のように、人がうようよ行き交っている。上着やマントで目もとまで顔をおおい、目深《まぶか》にフードをかぶって寒さを防ぎながら、足早に進んでいる。屋根の上を吹き荒れる風に追い立てられているかのようだ。肘で突きのけ合い、挨拶《あいさつ》をかわすどころか、相手に視線を向けもしない。みな、知らない者どうしのようだ。おたがいのことを知らないのだろう。

　奇妙なにおいがした。鼻につんとくるにおいや、すえたにおいや、甘ったるいにおいが入りまじり、鼻をこすりたくなった。祭りの真っ最中でも、これほど大勢の人をいちどに見たことはない。この半分ほどの集団でさえ、見たことがない。この通りだけで、この人数だ。宿屋の主人と女料理人の話では、街じゅうが人でいっぱいだという。どこもかしこも、こんなに人だらけなのだろうか？

アル＝ソアはゆっくりとあとずさり、人でごった返す通りから離れた。この人ごみのなかへ入ってゆく気がしない。具合の悪いペリン一人を残してゆくのも気がひける。それに、街を見物しているあいだに、物語を聞かせおえたメリリンが出かけてしまったら、相談する相手がいなくなる。もう少し待ったほうがいい。にぎやかな通りに背を向けると、思わず安堵《あんど》のため息が漏れた。

だが、宿に戻ったところで頭痛が治るわけでもない。冷たい風に吹かれたら、ましになるかもしれない。アル＝ソアは、宿屋の裏に逆さまに立てかけてある樽《たる》に腰をおろした。

ムーチがときどき馬小屋の入口に姿を現わしてアル＝ソアをにらみつけ、馬小屋の前を通りながら不愉快そうな顔を見せた。あの男は田舎者が嫌いなのかな？　それとも、昨夜、特別な客だと知らずに、裏口から入ろうとしたおれたちを制止したから、ばつが悪いのか？　ひょっとしたら、あの男は闇の信徒かもしれないぞ――そう考えて笑おうとしたが、笑えなかった。アル＝ソアは剣の柄《つか》をなでた。笑えそうなことなど、もう何も残っていない。

「アオサギの紋章入りの剣を下げた羊飼いねえ」ひそやかな女の声がした。「そんな姿を見ちゃったら、世のなかにありえないことはないって気がしてくるわ。何を悩んでいるの、田舎のかた？」

アル＝ソアは驚いて跳びあがった。話しかけてきたのは、昨夜モイレインと話していた娘だった。浴室を出たときに見た覚えがある。昨夜と同じように、男ものの上着とズボンという姿だ。アル＝ソアより少し年上のようで、エグウェーンよりも大きな黒い目を輝かせている。

「あなたがランド・アル＝ソアね？　わたしはミンよ」

「おれは何も悩んでなんかいません」と、アル＝ソア。モイレインがこの娘に何を言ったのかは知らないが、他人の注意を引くなというランの警告は記憶に残っていた。「どうして、おれが悩んでるなんて思うんですか？　トゥー・リバーズは静かな土地だし、住人も静かに暮らしています。問題と言ったら、作物や羊のことくらいですよ」

「静か？」ミンと名のった娘は微笑した。「トゥー・リバーズの住人の噂は聞いたことがあるわ。のろまな羊飼いをだしにした冗談も聞いたわ。それから、実際に僻地《へきち》へ行ったことがある人の話もね」

「のろま？」アル＝ソアは眉をひそめた。「それ、なんの冗談です？」

ミンはアル＝ソアの言葉を聞き流して、先をつづけた。「実際に行ってきた人たちは、トゥー・リバーズの人はみんな、にこやかで礼儀正しくて、人あたりがバターみたいに柔らかいと言うわ。表面はそうだけど、中身は古い樫《かし》の根みたいに硬くて頑固なんですって。ほじくると、下からもっと硬い石が出てくると言っていたわ。でも、その硬い石は、あなたや、あなたのお友達の場合は、浅いところにあるようね。表面についていたものが嵐で洗い流されたみたいに。モイレイン様は何から何まで教えてくれたわけじゃないけど、わたしには見えるの」

古い樫の根だと？　硬い石だと？　隣村の住人や商人たちの言うこととは、ずいぶん違う――そんなことを考えていたアル＝ソアは、ミンの最後の言葉に驚き、すばやくあたりを見まわした。馬小屋には誰もいない。窓も全部、閉まっている。

「そんな名前の人は知りませんが……今、なんて言いました？」

「アリス様と言ったほうがよければ、それでもいいわ」ミンはおもしろがるように答え、赤面するアル＝ソアに言った。「大丈夫よ。誰も聞いてないから」

「どうして、アリス様に別の名前があると思うんですか？」

「ご本人が教えてくれたからよ」と、ミン。ミンがなおも食いさがってくるので、アル＝ソアはますます赤くなった。「やむをえず教えてくれたんだと思うわ。見たとたんにわかったもの……あのかたが……普通の人と違うことがね。前に、あのかたは田舎へ向かう途中で、ここに立ち寄られたのよ。わたしのことをわかっていらしたわ。わたしは前に……あのかたと同じ種類の人たちと話をしたことがあるの」

「見たとたん――と言いましたか？」と、アル＝ソア。

「まあ、あなたは〈光の子〉に密告するような人じゃなさそうね。あなたのお仲間はともかくとしても。わたしの行動は、アリス様の行動以上に、白マントに嫌われると思うわ」

「意味がわかりません」

「アリス様によると、わたしには歴史模様の断片が見えるんですって」ミンは小さな笑い声を上げて頭を振った。「すばらしいじゃない？　人を見るといろいろなイメージが見えるの。そのイメージの意味がわかることもあるわ。ある男女を見た瞬間に、その二人がいずれ結婚することがわかったりするの。たがいに言葉を交わしたことすらない男女でもね。まあ、そういうことよ。アリス様に、あなたを見てほしいと言われたの。あなたがた全員をね」

アル＝ソアは身震いした。「で、何が見えました？」

「あなたがた全員がいっしょにいるとき？　何千という火花が、あなたがたのまわりをぐるぐるまわっていたわ。それから、真夜中よりも暗い大きな影。影があまりにもはっきりしているので、一瞬、わたし以外の人にも見えるんじゃないかと思ったほどよ。火花は影を追い払おうとし、影は火花をのみこもうとしている」ミンは肩をすくめた。「あなたがたは全員、何か危険なものでひとつに結びつけられているのよ。それ以上はわからないわ」

「全員？」アル＝ソアはつぶやいた。「エグウェーンも？　でも、やつらが追っているのは……いや、つまり……」

アル＝ソアは口をすべらせたが、ミンは気づかなかったようだ。

「あの女の子ね？　あの子も一部よ。結びつけられているわ。吟遊詩人も。あなたがた全員よ。あなた、あの子が好きなのね」と、ミン。アル＝ソアはびっくりして、ミンを見つめた。「そのくらい、わたしでなくたってわかるわよ。あの子もあなたを愛しているけど、あなたがたは結ばれないわ。あなたがたが望んでいるような形ではね」

「それはどういう意味です？」

「あの子を見ると……アリス様とまったく同じイメージが見えるの。ほかのイメージもたくさん見えるけど、どういう意味かはわからないわ。わたしにわかるのは、あの子がそのイメージを拒《こば》まないだろうということよ」

「バカげてる」アル＝ソアは不愉快そうに言った。頭痛はおさまってきたが、羊毛をいっぱい詰めこんだように頭がぼんやりしている。ミンから離れたい。ミンの目に映るイメージの話なんか、もう聞きたくない。でも……。「ほかには何が見えるんですか？　つまり……おれたちのなかのエグウェーン以外の人ってことですが」

「ありとあらゆるものよ」待ってましたとばかりに、ミンはにやっと笑った。アル＝ソアの真意を心得ているかのような表情だ。「護衛……ええと……アンドラ様の頭のまわりに七つの壊れた塔が見えるわ。それと、揺りかごのなかで剣を握った赤ん坊。それから……」そこまで言って、頭を振った。「ああいうかたは——意味はわかるでしょ？——いつも、たくさんのイメージがひしめいているのよ。吟遊詩人の場合、いちばん強いのは、ある男のイメージね……本人じゃないけど、火の芸を見せている男。それから、タール・ヴァロンの〈白い塔〉。この塔は男の人にはなんの意味もないのにね。大柄で縮れ毛の人のいちばん強いイメージは狼ね。それから、壊れた王冠と、本人を取り囲んで花を咲かせている木々。もう一人の若い人は……赤い鷲《わし》。天秤《てんびん》の上にのっている片方の目玉。ルビーのついた短剣。角笛。笑っている顔。ほかにもあるけど、わたしの言うこと、わかるでしょう？　イメージは見えるけれど、意味はわからないのよ」

ミンは笑みを浮かべたまま、アル＝ソアの返事を待った。

アル＝ソアは咳払いしてたずねた。

「おれは？」

一瞬、ミンは噴き出しそうになった。「同じよ。イメージは見えるけど、意味はわからない。剣じゃない剣。月桂樹の葉をかたどった金の冠。乞食の杖。あなたが砂の上に水を注いでいるところ。血まみれの片手と熱く焼けた鉄。あなたの遺体を安置した台と、そばに付き添《そ》う三人の女。血に濡れた黒い岩——」

「もうけっこうです」アル＝ソアはいらだたしげにさえぎった。「全部言わなくてもけっこうですよ」

「全部じゃないわ、一部よ。あなたのまわりには稲妻が見えるわ。あなたに引きこまれる稲妻と、あなたが発する稲妻。どういう意味かはわからないけどね。ひとつだけ確実なのは、あなたとわたしはいずれ再会するということ」ミンは自分にもわからないと言うように、いたずらっぽい目でアル＝ソアを見た。

「それはあたり前でしょう」と、アル＝ソア。「おれは帰りにもここを通りますから」

「たしかに、そうね」ミンは不意にまたにやっと笑った。謎めいた感じの、ゆがんだ笑みだ。ミンは軽くアル＝ソアの頬を叩いて言った。「でも、わたしに見えるもの全部を話したら、あなた、あのたくましいお友達みたいに髪がちりちりになっちゃうわよ」

アル＝ソアは熱いものにでもふれたかのように、ミンの手から身を引いた。「どういう意味です？　ネズミでも見えるんですか？　それとも、夢のことですか？」

「ネズミですって！　いいえ、ネズミじゃないわ。夢と言えば、わたしが見たイメージはあなたが夢で見たものかもしれないけど、わたしはちゃんと起きているときに見たのよ。夢であなたを見たわけじゃないわ」

　ミンのにやにや笑う顔を見て、頭がおかしいのではないかとアル＝ソアは思った。

「もう行かないと」アル＝ソアはミンから離れた。「と……友達と会う予定があるから」

「じゃ、行ってらっしゃい。でも、あなたはきっと逃げないわ」

　アル＝ソアは走りだしはしなかったものの、その足取りは少しずつ速くなった。

「走ってもいいのよ。走りたければ」背後からミンが言った。「でも、わたしから逃げられないわよ」

　ミンの笑い声を背に受けて、アル＝ソアはますます足取りを速め、外の通りへ出て雑踏にまぎれこんだ。ミンの最後の言葉は、夢のなかのバ＝アルザモンの言葉とあまりにもよく似ていた。じろりとにらまれたり、罵声《ばせい》を浴びせられたりしながら、人ごみのなかを急いだ。宿屋から二、三本離れた通りへ出るまで、歩調をゆるめなかった。

　われに返ると、ようやく、自分が今どこにいるのか気になりはじめた。ふくらみすぎた風船から空気が抜けたように、頭のなかが空《から》っぽだ。あたりを見まわし、とにかく楽しむことにした。吟遊詩人の物語に出てくる数々の都市とはちょっと違うが、ベイロンが大きな街であることに変わりはない。アル＝ソアは人の流れに身をまかせ、石畳《いしだたみ》の広い通りや曲がりくねった狭い路地をぶらぶら歩いた。昨夜、雨が降ったので、舗装されていない道はぬかるみだらけだが、アル＝ソアには見慣れた風景だった。エモンズ・フィールドには舗装道路が一本もない。

　宮殿はなく、エモンズ・フィールドの家より大きな家も数えるほどしかないが、どの家の屋根も薄石板か瓦《かわら》で、〈酒の泉〉の屋根と同じくらい立派だ。首都シームリンには宮殿があるのかもしれない。九軒の宿屋を見かけたが、〈酒の泉〉より小さい宿屋はひとつとしてなく、そのほとんどが〈雄鹿と獅子〉と同じくらい大きかった。大きな通りがいくつもあり、とても全部は見てまわれそうにない。

　どの通りにも店が並び、店先の商品台の上に日よけが張り出している。布地から、本、鍋、ブーツにいたるまで、なんでもある。旅商人の幌《ほろ》馬車百台分の品物を広げたような光景だ。足を止めて商品に見入っていると、なんどか店主に疑いの目を向けられ、あわてて逃げ出した。どうしてあんな目で見られるのかわからずに憤慨したが、よく考えると、ここでは自分はよそ者なのだから、しかたがない。それに、あれこれ買えるほどのカネも持っていなかった。十数個の色褪《いろあ》せたリンゴや、わずかばかりのしなびたカブに、大量の銅貨が支払われるのを見て、アル＝ソアは息をのんだ。トゥー・リバーズでは馬の餌にしかならないようなものなのに、みな喜んでカネを払っている。

　ありあまるほどの人がいる。アル＝ソアはしばし人の多さに圧倒された。トゥー・リバーズでは誰も着ないような仕立てのいい服を着た者もいる。モイレインのドレスにもひけをとらない上等な服だ。毛皮で裏打ちした足首まで届く長い外套《がいとう》をまとっている者も多かった。宿屋で話題になっていた坑夫たちは、いかにも地下労働者らしく猫背なので、すぐに見分けがついた。

　だが服装も顔つきも、トゥー・リバーズの住人とたいして違わない者が大半だった。なぜかアル＝ソアは、ここにはトゥー・リバーズの住人に似た者が多いのではないかという気がしていた。トゥー・リバーズに家族か親類でもいるのではないかと思うほど、面差《おもざ》しが似ている者もいる。たとえば、宿屋の外に置かれた長椅子にすわり、空《から》になった大ジョッキをのぞきこんでいる男。白髪《しらが》頭で歯がなく、耳が水差しの取っ手のように張り出していて、ビリ・コンガーの親戚と言っても通るだろう。仕立屋の店先で縫《ぬ》いものをしている男は、顎《あご》がしゃくれていて、ジョン・セインの弟みたいだ。後頭部の禿《は》げかたまでそっくりだ。曲がり角で出合いがしらにアル＝ソアを突き飛ばしていった男は、サメル・クローと瓜ふたつだった。それから……。

アル＝ソアは一人の男を愕然《がくぜん》として見つめた。痩《や》せた小男が人ごみをかき分け、急ぎ足で向こうからやってくる。長い腕に大きな鼻。何日も寝食に事欠いていたかのように目は落ちくぼみ、憔悴《しょうすい》しているが、見まちがえようはない……。その男はアル＝ソアを見ると、凍りついたように足を止めた。急に立ちどまったので、男の後ろをぼんやり歩いていた人たちがつぎつぎに男にぶつかった。アル＝ソアは確信した。

「フェイン親方！」アル＝ソアは叫んだ。「おれたちはみんな、親方が――」

次の瞬間、旅商人のフェインは猛烈な勢いで逃げ出した。アル＝ソアは誰かにぶつかるたびに振り向いて謝りながら、人ごみを縫ってフェインのあとを追った。人波の向こうに、路地へと入ってゆくフェインの姿が見え、アル＝ソアも同じ角を曲がった。

路地を数歩進んだところで、フェインはいきなり止まった。行く手に高い塀が立ちふさがっている。アル＝ソアがたたらを踏んで立ちどまると、フェインは振り返り、警戒の色を浮かべて顔を伏せ、あとずさりしながら、アル＝ソアを追い払うように薄汚れた両手を振った。上着はほころびだらけで、マントも擦《す》り切れ、ありえないほどぼろぼろになっている。

「フェイン親方でしょう？」アル＝ソアはおそるおそる声をかけた。「どうしたんですか？　おれですよ。エモンズ・フィールドのランド・アル＝ソアです。親方はトロロークどもにつかまったんじゃないかって、みんな心配してたんですよ」

フェインは激しく手を振り、顔を伏せたまま、もときた方向へ横向きに何歩か走った。アル＝ソアとすれ違うどころか、近づいてこようともしない。

「黙れ！」フェインはしゃがれ声で制し、しきりに頭を動かして、アル＝ソアの背後の通りをうかがった。「言うな――」声を落とし、顔を通りへ向けたまま、なんども横目でアル＝ソアを見た。「――やつらのことは。この街には白マントがいる」

「おれたちにちょっかいを出したりはしませんよ」と、アル＝ソア。「いっしょに宿屋へ行きましょう。〈雄鹿と獅子〉です。仲間といっしょに泊まってるんです。親方の知ってる者ばかりですよ。親方を見たら、喜ぶと思います。みんな、親方が死んだと思ってたんですから」

「死んだ？」と、フェイン。憤然とした口調だ。「このパダン・フェインが死ぬものか。そう簡単につかまるほどバカじゃない」フェインは祝日用の晴れ着をまとっているかのように、ぼろぼろの服の皺を伸ばした。「今までもそうだったし、これからもそうだ。おれは長生きしてやる。この先――」急に顔をこわばらせ、両手でぎゅっと上着の前を握りしめた。「おれの幌《ほろ》馬車も商品も、やつらに焼かれてしまった。そんなことをして、なんの得《とく》になるというのだ？　なあ？　おれは馬たちのもとへたどりつくことすらできなかった。

あの太っちょの宿屋の主人が、自分の馬小屋におれの馬を閉じこめやがったせいだ。喉を掻《か》き切られちゃたまらないから、大急ぎで逃げ出したよ。その結果がこのざまだ。おれに残されたのは、この服だけ。こんなひどい話があるか？　そうだろ？」

「親方の馬は無事です。アル＝ヴィア村長の馬小屋にいるから、いつでも取り戻せますよ。おれが泊まってる宿へ行きましょう。親方がトゥー・リバーズへ引き返すつもりなら、モイレイン様が力になってくれるはずです」

「うわあああ！　あ……あの女は異能者《アエズ・セダーイ》だろう？」フェインは警戒の色をあらわにした。

「たしかに力になってくれるかもしれないが……」言葉を切り、そわそわと唇をなめた。

「で、いつまで泊まってるんだ？　宿の名前はなんと言ったっけ？　〈雄鹿と獅子〉だったか？」

「そうです。明日、出発します」と、アル＝ソア。「でも、それが何か――？」

「おまえさんにはわからんよ」と、フェイン。哀れっぽい口調だ。「腹いっぱい食べて、ふかふかの寝台でぐっすり眠ってるんだろう？　おれはあの晩から、ろくに寝ていない。走りどおしでブーツは擦り減り、食いものだって……」顔をしかめて言葉をつづけた。

「とにかく異能者《アエズ・セダーイ》には近づきたくない」吐き捨てるような口調で〝異能者《アエズ・セダーイ》〟という言葉を口にした。「数キロ以内にだって近づきたくないが、そうは言ってられないのかもしれん。おれに選択の余地はないんだよな？　だが、あの女がおれに目をつけていると思うと……おれの居場所を知っていると思うと……」

　フェインはアル＝ソアの上着につかみかかるように手を伸ばしたが、途中でやめて、ひらひらと両手を振り、一歩あとずさった。「おれのことをあの女に話すなよ。あいつは恐ろしい女だ。おれが生きていることを異能者《アエズ・セダーイ》に知らせる必要なんかない。いいか、約束だぞ。約束しろ！」

「約束します」アル＝ソアはなだめるように言った。「でも、あなたがあの人を恐れる理由はないはずです。行きましょう。せめて温かい料理だけでも召しあがってください」

「そうだな」フェインは考えこむ表情で顎をさすった。「明日、出発するって？　それまでには……。約束を忘れるなよ。まさか、あの女におれを売るような真似はしないよな……？」

「そんなことしません」と、アル＝ソア。とはいえ、異能者《アエズ・セダーイ》の意図することを阻止する方法などあるのだろうか？

「あの女に痛めつけられてたまるか」と、フェイン。「そうとも。そんなことは絶対にさせない」そう言うと、フェインは閃光《せんこう》のようにアル＝ソアのそばを駆け抜け、人でにぎわう大通りへ向かった。

「フェイン親方！」アル＝ソアは叫んだ。「待ってください！」

急いであとを追うと、ぼろぼろの上着を着た姿が次の角を曲がって消えた。アル＝ソアがフェインの名を大声で呼びながらその角を曲がったとたん、一人の男の背中が目の前に現われ、その男もろともぬかるみのなかへ倒れこんだ。

「どこ見て走ってんだよ！」アル＝ソアの身体の下で不機嫌そうな声がした。

アル＝ソアは驚きの色を浮かべ、よろよろと立ちあがった。

「マットか？」

マットは上半身を起こすと、ぎろりとアル＝ソアをにらみつけ、マントについた泥を両手でこすり落としはじめた。「都会人にでもなったつもりか？　昼まで寝てて、誰かれかまわずにぶちあたりやがって」立ちあがって泥まみれの両手を見つめ、ぶつくさ言いながら、その手をマントでぬぐった。「おい、おれが今、誰を見たかわかるか？　想像もつかないぞ、きっと」

「パダン・フェインだろ」と、アル＝ソア。

「パダン・フェ——どうしてわかった？」

「ついさっきまで話してたんだが、急に逃げ出した」

「それじゃ、トロ——」言いかけてマットは口を閉じ、用心深くあたりを見まわした。行き交う人々は誰ひとりとして二人には目もくれなかった。マットが少しは注意するようになったので、アル＝ソアはほっとした。「……あいつらにはつかまらなかったんだな。どうして何も言わずにエモンズ・フィールドを離れたのかな。逃げてるうちに、気づいたらこの街にたどりついてたのかもな。でも、どうして、まだ逃げてるんだろう？」

アル＝ソアは頭を振った。頭が割れそうに痛み、頭を振ったことを後悔した。「わからない。でも、モイ……アリス様を怖がってた」口をすべらせないようにするのも楽ではない。「自分がここにいることをアリス様に知られたくないみたいだ。絶対に話すなと言われた」

「わかった。おれはフェインの秘密を守る」と、マット。「おれだって、あの人に居場所を知られたくないから」

「マット」人々はあいかわらず二人を気にとめる様子もなく通り過ぎてゆくが、それでもアル＝ソアは声をひそめてマットに顔を寄せた。「ゆうべ、変な夢を見なかったか？ ネズミを殺す男の夢とか……？」

マットはまばたきもせずにアル＝ソアを見つめていたが、やがて、「おまえも見たのか？」と言った。「ペリンも見たらしい。今朝、ペリンに訊こうと思ったんだけど……絶対に見たはずだ。ちくしょう！ 誰かがおれたちに同じ夢を見せてる。アル＝ソア、おれは誰にも居場所を知られたくない」

「今朝、宿屋のあちこちでネズミの死骸が見つかった」と、アル＝ソア。口に出すのが怖かったが、いざ口にしてみると、意外にすんなりと言葉が出てきた。「背骨が折れてたって」耳のなかで自分の言葉が異様に響いた。おれは病気だろうか？　それなら、モイレイン様のところへ行ったほうがいい——不思議なことに、絶対力で治療されると考えても、前ほど気にならなかった。

　マットは深く息を吸うと、マントを身体に巻きつけ、行き先を探すようにあたりを見まわした。「いったい、おれたちの身に何が起こってるんだ、アル＝ソア？　どうしちゃったんだろう？」

「わからない。メリリン先生に相談してみるつもりだ。誰に話せばいいのか……先生のほかには……」

「だめだ！　アリス様はだめだよ。メリリン先生だけにしておいたほうがいい」

　アル＝ソアはマットの剣幕に驚いた。

「じゃ、あいつの言葉を信じるんだな？」

〝あいつ〟が何者かは言うまでもない。マットは返事の代わりに顔をしかめた。

「いや」マットはおもむろに答えた。「ただ、どっちがいいか、考えてみると……。アリス様に話して、あいつが嘘をついていることがわかれば、たぶん何も起こらないだろう。たぶんな。でも、ひょっとしたら、あいつがおれたちの夢に出てきたというだけで、おれたちは……いや、わからない」言葉をのみこみ、あらためて言いなおした。「アリス様に話さなければ、またなんども夢を見るかもしれない。でも、ネズミが出ようが出まいが、悪い夢を見るほうがまだまし……。タレン川の渡し船のことを覚えてるだろ？　あのことは誰にも言わないほうがいい気がする」

「わかった」アル＝ソアも渡し船のことは忘れられなかった。モイレインが三人に向かって〝闇王に渡すくらいなら、自分の手で殺す〟と言ったことも、覚えているが、なぜか遠い昔のことのように思えた。「そうしよう」

急にマットが跳びあがった。「まさかペリンは口外しないよな？　ペリンにも口止めしておかなきゃ。あいつがアリス様に話したら、三人とも同じ夢を見たことがばれるぞ。行こう」マットは足早に人ごみのなかを歩きはじめた。

アル＝ソアはその場に立ちつくし、マットの後ろ姿を見つめた。しばらくすると、マットが引き返してきて、アル＝ソアの腕をつかんだ。アル＝ソアはびっくりして目をしばたたき、マットのあとを追った。

「どうしたんだよ？」と、マット。「まだ眠いのか？」

「風邪をひいたのかもしれない」と、アル＝ソア。頭がまるで太鼓の皮のようにピンと張っており、それでいて何かうつろな感じだ。

「宿屋へ戻ったら、チキン・スープでも飲んで、あったまるといい」混雑した通りを進むあいだも、マットはしゃべりつづけた。アル＝ソアはマットの話に耳を傾け、ときには自分も口をはさんだが、かなり骨が折れた。疲れているわけではない。眠くもない。頭がぼんやりしているだけだ。気づいたときにはミンの話をしていた。

「おれのイメージが、ルビーのついた短剣だって？」と、マット。「豪勢だな。天秤と目玉ってのは、わけがわからないけど。その娘の作り話じゃないのか？　本物の占い師なら、イメージがどういう意味かわかりそうなもんだ」

「ミンは占い師じゃないんだ。見えることはたしかだと思うよ。ほら、おれたちが浴室から出たとき、モイレイン様がミンと話してただろう？　ミンは、モイレイン様が何者かを知ってるんだ」

　マットは眉をひそめた。

「その名前は口にしないはずじゃなかったのか？」

「そうだった」アル＝ソアはつぶやいて、両手で頭をさすった。頭が混乱して、考えがまとまらない。

「おまえ、本当に病気かもしれないぞ」と、マット。眉をひそめたままだ。不意にマットはアル＝ソアの上着の袖をつかんで引き止めた。

三人の男が向こうからやってくる。胸あても、鋼鉄製で円錐形の兜《かぶと》も、磨きあげた銀のようにぴかぴかで、腕をおおう鎖かたびらも光り輝いていた。長いマントはしみひとつなく真っ白で、左胸に金の日輪の刺繍《ししゅう》がある。男たちは剣の柄に手をかけ、泥や水たまりをよけながら、朽《く》ちた木の下のウジ虫でも見るような目つきであたりを見まわした。男たちを見返す者はなく、気づいたそぶりも見せない。白マントの男たちが人ごみをかき分けて進む必要はなかった。男たちの前で、まるで偶然のように人波が左右に分かれ、道が空《あ》くからだ。

「あれ、〈光の子〉じゃないか？」マットが大声でたずねると、通行人の一人がマットをにらみつけ、足早に立ち去った。

アル＝ソアはうなずいた。〈光の子〉……白マント。異能者《アエズ・セダーイ》を憎む集団。人々に特定の生きかたを強要し、逆らう者と始終もめごとを起こしている連中だ。この連中ともめるぐらいなら、農場が火事になるほうがましかもしれない。白マントを怖がるのは当然だ。少なくとも好奇心は抱くだろう。とにかく何がしかの感情が湧くはずだ。なのに、アル＝ソアはぼんやりと男たちを見つめることしかできなかった。

「たいした連中には見えないな」と、マット。「ただのうぬぼれ屋だよ」

「どうでもいい」と、アル＝ソア。「宿へ戻ろう。ペリンに話さないと」

「イワード・コンガームみたいだ。あいつも、うぬぼれ屋だから」マットは急に目を輝かせて、にやりと笑った。「あいつが〈荷馬車橋〉から落ちて、ずぶぬれのまま家へ帰ったときのことを覚えてるか？　一カ月はしゅんとしてた」

「ペリンとはなんの関係もないだろ」

「あれが見えるか？」マットは一台の荷車を指さした。〈光の子〉たちの行く手の路地に、梶棒《かじぼう》をおろして止まっている。荷台に積まれた十数個の樽が落ちないように支えているのは、たった一本の柱だ。「見てろよ」笑いながら言うと、マットは左手にある刃物屋へ駆けこんだ。

アル＝ソアはマットの後ろ姿を目で追った。マットが何かいたずらをしようとしていることは、わかっていた。あの目の輝きを見れば明らかだ。だが、不思議なことに、マットが何をやらかすのか楽しみでもあった。こんな気持ちになってはいけない……危険だとわかってはいても、期待せずにはいられず、笑みを浮かべた。

まもなく頭上にマットが現われた。刃物屋の屋根裏の窓から、瓦屋根の上へ身を乗り出している。その手に持った投石器の紐はすでに引き絞られていた。アル＝ソアが荷車に視線を戻すとほぼ同時に、バキッと音がして、樽を支えていた柱が折れた。三人の白マントが通りかかった、ちょうどそのときだった。樽はうつろな音を轟かせて梶棒づたいに転がり落ちた。バウンドし、泥や汚れた水を飛び散らかしながら、大通りへと転がってゆく。人々は大あわてで逃げ出した。三人の〈光の子〉も負けずにすばやく飛びのいた。さっきまでの高慢な表情とは打って変わって、驚きの色を浮かべている。転んで泥水を撥《は》ねあげる通行人もいた。〈光の子〉たちは転がってくる樽を機敏によけたが、飛び散る泥水まではよけきれず、白いマントに泥のしみがついた。

　胸あてつきのエプロンをつけたひげづらの男が路地から飛び出してきた。両腕を振りまわして、どなっている。だが、白いマントについた泥を払い落とそうとしている三人を見るなり、出てきたとき以上にあわてふためいて、ふたたび路地へと姿を消した。アル＝ソアは刃物屋の屋根をちらっと見あげた。マットの姿はもうなかった。トゥー・リバーズで育った若者なら、動かない的《まと》を投石器で狙うことぐらい簡単だが、これほどの大騒ぎになるとは思わなかった。アル＝ソアは思わず声を上げて笑った。まだ頭がぼんやりしているが、笑いが止まらなかった。通りに視線を戻すと、三人の〈光の子〉がアル＝ソアを見据《みす》えていた。

「何がおかしい？」三人のうち、一人だけ少し前に立っている男が言った。横柄《おうへい》な目つきでじろじろとアル＝ソアを見つめ、重大な秘密を手に入れたとでも言いたげに、目をぎらつかせている。

アル＝ソアの笑い声がとぎれた。周囲の人々は急に用事を思い出したかのように、あわただしくその場を離れてゆく。

「光を恐れて声が出なくなったのか？」その男の細い顔が、怒りでますますとがって見えた。男は、アル＝ソアのマントから突き出ている剣の柄を軽蔑の目で見おろした。「この騒ぎを起こしたのは、おまえだな？」

ほかの二人と違って、この男は、白マントの胸の日輪の下に金色の飾り紐をつけていた。アル＝ソアは剣を隠そうとしたが、かえってマントを肩の後ろへ跳ねあげ、剣をさらけだす格好になった。頭のどこかで、自分は何をしているんだろうと猛烈にあわてふためいていたが、そのあせりが妙に遠く感じられた。

「不幸な偶然です」と、アル＝ソア。「〈光の子〉でも、偶然の事故には出合います」

細い顔の男が疑わしげに片方の眉を上げた。「おまえは危険人物らしいな、若造」

そう言う男自身、アル＝ソアよりたいして年上には見えなかった。

「剣にアオサギの紋章がついています、ボーンハルド卿」別の男が警告するように言った。

ボーンハルドと呼ばれた細い顔の男は、もういちどアル＝ソアの剣の柄を一瞥《いちべつ》し、青銅のアオサギを確認すると、一瞬、目を見張った。それから、視線を上げてアル＝ソアの顔をにらみつけ、フンと鼻を鳴らして、「若すぎる」とつぶやくと、ふたたびアル＝ソアに向かって冷ややかに言った。「おまえはこの街の者ではないな？　どこの出身だ？」

「ベイロンには着いたばかりです」と、アル＝ソア。うずくようなさむけが手脚を走り、顔が熱く火照《ほて》った。「いい宿屋をご存じないでしょうか？」

「はぐらかすな」と、ボーンハルド。「わたしの質問に答えられないような、後ろめたいことでもあるのか？」

　ほかの二人が無表情な顔をこわばらせ、ボーンハルドの両脇に立った。マントに泥のしみがついているにもかかわらず、三人とも滑稽《こっけい》には見えなかった。

　アル＝ソアの全身がうずき、燃えるように熱くなった。声を立てて笑いたくなった。それほどにいい気分だった。頭のなかで、バカなことはやめろと小さな声が叫んでいるが、そんな声も耳に入らなくなった。全身に力がみなぎり、爆発しそうだ。アル＝ソアは笑みを浮かべて身体を揺らしはじめた。次の展開が楽しみだ。いったいどうなるのだろうと、どこか他人《ひと》事《ごと》のようにぼんやりと訝《いぶか》った。

　ボーンハルドの表情が曇った。ほかの一人が剣に手をかけ、わずかに刃をのぞかせると、怒りに震える声で言った。「いいか、灰色の目の田舎者、〈光の子〉から質問を受けたら、必ず答えろ。さもないと――」

ボーンハルドが腕を突き出してその男を制止し、急に頭を上げて通りの先を見た。

十メートルと離れていない場所に、街の警備隊が立っていた。丸い鋼鉄の兜をかぶり、飾り鋲《びょう》つきの革の胴着を身にまとった十二人の男たちが、手慣れた様子で六尺棒を持ち、無言で見つめている。

「この街は光を失った」剣を抜きかけた男が吐き出すように言い、警備隊に向かってどなった。「ベイロンは〈闇王の影〉におおわれている！」

ボーンハルドが身ぶりで命じると、男は剣をカチャリと鞘《さや》におさめた。

ボーンハルドはアル＝ソアに向きなおった。何もかもお見通しだと言わんばかりに、目をぎらぎらさせている。

「若造、われわれは、影におおわれた街にあっても、闇の信徒を逃がしはしないぞ。こんど会うときが楽しみだ。覚えておれ！」

ボーンハルドはアル＝ソアの存在を忘れたかのように踵《きびす》を返し、あとの二人をしたがえて足早に立ち去った。その姿が人ごみに差しかかると、またしても偶然のように人波が分かれ、道が空いた。警備隊はアル＝ソアに目をとめて、一瞬、迷ったが、すぐに六尺棒をかついで〈光の子〉たちを追いはじめた。

「警備隊だ！　道を空けろ！」という叫びが聞こえたが、したがう者は少なかった。雑踏を押し分けて進む警備隊の姿が遠ざかっていった。

アル＝ソアはまだ立ったまま身体を揺らしていた。震えだしそうなほど全身がうずいているのに、燃えるように熱い。

マットが刃物屋から出てきて、アル＝ソアをじろじろ見てから、ようやく口を開いた。

「おまえは風邪なんかじゃない。頭がどうかしてるんだ！」

アル＝ソアは大きく息を吸いこんだ。たちまち、泡がはじけるように何もかもが消し飛んだ。アル＝ソアはハッとわれに返り、よろめいた。自分のしでかしたことに気づき、後悔の念が波のように押し寄せてきた。唇をなめ、マットと目を合わせると、震える声で言った。「そろそろ宿へ戻ったほうがよさそうだな」

「そうだな。そうしよう」と、マット。

通りには、もとのにぎわいが戻りはじめていた。アル＝ソアとマットをじっと見て、ささやき合う者もいた。街じゅうに噂が広まるだろう。頭のおかしな男が三人の〈光の子〉に喧嘩《けんか》を売ろうとした——話の種にはちょうどいい。きっと、おれは夢のせいで頭がどうかしていたんだ。

二人は気の向くままにあちこちの通りへ入り、なんどか道に迷ったあと、吟遊詩人のメリリンとばったり出くわした。メリリンは一人で行進でもしているかのように、人ごみのなかを堂々たる足取りで歩いていた。気分転換に足を延ばしただけだと言うが、誰かが色とりどりのマントを二度見するたびに、朗々とした声で「〈雄鹿と獅子〉でのわしの公演は、今夜かぎりですぞ」と宣言した。

まずマットがメリリンに夢のことをとりとめもなく話しはじめ、モイレインに話すべきかどうか迷っているのだと打ち明けた。アル＝ソアの見た夢とは少し内容が違っていたので、アル＝ソアも言葉を添《そ》えた。もしかすると、三人の見た夢はどれもちょっとずつ違うのかもしれない。大筋は同じだが。

メリリンは最初から並々ならぬ関心を示した。アル＝ソアがバ＝アルザモンの名を口にすると、黙れと言うようにアル＝ソアとマットの肩をつかんだ。背伸びして人ごみの向こうを見わたし、袋小路へと二人を追い立てた。あたりに人けはない。木箱がいくつか置かれ、薄汚れた瘦せっぽちの犬が寒そうにうずくまっているだけだ。

メリリンは人でごった返す大通りをうかがい、立ち聞きしている者がいないことを確かめると、アル＝ソアとマットに向きなおった。ときおり路地の入口を青い目でちらっと見ながら、射抜くような視線を二人に向けてきた。

「誰が聞いとるかわからんのに、その名を口にするな」低いが切迫した口調だ。「見知らぬ者が聞き耳を立てているかもしれない場所では、なおさらだ。非常に危険な名前だ。たとえ〈光の子〉が通りをうろついていなくても、油断するな」

マットが鼻で笑い、「〈光の子〉のことなら、ようく知ってますよ」と言って、皮肉たっぷりにアル＝ソアを見た。

メリリンはマットの言葉を無視した。「そんな夢を見たのが、おまえさんたちのうち一人だけなら……」口ひげをぐいと引っ張った。「思い出せるかぎりのことを話してくれ。細《こま》かいところまで」

メリリンは二人の話に耳を傾けるあいだも、油断なく路地の入口に視線を走らせた。

「……あいつは、利用されたという男たちの名前をあげました」アル＝ソアはようやくそこまで話しおえた。あとは、その名を口にするだけだ。「ガイア・アマラサン……ラオリン・ダークスベイン」

「ダヴィアン」マットが口をはさんだ。「ユリアン・ストーンボウ」

「それから、ロゲイン」と、アル＝ソア。

「どれも危険な名だ」メリリンはつぶやき、さらに鋭い目で二人を見つめた。「その名を口にした男と同じくらい危険だ。いろいろな意味でな。生存しているのはロゲインだけだし、かなり昔の人物もいる。ラオリン・ダークスベインなどは、二千年くらいも前の人物

だ。だが、危険な名前であることに変わりはない。たとえ一人きりのときでも、その種の
名を口に出さないほうがいい。それらの名を耳にしたところで誰のことかわからない者が
大半だろうが、まんいち、ろくでもない者の耳に入ったら……」
「でも、何者なんですか、この人たちは？」と、アル＝ソア。
「天空の柱を揺るがし、全界を土台から揺さぶった男たちだ」メリリンはそうつぶやき、
頭を振った。「それはどうでもよい。その名は忘れろ。とっくに塵《ちり》に返った者たちだ」
「この人たちは……利用されたんですか？　あいつの言ったとおりに？」と、マット。
「そして、殺されたんですか？」
「考えようによっては、〈白い塔〉に殺されたようなものだ」つかのまメリリンは唇を引
き結び、ふたたび頭を振った。「だが、利用された……とかいうのは、わしにはわからん。
〈白い塔〉でアミルリン位がどのような陰謀をめぐらせているかは、光だけがご存じだ」
その言葉にマットは身震いした。「夢のなかで、あいつはいろいろと変なことを言いま
した。親族殺しの竜王テラモンや鷹羽王アートゥルのことなんかも、あれこれと。それか
ら、〈全界の眼《アイ・オブ・ザ・ワールド》〉とかいうもののことも。〈全界の眼〉って、いったいなんですか？」
「伝説だよ」メリリンはおもむろに答えた。「たぶんな。〈英雄蘇生の角笛〉と同じくら
い、壮大な伝説だ。ともかく、北の境界地域ではよく知られている話だ。イレイアンの若

者が角笛を探して旅に出るのと同じように、境界地域の若者は〈全界の眼〉を探しに出かける。まあ、伝説だろうな」

「おれたちはどうしたらいいでしょう、メリリン先生？」と、アル＝ソア。「アリス様に話すべきでしょうか？　もうあんな夢は見たくないんです。あの人なら、なんとかしてくれるかもしれません」

「なんとかしてくれるとしても、おれたちの気に入らないやりかたかもしれないぞ」マットが唸《うな》るような声で言った。

メリリンは二人を見つめ、拳《こぶし》の背で口ひげをなでながら考えこむと、やがてようやく口を開いた。

「わしなら、黙っているだろうな。ともかく、まだしばらくは誰にも話さない。その気になれば、いつでも話せるが、話してしまえば終わりだ。おまえさんたちは、これまで以上に……あの女性から離れられなくなる」メリリンは急に背筋を伸ばした。「もう一人の若いやつは？　あの若いのも同じ夢を見たと言ったよな？　あいつは大丈夫か？　沈黙を守るだけの分別はあるのか？」

「あると思いますけど」アル＝ソアが答えると同時に、マットが言った。「今、宿屋へ戻って、ペリンに注意しようと思ってたところです」

「手遅れでなきゃいいがな！」メリリンはそう言うと、長いマントを風にはためかせ、さまざまな色をちらつかせて、勢いよく通りへ進み出た。足を止めずに二人を振り返り、「どうした？　足が地面に張りついたのか？」と急《せ》き立てた。

アル＝ソアとマットは急いでメリリンのあとを追った。メリリンは二人が追いつけないほどの速さで進んだ。こんどばかりは、人々が多彩なマントに目をとめ、吟遊詩人だと気づいて歓声を上げても、足取りをゆるめなかった。人けのない通りを進むかのように、一直線に人波をかき分けてゆく。アル＝ソアとマットは小走りでそのあとにつづいた。あっというまに〈雄鹿と獅子〉に着いた。

三人がなかへ入ろうとしたとき、ペリンがマントをはおりながら、ものすごい勢いで飛び出してきた。三人をよけようとして、ペリンは転びそうになり、あやういところで踏みとどまった。

「おまえたち二人を捜しにいくところだったんだ」ペリンは息を切らしながら言った。

アル＝ソアはペリンの片腕をつかんだ。

「夢のこと、誰かに話したか？」

「話してないだろ、な？」と、マット。

「大事なことだ」と、メリリン。

ペリンは困惑の色を浮かべて、三人を見た。「話してないよ。起きてから、まだ一時間もたってないんだから」急に肩を落とした。「夢のことを考えないようにしようと思うと、頭が痛くなる。誰かに話すどころじゃないよ。どうしてこの人に話したんだ？」目顔でメリリンを示した。

「誰かに話さないと、頭がおかしくなりそうだったんだよ」と、アル＝ソア。

「そのことはあとで説明する」メリリンは宿屋に出入りする人々に意味深な視線を向けた。

「わかりました」ペリンは困惑の色を浮かべたまま、ゆっくりと答えたかと思うと、いきなり頭をぴしゃりと叩いた。「危なく忘れるところだった。おまえたちを捜そうと思ったのには、わけがあるんだ。ナイニーヴがきたんだよ。今、なかにいる」

「なんてこった！」マットが叫んだ。「どうやって、ここまできたんだろう？　モイレイン様が……渡し船を……」

「渡し船が沈んだくらいで、ナイニーヴがあきらめると思うのか？　あの人なら、ハイタワーの首根っこをつかんで寝床から引きずり出すくらいはやりかねないさ。ハイタワーたちが、どうやって川を渡って戻ったかは知らないけど、ナイニーヴの話じゃ、ハイタワーは寝室に閉じこもったまま出てこようとしなかったんだとさ。とにかく、ナイニーヴはハイタワーを脅《おど》しつけて、自分と馬を乗せられるくらいの船を探させて、船を漕《こ》がせて川を渡ったんだと。あのハイタワーが船を漕いだんだぜ。ナイニーヴが急がせたから、人足《にんそく》を一人しか呼べなかったんだ。だから、二人で櫂《かい》を一本ずつ持って漕いだんだとよ」と、ペリン。

「すごい！」マットが息をのんだ。

「ナイニーヴはここで何をしてるんだ？」と、アル＝ソア。マットとペリンはバカにするような目でアル＝ソアを見た。

「おれたちを追ってきたのさ」と、ペリン。「今……アリス様と話してる。凍りつきそうなくらい、冷えきった雰囲気だった」

「おれたち、しばらく、ここにいないほうがいいかな？」と、マット。「父さんがよく、〝必要もないのにスズメバチの巣をつつくのは、大バカ者だけだ〟って言ってたから」

アル＝ソアが口をはさんだ。

「ナイニーヴが追ってきたからって、おれたちはトゥー・リバーズに戻るわけにはいかないよ。あの〈冬夜日《とうやび》〉のことを思えば、ナイニーヴだって、それくらいわかるはずだ。わからないようなら、おれたちが説明するしかない」

アル＝ソアがひとこと言うたびに、マットはおおげさに眉を上げた。アル＝ソアが言いおわると、低く口笛を吹いて言った。

「ナイニーヴ本人がわかろうとしないのに、説得しようとしても無駄だよ。ナイニーヴを説得するなんて、おれはもうこりごりだ。どこか外へ出て、夜になるのを待ってこっそり戻ってこよう。そのほうがいい」

「わしの見るかぎり、あの若い賢女は、アリス様から話を聞き出すまであきらめないだろう」と、メリリン。「なかなか聞き出せないと、しつこく食いさがり、よけいな注目を集めることになりかねない」

その言葉を聞いた三人は、ぴたりと足を止めて顔を見合わせ、大きく息を吸うと、トロロークとの対決に向かうかのように、ものものしく宿屋のなかへ入っていった。

16 賢女

ペリンは先に立って宿屋の奥へ進んだ。ランド・アル＝ソアは、ナイニーヴに会ったらなんと言おうかと考えこんでいたため、腕をつかまれてわきへ引っ張られるまでミンの姿に気づかなかった。ほかの者たちは少し先へ進んでから、アル＝ソアが足を止めたことに気づき、廊下の途中で立ちどまった。早く行きたいとは思うが、足が進まないのだろう。

「内緒話などしている暇はないぞ、若いの」吟遊詩人トム・メリリンが声を荒らげた。

ミンはメリリンにけわしい目を向けると、「曲芸でもしていなさいよ」と、そっけない言葉を投げつけ、アル＝ソアを引っ張って、ほかの三人から離れた。

「本当に時間がないんです。逃げるとか逃げられないとか、そんな話のつづきならけっこうです」アル＝ソアは言って、腕を振りほどこうとしたが、ミンはそのたびにアル＝ソアの腕をつかみなおした。

「わたしだって、バカな憶測に付き合う暇はないわよ。じっとして！」ミンはほかの三人に視線を走らせてから、アル＝ソアに近寄り、声をひそめて言った。「少し前に女の客が着いたの。わたしより背が低い若い娘で、目も髪も黒くて、腰まである髪を三つ編みにしていたわ。その人も歴史模様の一部よ。あなたがたと同じように」

一瞬、アル＝ソアはミンをまじまじと見つめた。ナイニーヴが？　なぜナイニーヴが歴史模様の一部なんだ？　おれだって、なぜ歴史模様の一部なんだろう？　「そんなこと……ありえない」

「その人を知ってるの？」ミンが小声でたずねた。

「知ってます。その人はどう考えたって……あんたの言うような……」

「火花が見えたのよ。その人が、帰ってきたアリス様と会った瞬間に火花が散ったの。二人しかいないのに。昨日は、あなたがたが三人か四人は集まらないと火花は見えなかったわ。でも、今日の火花はくっきりして、ずっと激しかった」ミンはアル＝ソアの仲間を見た。アル＝ソアをじりじりして待っている三人が、身震いして背を向けた。

「宿屋が燃えあがるんじゃないかと思うくらい、強烈な火花だったわ。あなたがたはみんな、今日は昨日より危険な状態になっているわよ。あの人がきてから」

アル＝ソアは仲間をちらっと見た。メリリンはもじゃもじゃの眉を寄せ、険悪な顔で身を乗り出している。言葉で急《せ》き立てるだけでは心もとないようだ。

「その人は、おれたちを傷つけるようなことはしません。さあ、もう行かないと」アル＝ソアはミンの腕を振りほどいた。

ミンのわめき声には耳を貸さず、アル＝ソアは仲間のもとに戻り、ふたたび廊下を進みはじめた。いちどだけ振り返った。ミンはアル＝ソアに向かって拳《こぶし》を振りあげ、足を踏み鳴らした。

「ミンはなんだって？」と、マット。

「ナイニーヴも一部だとさ」アル＝ソアは答え、きびしい目でマットを見た。マットはあっけにとられたが、徐々に理解する表情になった。

「なんの一部だ？」メリリンが静かにたずねた。「さっきの娘が何か知っているのかね？」

なんと答えようかとアル＝ソアが考えているうちに、マットが不機嫌な口調で言った。

「もちろん、ナイニーヴだって例外じゃない。おれたちが〈冬夜日《とうやび》〉以来ずっと巻きこまれてる災難の一部だってことです。エモンズ・フィールドの賢女が現われたからって、メリリン先生にはたいしたことじゃないかもしれないけど、おれにとっちゃ一大事です。白マントが現われるほうがましなくらいだ」

「ミンはナイニーヴが到着したのを見た」と、アル＝ソア。「アリス様と話をするのを見て、おれたちに関係がある人間だと思ったんだな」

メリリンは横目でじろりとアル＝ソアを見ると、フンと鼻を鳴らして口ひげを震わせた。だが、マットとペリンはアル＝ソアの説明を鵜呑《うの》みにしたようだ。アル＝ソアは友人たちに隠しごとをしたくなかったが、ミンの秘密を明かすわけにはいかない。本人にとって危険だ——おれたち三人の場合と同じように。

突然、ひとつの扉の前でペリンが足を止めた。立派な体格に似合わず、気おくれしている。ペリンは深く息を吸って仲間を振り返り、もういちど息を吸いこむと、そろそろと扉を開《あ》けてなかへ入った。ほかの者も一人ずつ、ペリンにつづいて部屋へ入った。最後に入ったアル＝ソアは気の進まぬ思いで、後ろ手に扉を閉めた。

前の晩に食事をとった部屋だ。暖炉には炎が躍り、テーブルの中央には輝く銀の水差しとカップをのせた銀の盆が置いてある。モイレインとナイニーヴはテーブルの両端に向かい合ってすわり、にらみあっていた。ほかの椅子には誰もすわっていない。モイレインは両手をテーブルの上に置いているが、表情と同じように、手も微動だにしなかった。ナイニーヴは、片方の肩から前へ垂れた三つ編みの髪の端を握りしめていた。村の男議会を相手に普段以上に意地を張ろうとするときに、こんなふうに髪を引っ張る。ペリンの言ったとおりだと、アル＝ソアは思った。あんなに火が燃えているのに、室内は凍りつきそうに冷えびえとしている。モイレインとナイニーヴが発散する冷気のせいだ。

　ランが炉枠にもたれて炎を見つめ、寒そうに両手をこすり合わせている。エグウェーンは壁に背中をぴたりと押しつけ、マントのフードをかぶっていた。メリリンとマットとペリンは、扉を入ったところで不安げに立ちどまった。

　アル＝ソアはぎごちなく肩をすくめ、テーブルへ向かって進んだ。ときには、素手で狼の耳をつかむしかないこともある――そう自分に言い聞かせたとき、別の古い格言を思い出した。いったん狼の耳をつかんだら、ずっとつかんでいるのも手を放すのも難しい、というものだ。モイレインの視線を感じ、さらにナイニーヴの視線を感じた。顔が火照《ほて》ったが、アル＝ソアはあえて二人の中間の椅子に腰をおろした。

　室内は物音ひとつせず、一同は彫像のように動かなかった。やがてエグウェーンとペリンが……つづいてマットが、しぶしぶとテーブルへ向かい、アル＝ソアと同じように中央の席についた。エグウェーンは顔がなかば隠れるほど、フードを前へ引っ張った。誰も目を合わせようとしない。

「やれやれ」扉のそばに立つメリリンが、鼻息を漏《も》らして言った。「少なくとも、これで顔ぶれがそろったわけだ」

　ランが暖炉のそばを離れ、銀のカップにワインを注ぎ、「全員がそろったからには、もう飲んでいただけるだろう」と言ってカップをナイニーヴに差し出した。

ナイニーヴは疑わしげにカップを見た。

「恐れることはない」ランは辛抱強い口調で言った。「宿屋の主人がこのワインを運んできたところを見ていたはずだ。なかに何か入れる暇は誰にもなかった。何も変なものは入っておらぬ」

〝恐れる〟という言葉に、ナイニーヴは腹立たしげに口もとをこわばらせた。それでもカップを取りあげ、つぶやくように「ありがとう」と答えた。

「そなたがどのような方法でわれわれを見つけ出したか、興味がある」

「わたくしもです」モイレインがテーブルの上へ身を乗り出した。「エグウェーンもアル＝ソアたちも同席しているのですから、もう話していただけますよね？」

ナイニーヴはワインをひと口だけ飲み、答えた。「あなたがたがめざす場所はベイロン以外に考えられませんでした。でも、確実を期して、あなたがたの形跡をたどりました。あちこちまわり道したようですが、それは予想していました。ほかの人々に出会いそうな道はさけるでしょうからね」

「われわれの……形跡をたどっただと？」と、ラン。アル＝ソアが覚えているかぎり、本気で驚いた表情を見せたのははじめてだ。「それがしの対処にぬかりがあったのか？」

「形跡と言えるほどのものではありませんでしたが、あたくしはトゥー・リバーズのどの男にも負けないくらい追跡が得意なんです。アル＝ソアのお父さんのタムには負けますけど」ナイニーヴは言葉を切り、ためらってから、先をつづけた。「あたくしは死んだ父から狩りの訓練を受けました。父は男の子に教えるようなことを、あたくしに教えてくれました」挑戦的な表情でランを見返している。

　ランは、あっさりうなずいた。「それがしが隠したはずの形跡をたどれたとは、お父上の訓練は立派なものだ。そのような追跡ができる者は、境界地域にも数えるほどしかおらぬ」

　不意に、ナイニーヴがカップを見つめるように顔をうつむかせた。アル＝ソアは目を見張った。ナイニーヴが顔を赤らめている。賢女のうろたえる姿をはじめて見た。ナイニーヴは怒りを隠さない――それどころか、何かにつけて猛然と怒る。しかし、動揺した表情を見せることはなかった。それが今は、紅潮した頬をワインのカップで隠そうとしている。

　モイレインが静かに言った。「もう、わたくしの質問にも答えていただけるでしょうね。わたくしのほうは、あなたのご質問にお答えしたのですから」

　ナイニーヴは言い返した。「吟遊詩人の物語をどれだけ聞かされても、あたくしに見える事実はただひとつです。村の若者が四人、誰にもわからない理由で異能者《アエズ・セダーイ》にかどわかされた――それだけです」

「そのような事実はないと申したはずだ」ランがぴしゃりと言った。「口のききかたに気をつけるがよい」

「なぜです？」と、ナイニーヴ。「あなたがたが身を潜めたり、正体を隠したりするのに、なぜあたくしが協力しなければならないのです？　あたくしはエグウェーンと若者たちをエモンズ・フィールドへ連れ戻すために、ここへきました。誘拐に加担するつもりはありません」

メリリンが口をはさんだ。「この若者たちを連れて生きて故郷に戻りたいなら、もっと言動に気をつけたほうがいい」声に嘲笑の色がある。「ベイロンには、あのかたの身分を知っただけで――」モイレインのほうへ頭をかしげた。「――殺そうと考える連中がいる。あの人も同様だ」こんどはランを指して言った。それから、いきなり前へ進み出て、握りしめた両方の拳《こぶし》をテーブルの上に置き、威圧するようにナイニーヴを見おろした。長い口ひげともじゃもじゃの眉が険悪な形になった。

ナイニーヴは目を見開き、メリリンから離れようと上体を引いたが、すぐに傲然《ごうぜん》と背筋を伸ばした。

メリリンはナイニーヴの動作など気にもとめずに、不気味なほど静かな口調で言葉をつづけた。「ほんの小さなささやきでも、噂が耳に入れば、やつらは肉食アリのようにこの宿屋へ群がってくるだろう。連中の憎悪はそれほどに強いのだ。ことによると、このお二人だけでなく誰かれかまわず捕らえて殺しかねない。この娘さんだろうと若者たちだろうと、おまえさんだろうとな。白マントどもから見れば、おまえさんたちは全員があのお二人の関係者だ。連中の尋問方法は生易《なまやさ》しいものではない。タール・ヴァロンの〈白い塔〉がかかわっている場合には、なおさらにな。〈光の子〉の尋問団ははじめから相手を有罪と決めつける。この罪状の場合、判決はひとつしかない。連中には真実を確かめる気なんぞない。最初から自分たちの判断が正しいと信じておるのだから。自白だけを求めて、やっとこや焼きごてで拷問する。秘密を口に出すことは危険だと心得ておけ。誰が聞き耳を立てておるか、わからぬぞ」メリリンは上体を起こし、ぽつりとつぶやいた。「もっと早く、このことを警告しておけばよかった」

「たいしたものだ、吟遊詩人のメリリン」と、ラン。またしても品定めするような表情を浮かべている。「そこまで気にかけておるとは知らなかった」

メリリンは肩をすくめた。「わしがあなたがたと行動をともにしていたことは、周知の事実ですからな。わしの身だって危ない。わしまで、〈光の子〉の尋問団に拷問され、罪を数えあげられ、〝光のなかを歩め〟などと説教されてはかなわん」

「それなら、なおのこと、明日の朝にでも四人を連れ帰らなければなりません」と、ナイニーヴ。鋭い口調だ。「今日の午後でもけっこうです。あなたがたから離れてエモンズ・フィールドへ向かうのは、できるだけ早いほうがいいと思います」

「それは無理です」アル＝ソアは思わず言った。すぐに友人たち全員が口をそろえて同じことを言ってくれた。ナイニーヴは全員をにらみまわした。一人残らずきびしい視線を浴びたが、最初に口を開いたのがアル＝ソアなので、ほかの者は口をつぐみ、アル＝ソアを見た。モイレインまでが椅子の背にもたれて両手の指先を突き合わせ、アル＝ソアの言葉を待っている。アル＝ソアは勇気を振りしぼってナイニーヴの目を直視した。

「おれたちがエモンズ・フィールドへ戻れば、トロロークも戻ってくるでしょう。トロロークは……おれたちを追ってるんです。理由はわかりませんが、それだけはたしかです。タール・ヴァロンへ行けば、きっと理由がわかると思います……どうすればトロロークを止められるかということも。それしか方法がないんです」

　ナイニーヴはあきらめたように両手を上げた。「あなたの言うことは、お父さんのタムそっくりね。タムは、村の会合の場へ自分を運んでもらって、ひとりひとりを説得してまわったわ。その前に男議会にも顔を出したのよ。この……アリス様が——」あからさまに軽蔑をこめて、その名を口にした。「——どうやって自分の話をタムに信じこませたことやら。あの人は普通の男よりは分別があるはずなのに。男議会は愚か者の集まりではあるけど、あんなくだらない話を信じるほどバカじゃないし、それは村じゅうの誰もが同じだったわ。結局、あなたがたを見つけ出すべきだということで意見が一致したの。そうしたら、タムは自分があとを追うと言ったわ。自力で立つこともできないのに……。あなたの家系には向こう見ずの血が流れているのね、きっと」

　マットが咳払いして、口ごもりながら言った。「おれの父さんはどうでした？　なんて言ってましたか？」

「あなたがよそ者にいたずらをして、頭をぶんなぐられるんじゃないかと心配してたわ。こちらの……アリス様のことよりも、あなたのいたずらのほうが恐ろしいと言いたげにね。でも、あのときは、あなたと同じくらい頭がまわっていなかったみたいだけど」

　マットは、どんな顔をしたらいいのかわからないようだ。なんと返事をすべきか……いや、返事をすべきかどうかも決心がつかないらしい。

「きっと……」ペリンがためらいがちに口を開いた。「そのう、おれがいなくなって、ルーハン親方は機嫌が悪かったでしょうね」

「機嫌がいいわけはないでしょう？」ナイニーヴは不愉快そうに頭を振り、エグウェーンに視線を移した。「あなたがた三人の軽はずみには、いまさら驚くこともないけど、ほかの人たちには良識があると思っていたわ」

エグウェーンは上体を引いて、ペリンの陰に身を隠した。「あたしは置き手紙を残してきました」蚊の鳴くような声で言うと、三つ編みをほどいて垂らした髪をナイニーヴに見られないように、フードを前へ引っ張った。「ちゃんと説明してきました」

ナイニーヴの表情が曇った。アル＝ソアはため息をついた。賢女の口から、今にもきびしい叱責《しっせき》の言葉が飛び出しそうだ。しかも、最悪の叱責だ。ナイニーヴが怒りだしたら、手がつけられない。〝誰がなんと言おうが、四人をエモンズ・フィールドへ連れ戻す〟くらいのことは言いかねない。そうなったら、考えなおしてもらうのは至難の業《わざ》だ。アル＝ソアは口を開きかけた。

その瞬間、「置き手紙ですって!?」とナイニーヴが叫んだ。

同時にモイレインも言った。「賢女ナイニーヴ、あなたとわたくしの話し合いが足りなかったようですね」

アル＝ソアは口を閉じようとしたが、もうまにあわなかった。堰《せき》を切ったように言葉があふれ出た。

「賢女ナイニーヴ、おっしゃることはわかりますが、事態は変わりません。おれたちは戻るわけにはいきません。先へ進むしかないんです」

終わりごろには話の速度が落ち、声も沈んで、かすれがちになった。ナイニーヴもモイレインもアル＝ソアを見ている。女会の仕事のことを話している村の女たちのような目――〝あんたの知ったことじゃないわよ〟という目つきだ。アル＝ソアは椅子にすわったまま身を縮めた。ここから逃げ出したい。

「賢女ナイニーヴ」と、モイレイン。「信じてください。この人たちはトゥー・リバーズへ戻るよりも、わたくしといっしょにいたほうが安全なのです」

「安全ですって！」ナイニーヴは昂然《こうぜん》と頭をもたげた。「あなたは、四人をここへ……白マントどもがうろついている街へ連れてきた張本人です。吟遊詩人の話が本当なら、四人はあなたのせいで、あの連中から迫害されるかもしれないのですよ。どういう理由で、あなたといっしょにいると安全なのか教えてください、異能者《アエズ・セダーイ》」

「たしかに、わたくしが防ぎきれない危険も数多くあります」モイレインは答えた。「この人たちが村にいて雷に打たれるのを、あなたが防げないのと同じです。でも今、この人たちが恐れなければならないのは、雷でも〈光の子〉でもありません。闇王とその手先です。そのような相手ならば、わたくしは防ぐことができます。絶対力にふれ……女性源《サイダール》にふれることで、自分を守る力が得られます。異能者《アエズ・セダーイ》なら誰でもできることです」

ナイニーヴは疑わしげな表情で口を引き結んだ。モイレインの口は、怒りのためにナイニーヴ以上に固く結ばれた。モイレインがふたたび口を開いたときには、今にも爆発しそうな色がうかがわれた。

「自分が絶対力をあやつれることに気づいた哀れな男性たちも、しばらくのあいだは、それと同じことができます。男性源《サイディン》にふれることで身を守れることもありますが、男性源《サイディン》の穢《けが》れによって防御力が弱まることもあります。その点、わたくしなら……異能者《アエズ・セダーイ》なら誰でも、自分が得た防御力を近くにいる人にまで及ぼすことができます。わたくしがこの人たちのそばにいるかぎり、闇に溶けるミルドラルも危害を加えることはできません。トロロークが四百メートル以内に接近すれば、ランが必ず邪悪な気配を察知します。この人たちをエモンズ・フィールドへ連れ帰った場合、あなたは、わたくしたちの半分の防御力でも提供できますか?」

「あなたは問題をすり替えています」と、ナイニーヴ。「トゥー・リバーズには〝熊と狼が争ったら、どちらが勝っても、ウサギには逃《のが》れるすべがない〟という格言があります。あなたと闇王との争いはどこか別のところでやっていただきたいわ。エモンズ・フィールドの人間を巻きこまないでください」

一瞬の沈黙ののち、モイレインが言った。「エグウェーン、ほかの人たちを連れて部屋の外へ出て、しばらく賢女ナイニーヴとわたくしを二人きりにしてください」

落ち着いた表情だ。テーブルの端でナイニーヴが、まるでなんでもありの格闘に臨《のぞ》むかのように身がまえた。

エグウェーンは椅子から跳びあがった。威厳を保ちたい気持ちと、ほどいた髪のことでナイニーヴと対決したくない気持ちがせめぎ合っている様子がありありと顔に表われている。それでも、席を立つよう全員に目で合図することはできた。マットとペリンは椅子を床にきしらせてそそくさと立ちあがり、小声で挨拶《あいさつ》しながら逃げ出すようについてきた。モイレインの合図を受けたランも、メリリンを連れて扉へ向かった。

アル＝ソアが外へ出ると、ランが扉を閉め、廊下の周辺に目を光らせた。ランに目で合図されてほかの者は部屋から少し離れたところへ移動した。多少とも、なかの話が聞こえそうな位置に立つことは許されなかった。ほかの者がランの承知する位置まで離れると、ランは壁にもたれかかった。色の変わるマントがなくても、じっと動かないランの姿はあいかわらず目立たない。すぐそばまで行かなければ、気づかないほどだ。

メリリンは「もっとましな暇つぶしをしたいもんだ」とかなんとかつぶやくと、肩ごしに若者たちを振り返り、「わしの言ったことを忘れるな」と、いかめしい声を残して立ち去った。若者たちは誰もその場を去りたくないようだった。

「今の、どういう意味かしら？」エグウェーンは、モイレインとナイニーヴがいる部屋の扉を見つめ、ぼんやりと言った。指で髪をもてあそんでいる。もう髪を編んでいない事実を隠しつづけたい気持ちと、フードをとりのけたい気持ちのあいだで揺れているかのように。

「メリリン先生は、おれたちに忠告してくれたんだよ」と、マット。

ペリンがマットに鋭い視線を向けた。「口を開く前によく考えろと言ったんだ」

「いい忠告ね」と、エグウェーン。本気で興味を持ってはいない様子だ。

アル＝ソアは一人で物思いにふけった。どうしてナイニーヴが歴史模様の一部なんだろう？　おれたちが三人とも同じいやな夢を見て、トロロークや闇に溶けるミルドラルやバ＝アルザモンとかかわりを持っているのは、なぜだろう？　とても本当とは思えない妙な話だ。ミンはモイレインに、ナイニーヴの話をしたんだろうか？　モイレインとナイニーヴは、部屋のなかで何を話しているんだろう？

どのくらい時間がたったのかアル＝ソアにはわからなかったが、ようやく部屋の扉が開いた。出てきたナイニーヴが、ランの姿を見てハッとした。ランが小声で何か言うと、ナイニーヴは頭をぷいと上げ、ランはナイニーヴと入れ違いに部屋へ入っていった。

ナイニーヴがアル＝ソアに向きなおった。気がつくと、マットとペリンもいつのまにか姿を消していた。一人で賢女に面と向かうのは気が引けたが、ナイニーヴの目を見ると逃げ出せなくなった。何かを探っている目だ。何を知りたいんだろう？——アル＝ソアは当惑し、近づいてくるナイニーヴからあとずさりした。

ナイニーヴはアル＝ソアが下げているタムの剣を指して言った。「今じゃ、よく似合うわね。似合わないほうがいいと思うけど。あなた、大人になったわ、アル＝ソア」

「たったの一週間で？」アル＝ソアは笑い声を上げたが、自分でもわざとらしく聞こえた。ナイニーヴは、わかっていないと言いたげに頭を振っている。アル＝ソアはたずねた。

「モイレイン様の話は納得できましたか？　本当にこれしか方法がないんですよ」ミンが見たという火花のことを思い出し、言葉を切った。「おれたちといっしょにきますか？」

ナイニーヴは目を丸くした。「あなたがたといっしょにですって！　あたくしがなぜ、そんなことをしなければならないの？　あたくしが帰るまでは、デベン・ライドの賢女マーヴラ・マレンが代わりをしてくれてるけど、マーヴラだって、できるだけ早く自分の村へ帰りたいはずよ。あなたがたが分別を働かせて、いっしょに帰ってくれるといいのだけど」

「それはできません」と、アル＝ソア。開いたままの扉のあたりで何かが動いたような気がしたが、廊下には自分とナイニーヴしかいなかった。

「あなたはそう言うし、あの人もそう言うし」ナイニーヴは眉をひそめた。「あの人さえかかわっていなければ……。異能者《アエズ・セダーイ》は信用できないわ、アル＝ソア」

「じゃあ、おれたちのことは信用してくれてるんですか？」アル＝ソアはおもむろに言った。「村の会合で何があったんですか？」

答える前に、ナイニーヴは扉を振り返った。モイレインとランが出てくる気配はない。

「大混乱だったわ。でも、あの人に、あたくしたちが自分の問題を解決できないことを知らせる必要もないわ。あたくしが信じているのはひとつだけ――あの人といっしょにいるかぎり、あなたがたは危険にさらされるということだけよ」

「何かあったんでしょう？」アル＝ソアは村の話題にこだわった。「おれたちを信用してくれるなら、なぜ村へ戻れと言うんですか？　いったい、どうしてなんです？　村長《むらおさ》がくるなら話はわかるけど、どうして賢女が追いかけてくるんですか？」

「本当に大人になったわね」ナイニーヴは微笑した。アル＝ソアは落ち着かない気分になった。「あたくしがどこへ行けと言おうが、何をしろと言おうが、あなたが〝なぜ？〟とも言わなかったころを思い出すわ。たった一週間前よ」

アル＝ソアは咳払いして、頑固に言葉をつづけた。「話をはぐらかさないでください。本当は何しにきたんですか？」

ナイニーヴは人影も見えない開いたままの扉をちらりと見て、アル＝ソアの腕をとった。

「ちょっと歩きながら話しましょう」

アル＝ソアは言われるままに歩きだした。扉から聞こえない場所までくると、ナイニーヴはふたたび口を開いた。「さっきも言ったように、会合は大混乱だったわ。あなたがたを追うべきだという点では、みんなの意見は一致したけど、村はまっぷたつに割れたわ。片方は、あなたがたを救出すべきだと主張する一派。救出方法については議論百出だったけど。なにしろ、あなたがたが……ああいう人といっしょだから」

ナイニーヴがちゃんと言葉を選んでいるので、アル＝ソアはほっとした。「もう一派は、おれの父の言葉を信じてくれた人たちですね？」

「そうだとは言いきれないわ。この一派も、あなたがたをよそ者のなかに置いておくべきではないという点には、賛成したわよ。特に、ああいう人といっしょにしてはおけないということで。どちらの派も……つまり、村じゅうのほとんど全員が追跡隊に加わりたがったの。タムはもちろん、ブラン・アル＝ヴィア村長や、鍛冶屋のハラル・ルーハンも立候補したわ。ルーハンは奥さんのアルスベットに引き戻されたけど。セン・ブイまで申し出たのよ。みんな、力自慢で立候補したようなものよ。頭でなく、胸毛でものを考えてる人たちね。男って、みんなそうだけど」ナイニーヴは勢いよくフンと鼻を鳴らし、責めるような目でちらっとアル＝ソアを見あげた。「いずれにしても、その日のうちに追跡隊のメンバーは決まりそうにないし、結論が出るまでに時間がかかりそうで、とにかく……とにかく、あたくしはそんなに待つわけにはいかないと思ったの。それで、女会を招集して、あたくしが追跡に出ると伝えたのよ。女会は、この決断が気に入ったわけじゃないでしょうけど、正しいことだということは認めてくれたわ。そういうわけで、あたくしがきたのよ。男たちが頑固な石頭で、なかなか先へ進めなかったからよ。あたくしにまかせてほしいと伝言は残してきたけど、きっと今でも、誰に追跡させるかで議論しているでしょうね」

ナイニーヴがベイロンへきた理由はわかったが、アル＝ソアは安心できなかった。ナイニーヴはまだ四人を連れ帰るつもりでいる。

アル＝ソアはたずねた。「モイレイン様と二人で話したとき、なんと言われました？」

モイレインはあらゆる面を考慮して話したはずだが、足りない点があったら、ここで指摘しておきたい。

「また同じような話ばかりよ」と、ナイニーヴ。「それから、あなたがた三人のことを知りたがってたわ。なぜ、あなたがたが……その……あの人が言っていた相手に目をつけられるのか、理由を知りたがってるのね」いったん言葉を切り、目の隅《すみ》でアル＝ソアをうかがった。「あからさまには言わなかったけど、あの人がいちばん知りたがっているのは、あなたがた三人のなかに、トゥー・リバーズ生まれじゃない者がいるかどうかという点だったわ」

急にアル＝ソアの顔がこわばった。笑おうとしたが、小さなしゃがれ声が漏れただけだ。

「あの人は何かと妙なことを知りたがるんですよ。三人ともエモンズ・フィールドの生まれだと言ってくれたんでしょうね？」

「もちろんよ」と、ナイニーヴ。そう答えるまでに一瞬のためらいがあった。全神経を集中していなければ、気づかなかっただろう。

何か言わなければいけないと、アル＝ソアは思ったが、舌が硬くこわばって動かなかった。ナイニーヴは知っているんだ。なんと言っても賢女なんだから。賢女は誰のことでも、なんでも知ってる。ナイニーヴが事実を知ってるとしたら、父のあの言葉は熱に浮かされた譫言《うわごと》なんかじゃなかったわけだ。ああ、光よ、お助けください！　父さん！

「大丈夫、アル＝ソア？」

「父は……おれが……本当の子供じゃないと言いました。怪我《けが》で熱が出て……うなされているとき。拾った子だと言ったんです。おれはただの譫言だと……」喉が焼けつくように渇き、声が出なくなった。

「まあ、アル＝ソア」ナイニーヴは足を止めて向きなおり、伸びあがってアル＝ソアの顔を両手ではさんだ。「熱に浮かされているときは、誰でもいろいろと妙なことを言うものよ。いちいち本気にしちゃいけないわ。お聞きなさい。あなたのお父さんは、今のあなたくらいのころに、冒険を求めて村を離れた人よ。タムがエモンズ・フィールドへ帰ってきたときのことは、あたくしも覚えているわ。一人前の男性になって、赤い髪をしたよそ者の奥さんと、産着《うぶぎ》でくるまれた赤ん坊を連れていたわ。カリ・アル＝ソアは、本当にうれしそうに赤ん坊を抱いて、こんなに赤ちゃんをかわいがる母親はほかにいないんじゃないかと思うぐらい、大切にかわいがっていたわ。あなたは間違いなくカリの子供だったのよ。堂々と胸を張って、くだらないことは頭から追い出してしまいなさい」

「わかってます」と、アル＝ソア。おれはトゥー・リバーズの生まれじゃなかったんだ。

「わかってますよ」ただの譫言だったのかもしれないし、本当に、戦闘のあとで赤ん坊を見つけたのかもしれない。「どうしてモイレイン様に言わなかったんですか？」

「よそ者には関係のないことだからよ」

「ほかに誰か、トゥー・リバーズ生まれでない者はいますか？」そうたずねたとたんに、アル＝ソアは首を振って打ち消した。「いや、教えてくれなくていいです。おれには関係のないことだから」

だが、一行のうちで自分だけがモイレインに目をかけられているのも、悪くない。そうだろう？

「そうよ、あなたには関係ないわ」と、ナイニーヴ。「別に大したことでもないし、あの人には、勝手に手がかりを模索させておけばいいわ。なんでもいいから、追われる理由を見つけ出そうとしているのよ。あなたがた三人が追われる理由をね」

アル＝ソアはかろうじて笑みを浮かべた。「じゃ、おれたちが追われていることは認めるんですね？」

ナイニーヴは眉をひそめて首を振った。「あなた、あの人に会ってから、ちゃかすのがうまくなったわね」

「これから、どうするつもりですか？」

ナイニーヴはしげしげとアル＝ソアを見つめた。アル＝ソアはしっかりナイニーヴと目を合わせた。

「今日は、これから入浴するわ。あとのことは、どうなるか見ていましょうよ。ね？」

17　見張る者、追ってくる者

ナイニーヴが行ってしまうと、ランド・アル＝ソアは宿屋の酒場へ向かった。むしょうに人の笑い声が聞きたい。そうでもしないと、ナイニーヴの話やナイニーヴが巻き起こしそうな問題が頭から離れない。

酒場は人でいっぱいだったが、誰も笑ってはいなかった。椅子も長椅子もすべて埋《う》めつくされ、壁に沿うように人が並んで立っている。奥の壁を背にして吟遊詩人トム・メリリンがテーブルの上に立ち、ふたたび物語を聞かせていた。大げさな身ぶり手ぶりは、広い部屋の隅《すみ》まで充分に話を伝えた。こんどもまた〈英雄蘇生《ヴァリーア》の角笛《つのぶえ》を探す旅〉だったが、もちろん誰も文句を言わなかった。狩人ひとりひとりについて話がたくさんあり、登場する狩人の数も多いため、ひとつとして同じ物語はない。その話のひとつを最後まで語ろうとすれば、それだけで一週間以上かかるだろう。吟遊詩人の声と竪琴《たてごと》の音《ね》以外に聞こえるのは、暖炉の火がパチパチいう音だけだ。

「……全界の八つの果てへ、天の八本の柱へと、狩人たちは馬を駆る。天では時の風が吹き、偉大なる者も卑《いや》しき者も運命に捕われる。さて、狩人のなかでもっとも優れたる者は、タルモーのロゴシュ——つまり、ワシ眼のロゴシュだ。その名は高潔王の宮廷に轟《とどろ》き、シャヨル・グールの丘陵地帯で畏《い》怖《ふ》の的《まと》となった……」

　狩人たちはみな、つねに偉大な英雄として語られていた。

　アル＝ソアは仲間二人を見つけ、人々をかき分けてペリンが空《あ》けてくれた長椅子の端に腰をおろした。厨房《ちゅうぼう》からただよってきたにおいで、腹がすいていることに気づいた。目の前に料理が並べられている人々までが、食べることを忘れている。給仕女たちも魂を奪われ、立ちどまったままエプロンを握りしめて吟遊詩人を見つめていた。そんな給仕女たちのことを気にかける者もいない。どんなに美味な料理が出ようと、今は食べるよりも聞くほうが先だ。

「……ブレイズは、この世に生を受ける前から闇王に仕える者と定められていたが、心ばかりは思いどおりにならない——マチューチンのブレイズは闇の信徒にあらず！　その立ち姿はトネリコのように強く、柳の枝のようにしなやかで、バラの花のように美しい。金髪のブレイズは闇王に屈するよりも死を選ぶ。だが、聴くがいい！　町の塔という塔から鳴り響く、耳をつんざかんばかりの力強いラッパの音を。伝令官たちは、宮廷に英雄が訪れたことを告げておる。太鼓の音が轟き、シンバルが打ち鳴らされる！　ワシ眼のロゴシュが忠誠を誓いに現われたのじゃ……」

〈ワシ眼のロゴシュの契《ちぎ》り〉はようやく終わったが、メリリンはジョッキ一杯のビールで喉をうるおすあいだ休んだだけで、〈リアーンの抵抗〉を語りはじめた。それが終わると、〈アレス＝ロリエルの没落〉、〈ゲイダル・ケインの剣〉、〈アルブハインのブワードの最後の旅〉が、つぎつぎと語られていった。夕闇が迫るにつれて休憩が長くなり、吟遊詩人が竪琴を笛に持ち替えたとき、その夜の語りはこれで最後だと誰もが知った。太鼓と棒で打ち鳴らすダルシマーを手に、二人の男が加わった。二人は、メリリンの立つテーブルの横に腰をおろした。

　エモンズ・フィールドからきたアル＝ソアたち三人は、〈柳を揺する風〉という曲が始まると手拍子を取りはじめた。手拍子は、ほかからも聞こえてきた。トゥー・リバーズで人気のあるこの歌は、ベイロンでも人気があるようだ。あちこちから話し声も聞こえたが、じゃまになるほど大声ではない。

　あの娘《こ》は行ってしまった、
　柳を揺する大風に運ばれて。

おお、激しく大地に吹きつける、
柳を揺する大風よ。
あの娘《こ》はずっと生きてるぞ。
心のなかに、恋しい思い出のなかに。
あの娘《こ》の強さは、わたしの魂を鋼《はがね》にし、
あの娘《こ》の愛情は、わたしの心を熱くしたまま。
二人で歌ったあの場所に立とう、
柳を揺する冷たい風に吹かれて。

次の歌はそれほど悲しいものではなかった。〈手桶《ておけ》一杯きりの水〉は、ほかの歌に比べると陽気だ。メリリンが故意に選んだのだろう。人々は急いで床からテーブルをかたづけて、踊りのための空間をこしらえ、浮かれたように踊りはじめた。足を踏み鳴らしてぐるぐるとまわり、その振動で壁が揺れた。一曲目の踊りが終わると、踊り手たちは笑いながらその場を退《しりぞ》き、代わって別の人々がフロアに出てきた。

メリリンは、〈雁は飛ぶ〉の出だしを奏《かな》で、踊り手がリール（軽快な舞踏の一種）の準備をするのを待った。

「ちょっとステップを試してくるかな」

アル＝ソアが立ちあがると、ペリンも跳びはねるようにそのあとにつづいた。出遅れて最後になったマットは、みんなのマントやアル＝ソアの剣、ペリンの斧の番をするため、そこに残るはめになった。

「あとで代わってくれよ」マットは二人の背中に呼びかけた。

踊り手たちはふたつの長い列を作り、男性と女性が向かい合った。はじめは太鼓、あとからダルシマーが加わり、みんなその音に合わせて膝を折って挨拶《あいさつ》し、踊りだした。アル＝ソアと向き合った娘は、故郷を思い出させるような三つ編みにした黒髪で、はにかんだようにほほえんだかと思うと、大胆にウインクした。吟遊詩人の笛が飛びこんで旋律を奏でると、アル＝ソアは前へ出て、その黒髪の娘を迎えた。アル＝ソアが手を取り、回転させて列の次の男性にまわすとき、その娘は頭を後ろにそらせて笑った。

この部屋ではみんな笑っている――アル＝ソアは、次のパートナーのまわりを踊りながら思った。相手は給仕女の一人で、エプロンをぱたぱたとひるがえしていた。なかでひとつだけ笑っていない顔があった。暖炉のひとつのかたわらで身体を丸めた男だ。片側のこめかみから反対側の顎《あご》にかけて顔全体を横切る傷跡があり、そのため鼻には斜めの線が刻まれ、片方の口角が下がっていた。男がアル＝ソアの視線に気づいて顔をしかめたので、アル＝ソアは目をそらした。あの男は傷がひきつるから笑うことができないのだろう。

アル＝ソアは、回転してくる次のパートナーの手を取って、その身体をまわし、ぐるりと円を描くと、次の男性に渡した。さらに三人の女性と踊るあいだに音楽のテンポが速まり、最初の黒髪の娘に戻ると、列を入れ替えるため、全員による早足の行進となった。娘はずっと笑みを浮かべつづけ、もういちどウインクした。

顔に傷のある男が、アル＝ソアをにらんでいた。アル＝ソアのステップが乱れ、頬が熱くなった。男にばつの悪い思いをさせるつもりはなかった。その男をじっと見たという意識もない。次のパートナーを迎えようと向きを変えたとき、男のことは頭から消えた。腕に飛びこんできた相手はナイニーヴだった。

踊るあいだじゅう足もとがよろけ、自分の足につまずきそうになったり、ナイニーヴの足を踏みそうになったりした。ナイニーヴは優雅に踊ってアル＝ソアのぎごちなさを助け、ずっと笑みを浮かべていた。

「もっと踊りが上手だと思ったわ」パートナーを交代するとき、ナイニーヴは笑った。

気を取りなおしたのも、ほんのつかのまで、ふたたびパートナーが代わり、こんどは異能者《アエズ・セダーイ》モイレインと踊ることになった。さっきは相手が賢女ナイニーヴだったから足がふらついた。ところが、こんどの相手は異能者《アエズ・セダーイ》だ。いったい、どうなるのだろう。モイレインは軽やかに床をすべり、ガウンが渦巻くように舞った。アル＝ソアは二度、転びそうになった。モイレインの同情に満ちたほほえみに救われるどころか、足の動きが乱れた。その列の次のパートナーに代わって、アル＝ソアはほっとした。こんどの相手はエグウェーンだ。

アル＝ソアはいくらか落ち着きを取り戻した。なんといっても、エグウェーンは何年もいっしょに踊ってきた仲だ。あいかわらず髪を編まずに垂らしているが、赤いリボンで後ろに束ねてある。モイレインにもナイニーヴにも嫌われただろうな。エグウェーンは唇を開いて何か言いたそうだったが、ひとことも口にせず、自分からは切り出さなかった。専用食堂でアル＝ソアが言葉を口にしようとして、エグウェーンにさえぎられて以来、口をきいていない。二人は真顔で見つめ合い、ひとことも交わさずに踊って別れた。

リールが終わると、アル＝ソアはほっとして長椅子へ戻った。腰かけようとしたときに、別の踊り――テンポの速いジグの音楽が始まり、マットが急いで踊りの輪に加わった。入れ替わりにペリンが長椅子にすべりこんできた。

「あの人を見たか？」ペリンは腰もおろさないうちにアル＝ソアに問いかけた。「ええ？」

「どっちだ？　ナイニーヴか？　それとも、アリス様か？　おれは両方と踊った」

「アエズ……アリス様もいたのか？」ペリンが驚いて言った。「おれが踊ったのはナイニーヴだ。あの人が踊るとはな。故郷では、どんな舞踏会でも絶対に踊らないぜ」

「そりゃあ」アル＝ソアは考えながら答えた。「賢女たるものがダンスをしたりすれば、女会が何を言うかわからないもんな。おそらく、それでだろう」

そのとき、音楽と手拍子と歌声が大きくなり、それ以上は話ができなくなった。アル＝ソアとペリンは手拍子に加わり、踊り手たちはぐるりと円を描いた。アル＝ソアはなんどか、顔に傷跡のある例の男が自分を見つめていることに気づいた。あんな傷があれば敏感になるのも当然だろう。だが、ことを荒だてないようにするには、どうすればいいのかわからない。アル＝ソアは音楽に気持ちを集中し、その男を見ないようにした。

踊りと歌は夜までつづいた。やっと給仕女たちは自分の仕事を思い出したように働きはじめた。おかげでアル＝ソアは温かいシチューとパンにありつき、むさぼるように食べた。みんな自分の席や、立っている場所で、そのまま食事をした。アル＝ソアはさらに三回踊りに加わり、次にナイニーヴやモイレインと組んだときには、前より上手にステップを踏むことができた。二人に踊りを褒《ほ》められ、アル＝ソアは照れて口ごもった。エグウェーンとも、もういちど踊った。エグウェーンは黒い目でアル＝ソアを見つめ、ずっと話しかけてきそうな様子だったが、ひとことも話しかけてこなかった。アル＝ソアも同じように沈黙を守り、なるべくエグウェーンの顔を見ないようにした。席に戻ったとき、マットに何を言われるかわからない。

真夜中近くに、異能者《アエズ・セダーイ》モイレインは部屋を出ていった。エグウェーンはその姿を目で追い、ナイニーヴにすばやく視線を走らせてから、急いでモイレインのあとを追った。ナイニーヴは無表情で二人の様子を見つめ、もう一曲だけ踊ってから部屋を出た。モイレインに対して優位に立ったと言わんばかりの表情だ。

ほどなく、メリリンは笛をしまいながら、引き止めようとする人々に愛想よくいとまを告げた。護衛士ランがアル＝ソアたちを呼び集めにきた。

「朝早く、ここを発《た》つ。それまで、できるだけ休んでおけ」ランは、周囲の音に声をかき消されないように身を寄せて言った。

「ずっと、おれを見つめている男がいるんです」マットがランに言った。「顔に大きな傷跡のあるやつです。ひょっとしたらあの男が……あんたが気をつけろと言ってた闇の信徒の一人じゃないですか？」

「こんな感じの傷か？」アル＝ソアは指で、口角にかけて鼻を斜めに横切る線を引き、「おれのほうもじっと見てました」と、部屋を見まわした。人々は部屋を出ていこうとしているが、そのほとんどがまだ吟遊詩人に群がっている。「もう、ここにはいません」

「その男なら、それがしも見た。主人のフィッチの話では、白マントのまわし者らしい。心配はいらん」

　自分たちに害が及ぶ心配はないにしても、ランには何か気がかりなことがあるのだと、アル＝ソアは察した。

　アル＝ソアはマットをちらりと見た。マットが硬い表情をしているときは、いつも何かを隠している。白マントのまわし者だと？　ボーンハルドはそこまでして、おれたちに仕返ししたいのか？

「朝早く出発するですって？　どのくらい早いんですか？」と、アル＝ソア。問題が起こらないうちにここを離れたほうがいいだろう。

「夜明けとともにだ」と、ラン。

　酒場をあとにしながら、マットは小声で歌を口ずさみ、ペリンはときどき立ちどまって覚えたてのステップを試した。上機嫌のメリリンも加わった。階段に向かうあいだ、ランは無表情のままだった。

「ナイニーヴはどこで寝てるんだろう？　フィッチさんは、もう部屋は空いてないと言ってたぞ」と、マット。

「寝台はある。アリス様とあの娘《こ》と同じ部屋にな」メリリンがそっけなく答えた。

ペリンはひゅーっと口笛を吹き、マットはつぶやいた。「なんてこった！　シームリンじゅうの金貨を積まれても、エグウェーンの立場にはなりたくないな」

マットは軽率に言葉を口にしすぎる――そうアル＝ソアが思ったのは、これがはじめてではない。でも今は無理もない。おれだって落ち着かない気分なのだから。

「ミルクをもらってくる」と、アル＝ソア。ミルクを飲めば少しは眠れるだろう。今夜は夢を見ないですむかもしれない。

ランが鋭い目でアル＝ソアを見た。「今夜は気をつけたほうがいい。ふらふら遠くへ行くんじゃないぞ。寝ぼけて一人で馬に乗れないやつは、鞍《くら》にくくりつけてでも出発するから、心しておけ」

護衛士ランは階段をのぼりはじめ、ほかのみなも、あとにつづいた。先ほどまでのお祭り気分は消えていた。アル＝ソア一人が廊下に残された。さっきまで大勢の人々に囲まれていたので、急に心細くなった。

急いで厨房へ向かうと、皿洗い女が一人だけ働いていた。女は大きな石の瓶《かめ》からマグにミルクを注いでくれた。

厨房を出てミルクを飲んでいると、長い廊下の向こうから黒っぽい服の人影がアル＝ソアに近づいてきた。その青白い両手が上がり、顔を隠していた黒っぽいマントのフードを後ろへ払いのけた。動いているのにマントは静止したままで、その顔は……形は人間のものだが、岩の下にいるナメクジのように生白く、目がなかった。油っぽい黒髪の生えぎわからふくれた頬にかけて、卵のようにつるんとしている。アル＝ソアは思わずむせて、ミルクを吐き出した。

「おまえもやつらの仲間だな」

その人影——闇に溶けるミルドラルが、やすりで骨をこするような、かすれたささやき声で言った。

アル＝ソアはマグを手から落とし、あとずさりした。走って逃げたかったが、両足を交互に一歩ずつ後ろへ引くのが精いっぱいだった。目のない顔から視線をそらすことができず、ミルドラルを見つめたままだ。胃が締めつけられる思いがした。大声で助けを呼ぼう……悲鳴を上げよう……としたが、喉が石になったように声が出ない。ぜいぜいとあえぎ、呼吸をするたびに喉に痛みが走った。

闇に溶けるミルドラルは、すべるようにゆっくりと近づいてきた。そのしなやかで、相手を死に誘《いざな》うような優雅な動きは、クサリヘビを思わせた。胸が黒い板金鎧《ばんきんよろい》でおおわれている。薄くて血の気のない唇は残忍な笑いを浮かべてゆがみ、目のあるべきところがつるりとした青白い肌であるために、あざ笑っているように見えた。その声と比べるとボーンハルドの声が温かくて優しく思えるほどだ。「ほかのやつらはどこにいる？　ここにきてることはわかっているんだ。話せば、おまえの命は助けてやる」

アル＝ソアの背中が木の何かにぶつかった――壁か扉か？　首を動かして、まわりを見ることもできない。いったん足が止まってしまうと、もう動かせなかった。アル＝ソアは震えながら、すべるように近づいてくるミルドラルを見つめた。ミルドラルが一歩一歩ゆっくりと近づいてくるにつれて、アル＝ソアの震えは激しくなった。

「おい、話せ。話さないと――」

そのとき上から――廊下の奥の階段から、急ぎ足のブーツの音が聞こえてきた。ミルドラルは立ちどまって、勢いよく振り返った。マントは静止したままだ。一瞬、首をかしげ、ないはずの目で穴の開くほど木の壁をにらみつけた。死人のような白い手には剣が握られており、刃はマントと同じ黒色だ。その刃のせいで、廊下の明かりが薄暗くなったように思えた。ブーツの響きはどんどん大きくなり、闇に溶けるミルドラルはアル＝ソアに向きなおった。骨がないような身のこなしだ。黒い刃が振りあげられ、めくりあげた薄い唇のあいだから唸《うな》り声が漏《も》れた。

アル＝ソアはがたがた震えながら、もうだめだと観念した。真っ黒な鋼の刃が頭上でひらめいた……と、その動きが止まった。

「おまえは〈偉大なる闇王〉のものだ」あえぎまじりの耳ざわりなその声は、石板を爪で引っかく音に似ていた。「おまえは、あのかたのものなのだ」

くるくると回転して黒い霞《かすみ》のようになると、闇に溶けるミルドラルはアル＝ソアのそばを離れ、廊下を突き進んだ。廊下の突きあたりから伸びてきた影にのみこまれ、ミルドラルの姿は消えた。

護衛士ランが階段の最後の数段をいっきに跳び、すさまじい音とともに廊下に降り立った。手に剣を握っている。

ふたたび声が出るようになったアル＝ソアは、息を切らしながら言った。

「闇に溶けるミルドラルでした……」不意にアル＝ソアは自分も剣を持っていることを思い出した。ミルドラルと向き合っているあいだは完全に忘れていた。アオサギの紋章のついた剣を手探りで取り出したが、もう遅かった。「あっちへ行きました！」

ランはうなずいた。何かほかの物音に耳を澄ましている。「ああ、もうおらん。闇に溶けてしまった。それに、今は追いかけている場合ではない。出発する」

おぼつかない足取りで階段をおりるブーツの音が、さらにいくつか聞こえてきた。マットとペリンとメリリンが毛布と鞍袋《くらぶくろ》を手に、やってきた。マットは弓をわきに抱えたまま、寝袋の留め金をかけようとしているが、なかなかうまくできない。

「出発するのですか?」アル＝ソアは剣を鞘《さや》におさめ、メリリンから自分の持ちものを受け取った。「もう出発ですか? 夜も明けないうちに?」

「半人ミルドラルが戻ってきてもいいのか?」と、護衛士ラン。いらだった口調だ。「やつは仲間を何体も引き連れて戻ってくる。すでに、それがしたちの居場所は知られた」

「また、あんたがたといっしょに行かせてもらいますかな」メリリンがランに言った。「そちらに異存がなければの話ですがね。わしがあんたたちといっしょにきたことは、あまりにも多くの人に知られている。明日には、ここがあんたたちとつながりのある不吉な場所だと知れわたってしまいます」

「それがしたちといっしょに旅するなり、シャヨル・グールへ向かうなり、好きにするがよい」ランはガチャリと勢いよく剣を鞘に差しこんだ。

馬丁《ばてい》がひとり裏口から走り出てきて、そばを通り過ぎていった。そのあとにモイレインが主人のフィッチといっしょに現われ、丸めたショールを腕に抱えたエグウェーンがつづいた。ナイニーヴも姿を現わした。エグウェーンは恐怖のため、今にも泣きだしそうだが、ナイニーヴの表情は冷ややかな怒りをたたえていた。

「これは冗談ではありません」モイレインがフィッチに言った。「夜が明けるまでに、きっとここでやっかいなことが起こるでしょう。闇の信徒か、もっと恐ろしい者が現われるかもしれません。その連中がきたら、〝わたくしたちは出発した〟と、はっきり言ってください。抵抗してはいけません。相手が誰であっても、〝わたくしたちが夜のうちに出発した〟と知らせてください。そうすれば、それ以上あなたにご迷惑はかからないはずです。その連中が追っているのは、わたくしたちなのですから」

「やっかいごとなど、どうぞご心配なく」フィッチは陽気に答えた。「気になさることはありません。もしも何者かがこの宿屋に現われて、わたしの客たちに迷惑をかけようとしたら……そうですね、若い衆とわたしで簡単にかたづけます。あっというまにかたづけます。そうすれば、あなたがたが、いつ、どこへ行ったかなんて――たとえ、まだここに残っておられようと――いっさい説明する必要はなくなります。わたしたちは、そんな連中は相手にしません。ここの誰も、あなたがたのことはひとことも口にしません。ひとこともです！」

「でも――」

「アリス様、あなたがたに首尾よく出発していただくためには、馬の準備をしなくてはなりません」フィッチは、袖をつかんでいるモイレインの手を振りほどき、大急ぎで馬小屋のほうへ去っていった。

モイレインはため息をついた。「なんという頑固者でしょう。わたくしの話に耳を傾けようともしないなんて……」

「トロロークたちが、ここまでおれたちを追ってくると言うんですか？」と、マット。

「トロロークですって！」モイレインは言った。「バカバカしい！ 心配すべきことはほかにもあるでしょう。どのような形でわたくしたちが見つかったかなど、どうでもいいことです」憤然としたマットを無視して、モイレインは言葉をつづけた。「闇に溶けるミルドラルは、わたくしたちがここにとどまるとは思わないでしょう。こちらも見つかったと気づいているのですから。でも、フィッチさんは闇の信徒を軽く見すぎています。ただ単に闇に潜む連中だとしか考えていません。闇の信徒は、どんな街の店や通りにもいて、国の最高議会にまで入りこんでいます。ミルドラルは手先に、わたくしたちの計画を探らせるかもしれません」

モイレインはくるりと向きを変えてその場を去り、ランがそのすぐあとを追った。

馬をつないである場所へ向かう途中、アル＝ソアはナイニーヴといっしょになった。同じように鞍袋と毛布を持っている。

「結局、あんたもくるんですね」と、アル＝ソア。ミンの言ったとおりだ。

「ここに現われたっていうのは本当？」ナイニーヴは小声でたずね、「あの男が――」と言って口をつぐみ、アル＝ソアを見た。

「闇に溶けるミルドラルでした」アル＝ソアは自分があまりにも冷静にその名を口にしたことに驚いた。「廊下でおれが出くわし、そのあとでラン様がきました」

ナイニーヴは宿の外に出ると、凍てつく風にマントをはおった肩をすぼめた。「ひょっとしたら、本当にあなたたちを追っているのかもしれないわ。でもあたくしは、あなたたちみんなが無事にエモンズ・フィールドへ戻るのを見届けるためにきたのよ。だから、そのつとめを果たすまでは帰らないわ。あなたたちだけをあんな人といっしょに行かせるわけにはいかないの」

馬小屋のなかでいくつかの明かりが動いた。馬丁たちが馬に鞍をつけているのだ。

「ムーチ！　しっかりやるんだぞ！」

馬小屋の戸口に立ったフィッチはなかへ向かって叫ぶと、すぐ後ろに立つモイレインに向きなおった。モイレインの話に耳を傾けるというよりも、なだめすかそうとしている。腰の低い態度は崩さず、馬丁たちに指示を与えながら、モイレインには礼をつくしていた。

馬たちが外に引き出された。夜更けに急ぎの仕事を言いつけられた馬丁たちは、小声で文句を言っている。アル＝ソアはエグウェーンがベラの背にまたがるのを待って、荷物を渡してやった。振り返ったエグウェーンは、不安に満ちた目を大きく見開いてアル＝ソアを見た。

いくらなんでも、もうわくわくする旅だとは思ってないようだ。

そう思った直後にアル＝ソアは恥じた。エグウェーンが危険にさらされているのは、自分たちのせいだ。旅をつづけるよりも、一人でエモンズ・フィールドに帰ったほうが安全なのではないか。

「エグウェーン、おれが……」

アル＝ソアは言葉をのみこんだ。頑固者のエグウェーンが、タール・ヴァロンまで行くと口にした以上、素直に引き返すとは思えない。ミンが見たイメージはどうなる？　エグウェーンも一部だとミンは言った。光よ、いったいなんの一部なのですか？

「エグウェーン、ごめん。おれには何がなんだかわからない」

エグウェーンは馬にまたがったまま身をかがめ、アル＝ソアの手を握りしめた。馬小屋の明かりに照らされて、その顔がはっきり見えた。もう怖がってはいない。

全員が馬に乗ると、フィッチは門まで送ると言い張り、馬丁たちが手に持ったランプで道を照らした。腹のでっぷりしたフィッチは秘密を必ず守ると約束し、「またのお越しを」と一行を送り出した。ムーチは、アル＝ソアたちが到着したときと同じ気難しい顔で、出発する一行を見つめた。

簡単にかたづけられる相手ではない。そんな生易《なまやさ》しい相手じゃ——アル＝ソアは思った。ムーチは誰かにたずねられれば、すぐにしゃべるだろう。おれたちがいつ出かけたかということ以外にも、おれたちに関係するありとあらゆることを。通りを少し行ったところで、アル＝ソアは振り返った。ランプを高く掲げ、こちらをじっと見つめる人影があった。顔を見なくても、ムーチだとわかった。

ベイロンの通りは、こんな夜更けには人けがなかった。しっかり閉ざされたよろい戸から漏れ出たかすかな光が、わずかにちらちらしているだけだ。下弦の月の明かりが、風に押し流される雲に見え隠れしている。路地を通るときに犬の吠え声がしたが、それ以外に夜の静寂を妨げるのは、馬蹄《ばてい》の音と屋根に吹きつける風の音だけだ。馬上ではみな、じっと黙ったままマントのなかの身体を丸め、それぞれの思いにふけった。

例のごとく護衛士ランが先頭に立ち、モイレインとエグウェーンがすぐあとにつづいた。ナイニーヴはエグウェーンの近くを行き、残る男たちが寄り添《そ》うように最後につづいた。ランは、馬たちをきびきびとした常歩《なみあし》に保った。

警戒するように周囲の通りに目を凝《こ》らしていたアル＝ソアは、ほかの仲間も同じことをしているのに気づいた。変化する月影を見て、廊下の突きあたりで目にした影を——その影が、闇に溶けるミルドラルをのみこむように伸びてきた様子を思い出した。ときどき遠くから樽《たる》がひっくり返るようなドスンという音や、犬の吠え声が聞こえ、そのたびにみな驚いた表情であたりを見まわした。街なかを進むうち、どの馬も自然にランの黒い雄馬とモイレインの白い雌馬の近くに寄り集まっていった。

シームリン門に着くとランは馬をおり、防壁を背にした小さな四角い石造りの番所の扉を拳《こぶし》で叩いた。くたびれた夜警が姿を見せ、眠そうに顔をこすった。ランが話しかけると眠気が吹き飛んだ様子で、ランからほかの仲間たちへじろりと視線を移した。

「出発しようってのか？」夜警は驚いたように言った。「今？　こんな夜更けに？　狂気の沙汰だな！」

「わたくしたちの出発を禁ずる太守の命令は出ていないはずです」

そう言ってモイレインも馬からおり、扉から少し下がったところに立った。暗い通りに漏れ出た光は、そこまでは届かない。

「そんな命令は出てないがね」夜警はモイレインの顔をよく見ようとして、眉をひそめて目を凝らした。「この門は日没から日の出まで閉ざされている。昼間しか入ってはいけない決まりだ。門の外には狼たちがうろついていて、先週も十頭以上の牛が殺されたぞ。人間だって簡単に殺《や》られちまう」

「入るのは禁止されていても、出ることを禁じる決まりはないはずです」モイレインは、これで問題は解決したという口調で言った。「そうでしょう？　別に太守の命令にそむくようなことをお願いしているわけではありません」

　ランが夜警の手に何かを押しつけ、つぶやくように言った。「面倒をかける」

「待てよ」夜警はゆっくり言って、ちらりと手のなかを見た。きらきら輝く金貨だ。それを急いでポケットにねじこんだ。

「そういえば、出てゆくのを禁じる命令はなかった。ちょっと待ってろ」夜警は番所のなかへ首を引っこめて叫んだ。「アリン！　ダール！　出てきて、門を開《あ》けるのを手伝ってくれ。この人たちが出発したがってる。つべこべ言わずにやってくれ」

　なかから眠たげな夜警がもう二人現われ、びっくりして立ちどまり、出発しようとする八人を見つめた。最初に出てきた男に急《せ》き立てられて夜警たちはのろのろと歩いていき、大きな車輪を動かして両方の門扉《もんぴ》のあいだに渡された太い棒を上げてから、クランクをまわして門を開けにかかった。クランクと爪車はガチャガチャとせわしない音を立てたが、充分に油の引いてある門扉は音を立てずに外側へ開いた。その門が半分も開かないうちに、暗闇から冷たい声が響いた。

「何をしている？　この門は、日の出までは開けない規則になっているんじゃないのか？」

白マント姿の五人の男が歩み寄り、番所の戸口から漏れ出た光のなかに浮かびあがった。深くかぶったフードで顔が隠れているが、みな剣に手をかけており、左胸の日輪の紋章がその正体を明白に示していた。マットの口から小さなつぶやき声が漏れた。夜警たちはクランクをまわす手を止め、不安げな視線を交わした。

「あんたたちにはなんの関係もないことだ」最初に姿を現わした夜警が喧嘩《けんか》腰《ごし》で言った。白マントの五人がいっせいに顔を向けてじろりとにらんだ。そのため、夜警の勢いはそこで終わった。「ここを統治しているのは〈光の子〉ではない。太守が――」

最初に声をかけた白マントの男が、穏やかな声で夜警に言った。「光があたり、人の歩くところは、どこもかしこも〈光の子〉が統治している。〈闇王の影〉に支配された場所だけは別だがな」

男はフードをかぶった頭を夜警からランに向けると、急に用心深い目つきになり、ランを二度見した。

護衛士ランは、ぴくりとも動かなかった。まったく落ち着いた様子だ。ここまで無頓着に〈光の子〉を見ることができる者は多くない。靴磨き人でも見るかのように無表情だ。

白マントの男がふたたび話しだしたとき、その声には疑うような響きがあった。「夜更けに街の防壁を突破しようとは、いったい何者だ？　狼たちが暗闇を歩きまわり、闇王の創造物が街の上空を飛びまわっているというのに」男はランの額《ひたい》と、長い髪を後ろにまとめている装飾用の編んだ革紐《かわひも》をじっと見つめた。「北の人間だな？」

アル＝ソアは馬上で身体を丸め、さらに身を低くした。ドラフカーのことか？　そうにちがいない――この男が闇王の創造物と呼ぶ生き物は。〈雄鹿と獅子〉で闇に溶けるミルドラルが現われたからには、ドラフカーが現われることも予測しておくべきだったが、今はそんなことまで考えていられない。アル＝ソアは、この白マントの男の声に聞き覚えがあった。

「旅の者だ」ランが落ち着いた声で答えた。「そなたたちにとってはなんの興味もそそらぬ相手だ」

「〈光の子〉にとっては、あらゆる者が興味の対象となる」

ランは首を軽く横に振った。「太守ともめごとを起こしたいのか？　太守は、街にいるそなたたちの数を制限し、監視している。自分の統治する門でこのように〈光の子〉が善良な市民を困らせていると知ったら、太守はどうするかな？」つづいて、夜警たちに言った。「なぜ手を止める？」とまどった夜警たちはクランクに手を戻したものの、白マントが口を開くとふたたびためらいを見せた。

「太守は、鼻の先で何が起こっているかを知らない。悪がはびこっても、見つけることも嗅ぎつけることもできない。だが、〈光の子〉はそのような悪を見逃さないぞ」と、白マント。夜警たちはたがいに顔を見合わせ、槍を番所に置いてきたことを悔やむかのように、手を握ったり開いたりした。「〈光の子〉は悪を嗅ぎつける」白マントの男の目が、馬に乗った一行に向けられた。「嗅ぎつけて根絶する。見つけしだい、どこででもな」

アル＝ソアはさらに身体を小さくしようとしたが、その動きが男の注意を引いた。

「どこのどいつだ？　こそこそするのは？　何をしてる？　おや！」男が白いマントのフードを後ろに払いのけて顔を出した。その男――〈光の子〉のボーンハルド卿は満足そうにうなずき、夜警に向かって言った。

「まったく、大変な災難にあうところを救ってやったものだ。こいつらは闇の信徒だ。光から逃《のが》れようとした。おまえのことは、秩序を守るため太守に報告しなければならない。今夜のおまえの行動の真意を探るために、〈光の子〉の尋問団に引きわたす必要があるかもしれん」ボーンハルドはひと息ついた。夜警が怯《おび》えている様子を見て、さらにたたみかけた。「そんなことはしてほしくないだろう、え？　代わりに、このふとどき者たちをわれわれの野営地へ連れていこう。そうすれば、光の尋問を受けるのはこいつらだ――おまえじゃない」

「あなたたちの野営地にわたくしを連れてゆくのですか？」突然、モイレインの声が四方から同時に響いた。モイレインは〈光の子〉の出現とともに夜の暗がりのなかへ退き、その姿は闇に包まれていた。

「わたくしを尋問なさるのですか？」足を一歩踏み出したモイレインを暗闇が取り囲み、背丈を実際より大きく見せた。「行く手をじゃまするおつもりですか？」

そう言ってモイレインがもう一歩踏み出したとき、アル＝ソアは息をのんだ。モイレインの姿が本当に大きくなっている――灰色の馬クラウドにまたがった自分の頭と同じ高さにまで。その顔のあたりにまといつく闇が雷雲のようだ。

「異能者《アエズ・セダーィ》め！」ボーンハルドは叫び、五人の剣が鞘から抜かれてきらりと光った。

「死ね！」ほかの四人が躊躇《ちゅうちょ》するなか、ボーンハルドは剣を抜くなりモイレインを切りつけた。

アル＝ソアが叫び声を上げると同時に、モイレインは杖を振りあげてボーンハルドの剣を受け止めた。精緻《せぃち》な彫りものがほどこされたモイレインの木の杖では、激しく振りまわされる鋼《はがね》をとても阻止できそうにない。だが、剣は杖にあたり、火花を発した。シューッというものすごい音がして、ボーンハルドは仲間のあいだにはじき飛ばされ、五人はそのままひとかたまりになって倒れた。ボーンハルドのそばに転がった剣からは巻きひげのような煙が立ちのぼり、その刃はちょうどまんなかが溶けて直角に折れ曲がった。

「このわたくしに向かってくるとは無礼な！」モイレインはつむじ風のような唸り声を上げた。闇が渦を巻き、フードつきのマントのようにモイレインの全身を頭からすっぽりと包みこんでいる。その姿は街の防壁と同じくらい高くそびえ、にらみおろした目は、巨人が虫を見つめるかのようだ。

「行くぞ！」護衛士ランが叫び、稲妻のようにすばやい動作でモイレインの雌馬の手綱《たづな》をつかむと同時に、自分の馬に飛び乗った。「それ！」ランの雄馬は、投げられた石のような勢いで門の細い隙間をすり抜け、ランの両肩が門扉をかすめた。

アル＝ソアはしばらくのあいだ、目を見張ったまま立ちすくんだ。異能者《アエズ・セダーイ》モイレインの頭と肩は、いまや防壁よりも高い位置にあった。夜警たちも〈光の子〉たちもモイレインに恐れをなして縮こまり、番所の外壁に背をつけて群がっている。モイレインの顔は夜の闇に隠れていたが、満月のように大きな両目がアル＝ソアの姿をとらえ、怒りといらだちで、ぎらりと光った。アル＝ソアは唾《つば》を飲みこみ、クラウドの脇腹を蹴飛《けと》ばして仲間たちのあとを追った。

防壁から四十メートルほど行ったところでランが馬たちを止め、アル＝ソアは振り返った。闇に包まれた異能者《アエズ・セダーイ》モイレインの姿が、丸太の柵よりはるか高くそびえ立っている。肩から上は夜空を背にしてさらに深い闇にまぎれ、後ろに隠れた月の明かりで銀色の後光が差していた。アル＝ソアがぽかんと口を開けて見つめていると、モイレインは防壁をまたいだ。そのとき、門がものすごい勢いで閉まりはじめた。両方の足がこちら側の地面に着くと同時に、モイレインの身体は突然、もとどおりの大きさに戻った。

「門を閉めるな！」防壁の向こう側で動揺した叫び声が上がった。ボーンハルドだ。「やつらを追いかけてつかまえろ！」しかし、夜警たちは門を閉ざす手をゆるめなかった。門扉が勢いよく閉まり、やがて棒を差しこむ大きな音が響き、門はしっかりと閉ざされた。おそらくほかの白マントのほとんどは、ボーンハルドのように異能者《アエズ・セダーイ》に立ち向かいたいとは思ってないだろう。

モイレインは、白い雌馬アルダイブに駆け寄り、鼻づらをいちどなでてから革の腹帯の内側に木の杖を押しこんだ。杖には傷ひとつ付いていない。

「巨人よりも大きかったわ」エグウェーンがベラの背の上で向きを変え、息を切らして言った。ほかの者は誰も口をきかなかった。マットとペリンは、異能者《アエズ・セダーイ》モイレインから、じりじりと自分の馬を遠ざけた。

「そう？」モイレインは気のない返事をして、さっと鞍にまたがった。

「あたし、見たんです」エグウェーンは、くいさがった。

「夜は目の錯覚が起こります。現実にはないものが見えます」

「ふざけてる場合じゃないわ」

ナイニーヴが憤然と文句を言いはじめたが、モイレインがそれをさえぎった。

「そのとおりです。ふざけている場合ではありません。せっかく〈雄鹿と獅子〉を早めに出発したのに、ここでその分の時間を無駄にしてしまいました」モイレインは門を振り返り、首を振った。「ドラフカーが地上しか移動できなかったらいいのですけど。目無しのミルドラルが本当に何も見えなければ、もっと好都合です。どうせ望むなら、本当に不可能なことを望んだほうがいいのです。でも、大丈夫です。あの連中はわたくしたちの行く先を知っていますが、うまくいけば追いつかれずにすみます。ラン！」

護衛士ランはシームリン街道を東へ向かいはじめ、ほかのみなも、あとにつづいた。踏み固められた土の上を進む蹄《ひづめ》の音がリズミカルに響く。

一行は少し早めの常歩《なみあし》を保ちつづけた。異能者《アエズ・セダーイ》の力を借りなくても馬たちが何時間でも進める、ゆっくりしたペースだ。一時間もたたないうちにマットが、いまきた方向を指さして大声で叫んだ。

「あれを見ろよ！」

全員が馬を止めて、目を向けた。

炎がベイロンの夜空を照らしている。まるで家そのものが燃える大きな焚《た》き火のようだ。

雲の下側が赤く染まり、火の粉《こ》が風に乗って上空に飛び散っている。

「気をつけなさいと言ったのに、本気に受け取ろうとしなかったようです」モイレインが言った。そのいらだちを反映するかのように、アルダイブが首を横に傾けて跳ねた。「宿屋の主人が本気にしなかったのです」

「燃えているのは、あの宿屋なんですか？」と、ペリン。「〈雄鹿と獅子〉ですか？　どうしてそんなことがわかるんです？」

「偶然の出来事をどこまで勝手に解釈できるのですかな？」と、吟遊詩人トム・メリリン。

「太守の屋敷かもしれんのに、そうではないと言うんですか？　倉庫でも、どこかの台所のオーブンでも、ばあさんちの干し草の山でもない、と」

「今夜は少し光がそれがしたたちの味方をしてくれている」と、ラン。

その言葉にエグウェーンが反発した。

「よくもそんなことが言えますね。お気の毒に、フィッチさんの宿屋が燃えているというのに！　あの人々が痛い目にあっているかもしれないのよ！」

「もしも、あの連中が宿屋を襲ったのだとしたら、わたくしたちが街を出たことも、わたくしが……正体を見せたことも、たぶん気づかれなかったのでしょう」モイレインが言った。

「ミルドラルが、それがしたちにそう思わせているのかもしれませぬ」と、ラン。

モイレインは暗闇のなかでうなずいた。「そうかもしれません。とにかく、先へ進まなければなりません。今夜はみんな、睡眠もあまりとっていられないでしょう」

「ひどく簡単にかたづけるのですね、モイレイン様」ナイニーヴは声を荒らげて言った。「宿屋の人たちはどうするのですか？　怪我《けが》人が出たはずだし、あの主人は生きる糧《かて》を失ったのですよ。あなたのせいで！　あたくしたちが光のなかを歩いているとおっしゃったのは嘘だったんですか？　フィッチさんのことを心配しないで旅をつづけるなんて！　フィッチさんが災難にあったのは、あなたのせいじゃないですか！」

「アル＝ソアたち三人のせいだ」と、ラン。「火事も、怪我人も、旅をつづけるのも——すべてアル＝ソアたち三人のせいだ。誰かが代償を払わなければならぬならば、払う理由があるということだ。闇王はその若者たちを狙っておる。やつがこれほどほしがっている三人には、どうしても近づけるわけにはいかん。それとも、そなたは三人が闇に溶けるミルドラルにつかまってもいいと言うのか？」

「落ち着いて、ラン。気を静めてください」と、モイレイン。「賢女ナイニーヴ、あなたは、わたくしがフィッチさんと宿屋にいる人たちを助けてさしあげればよかったと思っていらっしゃるのですか？　もっともなことですけど」ナイニーヴが何か言おうとするのをモイレインは手を振って黙らせ、言葉をつづけた。「わたくしが自分であそこへ戻って、何か手助けすることもできます。もちろん、あまり人目につくようにはできません。目立つことをすれば、助けた相手が敵の注意を引くことになり、誰もありがたがらないでしょう。街には〈光の子〉がうろついています。それにわたくしがいなくなれば、残ったあなたたちを守れるのはランしかいなくなります。ランはたしかに頼りになるけど、ミルドラルやトロロークたちに見つかったら、ランだけでは太刀《たち》打ちできなくなるでしょう。もちろん、全員で引き返すこともできるかもしれません。ラン一人でみなさんを人目にふれずにベイロンまで連れ戻せるとは思えません。白マントはもちろんのこと、あの火をつけた何者かに全員の姿をさらすことになります。賢女ナイニーヴ、あなたがわたくしだったらどうなさいますか？」

「あたくしなら、自分なりになんとかします」ナイニーヴは、つぶやくように答えた。

「その結果、おそらく闇王が勝利を手にすることになるでしょう」と、モイレイン。「闇王が何を――誰を狙っているのか、忘れてはなりません。すでに戦いの火《ひ》蓋《ぶた》は切られました。今のわたくしたちはギールダンにいるのと同じ状態です。あそこでは何千人もが戦いましたが、わたくしたちはたったの八人です。フィッチさんには〈雄鹿と獅子〉を建てなおせるだけの金貨を送ります。金貨を送るだけなら、タール・ヴァロンまで追跡される手がかりにはなりません。怪我をした人たちのためにも役立ててもらえます。それ以上のことをすれば、宿屋の人たちを、さらに危険にさらすことになります。決して単純な話ではありません。おわかりでしょう」

それだけ言うとモイレインは護衛士ランに声をかけ、ランは馬の向きを変えてふたたび出発した。

アル＝ソアは、ときどき振り返って後ろを見た。見えたのは赤く染まった雲だけで、それもいつのまにか闇にまぎれてしまった。ミンが無事だといいのだが……。

護衛士ランがやっと、踏み固められた土の道をそれて馬をおりたとき、あたりはまだ真っ暗だった。アル＝ソアの勘では、夜明けまで数時間のはずだ。馬たちの脚を縛り、鞍はそのままにして、寒空《さむぞら》の下で野営することになった。

「一時間だぞ」毛布にくるまりかけた全員に向かって、ランは言った。みなが眠っているあいだ、ランは寝ずの番をする。「一時間たったら、また出発だ」

あたりは静寂に包まれた。

少したったころ、マットがアル＝ソアにやっと聞こえる小声でささやいた。「ダブはあの穴熊をどうしたかな？」アル＝ソアは無言で首を振った。マットは少しためらってから言った。「おれたちは安全だと思ってたのにな。タレン川を越えてからはなんの兆《きざ》しもなかったし、あの大きな街は防壁に囲まれてたから、てっきり大丈夫だと思った。そしたら、あの夢だ。おまけに闇に溶けるミルドラルときた。また安全なときがくるんだろうか？」

「タール・ヴァロンに着けば、なんとかなる――あの人の話を信じればな」と、アル＝ソア。

「着けば安全だろうか？」ペリンが小声でたずねた。三人は、ぼんやりと見える異能者《アエズ・セダーイ》モイレインの寝姿に目をやった。ランは完全に暗闇に溶けこんでいる。これでは、どこかへいなくなってもわからない。

アル＝ソアはあくびをした。その音で、マットとペリンが不安げにぴくりと動いた。

「少し眠ったほうがいいと思うよ。起きてたって、どうしようもないんだから」と、アル＝ソア。

ペリンが小声で言った。「火事が起こったのは、あの人が何かしたせいじゃないのかな」

誰も答えなかった。

アル＝ソアは木の根をよけようと身をよじって横を向き、仰向けになった。石があったので転がってうつぶせになると、また別の木の根があった。ここは野営地には適していない。タレンから北へ向かう途中、ランの指示でなんどか野営した場所はもっと楽だったのに。あばらにくいこむ木の根のせいで悪い夢を見るんじゃないかと思いながら、アル＝ソアは眠りに落ちた。ランに肩を叩かれて目を覚ましたとき、あばら骨は痛かったが、どんな夢を見たか覚えていないことに感謝した。

　まだ夜が明ける少し前で暗かった。全員が毛布を巻いて鞍の後ろに革紐で結《ゆ》わえつけると、ランはふたたび東へ向かった。日がのぼると、みな、ぼやけた目でパンとチーズと水の朝食を整え、マントにくるまり、風に身を縮めて、馬を進めながら食事をした。みな、といってもランだけは別だ。食事はとったが、ぼやけた目はしておらず、身を縮めてもいない。ランはまた色の変わるマントを着ていた。そのマントは、灰色や緑色の風景のなかを抜けてゆくランの身体にまといつき、はためいた。ランは、マントが剣を持つ腕のじゃまにならないよう注意した。ずっと無表情のままだ。その目はつねに、いつ待ち伏せした敵が現われてもいいようにあたりを探りつづけた。

解説

評論家
堺 三保

王国辺境の小さな村トゥー・リバーズ。ある日そこへ謎めいた使命を帯びた異能者《アエズ・セダーイ》モイレインが訪れる。この村にすむ若者を、闇王の手先が探しており、先に保護するのだと言う。かくして、ランド・アル＝ソアら村の若者たち数名はモイレインに連れられて村を抜け出す。それこそは、長く、とてつもない冒険の旅の始まりだった……。

本書は、このようにして始まる大長篇異世界ファンタジイ〈時の車輪《ホイール・オブ・タイム》〉シリーズの第一部 *The Eye of the World*（1990）の全訳新装版である。

本シリーズは、『ホイール・オブ・タイム』のタイトルで大手配信サービスAmazon Primeでの大型ドラマ化が決定しており、その配信開始にタイミングを合わせて、本書がこうして新装版となり、再び日本の読者諸氏が容易に入手できるようになったことは誠に喜ばしい。なんといってもこのシリーズは、著者であるロバート・ジョーダン畢生《ひっせい》の大作であり、現代ファンタジイ小説史に名を残す記念碑的作品なのだから。

この作品には大きな特徴がいくつかあるが、中でも言及しておきたいのが、その歴史的な存在意義だ。今や英米においては異世界ファンタジイ小説、それも重厚長大なシリーズ作品は人気のサブジャンルとしての地位を確立し、次々に新しい作家や作品を輩出し続けている。

そういった現代における異世界ファンタジイ小説の興隆のきっかけとなったのが、J・R・R・トールキンの『指輪物語』であり、一九六〇年代におけるアメリカでの人気再燃であるのは間違いない。だが、そのあまりの人気の反動からか、アーシュラ・K・ル＝グウィンの『ゲド戦記』などの傑作が誕生しつつも、トルキニスク（トールキンっぽい）と揶揄《やゆ》されるような、『指輪物語』によく似た作品が大量に出版されるようになっていた。

要は、魔法が存在する中世ヨーロッパ風の異世界を舞台に、冒険者の一団が、邪悪な魔王の率いる闇の勢力に対抗して、世界を救おうとするという、同工異曲の物語が溢れかえることとなってしまったのである。

この状況を大きく覆《くつがえ》したのが本シリーズだった。発端部こそ、それこそ多くのトルキニスク作品同様、『指輪物語』そっくりな始まりかたをするが、物語が進んでいくと共に、この作品が多くの中世西洋風異世界ファンタジイとはまったく異なる独特の世界観とテーマに貫かれたものであることが明確になってくる。

まず目につくのが、男性性の否定である。この世界はかつて男性の異能者《アエズ・セダーイ》たちが汚染された万物原にふれたために暴走、世界を破壊しそうになったため、今では女性の異能《アエズ・》者《セダーイ》たちが男性異能者《アエズ・セダーイ》を捜索、管理しているのだ。ダイバーシティが叫ばれる現代においては珍しくないが、本書の刊行時においては実に大胆なテーマ設定であったと言える。

そしてもう一つ、西洋の神話だけでなく、東洋の神話からたくさんの要素を取り入れているところも、大きな特徴である。たとえば、シリーズのタイトルである〈ホイール・オブ・タイム〉、すなわち〝時の円環構造〟はヒンドゥー教や仏教の考えに基づいているのだ。

何よりもこの作品を独特のものにしているのは、英雄ではない〝普通の人々〟を主人公にした群像劇になっているというところだろう。この第一部では一応の主人公格であるランド・アル＝ソアを中心に物語が進んでいくが、やがてその友人たちも含めたさまざまな人物が、戦乱へと大きく傾いていく世の流れの中でそれぞれに悩み、より善《よ》き行動をしようとする様《さま》が描かれるようになっていくのだ。

本シリーズはこれらの特徴によって、英雄と魔王による善と悪との決戦という、単純化された命題を最初に提示しておきながら、それをどんどん複雑でリアルな問題へと提起しなおしていったところが実に斬新だったのであり、大きな人気を得る原動力となったのである。

〈ホイール・オブ・タイム〉の登場とその大成功が、異世界ファンタジイの可能性を大きく広げ、今までよりももっとリアルで地に足のついた異世界冒険譚とその作家たちに、活躍の場を提供したのだ（ちなみに、『ゲーム・オブ・スローンズ』のタイトルでドラマ化され、今や世界で最も有名な異世界ファンタジイと言ってもいい〈氷と炎の歌〉シリーズの第一部『七王国の玉座』をジョージ・R・R・マーティンが発表したのは、本書出版の六年後、一九九六年のことである）。

作者のロバート・ジョーダンは一九四八年サウスカロライナ州チャールストン生まれ。軍人としてベトナム戦争に二度出征後、海軍で技術者として勤務する（この従軍経験が〈ホイール・オブ・タイム〉における男性性否定の源になっているらしい）が、二十九歳の時、のちに妻となる女性編集者と知り合い、彼女のすすめで小説を書き始める。複数のペンネームを使いさまざまなジャンルの小説を書くもたいして売れずにいた。そこでジョーダンは最後に書いた（あのロバート・E・ハワードのヒロイック・ファンタジイ）〈コナン・ザ・バーバリアン〉シリーズの新作を思い返し、それとまったく正反対の、〝英雄でもなんでもない普通の人たちが悪戦苦闘する〟異世界ファンタジイを書こうと思いつく。それが〈ホイール・オブ・タイム〉だった。四年の歳月をかけて第一部である本書が出版されたのが、ジョーダンが四十三歳のとき。それが大ヒットして、それ以降二〇〇五年までに前日譚一部、本篇十一部を書き上げたが、完結篇である第十二部を書き上げることなく、二〇〇七年に難病アミロイドーシスで亡くなった。享年五十八。

その後、完結篇はジョーダンの遺稿を元に、当時新進気鋭だったファンタジイ作家ブランドン・サンダースンが執筆、結果的に全三部の作品として完成、出版され、二〇一三年、〈ホイール・オブ・タイム〉は無事完結することとなった。

〈時の車輪《ホイール・オブ・タイム》〉作品リスト

0　新たなる春　始まりの書（2004）
1　竜王伝説（1990）本書
2　聖竜戦記（1990）
3　神竜降臨（1991）
4　竜魔大戦（1992）

5　竜王戴冠（1993）
6　黒竜戦史（1994）
7　昇竜剣舞（1996）
8　竜騎争乱（1998）
9　闘竜戴天（2000）
10　幻竜秘録（2003）
11　竜神飛翔（2005）
12　飛竜雷天（2009）
13　*The Towers of Midnight*（2010）
14　*A Memory of Light*（2013）

0は本篇の二十年前を描く前日譚。
12～14はジョーダンの遺稿をもとにブランドン・サンダースンが執筆。

さて、冒頭にも書いたが、〈ホイール・オブ・タイム〉はAmazon Primeでドラマ化が進められている。製作はアマゾンスタジオとソニー・ピクチャーズ テレビジョン。本書のストーリーを基にした第一シーズンは、すでに完成して二〇二一年十一月から配信がスタート、第二シーズンの製作も決定していて、準備が進んでいるという。

現時点では原作を八シーズンかけて語るということだが、そのあたりは人気次第で変わることになるかもしれない（願わくば大評判となってシーズン延長が決まり、もっと長い時間をかけて原作をしっかりと消化してくれると嬉しい）。

原作冒頭で主人公たちの住む村を訪れる異能者《アエズ・セダーイ》モイレインを、『ゴーン・ガール』、『プライベート・ウォー』などの名優ロザムンド・パイクが演じるほか、どの登場人物も原作よりも少し高めの年齢に設定されているのが特徴。これは、アメリカのテレビドラマにおいては主人公たちがティーンエイジャーだと真剣に受け止めてもらえない可能性が高いからだとか。

ショウランナー（製作総指揮兼メインライター）に選ばれたのは、テレビのリアリティ番組『サバイバー』の人気アマチュア出演者から脚本家に転身した変わり種、レイフ・ジャドキンス。『チャック』の脚本家や『エージェント・オブ・シールド』のプロデューサーといった仕事を勤めてはきたものの、作品全体を統括するショウランナーの大役はこれが初めて。まずはお手並み拝見といきたい。

二〇二一年九月

本書は、一九九七年十一月～一九九八年三月にハヤカワ文庫『竜王伝説』（全五巻）として刊行された作品を、三分冊で改題・再刊したものの上巻です。再刊にあたり、全体の用語監修を月岡小穂氏が行ないました。

訳者略歴　1935年生，2006年没，明治大学政治経済学部卒，英米文学翻訳家　訳書『剣の騎士』ムアコック，『ヨブ』ハインライン，『銀河おさわがせ中隊』アスプリン（以上早川書房刊）他多数

HM=Hayakawa Mystery
SF=Science Fiction
JA=Japanese Author
NV=Novel
NF=Nonfiction
FT=Fantasy

ホイール・オブ・タイム　竜王伝説《りゅうおうでんせつ》
〔上〕

〈FT609〉

二〇二一年十月 二十 日　印刷
二〇二一年十月二十五日　発行
（定価はカバーに表示してあります）

著者　ロバート・ジョーダン
訳者　斉《さい》藤《とう》伯《はく》好《こう》
発行者　早川浩
発行所　株式会社早川書房
郵便番号　一〇一 - 〇〇四六
東京都千代田区神田多町二ノ二
電話　〇三 - 三二五二 - 三一一一
振替　〇〇一六〇 - 三 - 四七七九九
https://www.hayakawa-online.co.jp

乱丁・落丁本は小社制作部宛お送り下さい。
送料小社負担にてお取りかえいたします。

印刷・株式会社亨有堂印刷所　製本・株式会社川島製本所
Printed and bound in Japan
ISBN978-4-15-020609-3 C0197

本書は活字が大きく読みやすい〈トールサイズ〉です。